Supplement to Providence Sund
Fairy stones are rare
much valued as good luck
charms.
trace no less
but if an observer waits
SINCE 1832, ARKHAM'S FINEST NEWSPAPER
Arkham Advertiser
THURSDAY, SEPTEMBER 30, 1926
MOST FOUL AT ARKHAM COUNTY FARM!
ARKHAM COUNTY, SEPT 30 -
Local authorities are working diligently
to piece together events that led to the
alleged murder of six people, one pos-
itivly identified as Benjamin Monroe
of Arkham County, at an abandoned
farm on the outskirts of Arkham in
the early hours of September 29th.
Five of the victims remain unidentified,
as their charred remains were pulled
from a burning farmhouse. The lone
survivor, a deformed and raving drifter
from parts unknown, is being questioned
in connection with the deaths, which
County police are treating as murder.
A County Sheriff came across the scene
as he was assessing damage from the
torrential thunderstorms of the previous
evening.
"The main bridge leading to the Ayles-
bury Pike was out, and I could see a
number of vehicles stranded in the mud,"
the sheriff recounted. "I called out to
the man [Parkhill], and he says that
there's been a horrible accident. I went
to fetch help, and when I got back, the
whole hill was ablaze."
N MONROE,
EAD AT SCENE
THOMAS PARKHILL,
PERSON OF INTEREST
MISKATONIC UNIVERSITY FELLOWS
SEEK FUNDING FOR PROPOSED
ANTARCTIC GEOLOGICAL EXPEDITION
1923 EXPEDITION TO AUSTRALIA'S GREAT SANDY DESERT:
Top row (L to R): Dr. Peavy, Dr. Strum, Professor Peaslee, Professor Dyer,
Dr. Grant. Bottom row (L to R): Dr. Melon, Dr. Sprout, Professor James,
Professor Worthington
MISKATONIC UNIVERSITY, SEPT 29 - University fellows are reaching
out to the community-at-large to secure funding for a proposed expedition to
Antarctica in 1930. The purpose of the proposed expedition is to collect geo-
The Providence Journal Co.
View of the C
as seen from the Dom

H.P. LOVECRAFT

CTHULHU MYTHOS II

克蘇魯神話

II

瘋狂

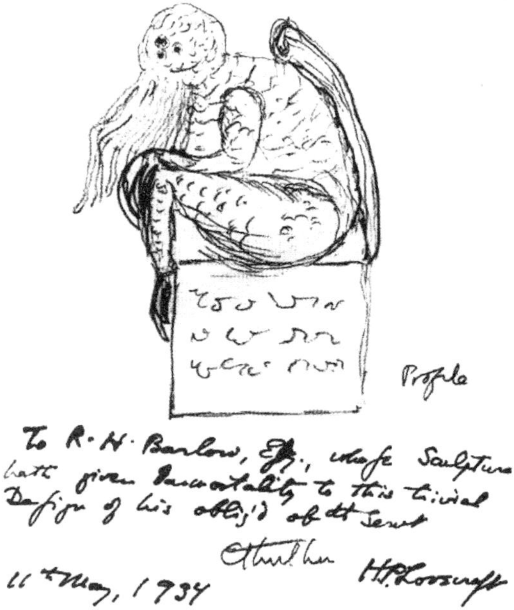
Profile
To R. H. Barlow, Esq., whose Sculpture hath given Immortality to this trivial Design of his oblig'd obt Servt
Cthulhu
H. P. Lovecraft
11th May, 1934

Tibi, magnum Innominandum, signa stellarum nigrarum et bufoniformis Sadoquae sigillum.

Ludwig Prinn

<De Vermis Mysteriis>

來吧，偉大的無以名狀者，

以黑星之記和蟾蜍神撒托古亞的封印為誌。

——路德維希·普林《蠕蟲之祕密》

各界推崇

史蒂芬．金（故事之王、驚悚小說大師）：

「他是二十世紀恐怖小說最偉大的作家，無人能出其右。」

尼爾．蓋曼（文學傳記辭典十大後現代作家、《美國眾神》作者）：

「他定義了二十世紀恐怖文化的主題和方向。」

喬伊斯．卡羅爾．歐茨（美國當代著名作家）：

「他對後世恐怖小說家施加了無可估量的影響。」

陳浩基（作家）：

「近代不少類型小說、動漫畫以至戲劇都加入了克蘇魯元素，如果您想一窺原文、了解出典，這套書是不二之選。」

Faker 冒業（科幻推理評論人及作者）：

「每篇都使人SAN值急速下跌的《克蘇魯神話》原典，華文讀者總算有幸一一親眼目睹了。這些近百年前對歐美日等普及文化影響深遠的小說本身，就是文化史上的不朽『神話』。」

冬陽（推理評論人）：

「閱讀《克蘇魯神話》，像是經歷一場溯源之旅，曾經看過聽過的許多故事、好奇過恐懼過的紛雜情緒，以及一個接一個宛如家族叢生的各式創作，就是出自這個深具想像啟發的傳奇文本，令人掩卷之餘臣服它的奇魅召喚，自願扮演下一個傳承者。」

何敬堯（奇幻作家、《妖怪臺灣》作者）：

「毛骨悚然的詭音，奇形怪狀的觸手暗影，人們卻豎耳瞪眼，如飢似渴想要理解怪物的玄祕存在，這就是克蘇魯神話的蠱惑魔力。廣袤宇宙之中，人類微不足道，自從H．P．洛夫克萊夫特揭示此項真理，來自遠古的恐怖奇幻於焉降臨。」

馬立軒（中華科幻學會常務理事）：

「一百年前，洛夫克萊夫特奠定克蘇魯神話的基礎，讓讀者得以窺見宇宙中令人恐懼的少數未知；一百年後，收錄二十篇經典作品的《克蘇魯神話》在臺問世，臺灣讀者終於可以看到影響西方創作幾個世代的原典！虛實莫測的夢境、天外異界的生命，超越常理的新發現、突破認知的新研究，未知的驚懼、無名的恐怖……全都在《克蘇魯神話》！」

廖勇超（臺灣大學臺灣文學研究所副教授）：

「詭譎的空間，異樣的神祇，陰翳的邪教，以及瘋狂的人們——這是洛夫克萊夫特筆下的克蘇魯世界觀。克蘇魯世界的毀滅力量，每每在他敘事的層次肌理中惘惘地散發而出，從身體、心理、群體、到最終整個世界的物理準則都不可抗地被其邪誕的宇宙觀拉扯墜入，終究灰飛煙滅，消隱在其宏大的邪物秩序中。簡而言之，克蘇魯神話說的不是人類，而是人類如何從一開始便缺席於這宇宙的故事。」

Div（另一種聲音）（華文靈異天王）、Miula（M觀點創辦人）、Nick Eldritch（克蘇魯神話與肉體異變空間社團創建者）、POPO（歐美流行文化分析家）、羽澄（臺灣克蘇魯新銳作家）、阿秋（奇幻圖書館主講人）、氫酸鉀（知名畫家）、笭菁（華文靈異天后）、陳郁如（暢銷作家）、雪渦（d/art策展人）、龍貓大王（粉絲頁「龍貓大王通信」主人）、譚光磊（版權經紀人）、難攻博士（中華科幻學會會長兼常務監事）各方名人列名推薦！

導讀〈看一封信，然後夜不成眠的克蘇魯——無以名狀的書信敘事恐怖〉

臺灣克蘇魯新銳作家　羽澄

提及克蘇魯神話或這個神話體系的創造者H．P．洛夫克萊夫特，就會想到「無以名狀的恐懼」這個招牌，在網路社群的時代，已經有不少推廣或科普何謂「克蘇魯」或誰是「H．P．洛夫克萊夫特」的文章了。

我首次正式接觸正宗洛氏克蘇魯神話小說，是網路上的簡體版翻譯，無論是閱讀的方便性或體驗都跟紙本書有極大落差，而今年各大出版社開始注意到了克蘇魯神話與洛氏恐怖這種影響後世創作深遠的題材，儼然是發現了未知的藍海。奇幻基地發行的《克蘇魯神話》系列，也讓我有機會再次細讀過去沒有辦法仔細體驗的正宗洛氏克蘇魯經典作品。

本書最大的突破，在於呈現了克蘇魯神話中很重要的一個元素——書信，為什麼書信在洛氏恐怖是重要的，又或者該問說：為什麼洛氏這麼常用書信來表達恐怖氛圍呢？

洛夫克萊夫特作者的恐怖文學的調性是「無以名狀的恐懼」，也就是強調未知的事物令人感到恐懼，這在文學當中會使用到相當多的「留白」技巧，即是刻意不做具象化的描寫，任憑讀者的想像力發酵，讀者所能想到多恐怖離奇的樣子，就會成為那個樣子。

我們在進行文學創作時會使用這個技巧在許多的面向，描寫負面的事物的如虐待、酷刑、血腥場面或是單純角色間的爭執，刻意不描寫而只在行文脈絡中帶出氣氛，就會讓讀者自行想像著事件嚴重的程度，這無非是一個高段的技巧，寫作者利用讀者本身的想像力，以及文字這個載體本身帶有的「不具象」（不如圖像、影片那般視覺具象，全仰賴讀者在腦海中想像文字描述之畫面），就可以將留白技巧發揮得淋漓盡致，讓人不寒而慄於無形。

因為洛氏恐怖具有這樣的體質，作品裡有許多「不清不楚」的描寫，而這樣的描寫大多是主敘事者或主角拾獲、收到、讀到某篇文章或是遭遇恐怖事故的當事人所撰寫的信件。故事的敘事者會在信件的內容呈現於讀者面前時達到視角轉換的效果，而作為「一封信」，內容會依照撰寫者書寫當下的精神狀況而有所不同：可能是筆跡顫抖的、可能是精神錯亂不知所云的、也可能異常冷靜到讓人感覺異樣的。更重要的是，除了這種角色轉換帶給讀者幽微又細思極恐閱讀體驗的同時，書信的敘事可以合理地模糊故事的恐怖事件（如：我無法確切告訴你那東西像什麼、我形容不出是什麼在看著我……等等），也就是讓真相蒙上一層神祕的面紗，這樣的效果烘托出所謂無法名狀的氛圍。

奇幻基地此次的《克蘇魯神話》系列，除了收錄比較大量的洛氏作品篇章之外，也在「書信」這個元素以別致的設計做安排，讀者可以在類似信紙的頁面上讀到那些駭人聽聞又無以名狀的可怕事件，真正身歷在洛氏營造的恐怖氣氛當中，我認為這是在閱讀體驗上進行的另一大突破。

克蘇魯神話無疑是影響最多現在奇幻、科幻作品的體系，洛氏是此集大成者，無論在創作靈感、或純粹欣賞，甚至作為學術上、作為比較文本的資料，奇幻基地這一套《克蘇魯神話》都能夠提供足夠分量的素材。

值得一提的是，這部書收入了洛氏許多著名的經典篇章，除了著名的〈克蘇魯的呼喚〉、〈敦威治恐怖事件〉、〈女巫之屋的噩夢〉等故事外，也收錄了在歐美地區多次改編成漫畫文本的〈神殿〉、〈牆中之鼠〉，第一人稱的敘事角度讓撲朔迷離的劇情顯得謎霧重重，還有前半部由主角跟友人通信的〈黑暗中的低語〉，更是能從信件往返的內容逐一拆解故事描述的恐怖事件，讀完真的會產生冷汗直流的驚悚緊張，相當過癮與暢快。

很高興能夠看見又有一部收錄如此大量洛氏作品的套書在臺灣出版，由衷感覺到這個世代的克蘇魯愛好者、恐怖文學讀者是幸運的，是臺灣的克蘇魯圈、文學創作圈、恐怖文學圈的一大進展，也讓讀者有更多選擇，共同為推廣此類創作和著作而努力。

霍華·菲力普·洛夫克萊夫特生平年表

1890年
8月20日出生於美國
羅德島州普羅維登斯

1892年
2歲能朗誦詩歌

1893年
3歲能閱讀
父親因精神崩潰
被送進巴特勒醫院

1895年
5歲閱讀了《一千零一夜》
啟發了他日後寫作中創造出
虛構的《死靈之書》的
作者阿拉伯狂人
阿卜杜·阿爾哈茲萊德

1896年
6歲能寫出完整詩篇

1897年
洛夫克萊夫特留存下來最早的
創作品《尤利西斯之詩》
The Poem of Ulysses

1898年
父親去世
開始接觸到化學與天文學

1899年
製作編輯出版膠版印刷
刊物《科學公報》
The Scientific Gazette

1903年
製作編輯出版
《羅德島天文學期刊》
The Rhode Island Journal of Astronomy
進入當地Hope Street高中就讀

1904年
14歲時外祖父去世
家族陷入財務困境，被迫搬家

1908年
18歲高中畢業之前經歷了
一場「精神崩潰」而輟學
接下來5年開始隱居的生活

1915年
洛夫克萊夫特成為
美國聯合業餘報刊協會的會長
United Amateur Press Association
與正式編輯

1919年
母親精神崩潰
被送往巴特勒醫院

1921年
5月21日母親去世

1923年
開始投稿作品至
紙漿雜誌《詭麗幻譚》
Weird Tales

1924年
34歲時與索尼婭·格林結婚
婚後移居至紐約布魯克林
婚後不久即分居

1926年
返回家鄉普羅維登斯

1929年
離婚

1936年
46歲患腸癌

1937年
3月15日去世

年表審定：Nick Eldritch

克蘇魯神話 I～III 作品執筆寫作年表

1917年7月
大袞
Dagon
I 短篇小說 發表刊載於1919年11月

1920年6月15日
烏撒之貓
The Cats of Ulthar
I 短篇小說 完成於1920年11月

1920年約6月-11月
神殿
The Temple
I 短篇小說 發表刊載於1925年9月

1920年11月16日
自彼界而來
From Beyond
I 短篇小說 發表刊載於1934年6月

1920年約11月前後
奈亞拉托提普
Nyarlathotep
III 短篇小說 發表刊載於1920年11月

1921年春-夏
異鄉人
The Outsider
III 短篇小說 發表刊載於1926年4月

1922年10月
獵犬
The Hound
I 短篇小說 發表刊載於1924年2月

1922年11月
潛伏的恐懼
The Lurking Fear
III 短篇小說 發表刊載於1923年1月-4月

1923年約8月-9月
牆中之鼠
The Rats in the Walls
II 短篇小說 發表刊載於1924年3月

1923年10月
節日慶典
The Festival
III 短篇小說 發表刊載於1925年1月

1926年約8月-9月
克蘇魯的呼喚
The Call of Cthulhu
I 短篇小說 發表刊載於1928年2月

1926年9月
模特兒
Pickman's Model
III 短篇小說 發表刊載於1927年10月

1928年8月
敦威治恐怖事件
The Dunwich Horror
I 短篇小說 發表刊載於1929年4月

1929年12月-1930年1月
土丘
The Mound
與吉莉雅・畢夏普合著
發表刊載於1940年11月
III 未刪減完整版於1989年出版

1930年2月24日-9月26日
黑暗中的低語
The Whisperer in Darkness
I 短篇小說 發表刊載於1931年8月

1931年2月24日-3月22日
瘋狂山脈
At the Mountains of Madness
II 中篇小說 發表刊載於1936年2月-4月

1931年11月-12月3日
印斯茅斯小鎮的陰霾
The Shadow Over Innsmouth
II 中篇小說 發表刊載於1936年4月

1932年2月
女巫之屋的噩夢
The Dreams in the Witch House
III 短篇小說 發表刊載於1933年7月

1934年11月10日-1935年2月22日
超越時間之影
The Shadow Out of Time
II 中篇小說 發表刊載於1936年6月

1935年11月5日-9日
暗魔
The Haunter of the Dark
III 短篇小說 發表刊載於1936年12月

年表審定：Nick Eldritch

CONTENTS

瘋狂山脈

1

科學家拒絕在不明原委的情況下聽從我的建議，因此本人只得打破沉默。這場籌畫中的南極探險將廣泛搜尋化石、大規模鑽探和融化遠古冰蓋，吐露反對理由已經違反了我的意願，由於我的警告很可能僅僅是徒費唇舌，因此我就更加不願意開口了。儘管本人必須公開真相，但引來質疑亦是無可避免之事；然而，若是非要剔除看似荒誕和難以置信的內容，那我也就沒有什麼可說的了。從未公開過的普通攝影和航拍照片能夠成為有力的證據，因為它們清晰生動得令人膽寒。可是，照片的拍攝距離都過於遙遠，足以進行巧妙的後期篡改。墨水畫容易被斥為顯而易見的欺詐，雖說藝術專家應該會注意到所用技法的怪異並為之困惑不已。

歸根究底，我必須依靠幾位科學領袖的判斷和立場。一方面，他們的思維足夠獨立，在衡量我提供的資料時能夠根據其恐怖的真實性或借鑑某些難以理解的原始神話集合；另一方面，他們擁有足夠的影響力，可以阻止探險界在那片瘋狂山脈區域貿然開展過於野心勃勃的計畫。一個非常不幸的事實是，我本人和同僚只是相對默默無聞的人物，背後只有一所普普通通的大學，在牽涉到怪誕離奇或高度爭議性的事情上幾乎沒有任何發言權。

對我們更為不利的是從嚴格意義上說，我們算不上相關領域的專家。我是米斯卡托尼克大學探險隊的一名地質學家，本校工程系的弗蘭克．H．帕博蒂教授設計出一種極為先進的鑽頭，我的角色只是在這種鑽頭的協助下，獲取南極大陸各處岩石和土壤的深層樣本。我沒有奢望過成為其他領域的開拓者，但我確實希望能夠沿著前人的探險路徑，在各種地點使用這種新機械，採集過去用傳統方法難以得到的樣本。正如公眾從我們的報告中了解到的，帕博蒂的鑽探設備在輕巧、便攜和性能上都獨樹一幟且別開蹊徑，結合了傳統自流井鑽頭和小型圓岩鑽的工作原理，能夠快速適應硬度各自不同的多個岩層。鋼製鑽頭、連接桿、汽油引擎、可拆卸的木架，爆破器材、繩纜、用於移除廢渣的螺旋鑽和長達一千英呎的5英吋口徑分節組合管道——再加上必不可少的附屬設備，三架七條狗拉的雪橇就能拖動，這都要歸功於大多數零件巧妙地使用了鋁合金。我們有四架道尼爾大型運輸機，專門為飛越極地高原的超高海拔飛行任務改裝，裝配了帕博蒂設計的燃料加熱和快速發動裝置，能夠從冰障(注)邊緣的基地運送整個探險隊前往

注 原文為ice barrier，是冰架（ice shelf）的舊稱，羅斯冰架是南級最大的冰架，舊稱大冰障（Great Ice Barrier）。

內陸各個合適降落的地點，抵達這些地點後，將有足夠數量的雪橇犬供我們驅使。

我們計劃在一季（假如確定有必要，也可略作延長）允許的範圍內探索盡可能廣闊的極地區域，主要瞄準的是羅斯海以南的山脈和高原地帶，沙克爾頓、阿蒙森、斯科特和伯德曾在不同程度上勘察過這些區域。我們打算頻繁更換營地，駕駛飛機跨越足夠長的距離，前往地質特徵明顯不同的地點，希望能夠鑽取出數量空前的研究材料，尤其是過去鮮有發現的前寒武紀地層樣本。我們也希望能夠獲得盡可能大量和多樣化的上層化石岩，即使這片荒涼的土地現在只有寒冰和死亡，但它的原始生命史對我們了解地球的過往極為重要。眾所周知，南極大陸曾經位於溫帶甚至熱帶，充滿了各種各樣的動植物，如今卻只剩下了地衣、海洋動物、蛛形綱生物和北海岸的企鵝；我們希望從多樣性、精確性和細緻性的角度擴展這部分知識。假如某次簡單鑽探找到了化石存在的跡象，我們就用爆破拓開孔徑，獲得尺寸合適、保存得更加完整的樣本。

鑽探的深度依上層土壤或岩石的情況而定，但地點僅限裸露或半裸露的地表，由於地勢較低的區域都覆蓋著厚達1、2英哩的堅冰，因此我們不可避免地只能選擇山坡和岩脊。我們不可能在太厚的冰層上浪費鑽探深度。儘管帕博蒂制定了一套方案，將銅電極沉入密集的鑽孔簇群，用汽油發電機輸入的電流融化限定面積內的堅冰，但在我們這種探險活動中只能試驗性地稍加利用。雖說我從南極返回後就多次發出警告，但即將啟程的史塔克懷瑟─摩爾探險隊依然打算正式使用這套方案。

我們定期用無線電向《阿卡姆廣告人》和美聯社報告進展，帕博蒂和我後來發表了一系列文章，民眾透過這兩者得知了米斯卡托尼克探險隊的情況。我們一行有四人來自大學：帕博蒂、生物系的雷克、物理系的阿特伍德（亦是氣象學家）和代表地質系的本人，我同時也是名義上的負責人；另外還有十六名助手，其中七人是大學的研究生，九人是經驗豐富的機械師。十六名助手裡有十二人是有資格的飛機駕駛員，十四人能熟練使用無線電設備，八人會用羅盤和六分儀導航，帕博蒂、阿特伍德和我也會。我們還有兩艘艦艇，都是木製的前捕鯨船，為冰海環境做了特別加固，並加裝了輔助的蒸汽機，這兩艘船自然同樣配足了人手。贊助本次探險的是納旦尼爾・德比・匹克曼基金會和幾筆專項捐贈。因此，雖然沒有得到大眾的廣泛關注，我們的準備工作依然異常充分。狗、雪橇、機器、宿營物資和拆成零件的五架飛機先送往波士頓裝船。為了我們特定的目標，我們的裝備精良到了極點。近些年有許多格外卓越的先驅者前往南極，我們在補給、飲食、運輸和營地建設等各方面都受益良多。這些先驅者不但數量眾多，而且聲名顯赫，因此我們的探險隊即使準備充分，卻幾乎沒有引來任何注意。

如報紙所述，一九三〇年九月二日，我們從波士頓啟航，沿海岸線從容南下，穿過巴拿馬運河，在薩摩亞、霍巴特和塔斯馬尼亞稍作停留，在塔斯馬尼亞最後一次補充物資。探險隊的成員都沒有來過極地，因此完全依賴於兩位船長的判斷，他們都是南極海域的捕鯨老手，一位是J・B・道格拉斯，負責指揮雙桅船「阿卡姆號」並擔任海上隊伍指揮官，另一位是格奧爾格．索芬森，負責指揮三桅船「米斯卡托尼克號」。我們離開人類居住的世界，太陽在北方天空中越沉越低，在地平線以上停留的時間也越來越長。南緯62度，我們見到了第一批冰山，狀如平桌，邊緣陡峭。離南極圈越來越近，浮冰給我們帶來了不少麻煩。十月二十日，我們進入南極圈，船上舉辦了趣味盎然的相應儀式。穿過熱帶後的漫長航程之中，越來越冷的天氣讓我很煩惱，但我努力振作精神，準備迎接未來更嚴酷的考驗。奇妙的大氣現象屢次引得我沉醉其中，包括栩栩如生的海市蜃樓（注1）（我這輩子第一次見到），遙遠的冰山變成了巨大得難以想像的城堡牆垛。

兩艘船推開浮冰，我們運氣很好，浮冰既不是比比皆是，也不是排列緊密，最後在南緯67度東經175度重新進入開闊海域。十月二十六日早晨，南方出現了一道強烈的所謂「地閃光」，不到中午，我們激動地看見一條巍峨雄壯、白雪覆蓋的山脈，它佔據了正前方的整個視野。未知的大陸，冰封的神祕死亡世界，我們終於見到了它的邊緣。前方的山峰無疑就是羅斯發現的阿德米勒爾蒂山系，我們現在的任務是繞過阿代爾角，沿維多利亞地的東岸前往南緯77度9分厄瑞波斯火山腳下的麥克默多灣，我們計劃在那裡建立基地。

最後一段航程充滿奇景，激起我們的無窮幻想。雄偉而貧瘠的神祕山峰始終聳立於西方，太陽在正午時分低垂於北方，午夜時分則緊貼著南方的海平線，將朦朧泛紅的光線灑向白雪、發藍的冰塊與水道和裸露的小片黑色花崗岩山坡。可怕的南極狂風斷斷續續地呼嘯掃過荒涼的山巔，聲調中時常含有近乎於風笛的模糊音韻，介於認知邊緣的瘋狂音符跨越了一段寬廣的音域，潛意識記憶裡的某種原因讓我感覺焦躁不安甚至隱約害怕。我不禁想到尼古拉斯．洛里奇（注2）怪誕而令人不安的亞洲風景畫，還有阿拉伯瘋人阿卜杜．阿爾哈茲萊德在《死靈之書》裡，有關冷原的更加怪誕和令人不安的邪惡傳說。我曾經在大學圖書館翻閱過這本恐怖的書籍，後來我對此感到追悔莫及。

十一月七日，我們經過弗蘭克林島，西方的山脈暫時離開了視野。第二天，我們在前方遠遠地望見了羅斯島上的厄瑞波斯山和恐懼峰，漫長的帕里山脈在它們背後浮現。大冰障相比之下變得低矮，像一條白線似的向東方延伸，垂直的邊緣高達兩百英呎，狀如魁北克的岩石峭壁，標記著南向航程的終點。當天下午，我們駛入麥克默多灣，在煙霧繚繞的厄瑞波斯山的背風面海灘下錨。熔岩堆積的山峰直插東方的天空，海拔約一萬二千七百英呎，彷彿日本版畫中的富士神山。白色的恐懼峰彷彿鬼魅，海拔約一萬零九百英呎，是一座死火山。厄瑞波斯山斷斷續續地噴吐濃煙，才華橫溢的研究生助手丹佛斯注意到白雪皚皚的山坡上有疑似熔岩的東西，他指出這座發現於一八四〇年的活火山

注1 又稱蜃景（fata morgana），是一種因為光的折射和全反射而形成的自然現象，是地球上物體反射的光經大氣折射而形成的虛像。其本質是一種光學現象。

注2 俄國藝術家尼古拉斯．康斯坦丁諾維奇．洛里奇（Nikolay Konstantinovich Roerich，1874～1947）不只作為畫家，而且還作為考古學家、舞臺設計師、作家、哲學家和旅行家被載入史冊，一生創作了約七千幅畫作和約三十卷文學作品。

無疑就是七年後愛倫．坡的靈感來源：

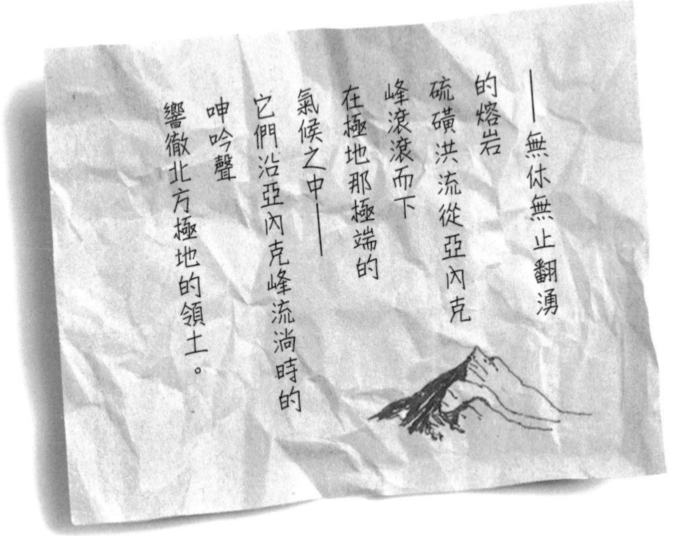

——無休無止翻湧
的熔岩
硫磺洪流從亞內克
峰滾滾而下
在極地那極端的
氣候之中——
它們沿亞內克峰流淌時的
呻吟聲
響徹北方極地的領土。

丹佛斯熱衷於閱讀怪異書籍，總把愛倫坡掛在嘴邊。我本人對愛倫．坡也很感興趣，因為他唯一的長篇小說——令人不安、神祕難懂的《亞瑟．戈登．皮姆》——描述了南極洲的景象。荒涼的海岸上，海岸背後高聳的冰障上，無數模樣怪誕的企鵝吱吱叫嚷，拍打鰭足；海面上能見到許多肥胖的海豹，有些游來游去，有些躺在緩緩漂動的大塊浮冰上。

午夜過後不久的十一月九日凌晨，我們用小艇艱難地登上了羅斯島，從兩艘船各拉一根纜繩到岸邊，準備用滑車和浮筒卸下裝備。儘管先前的斯科特和沙克爾頓探險隊都選在此處登陸，但我們第一次踏上南極土地時依然心潮澎湃、百感交集。我們在山坡下封凍的海灘上搭建了臨時營地，不過指揮中心還是設在「阿卡姆號」

上。我們卸下鑽探設備、犬隻、雪橇、帳篷、口糧、汽油罐、實驗性的融冰裝置、傳統相機和航拍相機、飛機部件和其他裝備，除了飛機上的無線電，我們還有三套可攜式無線電收發器，能夠在南極大陸上我們有可能造訪的任何一個角落與「阿卡姆號」上的大型收發器取得聯繫。船上的無線電收發器能與外部世界聯絡，向《阿卡姆廣告人》設在麻薩諸塞州金斯波特角的大功率電臺發送新聞稿件。我們希望能夠在南極的夏季內完成預定任務；假如無法做到，我們就在「阿卡姆號」上過冬，在海面封凍前派「米斯卡托尼克號」回北方獲取下一個夏季的補給。

新聞媒體已經報導了我們初期的工作，我在此就不詳細描述了：我們登上厄瑞波斯山；我們在羅斯島上成功地完成了鑽探作業，帕博蒂的設備達到了無與倫比的速度，遇到厚實的岩層也不在話下；我們短暫地測試了小型的融冰裝置；我們冒著危險將雪橇和物資送上冰障；我們終於在冰障上的營地裝配起了五架大型運輸機。登陸隊伍，二十名人類和五十五條阿拉斯加雪橇犬，健康狀況良好，不過迄今為止還沒有遭遇過真正摧毀性的寒潮和風暴。最重要的一點，氣溫始終在華氏0度和20到25度間徘徊，而新英格蘭的冬季早已讓我們習慣了這個級別的寒冷。冰障營地是半永久性的，用來存放汽油、口糧、炸藥和其他補給。在五架飛機中，只有四架用來裝載探險物資，第五架與一名飛行員和兩名船上人員留守儲藏基地，萬一另外四架飛機全部失蹤，他們依然能從「阿卡姆號」來接應我們。晚些時候，等不再需要用所有飛機運送裝備之後，我們將派遣一架或兩架承擔儲藏基地和另一處永久性基地之間的往來交通，這處基地位於南方六、七百英哩之外、比爾德莫爾冰川另一側的高原上。儘管以前的探險隊都提到了高原上會有駭人聽聞的狂風和暴風雪，但出於財力和效率的考慮，我們依然決定碰碰運氣，不再設立中轉站。

無線電發送的報告已經描述了那場扣人心弦的四小時不間斷飛行。十一月二十一日，我們編隊飛越高聳的冰架，龐大的山峰在西方拔地而起，無法言喻的死寂回應著引擎的轟鳴聲。風沒有帶來多少麻煩，無線電羅盤指引我們穿過一片能見度為零的濃霧。飛到南緯83至84度之間，壯觀的隆起在前方隱現，我們知道探險隊已經來到了比爾德莫爾冰川，全世界最大的山谷冰川，冰封的海洋漸漸消失，充滿褶皺的多山海岸線取而代之。我們終於進入了地球最南端萬古死寂的白色世界。正在回味這個事實的時候，海拔近一萬五千英呎的南森峰遠遠地出現在了東方。

我們越過冰川，在南緯86度7分、東經174度23分處成功地設立了南部基地，藉助雪橇和短程飛行考察了多個地點，以創記錄的效率快速而有效地鑽孔和爆破採樣；這些事情早有記敘，在此不再贅述。十二月十三日至十五日，帕博蒂帶領研究生吉德尼和卡羅爾艱難地成功登頂南森峰。我們位於海拔八千五百英呎的高原上，嘗試性鑽探發現某些地點僅僅在12英呎深的冰雪下就是堅硬的地面，我們在多個地點使用小型融冰裝置、擴孔鑽頭和實施爆破，先前的探險者從未想到過能在這裡取得岩石樣本。鑽探得到的前寒武紀花崗岩和比肯砂岩證明了我們的猜想：這片高原與西方的大片陸地擁有相同的起源，但與東方南美洲以南的地塊有所區別。我們當時認為那是冰封的羅斯海和威德爾海從更大的陸地上分隔出的一塊較小的地塊，但後來伯德證明了這個猜想是錯誤的。

每次鑽孔確定了砂岩的存在，探險隊就會跟進爆破和開鑿。我們發現了一些非常值得研究的化石痕跡和殘骸，尤其是蕨類植物、海藻、三葉蟲、海百合和舌形貝目與腹足綱的軟體動物，對研究這個區域的遠古歷史具有重要的意義。在一次深層爆破鑽孔的採樣結果中，雷克從三塊葉岩碎片中拼出了一道三角形的條紋痕跡，最寬處近1英呎。這些碎片來自西面近亞歷珊德拉皇后山脈的一個地點，生物學家雷克認為這些痕跡不同尋常地令人困惑和好奇，但在我這個地質學家的眼中，它與沉積岩中頗為常見的漣漪效應不無相似之處。葉岩無非是沉積岩岩層受擠壓後的一種變質構造，而壓力對本已存在的痕跡也會造成奇特的扭曲效應，因此我認為那些帶條紋的壓痕並不值得我們大驚小怪。

一九三一年一月六日，雷克、帕博蒂、丹佛斯、六名學生、四名機械師和我乘兩架運輸機徑直飛越南極，突如其來的強風迫使我們中途不得不降落了一次，還好強風沒有發展成典型的極地風暴。正如媒體報導所陳述的，那是數次觀測飛行中的一次；其他幾次飛行中，我們嘗試辨認先驅的探險者從未抵達之地的地貌特徵。初期的多次飛行在這一方面即使令人失望，但還是幫助我們拍攝到了極地那光怪陸離的海市蜃樓的絕佳照片，先前在海上航行時我們短暫地目睹過這種壯麗的景觀。遙遠的群山飄浮在天空中，彷彿魔法構造的城市。白茫茫的世界時常在午夜低垂的太陽魔法下變幻成鄧薩尼（注）的夢想和冒險渴望中的金色、銀色和猩紅色的國度。多雲的日子裡，天空與白雪覆蓋的大地會交融成一整片神祕莫測的虛無，沒有了肉眼可見的地平線幫我們標識出兩者的接合之處，飛行遇到了不小的麻煩。

最後，我們決定執行原先的計畫，四架運輸機向東飛行五百英哩，在我們錯誤地認為屬於一塊較小陸地的區域新建了一個次級營地。我們想在那裡獲取用於對比研究的地質學樣本。隊員的健康保持得很好。酸橙汁有效地補充了罐頭和醃製食品缺乏的物質，氣溫通常位於零度以上，我們做事時不需要裹上厚實的毛皮外套。時值仲夏，假如我們抓緊時間且膽大心細，就有希望在三月份結束工作，不需要在寒冬中熬過極地的漫漫長夜。我們遭遇過幾場從西方颳來的激烈風暴，但阿特伍德發揮出高超的才能，用厚重的雪塊搭出簡易的飛機棚和防風牆，加固了營地的主要建築物。我們的好運氣和高效率簡直到了不可思議的地步。

外部世界當然知曉我們的進展，也聽說了雷克那怪異而頑固的堅持，他主張我們向西（更確切地說，向西北）做一次徒步勘探，然後再決定要不要大動干戈搬進新的營地。他似乎花了大量時間思考那塊葉岩上的三角形條紋痕跡，提出的大膽想法激進得讓人擔心。他彷彿從中讀出了自然界與地質時期之間的某些矛盾，他的好奇心被推到了極點，使得他渴望在向西延伸的地質構造上繼續鑽孔和爆破，因為這些痕跡化石無疑屬於那片地質構造。他怪異地執意認為三角形痕跡是某種完全無法分類但高度進化的未知巨型生物留下的印記，罔顧它所在的岩層事實上極其古老（即便不是前寒武紀，也至少是寒武紀），那個時期根本不存在高度進化的生命，生命僅僅進化出了單細胞，頂多只到三葉蟲的階段。這些化石碎片和上面的怪異印痕至少有五到十億年的漫長歷史。

2

我們在無線電簡報中提到雷克朝西北方向進發，前往人類從未涉足甚至從未想像過的地區，我猜測這個消息一定引得大眾浮想聯翩，但我們沒有提到他企圖顛覆整個生物學和地質學的瘋狂念頭。一月十一至十八日，他與帕博蒂和另外五名人員乘雪橇踏上鑽探之旅（途中在跨越冰原中一道巨大的壓力脊時雪橇意外翻覆，損失了兩條雪橇犬），挖掘出了越來越多的太古代葉岩，這些古老得難以想像的岩層中蘊含著豐富的痕跡化石，連我都被勾起了興趣。然而，他發現的痕跡明顯來自非常原始的生命形式，與現有

注 愛德華・約翰・莫頓・德拉克斯・普倫基特（Edward John Moreton Drax Plunkett，1878～1957），筆名為鄧薩尼勛爵（Lord Dunsany），英國－愛爾蘭作家，以創作奇幻小說出名，一生共出版了九十多部書，代表作為《精靈王之女》。

認知沒有太大的出入，這些生命形式原本就應該出現在前寒武紀的岩層之中。因此，當雷克請求我們打斷爭分奪秒的考察計畫，調用全部四架飛機、大量人手和探險隊的所有機械裝備時，我實在看不到其中有任何站得住腳的理由。我沒有否決雷克的計畫，儘管雷克很希望聽取我在地質學方面的建議，但我還是決定不參加西北方向的分遣隊。他們離開後，我將與帕博蒂和另外五名人員留在基地，制定向東轉移的最終計畫。為了這次遷移，一架飛機已經開始從麥克默多灣向北運送大量的汽油補給，不過這項工作可以暫時中止。我給自己留下了一架雪橇和六條雪橇犬，在這麼一個萬古死寂、杳無人跡的世界裡，手邊缺少可用的交通工具是很不明智的。

大家應該都記得，雷克的分遣隊在進入未知區域後，透過飛機上的短波無線電收發機報告情況，南部營地和麥克默多灣的「阿卡姆號」都能收到他的信號，「阿卡姆號」還透過上限到五十公尺的長波無線電向外部世界轉播。分遣隊於一月二十二日凌晨4點出發，僅僅兩小時後我們就收到了第一條無線電消息，雷克說他們已經降落，在離我們三百英哩之處開始小規模融冰和鑽探作業。又過了六小時，我們收到了極度興奮的第二條消息，雷克說他們鑽探和爆破出一口較淺的豎井，然後像海狸似的瘋狂開掘，最終發現了一些葉岩碎片，其上的多處痕跡都類似於最初誘發他好奇探究的那個條紋化石。

三小時後他們又發來簡報，宣布他們頂著刺骨狂風再次起飛。我發消息反對他們進一步冒險，但雷克簡短地回覆說新發現的標本值得冒任何風險。我注意到他已經興奮得開始抗命了，如此貿然的舉動有可能危及整個探險的成敗，而我卻無能為力。我不寒而慄，因為他正在深入那片變幻莫測的白色險惡之地，充滿了暴風雪和難測神祕的廣闊土地綿延一千五百英哩，直至瑪麗皇后地和諾克斯地那一半為人所知、一半來自猜想的未知海岸線。

又過了一個半小時，雷克在飛行途中發來那條加倍興奮的消息，幾乎扭轉了我的擔憂，我甚至開始後悔自己沒有參加他們的分遣隊。

晚間10點05分。飛行中。飛出暴風雪，觀測到高度前所未見的山脈。加上高原的海拔，可能與喜馬拉雅山相當。座標約為南緯76度15分、東經113度10分。左右均至視野之外。疑有兩座尚在冒煙的活火山。山峰均為黑色，無積雪。山脈方向颳來狂風，難以靠近。

看見這條消息，帕博蒂、我和其他人員屏息守在無線電前。七百英哩外那巍峨的龐然群山點燃了我們內心深處的冒險渴望，雖然未能親身參與，但探險取得的成就依然令我們歡欣鼓舞。半小時後，雷克再次呼叫我們。

莫爾頓的飛機在丘陵臺地上迫降，無人受傷，飛機應能修復。返航或繼續前進時如有必要，可將重要物資轉移到另外三架飛機上，但目前尚不需要長途飛行。山脈的高度超乎想像。將卸下卡羅爾飛機上的所有重物後出發偵察。你們無法想像我眼前的景象。最高的山峰無疑超過三萬五千英呎。埃佛勒斯峰相形見絀。我和卡羅爾飛行偵察，阿特伍德將用經緯儀測量高度。火山口的猜測或有錯誤，因為地質構造顯有分層，很可能混入了其他岩層的前寒武紀葉岩。怪異的天際線效應：似有規則的立方體攀附於峰頂最高處。金紅色的低射陽光下，景象極其不可思議。彷彿夢境中的神祕國度，又像一道大門，通往充滿未知奇蹟的禁忌世界。真希望你們能親臨現場。

即使已經到了該睡覺的時間，我們這些聽眾卻沒有要去休息的念頭。麥克默多灣恐怕也是這樣，因為儲藏營地和「阿卡姆號」同樣能收到雷克的訊號。道格拉斯船長用無線電祝賀探險隊的全體成員，儲藏營地的報務員謝爾曼隨後效仿。當然了，我們也為受損的飛機感到遺憾，希望它能夠順利修復。晚間11點，雷克再次呼叫我們。

我和卡羅爾飛越了最高的丘陵。天氣惡劣，不敢挑戰高峰，待以後再做嘗試。登山非常艱難，在目前海拔下更是難上加難，但值得付出努力。高大的山脈連綿不斷，難以窺見它背後的景象。主峰超過喜馬拉雅山脈，而且非常奇特。山峰似乎是前寒武紀葉岩，但明顯混有大量其他的隆起地層。火山猜測錯誤。山脈朝兩個方向都延伸出了視野範圍。狂風掃光了兩萬一千英呎以上的積雪。最高山峰的山麓上有形狀怪異的地質構造。例如巨大的扁平方塊，側面完全垂直；又如彷彿低矮豎直牆壘的矩形線條，就像洛里奇所繪攀附於陡峭山峰上的亞洲古堡。飛近其中一些，卡羅爾認為它們由互不相連的較小方塊組成，但多半是風化的結果。大多數方塊的邊緣已經崩裂和磨平，像在風雪和氣候變遷中暴露了幾百萬年。有一些部分，尤其是較上層的部分，岩石的顏色似乎比山麓裸露地層的顏色更淺，因此無疑源於晶體。近距離飛行觀察中見到了許多岩洞入口，有一些的輪廓規則得不同尋常，呈正方形或半圓形。你必須來研究一下。我似乎在一座山峰的頂端見到了四四方方的牆壘。海拔約在三萬到三萬五千英呎之間。飛機目前位於兩萬一千五百英呎，寒冷得簡直恐怖。狂風吹過隘口，進入岩洞，發出哨聲和笛音，但飛行目前尚無危險。

接下來的半小時，雷克連珠炮似的發來消息，表達了徒步攀登幾座高峰的意願。我答覆說只要他能派遣一架飛機回來，我就盡快前去與他會合，帕博蒂和我將制定出最節省汽油的計畫，根據這次探險現已改變的目標，確定在什麼地點用什麼方法集中物資。看起來，雷克的鑽探作業和飛行活動會消耗大量燃料，我們必須將汽油送往他打算在山腳建立的新營地。我為此呼叫道格拉斯船長，請他盡可能多地從兩艘船上搜集汽油，用我們留下的最後一支雪橇隊將汽油送上冰障。我們需要在雷克和麥克默多灣之間建立一條穿越未知區域的直接補給路線。

晚些時候，雷克呼叫我，說他決定在莫爾頓的飛機迫降地點附近紮營，飛機的修理工作已經取得了一定進展。那裡的冰蓋非常薄，到處都能見到裸露在外的黑色土地，他打算就地鑽探和爆破，然後再乘雪橇巡遊勘察和登山探險。他說整個景象壯觀得無法用語言形容，默然聳立的山峰直插天空，猶如世界邊緣的高牆，站在背風的山坡上，他的感官陷入了一種怪異的狀態。根據阿特伍德用經緯儀測量的結果，五座最高的山峰均在三萬到三萬四千英呎之間。地表的風蝕特徵讓雷克非常不安，因為它們表明了這裡時常遭到強烈得不可思議、人類聞所未聞的狂風侵襲。離營地5英哩多一點的地方，較高的丘陵陡然隆起。他極力主張我們應該抓緊時間，以最快速度結束在這片新發現的怪異區域上的考察工作。我幾乎在他的言語中聽到了他潛意識中的一絲驚恐，這種情緒跨越七百英哩冰原感染了我。他以難以匹敵的效率和強度連續不斷地工作了一整天，取得了令人矚目的成功，現在他終於打算去休息了。

早晨，我與雷克和道格拉斯在各自遠隔千里的營地裡做了一場無線電三方會談，最終決定雷克派一架飛機來我的營地接帕博蒂、五名助手和我，順便盡可能多地運送燃油回去。至於燃油問題本身，取決於我們對東進行程的判斷，可以過幾天再說，因為雷克有足夠的燃料供營地取暖和鑽探。最初建立的南部營地遲早需要補充物資，但假如我們推遲東進探險的出發時間，那麼在明年夏季之前就不會再啟用南部營地了。另一方面，雷克必須派一架飛機勘探地形，制定從麥克默多灣到他新發現的山脈之間的直接路線。

帕博蒂和我開始準備關閉營地，關閉的時間長短依情況而定。假如我們決定在南極過冬，那麼多半會直接從雷克的基地飛回「阿卡姆號」，不再需要返回這個營地。我們有一部分錐形帳篷已經用堅實的雪磚加固過了，現在決定完成這項工作，乾脆搭成一個永久性的愛斯基摩村落。備用的帳篷非常充足，因此即便加上我們七人，雷克的營地也有足夠的物資可供使用。我用無線電通知雷克，稱再工作一天和休息一夜後，帕博蒂和我就可以向西北出發了。

但下午4點過後，我們的工作進度就不是那麼穩定了，因為這時雷克開始發來最不同尋常和令人興奮的消息。他這一天剛開始不怎麼順利，因為駕駛飛機勘察裸露的岩石表面時，完全沒有發現他在尋找的太古代或更原始的地層，而這兩者構成了在可望不可及之處俯瞰營地的龐大山峰的很大一部分。他們見到的絕大多數岩層顯然是侏羅紀與白堊紀早期科曼齊系的砂岩和二疊紀與三疊紀的片岩，偶爾能瞥見幾塊反光的黑色露頭岩，應該是堅硬的板岩煤。雷克不由氣餒，因為他的計畫完全依賴於能不能挖掘出超過五億年歷史的樣本。結論非常清楚：想要尋找帶有古怪印痕的太古代葉岩礦脈，他必須乘雪橇從丘陵地帶前往龐然峰嶺的陡峭山坡。

儘管如此，他還是決定在營地附近鑽探採樣，以完成這次探險的總體目標。他搭起鑽井臺，分配五名人員操縱鑽頭，其他人員繼續搭建營地和修理受損的飛機。第一次採樣選擇了視野內硬度最低的岩石：營地四分之一英哩外的一片砂岩。鑽探非常順利，幾乎不需要爆破輔助。三小時後，鑽探隊伍實施了第一次高烈度爆破，他們的歡呼聲隨即響起，領隊的吉德尼衝進營地，帶來了令人震驚的消息。

他們打通了一個洞窟。鑽探開始沒多久，砂岩就讓位於科曼齊系的石灰岩礦脈，其中充滿了頭足綱、珊瑚蟲、海膽和石燕貝目生物的小型化石，間或有石化的海綿和海生脊椎動物的骨骼，後者很可能包括了某些種類的硬骨魚、鯊魚和硬鱗魚。這個發現本身就足夠重要了，因為這是本次探險中第一次找到脊椎生物的化石。但只過了一小會兒，放下去的鑽頭打穿地層，落進一個明顯的空洞，鑽探隊員頓時加倍興奮起來。一次大型爆破打開了埋藏於地下的祕密，邊緣參差不齊的洞口有5英呎見方，深約3英呎，透過這個洞口，殷切的探索者見到了一段狹窄的石灰岩隧洞，這是五千多萬年前一個早已逝去的熱帶世界的涓涓水流蝕刻出的產物。

空洞地層僅深7到8英呎，但朝各個方向延伸到不可知的遠處，微弱流動的新鮮空氣說明它從屬於某個四通八達的地下隧洞體系。洞頂和洞底遍布鐘乳石和石筍，有些已經連接成了石柱；更加重要的是，形形色色的甲殼和骨骼多得幾乎堵塞了通道。水流將它們從中生代的蕨類植物和真菌的叢林、第三紀的蘇鐵、扇形棕櫚和原始被子植物的森林中沖刷而來，這些稀奇古怪的骨質殘骸包括了白堊紀、始新世和其他地質時代的代表性樣本，最了不起的古生物學家也不可能在一年內完成清點和分類工作。貝類、甲殼類、魚類、兩棲類、爬蟲類、鳥類和早期哺乳類動物，有的大、有的小，有的已知、有的未知。難怪吉德尼會歡呼著衝進營地，也難怪其他所有人都拋下工作，冒著刺骨寒風跑向高聳的鑽井臺，因為那裡標誌著一扇新發現的大門，通往地下深處和萬古之前的祕密。

滿足了剛開始最強烈的好奇心之後，雷克潦草地在筆記本上寫下一段文字，請莫爾頓跑回營地，立刻用無線電播發出去。這是我首次聽說這一場大發現，消息指出他們辨認出了早期貝類的殼體、硬鱗魚和盾皮魚的骨骼、迷齒動物和槽齒動物的遺骸、滄龍頭骨的碎片、恐龍的椎骨和板甲、翼龍的牙齒和翅骨、始祖鳥骨骼的殘片、中新世古鯊的牙齒、原始鳥類的顱骨以及遠古哺乳動物（例如古獸馬、劍齒獸、恐角獸、始祖馬、岳齒獸及雷獸）的顱骨、椎骨和其他骨骼，但沒有較晚近的乳齒象、現代象、駱駝、鹿和牛類動物的化石。雷克據此得出結論：最後一批沉積發生於漸新世，那片中空地層保持被發現時的乾燥、死寂和封閉狀態已有至少三千萬年。

另一方面，隧洞中出現了大量非常古老的生命形式，這一點極為異乎尋常。根據古海綿之類的典型嵌入化石判斷，這片石灰岩地層無疑構造於科曼齊系，不可能更早了。然而，隧洞中的散落化石卻有多得令人驚嘆的很大一部分來自古老得多的地質年代，甚至包括志留紀和奧陶紀的原始魚類、貝類和珊瑚類。最顯而易見的推論是在世界的這個角落裡，從三億年前到三千萬年前的生命擁有非同尋常和獨一無二的連續性。這種連續性有沒有超過洞穴封閉時的漸新世就完全無從推測了。然而無論如何，可怖的冰河時代在大約五十萬年前的更新世來臨（比起這個洞穴的遙遠歷史，五十萬年前簡直就像昨天），徹底終結了在這裡僥倖逃過滅絕宿命的遠古生命。

雷克不滿足於只發出這頭一條消息，莫爾頓還沒回到他身邊，他就已經寫出第二份簡報，越過茫茫雪原播報給我們。隨後，莫爾頓留在一架飛機上的無線電前，向我和「阿卡姆號」播發（『阿卡姆號』再向外部世界轉播）雷克接二連三透過信使交給他的消息。透過報紙關注探險隊進展的讀者一定記得，那天下午的報導在科研人員之中掀起了興奮的浪潮，而這些報導在多年以後最終促成了史塔克懷瑟—摩爾探險隊的成立，使得我憂心忡忡地想要勸說他們改變計畫。在此請允許我原文引用雷克發出的消息，報務員麥克泰格從鉛筆速記稿將它們轉寫成文本。

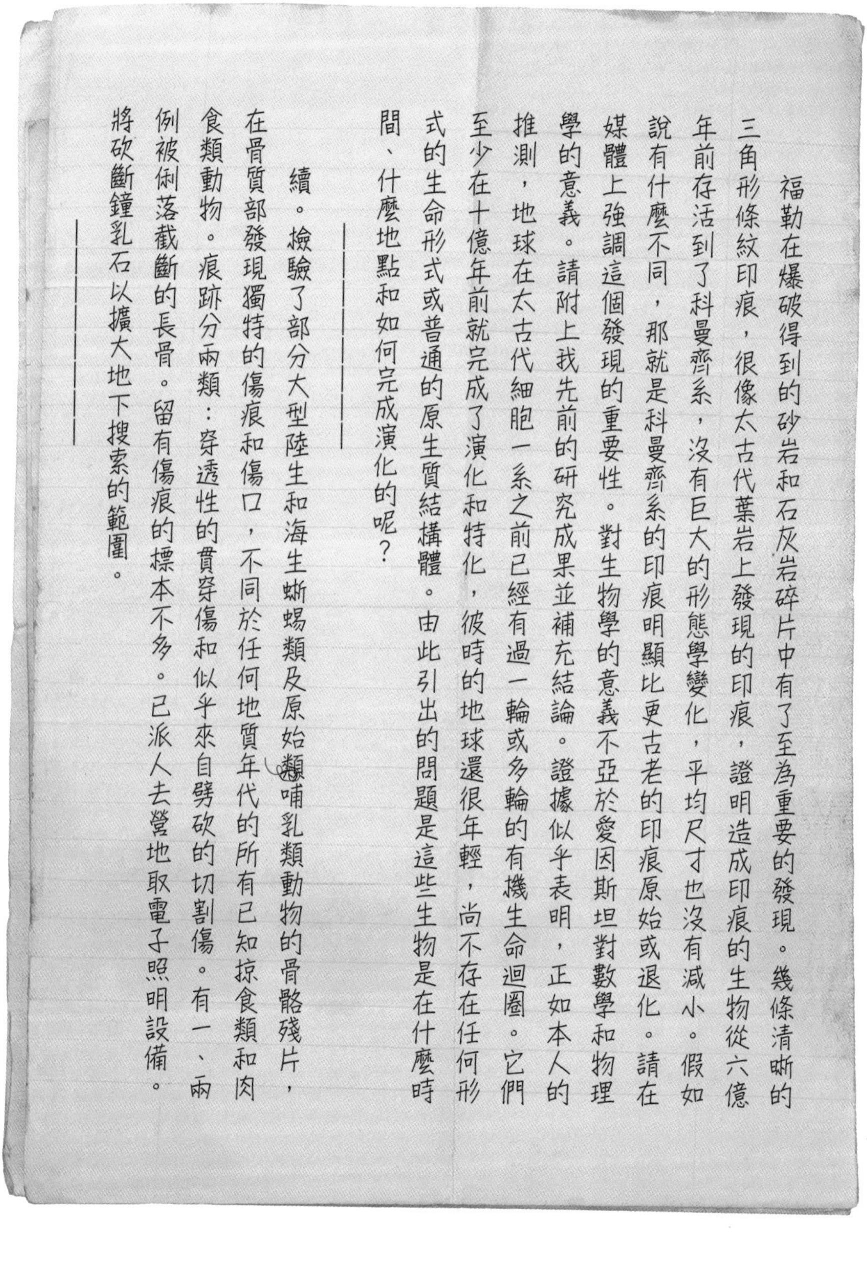

福勒在爆破得到的砂岩和石灰岩碎片中有了至為重要的發現。幾條清晰的三角形條紋印痕，很像太古代葉岩上發現的印痕，證明造成印痕的生物從六億年前存活到了科曼齊系，沒有巨大的形態學變化，平均尺寸也沒有減小。假如說有什麼不同，那就是科曼齊系的印痕明顯比更古老的印痕原始或退化。請在媒體上強調這個發現的重要性。對生物學的意義不亞於愛因斯坦對數學和物理學的意義。請附上我先前的研究成果並補充結論。證據似乎表明，正如本人的推測，地球在太古代細胞一系之前已經有過一輪或多輪的有機生命迴圈。它們至少在十億年前就完成了演化和特化，彼時的地球還很年輕，尚不存在任何形式的生命形式或普通的原生質結構體。由此引出的問題是這些生物是在什麼時間、什麼地點和如何完成演化的呢？

———

續。撿驗了部分大型陸生和海生蜥蜴類及原始類哺乳類動物的骨骼殘片，在骨質部發現獨特的傷痕和傷口，不同於任何地質年代的所有已知掠食類和肉食類動物。痕跡分兩類：穿透性的貫穿傷和似乎來自劈砍的切割傷。有一、兩例被俐落截斷的長骨。留有傷痕的標本不多。已派人去營地取電子照明設備。

———

將砍斷鐘乳石以擴大地下搜索的範圍。

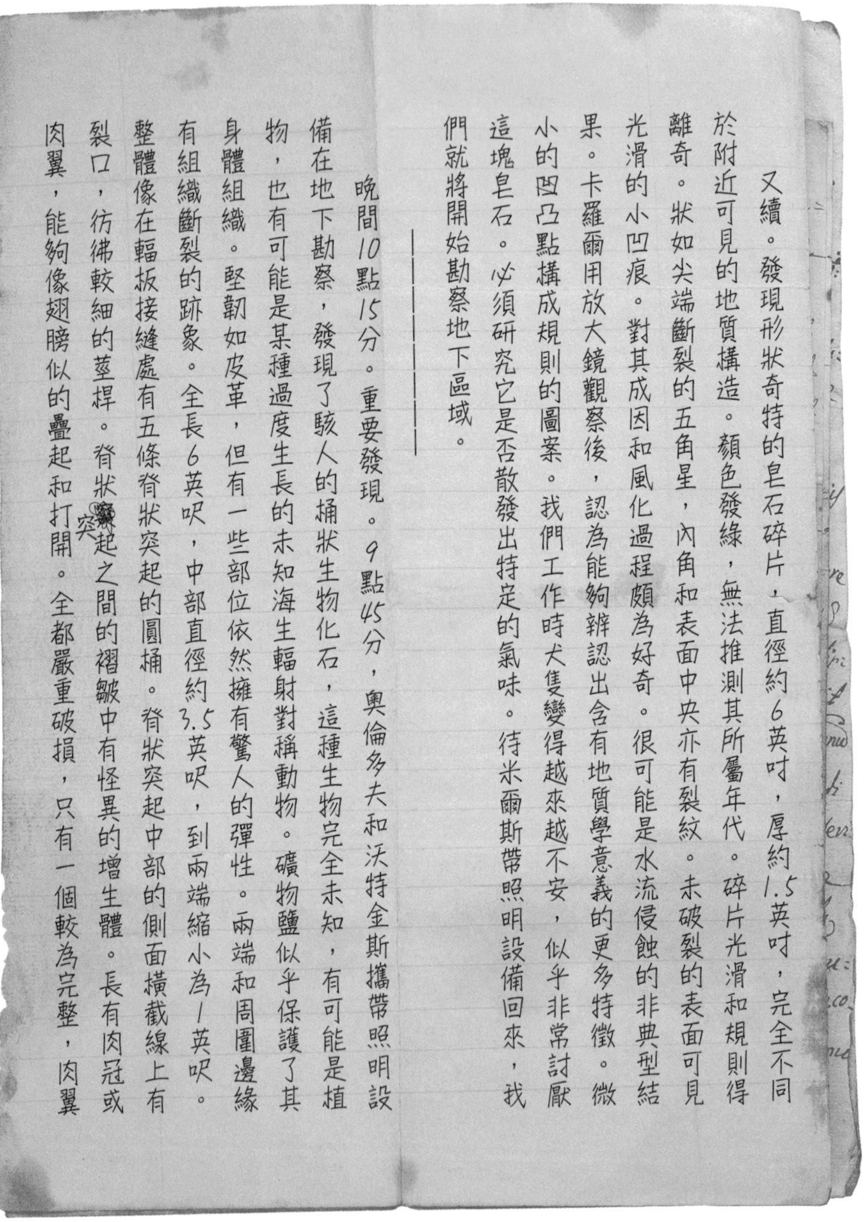

又續。發現形狀奇特的皂石碎片，直徑約6英吋，厚約1.5英吋，完全不同於附近可見的地質構造。顏色發綠，無法推測其所屬年代。碎片光滑和規則得離奇。狀如尖端斷裂的五角星，內角和表面中央亦有裂紋。未破裂的表面可見光滑的小凹痕。對其成因和風化過程頗為好奇。很可能是水流侵蝕的非典型結果。卡羅爾用放大鏡觀察後，認為能夠辨認出含有地質學意義的更多特徵。微小的凹凸點構成規則的圖案。我們工作時犬隻變得越來越不安，似乎非常討厭這塊皂石。必須研究它是否散發出特定的氣味。待米爾斯帶照明設備回來，我們就將開始勘察地下區域。

晚間10點15分。重要發現。9點45分，奧倫多夫和沃特金斯攜帶照明設備在地下勘察，發現了駭人的桶狀生物化石，這種生物完全未知，有可能是植物，也有可能是某種過度生長的未知海生輻射對稱動物。礦物鹽似乎保護了其身體組織。堅韌如皮革，但有一些部位依然擁有驚人的彈性。兩端和周圍邊緣有組織斷裂的跡象。全長6英呎，中部直徑約3.5英呎，到兩端縮小為1英呎。整體像在輻板接縫處有五條脊狀突起的圓桶。脊狀突起中部的側面橫截線上有裂口，彷彿較細的莖桿。脊狀突起之間的褶皺中有怪異的增生體。長有肉冠或肉翼，能夠像翅膀似的疊起和打開。全都嚴重破損，只有一個較為完整，肉翼

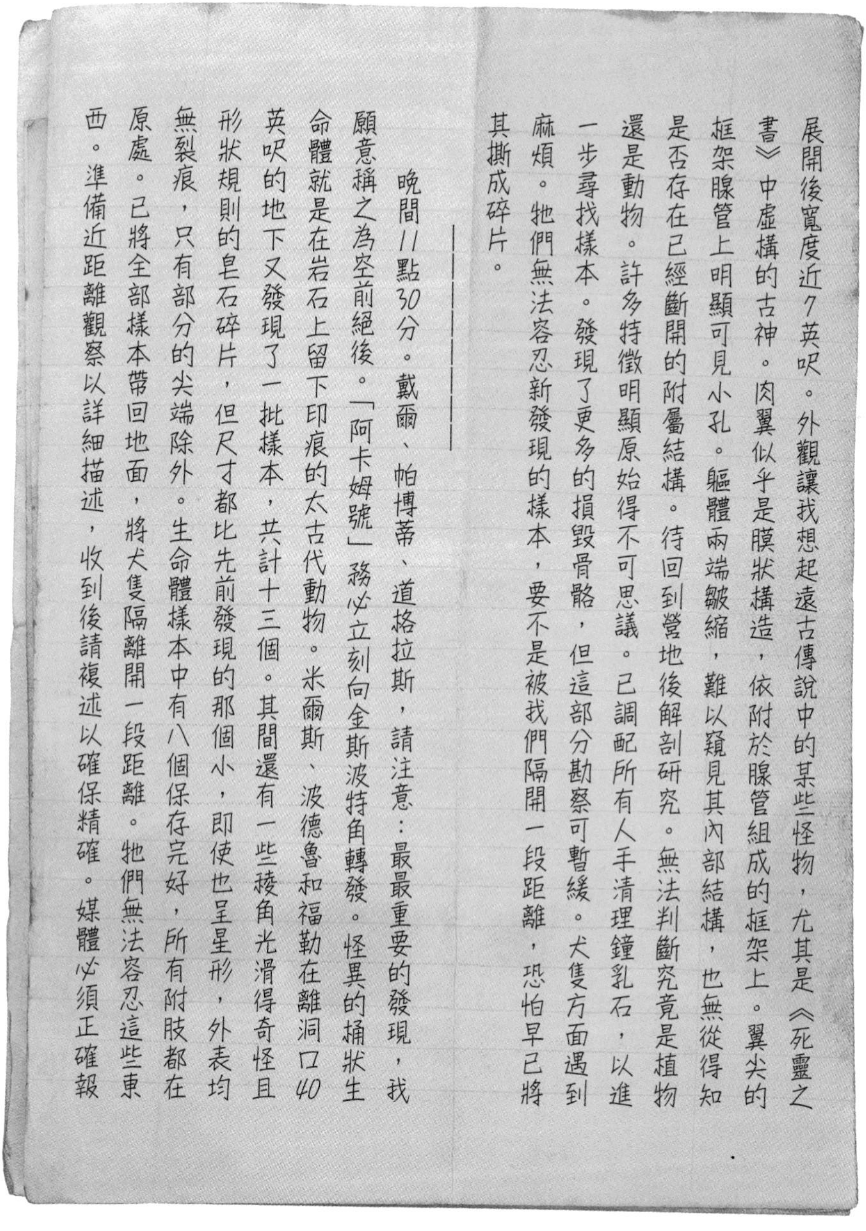

展開後寬度近7英吋。外觀讓我想起遠古傳說中的某些怪物，尤其是《死靈之書》中虛構的古神。肉翼似乎是膜狀構造，依附於腺管組成的框架上。翼尖的框架腺管上明顯可見小孔。軀體兩端皺縮，難以窺見其內部結構，也無從得知是否存在已經斷開的附屬結構。待回到營地後解剖研究。無法判斷究竟是植物還是動物。許多特徵明顯原始得不可思議。已調配所有人手清理鐘乳石，以進一步尋找樣本。發現了更多的損毀骨骼，但這部分勘察可暫緩。犬隻方面遇到麻煩。牠們無法容忍新發現的樣本，要不是被我們隔開一段距離，恐怕早已將其撕成碎片。

晚間11點30分。戴爾、帕博蒂、道格拉斯，請注意：最最重要的發現，我願意稱之為空前絕後。「阿卡姆號」務必立刻向金斯波特角轉發。怪異的桶狀生命體就是在岩石上留下印痕的太古代動物。米爾斯、波德魯和福勒在離洞口40英吋的地下又發現了一批樣本，共計十三個。其間還有一些稜角光滑得奇怪且形狀規則的皂石碎片，但尺寸都比先前發現的那個小，即使也呈星形，外表均無裂痕，只有部分的尖端除外。生命體樣本中有八個保存完好，所有附肢都在原處。已將全部樣本帶回地面，將犬隻隔離開一段距離。牠們無法容忍這些東西。準備近距離觀察以詳細描述，收到後請複述以確保精確。媒體必須正確報

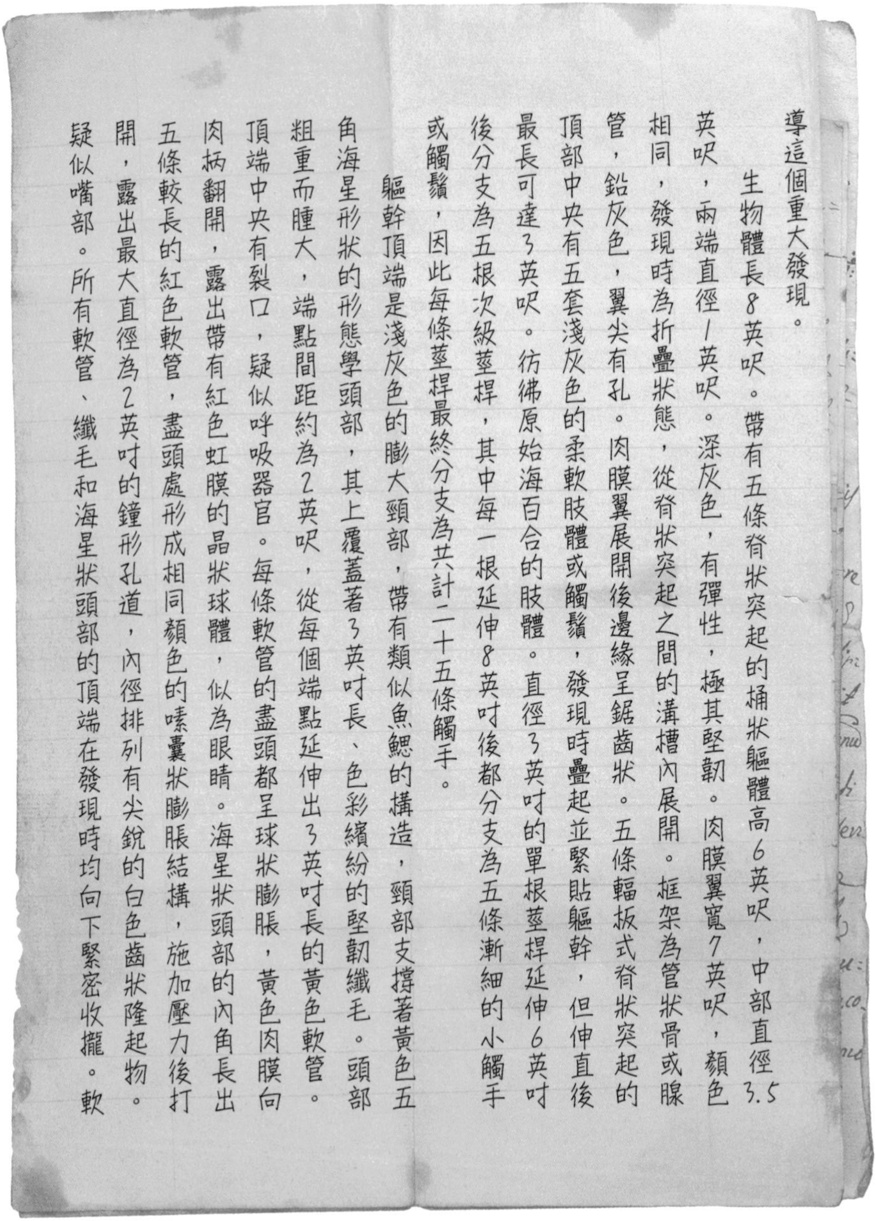

導這個重大發現。

生物體長8英呎。帶有五條脊狀突起的桶狀軀體高6英呎，中部直徑3.5英呎，兩端直徑1英呎。深灰色，有彈性，極其堅韌。肉膜翼寬7英呎，顏色相同，發現時為折疊狀態，從脊狀突起之間的溝槽內展開。框架為管狀骨或腺管，鉛灰色，翼尖有孔。肉膜翼展開後邊緣呈鋸齒狀。五條輻扳式脊狀突起的頂部中央有五套淺灰色的柔軟肢體或觸鬚，發現時疊起並緊貼軀幹，但伸直後最長可達3英呎。彷彿原始海百合的肢體。直徑3英吋的單根莖桿延伸6英吋後分支為五根次級莖桿，其中每一根延伸8英吋後都分支為五條漸細的小觸手或觸鬚，因此每條莖桿最終分支為共計二十五條觸手。

軀幹頂端是淺灰色的膨大頸部，帶有類似魚鰓的構造，頸部支撐著黃色五角海星形狀的形態學頭部，其上覆蓋著3英吋長、色彩繽紛的堅韌纖毛。頭部粗重而腫大，端點間距約為2英呎，從每個端點延伸出3英吋長的黃色軟管。頂端中央有裂口，疑似呼吸器官。每條軟管的盡頭都呈球狀膨脹，黃色肉膜向肉柄翻開，露出帶有紅色虹膜的晶狀球體，似為眼睛。海星狀頭部的內角長出五條較長的紅色軟管，盡頭處形成相同顏色的嗉囊狀膨脹結構，施加壓力後打開，露出最大直徑為2英吋的鐘形孔道，內徑排列有尖銳的白色齒狀隆起物。疑似嘴部。所有軟管、纖毛和海星狀頭部的頂端在發現時均向下緊密收攏。軟

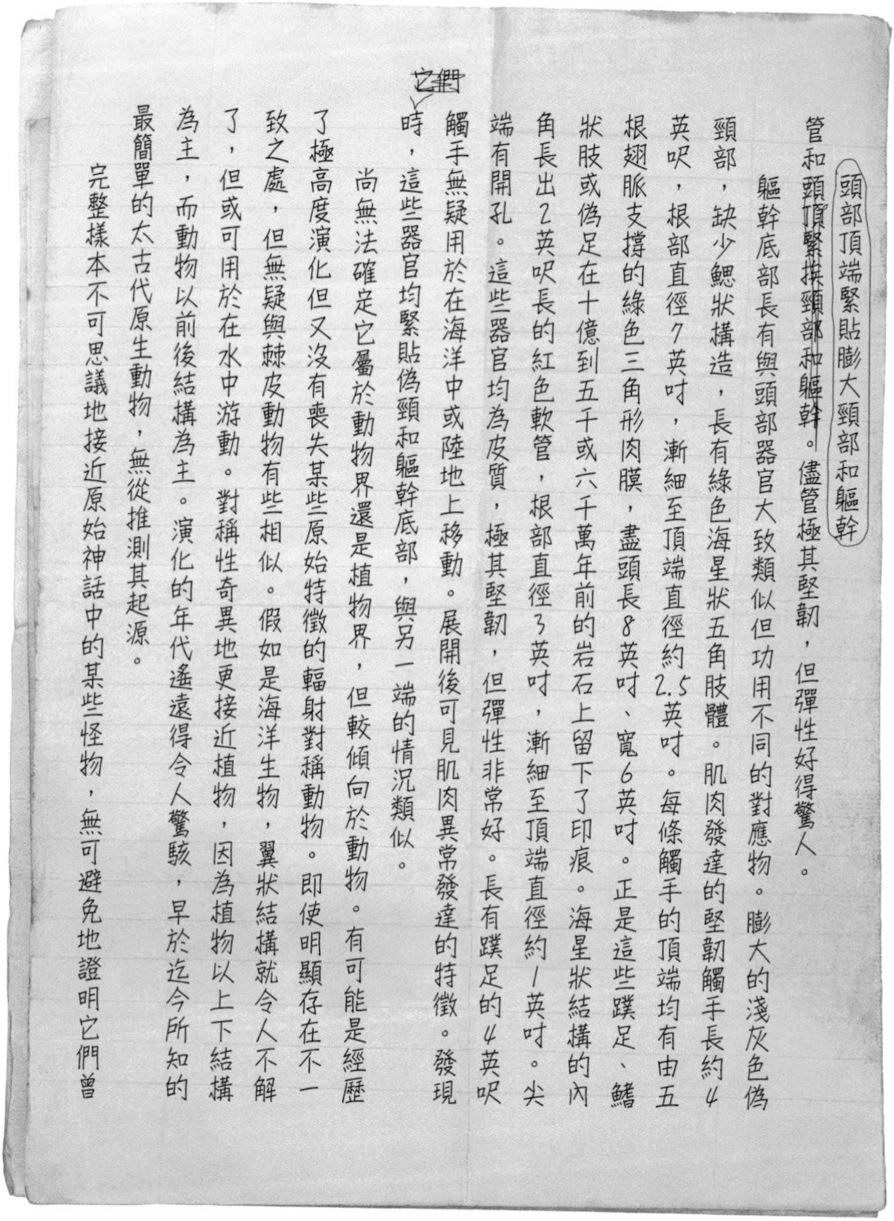
管和~~頭頂緊挨頭部和軀幹~~頭部頂端緊貼膨大頭部和軀幹。儘管極其堅韌，但彈性好得驚人。

軀幹底部長有與頭部器官大致類似但功用不同的對應物。膨大的淺灰色偽頭部，缺少鰓狀構造，長有綠色海星狀五角肢體。肌肉發達的堅韌觸手長約4英吋，根部直徑7英吋，漸細至頂端直徑約2.5英吋。每條觸手的頂端均有由五根翅脈支撐的綠色三角形肉膜，盡頭長8英吋、寬6英吋。正是這些蹼足、鰭狀肢或偽足在十億到五千或六千萬年前的岩石上留下了印痕。海星狀結構的內角長出2英吋長的紅色軟管，根部直徑3英吋，漸細至頂端直徑約1英吋。尖端有開孔。這些器官均為皮質，極其堅韌，但彈性非常好。長有蹼足的4英吋觸手無疑用於在海洋中或陸地上移動。展開後可見肌肉異常發達的特徵。發現~~它們~~時，這些器官均緊貼偽頭和軀幹底部，與另一端的情況類似。

尚無法確定它屬於動物界還是植物界，但較傾向於動物。有可能是經歷了極高度演化但又沒有喪失某些原始特徵的輻射對稱動物。即使明顯存在不一致之處，但無疑與棘皮動物有些相似。假如是海洋生物，翼狀結構就令人不解了，但或可用於在水中游動。對稱性奇異地更接近植物，因為植物以上下結構為主，而動物以前後結構為主。演化的年代遙遠得令人驚駭，早於迄今所知的最簡單的太古代原生動物，無從推測其起源。

完整樣本不可思議地接近原始神話中的某些怪物，無可避免地證明它們曾

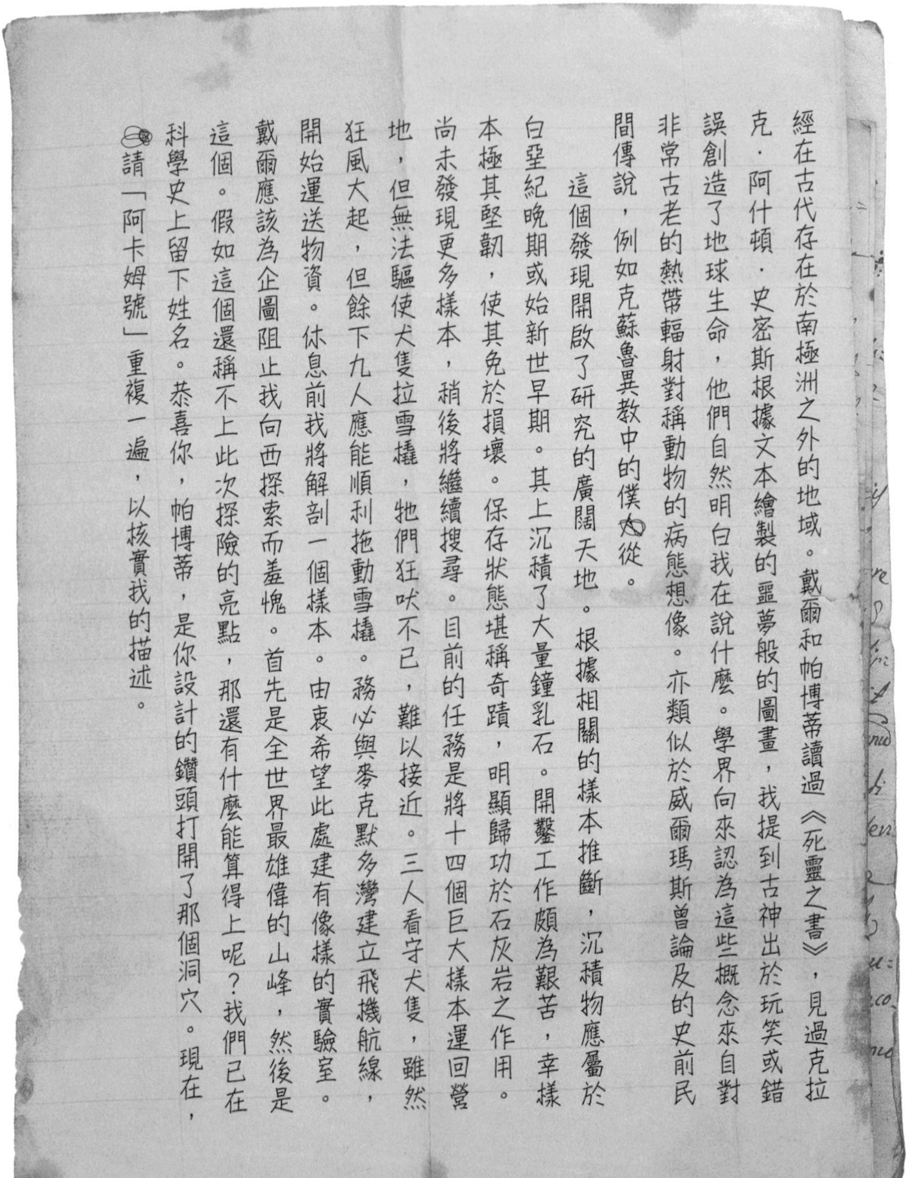

經在古代存在於南極洲之外的地域。戴爾和帕博蒂讀過《死靈之書》，見過克拉克．阿什頓．史密斯根據文本繪製的噩夢般的圖畫，我提到古神出於玩笑或錯誤創造了地球生命，他們自然明白我在說什麼。學界向來認為這些概念來自對非常古老的熱帶輻射對稱動物的病態想像。亦類似於威爾瑪斯曾論及的史前民間傳說，例如克蘇魯異教中的僕從。

這個發現開啟了研究的廣闊天地。根據相關的樣本推斷，沉積物應屬於白堊紀晚期或始新世早期。其上沉積了大量鐘乳石。開鑿工作頗為艱苦，幸樣本極其堅韌，使其免於損壞。保存狀態堪稱奇蹟，明顯歸功於石灰岩之作用。尚未發現更多樣本，稍後將繼續搜尋。目前的任務是將十四個巨大樣本運回營地，但無法驅使犬隻拉雪橇，牠們狂吠不已，難以接近。三人看守犬隻，雖然狂風大起，但餘下九人應能順利拖動雪橇。務必與麥克默多灣建立飛機航線，開始運送物資。休息前我將解剖一個樣本。由衷希望此處建有像樣的實驗室。戴爾應該為企圖阻止我向西探索而羞愧。首先是全世界最雄偉的山峰，然後是這個。假如這個還稱不上此次探險的亮點，那還有什麼能算得上呢？我們已在科學史上留下姓名。恭喜你，帕博蒂，是你設計的鑽頭打開了那個洞穴。現在，請「阿卡姆號」重複一遍，以核實我的描述。

收到這份報告後，帕博蒂和我的心情難以用語言描述，我們後方幾百英哩外的同伴同樣陷入狂喜。早在報告從響個不停的接收機裡傳出來時，麥克泰格就匆忙轉譯了最重要的幾個段落，雷克的收發員剛宣布結束，他已經開始從速記稿抄出全文。所有人都意識到了這次發現的劃時代意義，「阿卡姆號」的報務員按要求回送完雷克的描述後，我即刻向雷克發去賀電；麥克默多灣儲藏營地的謝爾曼和「阿卡姆號」的道格拉斯船長隨即效仿。接下來，我以探險隊首領的身分，在「阿卡姆號」向外部世界轉播的報告中加了幾句評論。在這種激動的氣氛中，休息自然是個荒謬的念頭，我唯一的願望就是盡快趕到雷克的營地。他發消息稱山中的狂風越來越大，短期內飛機不可能成行，我感到非常失望。

然而，不到一個半小時後，興奮再次戰勝了失望。雷克繼續發來消息，說他們成功地將十四個巨大的樣本運回營地。那些東西沉重得驚人，因此大家拉雪橇拉得很辛苦，不過九個人還是順利地完成了任務。部分隊員正在營地的安全距離外以最快速度用積雪搭建圍欄，讓犬隻在那裡舒舒服服地進食休息。樣本放在營地附近的硬實雪地中，雷克選了一個送進帳篷，嘗試進行初步解剖。

解剖比預想中艱難得多。他挑了一個完好無損、肌肉發達的樣本，儘管在新搭建的實驗室帳篷中有汽油爐充當熱源，所選樣本的組織看起來也足夠柔軟，但那只是表觀，實際上卻堅韌得超過了皮革。雷克不知道如何打開切口能夠不嚴重破壞他尋找的精細結構。是的，他還有七個同樣完整的樣本，但除非能在洞穴裡發現無窮無盡的供應源，否則魯莽動手只會很快耗盡手頭的存貨。想到這裡，他把這個樣本放回雪地裡，換了一個拖進實驗室，儘管這個樣本的兩端還有海星狀結構的些許殘餘，但破損嚴重，軀幹的一條溝槽已經部分斷裂。

接下來迅速透過無線電發來的結果令人困惑，甚至挑戰了我們的常規認知。由於解剖工具難以切開那些反常的機體組織，因此不可能精細而準確地描述其內部結構，但獲得的少量資訊已足以讓我們所有人陷入敬畏和迷惑。現有的生物學將被徹底改寫，因為這個怪物不是任何描述細胞生長的科學所知曉的產物。即使樣本有至少四千萬年的歷史，但有機物幾乎沒有被礦物質置換，其內部器官完好無損。不會腐壞、幾乎堅不可摧的皮革質地似乎是這種生物的機體的固有特徵；這種特徵似乎符合第三紀演化的某些無脊椎生物，但完全超出了我們的想像能力。

剛開始，雷克發現的所有器官都是乾燥的，但帳篷內熱源產生了解凍效應，樣本未受損的一面冒出有機質的潮氣，同時散發出辛辣刺鼻的味道。冒出來的並非血液，而是一種深綠色的黏稠液體，應該與血液扮演相同的角色。雷克解剖到這個時候，三十七條雪橇犬已被帶進營地附近尚未完工的圍欄，雖然隔著一段距離，但瀰散性的酸臭氣味還是引得牠們狂吠不已且焦躁不安。

這次臨時解剖不但沒能確定此種怪異生物的分類，反而加深了它的神祕色彩。關於其外部器官的猜測全部得到證實，根據這些特徵，任何人都會毫不猶豫地將它歸為動物；但內部探查卻發現了大量屬於植物的特徵，雷克因此陷入了難以自拔的困惑。它擁有消化和循環系統，透過海星狀基部的紅色軟管排泄廢物。粗略查看之下，你會認為它的呼吸器官更適合處理氧氣，而不是二氧化碳。另外還發現了不同尋常的特徵，能夠證明它長有多個儲氣腔，而且可以將呼吸作用從連通外界的管孔切換到另外至少兩套完全發育的呼吸系統：鰓和毛孔。它顯然是兩棲生物，多半能夠在沒有空氣的環境中進行長時間休眠。發聲器官似乎與主呼吸系統相關聯，但依然存在難以解釋的異常之處。以音節為基礎的清晰發聲似乎不太可能，非常有可能是具有音樂性、覆蓋了寬廣音階的吹奏聲。肌肉系統發達得幾乎不可思議。

神經系統的複雜和高度發達使得雷克驚駭不已。儘管這種生物在某些方面極為原始和古老，但它擁有全套的神經節和神經索，表現出極度特化的演進特徵。腦部分為五葉，發達得驚人。證據表明它擁有透過頭部纖毛功能的一種感覺器官，所牽涉到的功能相異於地球現存的任何一種生物。它的感官很可能超過五種，因此無法根據類似的對比物推測其習性。

雷克認為這種生物的感官肯定非常敏銳，它們生活在原始世界之中，但已經擁有了精細的分工，就像現在的螞蟻或蜜蜂。繁殖方式類似於隱花植物，尤其像蕨類，其翼尖長有孢子囊，似從原植體或原葉體演化而來。

研究到目前的階段就為它命名實屬徒勞。它外形像是輻射對稱動物（注1），但明顯另有玄機。它有一部分植物特徵，但四分之三機體符合動物構造的要素。根據其外輪廓的對稱性和另外一些特徵，可以推斷出它起源於海洋，但我們無法準確描述其後續演化所適應的環境。肉膜翼是飛翔能力的有力證明。它在新生的地球上完成了極為複雜的演化，最終在太古代的岩石上留下印痕，這個過程遠遠超出了我們現有的概念，雷克不由異想天開地回憶起有關舊日支配者的遠古神話：它們從星空降臨地球，出於玩笑或錯誤造出了地球生命。他還想到了米斯卡托尼克大學英語文學系一位民俗學者講述的離奇故事：來自外太空的宇宙生命潛藏在群山之中。

他自然考慮過一種可能性：在前寒武紀的岩石上留下印痕的是這批樣本尚未演化完全的祖先；但他很快就否決了這種過於簡單的推測，因為更古老的化石上反而能看見更發達的結構特徵。假如說有什麼不同，那就是後期痕跡的輪廓線從演化角度看顯得更加退化，而不是更加發達。偽足（注2）的尺寸變小了，整體形態變得粗劣和簡單。更有甚者，他剛檢查過的神經和器官也有不尋常的退化跡象，退化前的結構無疑比樣本中的更加複雜。萎縮與退化的部分多得驚人。總而言之，解剖幾乎沒能揭開任何謎團；雷克不得不回頭在神話中尋找一個合適的名字，他開玩笑地將他發現的生物稱為**「遠古種族」**（**The Elder Ones**）。

凌晨2點30分，他決定放下手上的工作，暫時去休息片刻。他用防水油布蓋上被肢解的生物，走出實驗室帳篷，但見到完好無損的那些樣本，他的研究熱情再次高漲。在極地半年不落的太陽照耀下，它們的組織已經有所軟化，有兩、三個樣本的頭部尖角和軟管表現出要展開的跡象，但環境溫度畢竟低於華氏0度，因此雷克不認為它們有腐爛的危險。話雖如此，但他還是將所有未解剖的樣本搬到一起，用一面備用帳篷罩住，避免陽光直射。這麼做也能避免有可能散發出的氣味飄向犬隻，犬隻即使與這裡隔著很長一段距離，而且還待在越來越高的雪牆之後（前去幫忙的人越來越多，近四分之一隊員此刻正忙於墊高雪屋的牆壁），但牠們的敵意和不安已經形成了一個確實的難題。他不得不用沉重的雪塊壓住帳篷布的四角，因為狂風變得越來越大，龐然群山似乎即將颳起可怕的大風暴。早些時候對極地暴風的擔憂再次抬頭，在阿特伍德的監督下，隊員開始採取預防措施，包括加固帳篷和新的犬舍，在朝向山坡的一面為飛機搭建簡陋的防風掩體。先前趁閒置時間用雪塊壘砌的防風掩體達不到應有的高度，雷克不得不命令所有人放下其他工作，全力以赴投入這項任務。

凌晨4點過後，雷克終於準備結束無線電通話，待雪牆再堆高一點，他的分遣隊就打算休息了，他建議我們也抓緊時間休息幾小時。他和帕博蒂藉助電波友好地閒聊了一

注 1 Radiata，身體由兩層胚層構成，中間有一中膠層（Mesogloea），這些動物的外形為球形或桶形。被命名為腔腸動物（有時也包括棘皮動物）。

注 2 Pseudopodia，是細胞伸出類似足狀的部分，由原生質體形成的臨時細胞器。偽足會依形狀分成葉形狀偽足、絲形狀偽足、根形狀偽足，有軸偽足4種。

陣，再次讚美幫助他取得如此發現的鑽頭是多麼無與倫比。我熱情地向雷克表達祝賀，承認他的西進決定非常正確，雙方約定上午10點再用無線電聯繫。假如屆時狂風已經停歇，雷克就派飛機來我的基地接我們。關閉無線電之前，我向「阿卡姆號」發出了最後一條指令，請他們暫時不要向外部世界播發今天的消息，因為完整的細節過於超乎尋常，假如缺少進一步的證明，很容易引來質疑的怒潮。

3

我猜那天上午我們沒有誰睡得很踏實，因為大家都在掛念雷克的發現和山間的狂風，因此不可能睡得很熟。連我們營地的風暴都異常強烈，而雷克的營地就處於孕育狂風的未知山嶺腳下，我們不得不擔憂那裡的情況會有多麼糟糕。10點鐘，早已醒來的麥克泰格試圖按約定用無線電呼叫雷克，但西面紊亂的氣流似乎影響電波傳輸，阻斷了通訊。但我們聯繫上了「阿卡姆號」，道格拉斯說他們同樣未能聯繫上雷克。他不知道風暴的存在，雖然我們這裡狂風肆虐，但麥克默多灣依然只有習習微風。

那一整天，我們都緊張不安地等待來電，每隔一段時間就嘗試呼叫一次雷克，但無一例外地都毫無回應。中午時分，極其強勁的暴風從西方吹來，我們甚至開始擔心我們這個營地的安危。但暴風最終漸漸平息，只在下午2點稍有抬頭之勢。過了3點，室外變得非常平靜，我們加倍焦急地呼叫雷克。考慮到他有四架飛機，每架都配有高性能的短波收發裝置，我們難以想像普通量級的意外有可能同時損壞他所有的無線電設備。然而，頑石般的靜默依然如故。考慮到他那裡的風力必定強大得堪稱瘋狂，我們不得不開始做出最可怕的猜測。

下午6點，我們的恐懼變得愈加強烈和確定，我與道格拉斯和索芬森透過無線電討論之後，決定展開調查行動。第五架飛機留在麥克默多灣儲藏營地供謝爾曼和兩名水手使用，它狀態良好，隨時可以調用；而留下它是為了防備特定的緊急情況，現在似乎就是這種時候了。我用無線電聯繫謝爾曼，命令他帶著兩名水手駕飛機盡快來南部營地與我們會合，氣流條件顯然非常適合飛行。接下來，我們討論了調查組的成員名單，決定應該匯集全部人手，帶上我留在營地裡的雪橇和犬隻。我們的飛機很大，專門用於運送沉重的機械設備，因此這些載重算不了什麼。我依然每隔一段時間就用無線電呼叫一次雷克，但依然毫無回應。

謝爾曼帶著水手貢納森和拉森於下午7點30分起飛，途中數次報告一路平安。午夜時分，他們抵達我們的營地，全體人員立刻開始商議下一步的行動。在缺少中途營地的情況下駕駛一架飛機穿越南極大陸非常危險，但面對著最迫切的必要性，沒有任何人想要退縮。凌晨2點，我們完成初步的裝機任務後暫時休息，四小時後起來繼續打包和裝機。

我們於一月二十五日上午7點15分啟程，航向西北，麥克泰格負責領航，機上有十名人員、七條狗、一架雪橇、燃油和食物補給和包括機載無線電在內的其他裝備。天空晴朗，幾乎無風，溫度頗為宜人，我們預計不會遇到太多麻煩就能趕到雷克給出的營地經緯度。我們擔憂的是在旅程終點有可能發現什麼或無法發現什麼，因為無論怎麼呼叫雷克的營地，得到的都是一片靜默。

航程共計四個半小時，其間發生的每一樁事情都烙刻在我的記憶中，因為它在我的人生中佔據了至關重要的地位。它標誌著我在五十四歲的年齡上，失去了已經習慣外在自然和自然規律的正常心智擁有的全部安寧和平衡。從那以後，我們十個人（但首當其衝的是研究生丹佛斯和我本人）將不得不面對一個被可怕地拓寬了無數倍的世界，恐怖之物潛伏其中，沒有任何方法能夠消除我們情緒中的陰霾，我們盡可能克制自我，不向全人類揭示我們的發現。報紙刊登了我們在飛行途中發出的簡報，其中講述了這段不間斷的航程：我們如何兩次與高空強風搏鬥，見到雷克三天前在途中鑽探時留下的地表裂痕，目睹阿蒙森和伯德描述過的在風中滾過茫茫冰原的怪異蓬鬆雪柱。然而，到了某個時刻，我們不再能夠用媒體可以理解的語言描述我們的所感所想。後來到了另一個時刻，我們不得不嚴格限制向外發出的內容。

水手拉森首先發現了前方鬼魅般的錐峰和尖峰構成的參差輪廓，他的叫喊聲引得所有人奔向巨型機艙的舷窗。儘管我們飛行得很快，但天際線變清晰的速度卻非常慢，我們據此知道那些山峰肯定無比遙遠，現在就能看見是因為它們高得異乎尋常。隨著飛機的前進，山峰一點一點陰森地插向西方的天空。我們逐漸分辨出一個又一個光禿而貧瘠的黑色山巔，它們沐浴在淡紅色的極地陽光下，背後映襯著撩人心弦的五彩冰晶雲，在我們心中激起了怪異的幻夢感覺。眼前的詭異奇景有一種無處不在的暗示感覺，彷彿其中蘊含著驚人的祕密和不可思議的啟示，就好像這些噩夢般的荒涼險峰是一道恐怖門徑的塔門，通往禁忌的迷夢星球和遙遠時空中超越次元存在的錯綜鴻溝。我忍不住覺得它們是邪惡之物，這些瘋狂山脈的另一面就俯瞰著遭到詛咒的終極深淵。背景中隱然發光的沸騰雲霧蘊含著不可言喻的線索，引你走向塵世空間以外極其遙遠的彼方；同時又令人驚恐地提醒我們，人類從未涉足和勘察過的終南世界是一個多麼遙遠、孤獨和與世隔絕的萬古死亡之地。

在年輕人丹佛斯的提示下，我們注意到了更高處山峰天際線那奇異的規則性：規則得彷彿完美立方體的殘餘碎片，雷克在報告中也提到過這一點，將它們比作洛里奇那精細而怪異的繪畫裡亞洲雲霧山巔中的古老廟宇廢墟，眼前的景象證明他所言非虛。這片神祕而反常的嶙峋高地確實擁有洛里奇作品的那種詭祕感覺。十月份第一次望見維多利亞地時出現在我腦海裡的念頭再次油然而生。我還產生了另一種不安的警覺感，這幅畫面與太古神話有著類似之處，這片致命土地與原始傳說中有著邪惡名聲的冷原像得令人擔憂。神話學家認為冷原位於中亞地區，但人類及人類先祖擁有漫長的種族記憶，某些傳說有可能源自比亞洲或人類所知世界更古老的地域、山巒和恐怖廟宇。少數大膽的神祕主義者隱晦地認為僅有殘篇存世的《納克特抄本》源自更新世，而撒托古亞（注）的虔信者和撒托古亞一樣，也是異於人類的生物。冷原，無論它棲身於哪個時空，都不是我願意涉足甚至靠近的場所；我自然也不可能欣賞一個與之類似的世界，更何況它還孕育出了雷克描述的那種歸屬不明的太古代畸形怪物。這時候，我為我讀過那可憎的《死靈之書》而深感懊悔，也後悔我曾在大學裡和博學得令人不快的民俗學家威爾瑪斯探討過很多相關的話題。

我們飛近群山，開始分辨出山腳丘陵層疊起伏的輪廓，漸變成乳白色的天頂忽然迸發出怪異的蜃景，我的情緒無疑放大了我對這幅景象的反應。前幾個星期內，我曾經數十次地目睹極地蜃景，其中不乏與眼前景象同樣神祕、奇異和栩栩如生的例子，但這一次的蜃景中含有某種全新晦澀而險惡的象徵意義，望著壯觀的高牆、城堡和尖塔組成迷宮，聳立於沸騰攪動的冰晶雲之中，我不由渾身顫抖。

蜃景中浮現出一座巨石城市，其中的建築結構不但不為人類所知，甚至超出了人類的想像。暗夜般漆黑的石造建築聚集成群，具現著對幾何法則的怪異扭曲，將險惡和怪異發揮到了畸形的極點。我們看見被截斷的圓錐體，有些鑿成階梯狀或挖出凹槽，頂端豎起高聳的圓柱體，上面各處都呈球莖狀膨脹，末端往往覆蓋有幾層較薄的圓齒碟狀物。奇異的臺狀懸垂建築物似乎由無數層矩形、圓形或五角形石板交錯堆積而成。我們看見複合的圓錐和稜錐，有些獨自矗立，有些支撐著圓柱體、立方體或截斷的圓錐和稜錐，偶爾還有五座針狀尖塔構成的怪異簇群。管狀橋樑在令人眩暈的高度連通不同的建築物，將所有癲狂的構造體編織在一起，場景中隱含著的城市規模龐大的恐怖和壓抑。從分類上說，這次蜃景無非是極地捕鯨船「斯科斯比號」在一八二〇年觀測並繪製的那種景象，只是更加狂野。但它出現在這個時間和地點，黑色的未知山峰在前方高聳入雲，我們腦子裡裝著異乎尋常的遠古發現，探險隊大批人馬有可能遭遇災難的凝重氣氛籠罩下，大家似乎都覺得蜃景中潛藏著敵意和無窮邪惡的徵兆。

蜃景終於消散，我不禁鬆了一口氣，然而在消散的過程中，有些噩夢般的塔樓和錐體短暫地幻化出更醜惡的扭曲形狀。隨著整個幻景化為翻滾攪動的乳白色雲霧，我們再次望向東面，發現行程的終點已經不遠了。前方的未知山脈升向令人眩暈的高度，彷彿巨人的猙獰堡壘，怪異的規則輪廓線清晰得驚人，不用望遠鏡也能看得清清楚楚。我們飛過最低矮的丘陵，冰雪和高原的裸露地塊之間有兩個深色斑點，我們猜那就是雷克的

注 Tsathoggua，亦被稱為札特瓜、佐特瓜。克蘇魯神話中的邪神。棲息於恩該的黑色河口處，以「無形的嬰靈」為食，首次出現在〈黑暗中的低語〉。相傳外形如同覆著毛皮、肥胖、擬人化的癩蝦蟆，還有一對似蝙蝠的大耳。眼睛時刻處於半閉之態。本質上不具固定形體。

營地和鑽探點。更高的丘陵在前方5、6英哩外拔地而起，構成一道山脊，與它們背後比喜馬拉雅山更高的恐怖山脈形成鮮明的對比。最後，替換麥克泰格駕駛飛機的研究生羅普斯開始朝左側的黑點降落，從尺寸來看，那裡應該是雷克的營地。他降落的時候，麥克泰格用無線電發出了外部世界從探險隊收到的最後一份未經刪減的報告。

所有人應該都已經讀過了我們在南極逗留的剩餘期間內那些無法令人滿意的簡報。降落幾小時後，我們有保留地發出了一份報告，講述我們發現的慘狀，並不情願地宣布前兩晚到前一天的可怕風暴摧毀了雷克的整個分遣隊。十一名成員犧牲、吉德尼失蹤。人們原諒了我們對細節的含糊其辭，因為他們意識到悲劇無疑讓我們陷入震驚，也相信了我們聲稱狂風將十一具屍體損毀得不適合運回外界的說法。我不得不稱讚自己，因為哪怕被悲傷、困惑和攫住靈魂的驚恐淹沒，我們的描述也幾乎沒有在任何方面偏離事實。令人膽寒的重要細節潛藏於我們不敢講述的內容之中，若不是想要提醒其他人遠離那無可名狀的巨大恐怖，我永遠都不可能主動開口。

狂風造成了可怕的破壞，這確實是事實。即便不存在另外的某個因素，他們恐怕也很難僥倖逃生。這場夾雜著冰粒的風暴來勢洶洶，猛烈得超過了探險隊遇到過的任何一場風暴。一架飛機的防風掩體過於單薄，幾乎被打得粉碎。遠處鑽探點的井架完全散架。冰粒將迫降的飛機和鑽井設施的金屬表面打磨得閃閃發亮。兩個較小的帳篷即使用雪塊加固過，但依然被碾平了。暴露在風暴中的木頭表面變得坑坑窪窪，冰粒剝掉了油漆，雪地上的所有足跡被抹得乾乾淨淨。我們沒有發現任何一個能完整帶走的太古代生物樣本，但確實從塌成一堆的各種物品裡搶救出了一些礦物樣本，包括數塊綠色皂石碎片，它們古怪的五圓角造型和小點組成的模糊花紋引出了許多模稜兩可的比照。我們還找到了一些骨骼化石，有幾塊上能清晰看見雷克描述過的怪異傷痕。

犬隻悉數遇難，在營地附近匆忙建造的圍欄幾乎被完全摧毀。風暴應該是罪魁禍首，但圍欄朝向營地的一側並不是迎風面，卻遭到了更大的破壞，說明犬隻曾瘋狂地企圖跳出或衝破圍欄。三架雪橇全都不見蹤影，我們只能推測是狂風將它們捲到不可知的地方去了。鑽井臺上的鑽探和融冰設備已經損壞得無法回收，因此我們用它們堵住雷克炸出的通往遠古的洞口，封死了那條令人不安的通道。我們還將受損最嚴重的兩架飛機留在了營地，因為救援隊只有四名像樣的機師：謝爾曼、丹佛斯、麥克泰格和羅普斯，而丹佛斯的精神狀態太差，實在不適合駕駛。我們帶回了所有資料、科學儀器和能夠找到的其他物品，但絕大多數東西都離奇地被吹得無影無蹤了。備用的帳篷和毛皮或者消失，或者徹底損壞。

我們駕駛飛機大範圍巡航，下午4點左右，我們不得不放棄對吉德尼的搜索，向「阿卡姆號」發出有所保留的簡報供其對外轉播。我認為我們做得不錯，成功地將報告寫得冷靜而含糊，頂多只提到了我們的雪橇犬表現得激動不安，牠們接近那些生物樣本時變得狂躁不安，已故雷克描述過這種情形，因此我們對此早有預料。但我們沒有提到，雪橇犬在嗅聞怪異的綠色皂石和遍地狼藉中的某些物品時也表現出了同樣的不安情緒；這些物品包括科學儀器、飛機和營地與鑽探點的設備，它們的部件被卸下、移動或破壞，肇事的狂風難道還擁有古怪的好奇心，喜歡調查研究？

至於那十四個生物樣本，我們語焉不詳有著最充分的理由。我們在報告中稱發現的樣本均已損毀，但殘餘的部分已足以證明雷克的描述不但完整，而且精確得令人欽佩。我們很難在這件事上徹底排除個人情緒，報告並沒有提到我們確實發現的樣本數量和發現的具體過程。當時我們一致同意，在發送的報告中刪去可能讓雷克及其隊員蒙上發瘋惡名的所有內容，因為我們見到的情形只能用瘋狂來形容：六個殘缺不全的畸形怪物仔細地埋葬在9英呎深的冰雪墳墓之中，墳丘堆成五角形，上面還有成組圓點構成的圖案，與從中生代或第三紀地層中挖掘出的怪異綠色皂石上的圖案完全相同。雷克提到的八個完好樣本似乎被狂風吹走了。

另外，我們也不想打破公眾的平和心態；因此，丹佛斯和我都幾乎沒有透露過我們第二天飛越群山的那次恐怖航程。為了越過如此高度的山脈，飛機的負重必須減得無可再減，因此仁慈地將偵察航行的成員限制到僅有我們兩人。我們於凌晨1點返航，丹佛斯已經瀕臨歇斯底里，但依然令人欽佩地沒有亂說話。不需要我的勸誡，他就發誓說絕對不會對外展示我們的速寫和裝在口袋裡帶回來的東西，也絕對不會吐露超出我們一致同意對外講述的故事之外的內容，並藏起我們拍攝的底片，只供日後自己研究使用。因此，我現在將要說出的事情不但對公眾來說聞所未聞，於帕博蒂、麥克泰格、羅普斯和謝爾曼而言也同樣陌生。事實上，丹佛斯的口風比我還要緊，因為他看見或他認為自己看見了一樣東西，但他甚至不肯告訴我他看見了什麼。

正如大家已經知道的，我們在報告中陳述了艱難爬升至高空的經過，途中見聞證實了雷克的看法：這些龐然山峰確實由太古代板岩和其他非常古老的褶皺地層構成，至少從科曼齊系中期就停止了地質變遷。我們避重就輕地提了幾句攀附於峰頂的立方體和牆壘結構，認為洞口應該是流水侵蝕石灰質礦脈造成的結果。我們推測經驗豐富的登山者應該能利用某些坡面和隘口攀登和翻越山脈。我們稱山脈神祕的另一側是巍峨廣袤的超級高原，高原與山峰本身一樣古老，地質變遷也早已停止。高原海拔兩萬英呎，怪誕離奇的岩石構造穿透極薄的冰層，高原本體與高聳入雲的最高峰之間分布著地勢逐漸降低的丘陵地帶。

這份報告本身的各個方面都真實可信，完全滿足了駐守營地人員的好奇心。我們離開了十六個小時，遠遠超過報告中飛行、降落、勘察和搜集岩石樣本所需要的時間，我們歸咎於長時間的逆風延誤了返航；不過，我們確實曾在另一側的丘陵地帶降落。幸運的是我們的故事聽起來真實可信且平淡無奇，足以打消其他人效仿我們的念頭。然而，假如他們試圖也飛去看看，我肯定會使出我說服別人的全部本領去阻止他們——天曉得丹佛斯會有什麼反應。雷克營地有兩架狀況飛機較好，但操縱系統遭到了莫名其妙的毀壞；我和丹佛斯離開後，帕博蒂、謝爾曼、羅普斯、麥克泰格和威廉姆森片刻不停地修理，讓它們能夠重新投入使用。

第二天上午，我們決定將物品裝上飛機，盡快返回舊營地。雖然有些迂迴，但這是去麥克默多灣的最安全路線，因為直線穿越最不為人類所了解的萬古死亡大陸將牽涉到許多額外風險。考慮到悲劇性的減員和鑽探設備的損壞，繼續探險已經不再可能，疑慮和恐懼籠罩著我們（這一點我們沒有對外透露），迫使我們只想以最快速度逃離這片孕育瘋狂的荒蕪極地。

正如公眾已經知道的，我們返回文明世界的行程沒有遇到更多災難。第二天也就是一月二十七日晚間，經過毫無耽擱的無間斷飛行，所有飛機都安全抵達了舊營地。一月二十八日，我們分兩段飛回麥克默多灣，行程中的那次停頓非常短暫，起因是我們離開大高原後在冰架上空遭遇強風，航向出現了偏差。五天後，「阿卡姆號」和「米斯卡托尼克號」載著剩餘的人員和設備，破開正在逐漸增厚的浮冰從羅斯海向北走。南極洲動盪的天空之下，維多利亞地的隱約群山在西面嘲笑著我們，將狂風的呼嘯扭曲成音域寬廣的笛音，令我的靈魂從心底裡感覺到寒意。不到兩週，我們將極地的最後一絲身影拋在背後。謝天謝地，我們終於離開了那片受詛咒的詭祕土地，自從物質第一次在這顆星球尚未完全冷卻的外殼上翻騰湧動，生命與死亡、時間與空間就在那不可知的年代締結了褻瀆神祇的黑暗盟約。

回來以後，我們始終致力於勸阻人們對極地的探索，而且以罕見的團結和忠誠態度將疑慮和揣測限制在我們這些人之內。就連年輕人丹佛斯，哪怕在精神崩潰的情況下，也沒有放棄責任，向治療他的醫生們胡亂開口。事實上，如我所說，有一樣東西他認為只有他一個人見到了，甚至對我都守口如瓶，儘管我認為告訴我將有助於緩解他的精神狀況。雖說那東西恐怕不過是較早時驚駭後產生的譫妄幻覺，但說出來肯定能夠理清他的憂懼，釋放他內心的壓力。他曾經在某幾個難以自控的罕見時刻對我吐露過一些支離破碎的內容，但一旦恢復清醒就會激烈地否認他曾說過那些話。

勸說其他人遠離南方那片白色大陸非常困難，我們的一些努力引來探詢的視線，反而直接妨礙了我們的目標。我們早該意識到人類的好奇心無法磨滅，早先對外宣布的探險成果足以驅策其他人踏上探索未知事物的不朽征程。雷克關於怪異生物的報告將博物學家和古生物學家的激情撩撥到了最高點，但我們足夠明智，沒有展示我們從被埋葬樣本上取到的殘缺部位和我們發現那些樣本時拍攝的照片。我們同樣沒有展示更令人困惑的綠色皂石和帶有傷痕的骨殖化石。丹佛斯和我更是堅決不肯拿出我們在山脈另一側的超級高原上拍攝的照片和繪製的速寫，還有我們撫平後懷著驚恐的心情端詳並放在衣袋裡帶回來的東西。

然而，最近史塔克懷瑟和摩爾正在組織新的探險隊，準備周全得遠遠超過了我們企圖達到的水準。若是不加勸阻，他們就將深入南極大陸的核心地帶鑽探和融冰，直到挖出有可能終結我們熟悉的這個世界的東西。因此，我終於只能打破沉默，甚至不得不提起潛藏於瘋狂山脈另一側的不可名狀的終極恐怖。

4

想到要允許思緒返回雷克的營地、我們真正目睹的景象和恐怖山脈另一側的異物，難以形容的猶豫和憎惡就會充滿我的內心。我時常嘗試對細節閃爍其詞，讓含糊不清的敘述代替事實和難以避免的推論。我希望我已經吐露了足夠的真相，能夠允許我對其餘的事情一筆帶過；而所謂其餘的事情，也就是雷克營地的駭人景象。我已經描述了遭到狂風蹂躪的大地、被摧毀的防風掩體、散落遍地的機械設備、隨行雪橇犬程度各異的焦躁、消失的雪橇及其他物品、隊員與犬隻的死亡、吉德尼的失蹤和被瘋狂地埋葬的六個生物樣本——它們即使來自四千萬年前的消亡世界，身體有結構性的損傷，肌肉組織卻離奇地完好無損。我不記得我有沒有提到過一點：清點犬隻屍體後，我們發現少了一條狗，但當時並沒有太往心裡去，直到後來發現實情為止——事實上，只有丹佛斯和我認真思考過這個問題。

我隱瞞至今的關鍵事實與屍體和某些微小細節有關，它們或許為看似毫無頭緒的混亂場面提供了另一種難以置信、令人驚恐的解釋。當時我盡量讓隊員不去關注這些細節，因為將一切都歸咎於雷克隊伍的某人忽然發狂要簡單得多——也正常得多。從表面上看，噩夢般的山間狂風足以逼瘋置身於這塵世間最神祕和荒蕪之地的任何人。

當然了，整個場景中最反常之處無疑還是屍體的狀況——隊員和犬隻都一樣：他們都陷入了某種可怕的苦戰，屍體以難以理解的殘忍方式被扯爛和撕碎。根據我們的判斷，所有隊員和犬隻都死於絞殺和撕裂傷。引發這場災難的似乎是雪橇犬，從匆忙搭建的圍欄最終情況來看，圍欄無疑遭到了來自內部的蠻力破壞。雪橇犬無比厭惡那些可怕的太古代生物，因此犬舍與營地隔開了一段距離，但預防措施似乎沒有取得應有的效果。雪橇犬被單獨留在恐怖的狂風之中，圍欄不夠結實也不夠高，牠們受驚逃竄，起因究竟是狂風本身，還是噩夢般的樣本散發出的微弱氣味變得越來越濃烈，那就誰也說不清了。雖然樣本有備用帳篷覆蓋，但南極洲低垂的太陽持續不斷地照射帳篷布，雷克也提到過怪物堅韌的組織會在陽光下逐漸鬆弛和打開。也許狂風吹飛了蓋住樣本的帳篷，使得它們互相碰撞，雖然樣本古老得難以想像，但體內某些氣味更加濃烈的成分依然逐漸滲透到了表面。

無論究竟發生了什麼，事實上都無比醜惡和令人憎恨。也許我應該暫時拋開潔癖，先講述最可怕的部分，但我必須直接了當地在此聲明：基於親身觀察和本人與丹佛斯共同做出的縝密推理，當時宣告失蹤的吉德尼絕對不可能是我們發現的可怖慘狀的元凶禍首。如前所述，屍體受到了恐怖的毀壞。現在我不得不補充一點，那就是部分屍體以最怪異、冷血和非人類的方式遭到了切割和肢解——犬隻和隊員都一樣。無論是四足動物還是兩足動物，較為健康和肥壯的屍體身上，最結實的肉體組織都被切下和取出，動手的像是一位細心的屠夫，屍體周圍還奇怪地灑著鹽粒（來自飛機上被破壞的口糧儲藏箱），無法不在我們心中喚起最令人驚懼的聯想。這件慘事發生在一面簡陋的飛機防風掩體之內，我們從中拖出那架飛機，但後來的狂風抹掉了能幫助我們做出可信推斷的所有證據。從遭受切割的人類屍體身上粗暴扯下的衣服碎片未能提供任何線索。被摧毀的犬隻圍欄的背風角落裡有一些模糊的印痕，但這個細節並沒有任何意義，因為那些印痕完全不符合人類的腳印，反而會讓人想起雷克在過去幾週內時常談到的印痕化石。待在瘋狂山脈背風的陰霾之中，你必須管好自己的想像力。

如前所述，吉德尼和一條雪橇犬最終宣告失蹤。但在我們走向那個恐怖的防風帳篷之前，我們以為失蹤的是兩條狗和兩個人。供解剖使用的帳篷幾乎完好無損，我們在調查完可怕的雪地墳墓之後才走進那裡，卻見到了驚人的景象。帳篷裡已經不是雷克離開時的樣子，因為臨時搭建的解剖臺上沒有了用防水油布蓋住的遠古怪物的殘缺標本。事實上，我們已經意識到六個被瘋狂埋葬的不完整樣本之一，也就是散發著特別的可憎氣味的那個樣本，無疑正是雷克試圖分析的零落樣本重新拼湊起來的產物。此時的試驗臺上和周圍散落著其他東西，我們沒過多久就看出那是經過了古怪而笨拙的仔細解剖的一個人和一條狗。為了照顧生者的感受，我就不說那個人究竟是誰了。雷克的解剖工具不見了，但有證據證明，這些工具經過了認真的清潔。汽油爐也不見了，但原先擺放汽油爐的位置周圍很奇怪地有一堆火柴。我們將這個人的碎塊埋葬在另外十個人旁邊，將雪橇犬的碎塊與另外三十五條狗一起下葬。試驗臺和亂扔在試驗臺周圍的圖解書籍上都有一些怪異的汙痕，我們對此過於困惑，無法猜測它們的由來。

這就是營地的恐怖景象中最可怕的部分，但還有一些事情也同樣令人困惑。吉德尼、一條雪橇犬、八個完好的生物樣本、三架雪橇、特定的工具、技術與科學方面的圖解書籍、書寫材料、電子照明設備和蓄電池、食物與燃料、取暖設備、備用帳篷、毛皮大衣及其他類似物品的失蹤徹底超出了理性推測的能力範圍。另外，某些紙張上滴濺了墨跡，飛機和營地及鑽探點的其他機械設備上能看出怪異而陌生的摸索和嘗試使用的痕跡。犬隻似乎異常憎恨這些被拆成碎片的設備。另外，食品貯藏點被翻得亂七八糟，特定的食物悉數失蹤，罐頭以最難以理解的方式在最難以理解的地方被撬開，可笑地亂扔成一堆。散落各處的火柴是另一個較小的謎團，它們有的完好如初，有的折斷了，有的使用過。還有一些毛皮大衣和兩頂或三頂帳篷扔在附近，它們以獨特和怪異的方式被撕開，似乎有人企圖笨拙地進行超乎想像的改造。人類和犬隻屍體遭受的粗暴對待和太古代受損樣本得到的癲狂埋葬都是整個令人崩潰的瘋狂事件的組成部分。為了避免眼下這種不測事件，我們仔細拍攝了營地裡凌亂的瘋狂景象的全部重要證據。我們將用這些照片懇請史塔克懷瑟—摩爾探險隊打消出發的念頭。

在防風掩體內發現屍體後，我們做的第一件事情就是拍照和挖開那一排五角形雪堆下的瘋狂墓穴。我們不可能忽視醜陋墳堆和圓點圖案與雷克對怪異的綠色皂石的描述這兩者之間的相似性。我們在一堆礦石中發現了幾塊皂石樣本，注意到兩者確實異常相似。有一點必須說清楚，它們的整體形狀很容易讓人想到太古代怪物的海星狀頭部，我們一致同意，這種令人厭惡的聯繫無疑強烈地刺激了探險隊員在疲勞下變得過度敏感的意識。第一次親眼目睹被埋葬的怪物對我們來說是個恐怖的時刻，我和帕博蒂的想像力頓時飛向了我們讀過和聽過的某些令人驚懼的遠古神話。我們一致同意，見到這些怪物，與它們長時間相處，再加上壓抑心靈的極地孤獨和可怕的山間狂風，迫使雷克探險隊的心智走向了瘋狂。

根據前面講述的情況，所有人都自然而然地將一切歸咎於精神錯亂，尤其是唯一有可能倖存的吉德尼，但我並沒有那麼天真，會以為我們沒有人懷著瘋狂的猜想，事實上，只是理智不允許我們將這些猜想說出口而已。當天下午，謝爾曼、帕博蒂和麥克泰格駕駛飛機在周邊地區仔細搜尋，用望遠鏡掃視地平線，希望能找到吉德尼和失蹤的物品，但最終一無所獲。他們報告稱巨大的山脈猶如屏障，朝左右兩個方向無休止地延伸，看不見高度和整體構造有任何變化。然而，部分山峰頂端的規則立方體和牆壘結構變得更加清晰和顯眼，與洛里奇筆下的亞洲山間城市廢墟有著異常不可思議的相似性。被剝去積雪的黑色山巔上的神祕岩洞在可見範圍內似乎分布得頗為均勻。

即使目睹了這麼多的恐怖景象，我們的冒險精神和科研熱情卻依然充足，我們將好奇心投向了神祕山脈另一側的未知領域。正如我們有所保留的簡報所述，在驚恐和困惑中度過一整天後，午夜時分我們終於準備休息，但在躺下前，我們先初步制定了一套方案，打算駕駛一架攜帶航空相機和地質學儀器的輕裝飛機，從明天上午開始進行一次或多次跨越山脈的高海拔飛行。我們決定由丹佛斯和我率先嘗試。我們希望能夠盡快出發，因此在清晨7點就早早起床，可惜被強風一直拖延到將近9點才起飛，我們在發往外部的簡報中提到了這一點。

十六個小時後，我們回到營地，我在前面已經重複過了我們向留守人員和外部世界講述的那個模稜兩可的故事。此刻落在我肩膀上的可怕任務就是填補出於仁慈而留下的空白，說出我們在山脈另一側隱祕世界中見到的事物，揭示究竟是什麼逼得丹佛斯精神崩潰。我希望他能夠坦誠地描述一下他認為只有他見到的東西，雖然那多半只是精神緊張之下的幻覺，但也是促使他變成今天這個樣子的最後一根稻草，然而他卻堅決反對我的建議。我和他共同經歷了深入骨髓的驚恐震撼之後，他在穿過狂風呼嘯的群山返回營地的航程中自言自語，講述到底是什麼嚇得他驚聲尖叫，而我能做的只是原樣引用他支離破碎的喃喃低語。這部分內容將放在本文的最後。我將用最清楚的證據證明遠古的恐怖之物依然存在，假如這還不足以阻止其他人前往南極洲內陸肆意妄為，或者至少阻止他們去窺探充滿禁忌祕密、遭受萬古詛咒的極地孤寂荒原之下的深處，那麼喚醒無可名狀甚至難以度量的巨大邪惡的責任就不是我的了。

丹佛斯和我研究了帕博蒂前一天下午的飛行記錄，用六分儀測量後計算出可達範圍內最低的山隘位於營地視野內的右方某處，海拔高度約為兩萬三千至四千英呎。於是，我們駕駛一架輕裝飛機駛向那個方位，踏上了我們的發現之旅。營地位於南極高原上陡然躍升的丘陵地帶，本身海拔就有一萬兩千英呎，因此實際上的飛行高度並沒有表面上那麼可觀。不過，隨著逐漸爬升，我們還是強烈地感覺到空氣越來越稀薄，寒冷也越來越難以忍耐。為了確保能見度，我們必須打開機艙舷窗。當然，我們也穿上了最厚實的毛皮大衣。

黑暗而險惡的禁忌山峰聳立於布滿冰隙的積雪和岩石冰川線之上，隨著飛機的靠近，我們越來越多地見到了攀附在山坡上的古怪規則構造，我不禁再次想起尼古拉斯·洛里奇那些離奇的亞洲風景畫。風化的古老岩層完全符合雷克的簡報，證明這些年代久遠的山峰是以同一種方式在地球歷史上某個早得驚人的時期形成的，很可能已經存在了五千萬年之久。猜測它們原先的高度已經毫無意義，但這個怪異地區的各種證據都表明此處的大氣影響不利於地質變化，反而會減緩能造成岩石剝蝕的通常氣候過程。

然而，最讓我們著迷和不安的還是山坡上隨處可見的規則立方體、牆壘和岩洞。我用望遠鏡仔細查看它們，丹佛斯駕駛飛機時我負責航拍，雖說我的駕駛技術只是初學者水準而已，但有時我也替他駕駛，讓他用望遠鏡觀察情況。我們很容易就看出那些規則結構的主要材質是較輕的太古代石英岩，迥然不同於附近通常地表可見的地質構造，它們的規則性達到了極端和詭異的程度，已故雷克幾乎沒有提到這一點。

如雷克所說，在億萬年的惡劣天氣作用下，規則線條的邊緣已經崩裂和磨平，但它們的材質異乎尋常地牢固和堅硬，因此沒有徹底消失。許多結構體，尤其是最靠近山坡的那些，似乎與周圍地表是同一類岩石。整體而言，它們就像安地斯山脈的馬丘比丘遺跡，或者牛津—菲爾德探險隊一九二九年挖掘出的啟什城原始基牆。丹佛斯和我偶爾會覺得有單獨的巨大石塊一閃而過，雷克提到過他的飛行夥伴卡羅爾也有類似的感覺。解釋這樣的東西為什麼會出現在這種地方實在超出了我的能力，身為一名地質學家，我產生了奇特的卑微感覺。火成岩時常會塑造出怪異的規則線條，就像愛爾蘭著名的巨人堤道，然而儘管雷克剛開始曾覺得他見到了冒煙的火山錐，眼前這條巍峨山脈的可見結構卻明顯與火山無關。

這些古怪結構似乎聚集在詭異洞口的附近，但比起洞口的規則形狀，只是一個比較小的謎團。正如雷克的簡報所稱，洞口往往接近矩形或半圓形，像是有魔法的巨手將大自然的孔洞打磨成了更對稱的形狀。值得注意的是它們數量極多，分布廣泛，說明石灰岩地層中的水蝕隧洞像蜂窩似的遍布整片區域。雖然驚鴻一瞥之間很難望進洞穴深處，但足以讓我們看清岩洞裡明顯沒有鐘乳石與石筍。外面與岩洞相鄰的山坡似乎總是頗為平整和光滑，丹佛斯認為這些風蝕造成的岩隙和坑洞傾向於構成某些不尋常的圖案。他腦海裡充滿了在營地見到的恐怖和怪異景象，甚至聲稱坑洞與遠古綠色皂石上令人困惑的點陣不無相似之處，同樣的圖案也令人毛骨悚然地出現在埋葬了六個畸形怪物的瘋狂雪丘上。

我們逐漸爬升，越過較高的丘陵，飛向我們選擇的相對較低的山隘。隨著飛機的前進，我們偶爾俯瞰地面路線的冰雪情況，考慮有沒有可能用從前的簡單裝備完成攀登。我們有些驚訝地發現，地形遠不如我們想像中那麼難以逾越，即使一路上也有許多裂隙和險要之處，但恐怕擋不住斯科特、沙克爾頓或阿蒙森的雪橇。有一些冰川以不尋常的連續性綿延通向狂風呼嘯的山隘，而我們選擇的那個山隘也不例外。

我們即將越過峰頂，望見一個人跡未至的新世界，儘管沒有理由認為山脈另一側與我們已經見過和研究過的區域有任何本質上的不同，但心中緊張的期待心情依然難以用文字形容。屏障般的山脈中透出一絲邪惡的神祕氣息，山巔之間偶然能瞥見的乳白色天空彷彿在召喚我們，語言無法清楚解釋這些極為微妙而稀薄的情緒。那更像某種模糊的心理象徵與審美聯想——糅合了描寫異域的詩歌和繪畫，再加上潛伏於不該被閱讀的禁忌典籍中的古老神話。就連接連不斷的風聲都含著特定的蓄意惡毒。有那麼一瞬間，這個複合聲裡似乎包括了一種類似音樂的怪異哨聲或笛聲，它音域寬廣，來自狂風吹過那些無處不在、彷彿共鳴腔的洞口。這種聲音裡有一種讓人厭惡的陰沉因素，勾起的印象複雜而難以界定，一如我心中其他的陰鬱感覺。

經過一段漫長的爬升，根據氣壓計的顯示，我們來到了海拔二萬三千五百七十英呎的高度，已經遠遠地超出了積雪覆蓋的區域。上方只有光禿禿的黑色岩石山坡和參差不齊的冰川起點，但那些令人好奇的立方體、牆壘和風聲迴蕩的洞口為這幅景象添加了詭異、離奇和猶如夢幻的不祥氣氛。順著排列成行的高峰望去，我似乎看見了雷克提到過的頂端有牆壘聳立的那座山峰。它在怪異的極地霧靄中時隱時現，雷克剛開始以為是火山煙霧的大概就是這種霧靄。山隘位於正前方，夾在兩側鋸齒般的險峻塔門之間，長年累月的狂風將它磨得分外光滑。山隘另一側的天空中雲氣繚繞，被低垂的極地太陽照亮，而這片天空之下就是從未出現在人類視線中的那個神祕世界了。

海拔再高幾英呎，我們就將看清那個世界。颳過山隘的呼嘯狂風中帶著笛音，毫無遮掩的發動機也在轟鳴，丹佛斯和我想交談只能大喊大叫，我們意味深長地對視一眼。飛機爬升上最後的幾英呎，我們的視線越過龐然巨物般的分界線，見到了從未出現在人類眼前的祕密，這些祕密屬於另一個徹底陌生的古老地球。

5

我們終於越過山隘，群山另一側的景象映入眼簾，我記得我和丹佛斯同時在敬畏、訝異、恐懼和懷疑之中驚叫起來。為了穩定情緒，我們肯定在腦海裡做出了更符合自然的推論。我們也許認為眼前的東西就像科羅拉多眾神花園裡奇形怪狀的風化山岩，或者亞利桑那沙漠中狂風蝕刻出的奇妙對稱巨石。我們也許甚至半心半意地以為又見到了幻象，就像我們第一次靠近瘋狂群山時見到的蜃景。我們必須靠這種平常的念頭來保住心智，因為當視線掃過久經風暴肆虐的無垠高原時，我們看見的是幾乎望不到盡頭的迷宮，構成迷宮的巨石形狀規則、幾何對稱，頂端風化崩裂、坑坑窪窪，聳立於最厚不過三、四十英呎、有些地方明顯更薄的冰層之上。

我無法形容眼前怪異景象帶來的衝擊，它殘暴地侵犯了我們心目中最基礎的一些自然規律。這片古老得可怕的高原臺地海拔足有兩萬英呎，氣候從五十萬年前人類尚未出現的時期就不適合生命存在，但連綿不斷一直延伸到視野盡頭的卻是形狀規則的無數巨石，只有妄圖自我保護的絕望心靈才會拒絕承認它們是有意識的智慧造物。先前我們談到山坡上的立方體和牆壘結構，至少在嚴肅探討時，從未考慮過它們的成因有可能不是自然作用。怎麼可能不是呢？這片大陸屈服於冰雪與死亡牢不可破的統治之時，人類都還沒有從類人猿的行列中分化出來。

然而，理性的根基似乎被難以阻擋地撼動了，因為這個龐然迷宮由方形、弧形和有稜角的巨石組成，明確的特徵斬斷了所有自欺欺人的退路。它顯然就是之前蜃景中的瀆神城市，只是變成了冷酷客觀、無法否定的現實。先前受詛咒的不祥預兆確實擁有現實基礎，當時的上層空氣中有一層水準冰塵雲，透過最簡單的反射原理，令人驚駭的巨石遺跡將影像投射到了山脈的另一側。幻象當然有扭曲和誇張的成分，還包含一些現實來源沒有的元素，但此刻見到幻象的來源，我們認為它比模糊的蜃景更加醜惡和凶險。

這些巨型石塔和牆壘在荒蕪高原的風暴中默默矗立了幾十萬甚至幾百萬年，之所以沒有在時間中徹底湮滅，完全是因為它們龐大得難以置信、超乎人類的想像。「Corona Mundi……世界屋脊……」我們頭暈目眩地望著腳下難以置信的怪異景象，各種各樣的驚嘆詞語從嘴裡噴吐而出。我再次想到自從第一眼我見到極地死寂世界就在腦海裡縈繞不去的怪異原始神話，想到噩夢般的冷原，想到**米-戈**（也即喜馬拉雅山脈的可憎雪怪），想到《納克特抄本》及其對人類之前歷史的暗示，想到克蘇魯異教，想到《死靈之書》，想到終北之地傳奇中無定形的撒托古亞，還有與此種半實體相關但更加駭人的無定形星之眷族。

建築物朝四面八方延伸到無限遠，幾乎看不出任何稀疏的跡象。逐漸降低的丘陵地帶將巨石城市與群山邊緣分開，我們向左右兩側望去，只在飛機進入的山隘左側見到了一個缺口。我們眼前僅僅是某個廣闊得難以衡量的存在物的有限一角。山麓丘陵上星星點點地分布著奇形怪狀的石質建築，將可怖的城市與我們已經熟悉了的立方體和牆壘連接在一起，後者似乎構成了城市的山間哨所，它們和怪異的岩洞一樣，在山坡的內側和外側分布得同樣稠密。

無可名狀的巨石迷宮主要由高牆構成，它們露出冰面的高度在10到150英呎之間，厚度從5到10英呎不等。修建高牆的巨大石塊主要是黑色原始板岩、片岩和砂岩，大部分石塊的尺寸為4英呎長、6英呎寬、8英呎高，但某些部分似乎是一整塊不平整的前寒武紀板岩鑿刻成形的。建築物的大小各不相同，既有數不清的蜂窩狀巨型結構體，也有分隔散落的較小建築。物體的形狀以錐形、金字塔形和梯臺為主，但也有許多正圓柱體、正方體、立方體簇群和其他長方體；還有一種稜柱狀建築物散落於城市之中，它們的五角形平面圖與現代防禦工事不無相似之處。設計師嫻熟地大量使用拱形結構，在這座城市的鼎盛時期，我們應該能見到壯觀的穹頂。

蔓生的巨型城市遭受了可怕的風化侵蝕，高塔聳立而出的冰面上隨處可見掉落的石塊和古老的岩屑。隔著透明的冰層，我們能看見巨大建築物的下半截，冰封的石橋遠遠近近地連接起了不同的高塔。暴露在冰層外的牆面上能看見宛如疤痕的破損之處，位置較高的同類石橋曾經存在於這些地方。近距離仔細查看之下，我們看見了數不清的巨大窗戶，有一些掛著遮光板，已經石化的材質原先應該是木頭，但大多數窗戶都敞開著，滲出險惡和威脅的氣息。許多建築物的殘骸當然都沒了屋頂，只剩下被風磨圓了邊緣的參差斷壁。另外一些屋頂較尖的錐形或金字塔形建築物，還有被周圍高大建築物保護住的低矮房屋，它們的輪廓還算完整，但布滿了不祥的崩塌裂紋和大小坑洞。我們用望遠鏡能勉強辨認出一些橫向鑲板上有雕刻出的裝飾圖案，其中就包括了古老皀石上的那種怪異點陣，它們現在擁有了重要無數倍的深刻意義。

許多建築物已經徹底垮塌，各種地質活動將冰層撕出了深深的裂隙。還有一些地方的石砌結構已被風化得與冰層齊平。一道寬闊的空白區域從高原內部延伸向丘陵地帶的一條裂谷，裂谷向右一公里就是我們進來的山隘，這片區域完全沒有建築物。根據我們的推測，這片空白區域在幾百萬年前的第三紀曾經是一條磅礡大河，奔騰著穿過城市，注入屏障般雄偉山脈腳下的某個深淵，那裡無疑充滿了洞穴、溝壑和人類不可能窺探的地下祕密。

重溫我們當時的心情，回憶如何頭暈目眩地望著很可能從人類前時期歷經萬古留存至今的可怖遺跡，我不禁驚訝於我們竟然還能夠守住最後一絲鎮定。我們自然知道某些東西——年代學、科學理論或我們的心智——出了無可挽救的問題，但我們依然保持了足夠的冷靜，繼續駕駛飛機，盡量細緻地大量觀察事物，仔細拍攝了一組應該對我們和全世界都有用的照片。就我而言，根深蒂固的科研習慣幫助了我，熊熊燃燒的好奇心克服了一切困惑和恐懼，迫使我去更深入地了解這個埋藏億萬年的祕密，去知曉究竟是什麼樣的生物建造了這座龐大得無法丈量的城市並居住於此，還有它們與當時或其他時期的整體世界有著什麼樣的關係，能夠產生如此獨一無二的生物聚集之處。

因為這裡不可能是一座普通的城市。它必定在地球史上某個遙遠得難以置信的章節中扮演過核心與中樞的角色，這個文明的外在衍生物早在今日所知人類蹣跚走出猿類大家庭前就徹底消失在了地殼變動引起的大混亂之中，只在最晦澀和扭曲的神話裡還留有模糊的痕跡。在此綿延伸展的是一座第三紀的大都市，與它相比，傳說中的亞特蘭提斯與雷姆利亞大陸、科莫瑞恩與烏祖達羅姆和洛瑪之地的歐拉索都晚近得彷彿今天，甚至不能算是昨天。這座大都市能與早於人類的瀆神魔地相提並論，例如瓦魯西亞、拉萊耶、姆納爾之地的伊布和阿拉伯荒漠中的無名城市。我們飛過荒涼的巨塔群落，我的想像力偶爾會脫出一切限制，漫無目標地在離奇的聯想國度遊蕩，甚至在我對營地之瘋狂恐怖景象的狂野猜測和眼前的失落世界之間編織聯繫。

為了確保輕裝出發，飛機的油箱只加到半滿，因此在勘測時我們必須謹慎行事。但即便如此，我們依然下降到風力小得忽略不計的高度，飛越了一片極為廣闊的地域——更準確地說：空域。山脈似乎沒有盡頭，以山麓丘陵為邊界的巨石城市同樣看不到盡頭。我們朝兩個方向各飛了50英哩，猶如死物爪牙般突破亙古冰層而聳立的岩石迷宮沒有任何明顯的不同。不過，建築物倒是有一些非常有意思的變化，例如峽谷峭壁上的刻痕，寬闊的大河曾通過這條水成峽谷流向遠處的地穴。地穴入口處的岬地被大膽地雕刻成巨石塔門，有隆起脊突的桶狀外輪廓在我和丹佛斯心中都激起了怪異而模糊、可憎又令人迷惑的似曾相識感覺。

我們還發現了幾處五角形的開闊區域，它們似乎是供公眾聚集的廣場。我們注意到地勢有高低起伏之分，只要有高聳的丘陵隆起，通常就會被掏空，變成形狀不一的巨石建築物，但至少有兩個例外。其中一處嚴重風化，看不出它曾經有什麼特殊之處，另一處的頂端支撐著一座奇異的圓錐形紀念碑，圓錐體由頑石雕刻而成，略似佩特拉遠古河谷中著名的蛇墓。

我們從群山飛向內陸，發現城市的寬度並非無限，只是沿著丘陵的長度似乎沒有盡頭。30英哩過後，奇形怪狀的巨石建築物開始變得稀疏，又過了10英哩，我們飛進了連綿不斷的荒野，找不到任何智慧造物的蹤影。一條寬闊的溝壑標出了河道在城市外的走向，地勢變得越來越險峻，似乎漸漸向上抬升，直到消失在西方的霧靄之中。

直到這時我們還沒有著陸，但不走進幾座怪異的建築物去一探究竟就離開這片高原是不可想像的事情。因此我們決定在臨近航道的丘陵間找個平坦的地方降落，為徒步探險做好準備。儘管地勢漸高的山坡上星星點點地散落著廢墟，但低空偵察不久後，我們很快就找到了好幾個可供降落的地點。我們選了最靠近山隘的那個地點，因為重新起飛後很快就能跨越山脈返回營地。下午12點30分，我們成功地降落在一片平坦而堅實的雪地上，那裡沒有任何障礙物，隨後我們肯定能愉快地順利起飛。

築起雪牆保護飛機似乎沒有必要，我們只打算停留很短暫的一段時間，這個海拔高度也沒有強風呼嘯，所以我們僅僅固定住著陸的雪橇架，為至關重要的引擎部件做好了防寒措施。由於要徒步考察，因此我們脫掉飛行中穿的厚重毛皮大衣，隨身攜帶了輕便的勘測裝備，其中包括袖珍羅盤、掌上型照相機、少量口糧、大量紙張和筆記本、地質學小錘和鑿子、樣本袋、成卷的登山繩和高功率電子照明設備及備用電池。飛機上之所以有這些裝備，正是因為考慮到我們有可能著陸、拍攝地面照片、繪製速寫和地形圖、在裸露的山坡與露頭岩上和洞穴中採集岩石樣本。幸運的是我們準備了足夠多的紙張，可以撕碎後裝進備用的樣本袋，假如走進了某座室內迷宮，就可以像玩獵狗追兔遊戲似的用紙屑標出路線。萬一我們發現了某個氣流足夠平穩的洞穴系統，就可以用這個快捷而簡便的辦法代替鑿岩為記的傳統手段了。

我們小心翼翼地踏著冰雪走下山坡，朝著西方乳白色天空映襯下的巨石迷宮而去，即將目睹奇蹟的感覺湧上心頭，劇烈程度不亞於四小時前接近那條幽深山脈時的心情。是的，我們已經用眼睛看過了潛藏於山脈屏障背後的驚人祕密，但想到能夠親身走進幾百萬年前已知人類尚不存在時由某些智慧生物建造的高聳建築，依然讓我們對其蘊含的無可比擬的異常意義心生敬畏甚至恐懼。即使這裡海拔極高，空氣稀薄，活動比平時更加費勁，但丹佛斯和我都覺得自己適應得很好，能夠戰勝或許會遇到的幾乎所有挑戰。我們沒走多遠就遇到了一片風化得與冰雪齊平的廢墟，再向前10到15桿（注）則是一座缺少了屋頂的巨型防禦工事，它五角形的輪廓依然完整，參差不齊的牆體高10到11英呎。我們走向後者；等我們終於能夠摸到那久經風雪的巨型石塊時，我們覺得彷彿和通常不為我們種族所知曉的被遺忘的萬古過往建立了某種前所未有、近乎褻瀆神聖的聯繫。

這座工事狀如五角星，從端點到端點約長300英呎，由侏羅紀砂岩搭建而成，石塊大小各異，外表面平均長6英呎、寬8英呎。五角星的五個端點和五個內角上非常對稱地分布著一排拱形瞭望孔或窗戶，底部離冰層表面約有4英呎。透過這些孔洞望去，我們看見石壁足有5英呎厚，室內沒有留下任何分隔物，內部上有一些條狀雕刻或淺浮雕的殘骸。先前駕駛飛機低空掠過這座和其他類似的工事時，我們猜測過它們內部的結構，現實頗為符合我們的想像。它們較低的部分無疑也有建築結構，但如今已經徹底埋藏在了深不可測的冰層與積雪之下。

我們爬進一扇窗戶，徒勞地嘗試解讀幾乎徹底風化的壁飾圖案，但完全無意於砸開冰封的地面。巡航時我們發現城區內有許多建築物的封凍程度較低，在屋頂依然完好的那些建築物裡應該能夠找到徹底沒有冰雪的內部空間，向下一直走就可以見到真正的地

注 長度單位，1桿等於5.5碼或5.03公尺。

面了。離開這座工事前，我們仔仔細細地為它拍照，以徹底困惑的心情望著它不曾使用灰泥的巨石結構。要是帕博蒂在就好了，他的工程學知識或許能幫我們推測，在遙遠得難以想像的時代修建這座城市及其周邊建築時，建造者究竟採用了什麼手段搬運如此龐大的石塊。

下坡走向城區的最後0.5英哩路程裡，高空狂風掠過背後插天巨峰，發出虛妄而凶蠻的尖嘯，其中最微末的細節都會永遠烙印在我的腦海裡。除了丹佛斯和我，人類只有身陷離奇噩夢才有可能想像出如此不可思議的視覺奇觀。巨大而紛亂的無數黑色石塔棲息在我們與西方翻滾沸騰的雲霧之間，我們的視角每次發生變化，它就會用又一組異乎尋常的怪誕形狀衝擊我們的心靈。這是堅硬岩石構成的蜃景，要不是有照片當作證據，我自己都會懷疑它是否確實存在。建築方式的總體類型與我們勘察過的工事完全相同，但這種建築方式在城市中顯現出的各種放肆外形就超出了語言能夠形容的範圍。

照片只能從一兩個方面描繪它無窮的怪異、無盡的變化、超越自然的巨大尺寸和徹底異質的陌生風格。有些幾何形狀連歐幾里得都無法為之命名——從各種角度不規則截斷的錐體；以所有令人厭惡的比例構成的梯臺；帶有古怪的鱗莖狀膨大的豎桿；以奇特方式組合在一起的斷裂圓柱；五角或五稜形的瘋狂怪誕的結構。再靠近些，視線穿過冰層中較為透明的地方，我們看清了底下的模樣，見到管狀石橋在不同高度連接起散亂得發狂的各種建築物。平直的街道似乎並不存在，唯一的規則線條就是左方1英哩外的寬闊溝壑，曾經有一條上古河流沿著它穿過城市流向群山。

透過望遠鏡，我們發現外牆上的橫向鑲板頗為常見，但鑲板上的浮雕和點陣圖案已經幾乎風化殆盡。雖然大多數屋頂和塔樓都難以避免地倒塌了，但我們依然能勉強想像出這座城市昔日的模樣。它曾經是個由蜿蜒曲折、錯綜複雜的小巷與窄街構成的纏結整體，所有街巷都彷彿深不見底的峽谷，有一些街巷頂上懸著突出的建築結構或拱形的連接石橋，因此比隧道好不了多少。此刻，城市在我們的下方無限鋪展，映襯著西面的霧靄，午後低垂於北方的太陽透過雲霧送來暗紅色的光線，朦朧間彷彿夢境中的幻景。陽光偶爾會遇到更緻密的阻礙，一時間用陰霾籠罩整個視野，造成的效果蘊含著難以言喻的險惡氣息，我不敢奢望能夠以文字傳達那種感受。就連無情狂風在背後山隘中颳出的微弱呼嘯和笛音都換上了更加狂野和蓄意的惡毒音調。通往城市的最後一段山坡格外險峻和陡峭，坡度改變之處的邊緣有一塊突出的巨石，我們認為那裡曾經建有疊層式的梯級。我們猜想冰層下肯定有臺階或類似的結構。

我們終於走進了猶如迷宮的城市，攀爬翻過倒塌的巨石建築，崩裂坑窪的牆體無處不在，令人感到壓迫的逼仄和令人覺得渺小的高度讓我們畏懼惶恐，我們的情緒又一次變得異常激動，我不得不驚訝於我們竟然還有殘存的自制能力。丹佛斯明顯變得神經質，對營地裡的恐怖景象做出了一些讓人生厭的無關猜測，我特別不欣賞他的這些言論，因為從噩夢般遠古留存至今的這座恐怖遺跡有許多特徵也迫使我得出了相同的結論。這些猜測反過來也在影響他的想像力。比方說來到某個地方，一條遍布碎石、銳角轉彎的小巷，他堅持說他在地面上看見了他非常不喜歡的模糊拖痕。又比方說他在另一個地方停下腳步，側耳傾聽從某種想像中的微弱聲音，那聲音來自某個難以界定的源頭，他聲稱是一種有音樂性的隱約笛音，與狂風在山間洞口吹出的聲音不無相似之處，但又令人不安地有所不同。周圍建築物和少數尚可辨認的牆壁雕飾的五角形構造無處不在，我們無法擺脫它們隱約蘊含的險惡暗示，在我們的潛意識裡種下了一絲與建造這個瀆神場所的遠古生物有關的確定感。

儘管如此，我們熱愛科學和冒險的靈魂依然未曾完全死去，我們按部就班地執行計畫，從建築物上所有種類的岩石上鑿下樣本。我們後悔沒有帶來更完整的設備，否則就能更準確地判斷出這座城市的年齡了。取自高聳外牆的樣本似乎都不晚於侏羅紀和科曼齊系，在勘察過的地方也沒有見到晚於上新世的岩石。事實無情地證明，我們正徜徉於已經統治這座城市至少五十萬年而且極可能更加漫長的死寂之中。

我們在被巨石陰霾籠罩的昏暗迷宮中穿行，見到有可能利用的孔洞就停下腳步，透過它們查看室內的情況，研究能否充當建築物的入口。有一些孔洞高不可及，有一些通向冰雪覆蓋的廢墟，它們和山坡上的那座工事一樣，屋頂垮塌，破敗不堪。有一個雖然足夠寬敞誘人，裡面卻似乎是個無底深淵，而且找不到能夠下去的路徑。我們時常得到機會研究殘存遮光板的石化木質材料，根據尚可辨認的紋理，我們發現它們古老得驚人。這些遮光板有的來自中生代的針葉樹和裸子植物（特別是白堊紀的蘇鐵），有的來自第三紀的扇葉棕櫚和早期被子植物。我們沒有發現任何晚於上新世的植物。這些遮光板的用途似乎各不相同，它們的邊緣說明曾經裝有形狀怪異但早已消失的鉸鏈。有些遮光板的鉸鏈裝在外部，有些裝在深深的洞眼內側。遮光板似乎被卡在了原先的位置上，曾經存在的固定物和拴扣物多半是金屬質地，早已銹蝕殆盡，而木板卻留了下來。

走了一段時間，我們見到一座龐大五脊錐狀建築物，沒有破損的膨大頂端有一排窗戶，裡面是個保存完好、鋪著石板地面的巨大房間，但窗戶在房間裡的位置太高，沒有繩索就不可能爬下去。我們雖然帶著繩索，但除非迫不得已就不想爬上爬下那20英呎的高度，尤其是高原地帶稀薄的空氣已經給心臟帶來了巨大的負擔。底下的巨大房間多半是大廳或某種集會場所，藉助電子照明設備，我們看見牆壁上嵌著許多寬闊的橫向鑲板，上面的雕刻清晰可辨，極可能異常驚人，隔開它們的是同樣寬闊但隨處可見的那種雕飾鑲板。我們仔細標出這個位置，假如找不到更加容易進入的建築物，我們就下去一探究竟。

不過，後來我們還是發現了完全符合要求的另一個開口，這是一道拱門，寬約6英呎、高約10英呎，曾經位於一座空中橋樑的盡頭，這座石橋跨過一條小巷，比如今的冰面還要高出5英呎。類似的拱門當然與較高處的樓層齊平，這道拱門裡的一個樓層依然完好。我們能夠進入的建築物在左手邊面向西方，由一系列矩形梯臺壘砌而成。小巷對面的另一道拱門開在一座破敗的圓柱形建築物上，它沒有窗戶，在拱門以上10英呎處有個怪異的膨大結構。那道拱門裡一片漆黑，似乎是個深不見底的虛無深井。

成堆的碎石使得進入左手邊的巨大建築物加倍地容易，有那麼一瞬間，我們甚至有些猶豫，不敢貿然領受這個期待已久的良機。儘管我們已經侵入了這座充滿太古謎團的錯綜城市，但面前的建築物來自一個古老得難以想像的世界，而這個世界的本質正越來越恐怖地呈現在我們眼前，因此走進這座建築物需要更大的勇氣和決心。然而，最後我們還是邁出了這一步，順著碎石堆爬進敞開的洞口。前方的地面鋪著大塊石板，似乎是一條長走廊的出口，這條走廊的天花板很高，牆壁上刻有雕飾。

我們發現這條走廊上開著許多拱門，意識到建築物內的分隔結構有可能非常複雜，於是決定用獵狗追兔的手法留下紙屑足跡。進入建築物之前，我們用羅盤確定方向，頻頻回望身後高塔間的巍峨山脈，因此保證了我們不會迷路；但從現在開始，人工路標就變得必不可少了。我們將多餘的紙張撕成尺寸合適的碎片，放進丹佛斯攜帶的一個口袋，準備在安全允許的範圍內盡可能節省地使用它們。這套方法應該能夠讓我們免於迷路，因為這座古老的石砌建築物內部似乎不存在強大的氣流。萬一氣流變得過於強大或者碎紙用完了，我們當然還可以重新使用更穩妥但更單調和緩慢的老辦法，也就是鑿石為記。

憑猜測不可能知道我們究竟打開了一片多麼廣闊的空間，只有親自走一走才有可能了解。不同建築物之間的聯繫緊密而頻繁，我們說不定能透過埋在冰層下的石橋走進其他的建築物，我們需要擔心的只有結構坍塌和地質變動，因為似乎很少有冰川侵入這些巨大的建築物。透過比較透明的冰層，我們注意到底下的窗戶幾乎全部緊閉，就好像整個城市都被統一放置在這種狀態之中，等待冰層封凍住它較低的部分，經過漫長的歲月保存至今。事實上，你會產生一種怪異的感覺，就好像這座城市是在萬古前某個遙遠的時代被有意關閉的，而不是毀於突如其來的災難，也沒有逐漸衰敗滅亡。不知名的種族會不會預見到了冰河時代即將來臨，因此集體離開這裡，前去尋找一個更加安全的避難所？該地冰層形成的精確自然地理學條件只能等以後再深入研究了。附近明顯沒有冰川碾壓遷移的痕跡。造成如今這個特殊狀態的原因也許是積雪的壓力，也許是河流泛洪，也許是巍峨山脈中某座遠古堤壩被沖破。想像力能夠解答與此處相關的幾乎每一個問題。

6

我們走進空曠而萬古死寂的蜂窩般遠古建築物，要詳細而不間斷地描述整個勘察過程未免過於累贅，埋藏著古老祕密的恐怖巢穴在沉默億萬載之後，第一次迴蕩起了人類的腳步聲。有一點千真萬確：僅僅是查看無處不在的牆壁雕飾，我們就知道了許許多多恐怖的重大事件，得到了數不清的啟示。閃光燈拍攝的雕飾照片能夠證明我們正在披露的一切都絕非虛言，只可惜我們帶的底片不夠多。底片用完後，我們在筆記本上用速寫記錄那些特別值得注意的細節。

我們進入的建築物規模宏偉、裝飾精緻，讓我們對這個古老得無可名狀的地質時代的建築風格有了最直觀的概念。建築物的內部隔牆不像外牆那樣厚重，較低的樓層保存得極為完好。平面布局比迷宮還複雜，不同樓層之間有著古怪的不規則變化，這兩點都是最顯著的建築特徵，要不是在背後留下了一路紙屑，我們肯定沒走多遠就會迷路。我們決定從更加殘破的較高樓層開始勘察，於是在迷宮中攀爬了100英呎左右，來到向著極地天空敞開胸懷的最高一層樓，這裡的房間已經淪為廢墟，被冰雪覆蓋。建築物內部隨處可見有橫向稜紋的陡峭石坡或斜面，功能相當於階梯，我們順著它們向上爬。房間呈現出人類能想像的所有形狀和比例，從五角星到三角形和正立方體無所不有。按照我們的粗略估計，房間的平均建築面積約為30英呎見方，高約20英呎，但也有很多更大的隔間。仔細勘察完頂部樓層和封凍情況，我們一層一層向下走，最終來到了浸沒在冰面下的部分，很快就發現我們置身於一個連綿不斷的迷宮之中，構成迷宮的是互相連接的房間和廊道，很可能通向這座建築物外浩瀚無邊的區域。眼前所見之處全是碩大無朋的巨石結構，讓我們產生了怪異莫名的壓迫感；這座遠古瀆神石城的所有輪廓線、尺度、比例、裝飾和建築細節中都蘊含著模糊但深刻的非人類性。看著牆壁上的雕刻，我們很快意識到這座巨石怪城已經有了千百萬年的歷史。

我們無法解釋建造者運用了何種工程原理來保持巨石怪異莫名的平衡和穩定狀態，但拱形結構的功能無疑起著重要的作用。我們勘察過的房間內沒有任何可移動的物品，支持了我們對城市被其居民有意放棄的猜測。占主導地位的裝飾品是幾乎無處不在的成體系壁雕，它們往往連續不斷地刻在3英呎寬的橫向鑲板，從地板一直排列到天花板，中間用同樣寬度的幾何花紋鑲板隔開。這個排列規則當然也有例外，但它佔據了壓倒性的優勢地位。不過，我們也經常看見流暢的漩渦飾線點綴的花紋鑲板，內部是點陣構成的古怪圖案。

我們很快就發現裝飾物品牽涉到的技法成熟而完滿，審美已經演進到了最高的文明水準，但其所有細節對人類知曉的一切藝術慣例來說都全然陌生。從精細程度而言，我沒見過任何雕像能夠與其相提並論。拋去雕飾的大膽尺度不說，植物或動物身上連最微小的細節都刻畫得異常栩栩如生，隨處可見的一般圖案是技藝嫻熟、錯綜複雜的藝術傑作。幾何花紋展現出設計者對數學原理的高深運用，由隱約對稱、以五為基數的曲線和角度構成。雕刻圖像的鑲板遵循高度形式化的傳統，對視角的處理非常特別，但體現出的藝術力量越過無數個地質時期成就的巨大鴻溝，深深地打動了我們。構圖方法的關鍵是將橫截面與二維剪影並置的獨特手段，體現出超越了一切已知遠古種族的分析心理學智識。企圖將這種藝術對比人類博物館裡陳列的任何作品都是徒勞之舉。見過我們照片的人或許會發現最相近的類似物是最大膽的未來主義藝術家的某些怪誕概念。

花紋裝飾完全由凹陷的線條構成，它們在未風化牆壁上的深度為1到2英吋不等。漩渦飾線內的點陣圖案顯然是銘文，使用的字母表屬於某種遠古未知語言，流暢飾線所在的表面深入牆體1.5英吋左右，點陣又繼續深入1.5英吋。圖像鑲板是下沉式的淺浮雕，背景深入牆面2英吋左右。部分樣本能看出曾經塗有顏色，但在絕大多數地方，難以衡量的萬古歲月已經分解和消除了或許存在過的所有色素。你越是仔細研究其中非凡的技法，就越是敬慕這些作品。在嚴格的規則之下，你依然能感受到藝術家細緻入微的觀察能力和高超的表現才華，而事實上，它們遵循的傳統本身就是為了抽象化地強調所描繪客體的真正本質或關鍵區別。除了我們能夠識別的這些卓越優點，我們覺察到其中還存在一些超越人類感官的其他因素。時而可見的特定筆致似乎模糊暗示著某些暗藏的符號與刺激物，只有在另一種心理與情感背景下，透過更完整或截然不同的感官配置，我們才有可能認清其中深刻而強烈的意義。

雕刻主題顯然都來自創作者在那個早已消逝的地質時期的生活，其中有很大一部分是用圖像描繪的歷史。這個遠古族類異乎尋常地癡迷於歷史，透過種種巧合，奇蹟般地為我們創造了有利的條件，這種執著使得雕刻為我們提供了極為詳盡的資訊，因此我們也將拍攝和描繪它們的重要性置於其他所有考慮之上。在一些房間裡，占主導性的壁雕是地圖、星圖和放大的其他科學圖示，明確而又駭人地印證了我們從雕有圖像的簷壁和牆裙上得到的知識。我無意暗示我們究竟發現了什麼，只希望以上敘述不會在還願意相信我的讀者心中激起多於理智和謹慎的好奇心。我這番警告是想打消他們的去意，若是反而引誘他們前往那個充滿死亡和恐怖的國度，那就實在是個悲劇了。

高窗和12英呎的巨門穿插於鑲嵌雕刻的牆壁之間，間或能見到殘餘的石化木質遮光板和門扇，它們都雕刻著精美的紋飾，經過拋光處理。金屬構件早已鏽蝕殆盡，但有些門扇還卡在原處，我們必須用力推開才能從一個房間走進另一個房間。有時也能看見殘存下來的窗框和形狀奇特（以橢圓為主）的透明窗格，但數量少得不值一提。我們還時常遇到尺寸巨大的壁龕，絕大多數都空著，偶爾有一、兩個擺放著由綠色皂石雕刻而成的怪異物品，但要麼已經破碎，要麼大概本來就缺乏隨身帶走的價值。牆壁上的其他孔洞無疑曾連接著用於加熱、照明或諸如此類的機械設備，因為許多壁雕中都出現了類似的設備。天花板通常頗為平整，有些鑲嵌著綠色皂石或其他材質的貼磚，但絕大多數現已脫落。有些地板也鋪著相同材質的貼磚，不過占主導地位的還是石板。

如我所說，房間裡沒有任何家具或其他可移動的物品，但壁雕很明確地告訴我們，這些猶如墳墓、回音嫋嫋的房間裡也曾擺滿了奇形怪狀的各種器物。冰層以上的房間裡往往遍覆碎石和瓦礫，但越向下走，房間裡的情況就越好。底下的部分房間和走廊只是積著灰塵或古老的汙垢而已，偶爾還有一些地方乾淨得像是剛打掃過，給人以非常詭異的感覺。當然了，若是地板裂開或天花板坍塌，底下的房間也會和上面一樣滿地狼藉。和我們在飛行時見到的某些建築物一樣，我們進入的這幢建築物也有個中央庭院，所以內部區域並不是徹底一片漆黑，因此我們在上層房間裡很少需要使用電子照明設備，只有認真研究壁雕細節時除外。但到了冰層以下，光線變得越來越暗，來到錯綜複雜的最底層，有許多地方甚至接近徹底黑暗。

走在這座沉寂萬古、由非人類的生物建造的巨石迷宮裡，想要為我們的想法和感受勾畫出一個最粗略的輪廓，捉摸不定的情緒、記憶和印象只會交織成一張令人絕望和困惑的混沌大網。單單這個場所那駭人的古老和致命的荒蕪已經足以逼瘋任何一個有感知的人，不久前在營地目睹的無法解釋的慘烈景象和周圍無數可怖壁雕揭示出的真相就更是雪上加霜了。我們來到一段保持完好的壁雕前，它不允許模稜兩可的詮釋存在，這一刻我們僅僅略作查看就承認了醜惡的真相。聲稱丹佛斯和我在各自心中並沒有動過類似的念頭未免過於幼稚，但我們都小心翼翼地約束自己，甚至不敢向對方轉彎抹角地提起。千百萬年前，一些生物建造了這座怪異死城並在此居住，人類的祖先還是古老而原始的哺乳生物，體型龐大的恐龍尚在歐洲和亞洲的熱帶草原遊蕩，關於這些生物的本質，已經容不下半點仁慈的疑慮了。

早些時候，我們還絕望地抱著另一個念頭，堅持認為無處不在的五角形主題只是某種太古代自然元素的文化或宗教化身，五角形物體的巨大數量體現了它的強烈影響，就好比米諾斯克里特人塑造的神牛、埃及人塑造的聖甲蟲、羅馬人的狼與鷹和各個原始部落選擇的圖騰動物。但此刻連最後的避難所也被奪走，我們不得不直面足以動搖理性的現實，讀到此處的讀者無疑早就猜到了結局。哪怕到了現在，我也還是難以用白紙黑字寫出那恐怖的真相，但或許並沒有這個必要。

在恐龍生存的年代建造這座可怖石城並於此居住的生物不是恐龍，但比恐龍要可怕得多。恐龍在當時只是沒什麼大腦的新物種，而城市的建造者聰慧而古老，十億年前就在岩石上留下了確鑿的痕跡……那時候地球的原生生命還沒有演化成無定形的細胞群落……那時候地球的原生生命甚至都還不存在。它們是地球生命的創造者和奴役者，毋庸置疑就是連《納克特抄本》和《死靈之書》都只敢隱約暗示的恐怖遠古神話的原型。它們是在地球尚年輕時由星際降臨的遠古種族，另一種陌生的演化歷程塑造了它們的形體，擁有這顆星球從未孕育過的巨大能力。想到僅僅一天以前，丹佛斯和我還仔細查看過它們已經石化千百萬年的殘軀……而已故的雷克和他的隊員見過它們完整的身體……

即使我們對人類史前生命的可怖歷史已有一些支離破碎的了解，但依然不可能按準確順序將其一一羅列。揭示真相帶來的第一波震驚過去後，我們不得不暫停片刻以鎮定心神，直到下午3點才開始系統化的實地考察。這幢建築物內的壁雕時間較晚，根據地質學、生物學和天文學特徵，可確定大約來自兩百萬年前。我們經過冰下石橋進入了一些更古老的建築物，比起在那些地方發現的同類樣本，這幢建築物裡的壁雕從藝術角度說只能稱之為衰落。有一幢建築物從整塊岩石中開鑿而出，很可能來自五千萬年前的晚始新世或早白堊紀，建築物裡的淺浮雕的藝術水準超越了我們見過的所有作品——只有一個難以比擬的例外：我和丹佛斯一致同意，那裡是我們勘察過的最古老的一座建築物。

若不是實地拍攝的照片很快就將公之於眾，我肯定不會提起我究竟發現和推斷出了什麼，否則多半會被關進瘋人院。壁雕敘事的極早期部分講述了星狀生物來到地球前在其他行星、其他星系甚至其他宇宙的生活，解釋為這種生物本身的幻想與神話自然再簡單不過了。但在這些壁雕中時常能看到一些曲線或圖示，與數學和天體物理學的最新發現相似得令人惶恐，我對此不知道應該作何感想。大眾見到我發表的照片後自己判斷吧。

當然了，我們遇見的每套壁雕都只講述了一個連貫故事中的一小段，我們也不可能恰好按正確順序看到這個故事的前後部分。就壁雕圖案而言，有些廳堂完全是獨立的，而在另外一些地方，一系列房間和走廊則構成了連續的編年史。最清晰的地圖與圖示鑲嵌在一個駭人深淵的牆壁上，那裡位於古老的地表之

下，巨大的房間猶如洞窟，長寬約為200英呎、高約60英呎，無疑曾是某種教育中心。同樣的內容在不同的建築物和房間裡常有重複，不同的雕刻者或居住者似乎都喜歡某些個體經歷和種族歷史中的某些事件或時期。不過，同樣的主題有時也會出現互有區別的變體，這麼做大概有助於解決爭端或填補空白。

供我們支配的時間那麼少，我們居然能推斷出這麼多結論，對此我直到今天依然倍感驚訝。當然，我們直到現在也只掌握了最粗略的輪廓，其中大部分還來自對照片和素描的後續研究。近期的研究或許正是丹佛斯精神崩潰的直接誘因，記憶和模糊印象被喚醒，而他天生比較敏感，加上他最後瞥見但甚至不肯向我吐露的恐怖景象，他終於被壓垮了。但我們不得不這麼做，因為拿不出盡可能詳實的證據就無法警告世人，而警告世人有著壓倒一切的必要性。時間混亂的未知南極世界被陌生的自然法則統治，某種力量在那裡陰魂不散，因此我們必須阻止人類進一步的探索行動。

7

目前已經解讀出的完整敘事將於近期在米斯卡托尼克大學的官方學報中刊出。在此請允許我只以散漫而欠缺條理的方式簡要介紹其中的重點內容。無論是不是神話，壁雕都講述了星狀頭部的生物如何從宇宙空間降臨尚無生命的初生地球，來的不但有它們，還有在不同時期開始探索太空的其他外星個體。它們似乎能夠用肉膜巨翅跨越星際以太，因此離奇地證實了一位研究古文物的同事很久以前向我講述的怪異山地民間傳說。它們大多生活在海底，建造了雄偉的城市，操縱應用未知能量原理的複雜裝置，與無可名狀的敵手展開規模浩大的戰爭。它們的科學與機械知識遠遠勝過今天的人類，但它們只在迫不得已時才使用更普遍和精細的日常設備。根據部分壁雕的描繪，它們曾在其他星球上有過高度機械化的生活階段，但覺得那種生活無法滿足，於是退回了更原始的生活方式。它們的身體組織異常堅韌，生理需求非常簡單，因此不需要專門設計的特殊製品也能在高原地區生活，甚至連衣服都不用穿，只有偶爾用來抵禦惡劣自然條件時除外。

它們在海底用早已掌握的手段和隨處可見的物質創造出地球生命，剛開始完全為了食用，後來則為了其他目的。來自宇宙的各路敵人被消滅後，它們開始了更複雜的試驗。它們在其他星球上做過相同的事情，它們不但製造必須的食物，也製造多細胞的原生質生物聚落，後者能夠在催眠影響下將組織塑造成各種各樣的臨時器官，化身為理想的奴僕，從事社群中的繁重工作。這些滲出黏液的生物聚落無疑就是阿卜杜·阿爾哈茲萊德在《死靈之書》中悄聲提及的「**修格斯**」，但連阿拉伯瘋人都不敢直言它們存在於地球上，你只有咀嚼含有某種生物鹼的草藥後才可能在迷幻夢境中遇見它們。星狀頭部的遠古種族在這顆星球上合成出簡單的食物，培育了大量修格斯，允許剩下的細胞群落演化成其他動植物形態來滿足不同的需要，並且徹底消滅有可能造成麻煩的任何生物。

修格斯能夠透過膨脹身體舉起可觀的重量，在它們的協助下，海底的低矮小城逐漸變成了宏偉的壯麗迷宮，與後來在陸地上拔地而起的巨石城市不無相似之處。事實上，在宇宙中的其他星球，具有高度適應能力的遠古種族往往就居住在陸地上，很可能因此保留了陸地建築的許多傳統。我們研究了壁雕中所有的第三紀城市（也包括我們正徜徉於其走廊中的這座萬古死寂石城），一個怪異的巧合給我們留下了深刻的印象，這一點我們至今都不敢嘗試解釋，哪怕只是在自己心中。現實中包圍著我們的這座城市裡，建築物的頂部在無數世紀前就被風化成了遍地狼藉的廢墟，但在淺浮雕上，錐狀與金字塔形建築物的頂飾是簇生成群的針狀尖塔，圓柱形高樓的最上面是層疊壘砌的帶齒圓輪。我們第一次接近雷克那遭遇厄運的營地時，曾經目睹了彷彿不祥之兆的恐怖蜃景，死城的影像越過幽深難測的瘋狂群山，投射進我們無知的眼睛，它在千百萬年前就失去了自己的天際線，但出現在蜃景中的卻是淺浮雕上的景象。

關於遠古種族的生活，無論是在海下還是移居陸地後的時代，都足以撰寫好幾卷專著。淺水區的居民繼續充分利用頭部五條主觸鬚末端的眼睛，以頗為平常的方法磨練雕刻和書寫的技法，它們靠金屬筆和防水塗蠟表面完成書寫。大洋深處的居民不但用怪異的磷光生物提供照明，還用一種特別的次要感官補充視覺上的不足，這種感官透過頭部的五彩纖毛發揮作用，使得所有遠古種族在緊急時都能夠不依靠光線而行動。向深海而去，雕刻和書寫的形態發生了古怪的變化，加入了似乎是化學覆膜過程的環節（大概為了保護磷光質），但淺浮雕無法清楚地向我們說明。它們在海中的活動一半靠用海百合狀的肢體划水游泳，另一半靠擺動身體下半部長有偽足的觸手。它們偶爾會利用兩對或更多對摺扇狀的肉膜翼長距離俯衝滑行。在陸地上它們主要用偽足行走，但時常也會展開翅膀，飛到極高的地方或跨越極遠的距離。在肌肉與神經系統的協同作用之下，分化出海百合狀肢體的纖細觸手極為精細、靈活、強壯和準確，使得遠古種族在進行各種藝術活動和其他手工操作時能夠發揮出最高的才能和靈活性。

遠古種族的身體堅固得難以置信，海底最深處的巨大壓力似乎都不足以傷害它們。幾乎不太有遠古種族會死於非命，下葬時的占地極為有限。它們會在垂直掩埋的死者上方修建五角形墳丘並刻上銘文，丹佛斯和我看到這裡，不得不暫停片刻，等待心情恢復平靜。正如雷克先前的推測，這種生物像蕨類植物一樣靠孢子繁殖，但身體異常堅固，壽命長得可怕，因此很少需要世代更替，除非要在新開墾的地域殖民，否則它們就不會大規模生發原葉體。新個體成熟得很快，接受的教育顯然超出了我們能夠想像的一切標準。智性與美學活動高度發達，佔據主導地位，催生出一整套經受住了時間考驗的習俗和制度，我會在即將出版的專論中加以詳細闡述。習俗和制度在海底和陸地上有著細微差別，但基礎和精要完全相同。

即使它們和植物一樣，能夠從無機質中攝取養分，但它們更熱愛有機質尤其是動物來源的食物。它們在水底食用未經烹飪的海洋生物，但在陸地上則會精心烹製食物。它們狩獵和養殖肉用牲畜，探險隊先前在一些骨質化石上注意到了古怪的印痕，那就是它們用利器屠宰動物時留下的。它們能極好地適應所有常見的環境溫度，不需要防護措施就能在接近冰點的海水中生活。然而，一百萬年前左右更新世大寒潮來臨時，陸地居民還是不得不求助於包括取暖設施在內的各種特殊手段，直到最終被致命的寒冷趕回海底深處。根據它們的傳說記載，它們史前在穿越宇宙空間飛行時會吸收某些化學物質，變得幾乎不需要進食、呼吸和保持體溫，但到大寒潮來臨的年代，這種方法已經失傳。總而言之，它們無法繼續依靠輔助設施在陸地上安然無恙地生存下去了。

遠古種族沒有性別，身體構成部分類似植物，缺少像哺乳類生物那樣建立家庭的生物學基礎，但它們似乎會在更舒適地利用空間和性情相投的原則上組織起更大的家族——我們從壁雕中同居者的職業和娛樂活動推測出了這個結論。裝飾住所時，它們喜歡將所有物品擺放在巨大房間的中央，留出牆壁供雕刻裝飾。陸地居民透過某種很可能基於電化學原理的裝置提供照明。陸地和水底的遠古種族都使用模樣古怪的桌椅、狀如圓柱框架的床鋪（因為它們休息和睡眠時都保持直立，只是收攏觸手而已）和擺放鉸接頁片的儲物架，頁片表面有著凸起的圓點，應該就是遠古種族的書籍。

儘管無法從壁雕中推測出確定的結論，但它們的政府似乎相當複雜，很可能已經實現社會主義。城市內和城市間的商業極為發達，五角形帶銘文的扁平小籌碼充當錢幣。我們探險隊發現的小塊綠色皂石很可能就是這種貨幣。即使它們的文明以城邦為主，但農業和畜牧業同樣存在，還有採礦業和規模有限的製造業。居民經常旅行，但除了大規模殖民遷徙，永久性的移居似乎頗為罕見。個體旅行時不需要外部輔助手段，因為遠古種族似乎能夠以極高的速度在地上、空中和水下行動。不過，貨物總是由負重馱獸搬運，在海底是修格斯，後來在陸地上是各種各樣的原始脊椎動物。

這些脊椎動物，以及其他無數種生命形式——包括動植物，無論生活在水下、地上還是空中——都是遠古種族製造的活細胞在遠古種族注意力範圍外未經導引的演化產物。它們能夠無拘無束地演化，無非是因為沒有和占主宰地位的生物發生衝突。給遠古種族帶去麻煩的生物當然都遭遇了系統化的滅絕。我們饒有興味地注意到在最晚期技巧最衰敗的雕飾中出現了一種蹣跚而行的原始哺乳動物，遠古種族有時將它們用作食物，有時則是取樂的玩物，它們模糊地呈現出了猿猴與人類的一些先兆特徵。在建造陸地城市的時候，構成高聳塔樓的巨型石塊往往由一種膜翅寬大的翼手龍搬運，但我們的古生物學家對這種動物還一無所知。

遠古種族經歷了各種各樣的地質變化和地殼災變卻活了下來，這恐怕稱不上什麼奇蹟。儘管它們建立的第一批城市很少或完全未能延續到太古代之後，但它們的文明和記錄傳承卻從未中斷。它們最初降臨這顆星球的地點在南冰洋，時間大約在構造月球的物質剛從與南冰洋相接的南太平洋被甩出去後不久。根據雕飾中的一幅地圖記載，當時的整個地表都還是汪洋大海，隨著漫長的時間漸漸流逝，巨石城市的分布也離南極洲越來越遠。在另一幅地圖中，南極點周圍是一大片乾燥的陸地，雖然有部分遠古種族在陸地上嘗試建造定居點，但主要聚居中心還是遷移去了附近的海底。接下來的地圖中，這片大陸開始分裂和漂移，一些分離的部分向北而去，令人信服地證明了最近由泰勒、魏格納和喬利提出的大陸漂移理論。

一片新大陸在南太平洋隆起，重大的變故接踵而至。一些海底城市遭遇滅頂之災，但這並不是最可怕的事情。沒過多久，另一個種族從無垠宇宙降臨地球，它們形如章魚，很可能對應著人類史前傳說中的克蘇魯眷族。它們向遠古種族發動規模浩大的戰爭，有一段時間將遠古種族徹底趕回了海底。考慮到遠古種族的陸地定居點正在持續增加，這無疑是一個巨大的打擊。後來雙方締結和約，新生的陸地歸克蘇魯眷族支配，遠古種族擁有海洋和舊有的陸地。遠古種族在陸地建造新城市，其中最宏偉的一座位於南極洲，因為它們將最初降臨之處視為聖地。從那以後，和從前一樣，南極洲始終是遠古種族文明的中心，克蘇魯眷族在南極洲修建的城市只要能找到就被徹底抹去。接下來，太平洋的陸地忽然重新下沉，帶走了恐怖石城拉萊耶和全部的宇宙章魚，於是遠古種族再次主宰這顆星球，但心中多了一個它們不願提及的陰霾和恐懼。又過了相當長的一段時間，遠古種族的城市已經遍布全地球的陸地和水域，我會在即將出版的專論中推薦考古學家在分隔廣闊的某些區域用帕博蒂的設備進行系統化的鑽探研究。

隨著時間流逝，遠古種族逐漸從水下向陸地遷移，新生陸地的隆起更是促進了這個過程，但它們從未徹底放棄過海洋。向陸地遷移還有另一個原因：在海底順利地生活需要依靠修格斯，但遠古種族在培育和控制修格斯上遇到了新的麻煩。壁雕不無悲傷地承認，從無機質中創造新生命的技術遺失在了時間的長河之中，因此遠古種族不得不轉向塑造已經存在的生命形式。事實證明陸地上的大型爬行動物很容易馴服，而海底的修格斯有段時間構成了嚴重的問題，因為它們靠分裂繁殖，在偶然中擁有了堪稱危險的智力水準。

遠古種族一向透過催眠暗示控制修格斯，將它們高度可塑的柔韌身體塑造成用途廣泛的各種臨時性肢體和器官，但後來它們有時候會獨立發動自我塑造能力，變出以往暗示所植入的各種模仿性形態。它們似乎演化出了半穩定的大腦，擁有偶爾會非常頑固的獨立意識，即使依然回應遠古種族的意志，但不總是遵從命令。雕飾中的修格斯讓丹佛斯和我充滿了恐懼和厭惡。它們通常是由黏性膠凍狀物質構成的無定形個體，彷彿黏合在一起的無數液泡，凝聚成球體時平均直徑約為15英呎。但它們的外形和體積永遠在不停變化，會自發或根據暗示伸展出臨時性的肢體或模仿其主人構成近似的視覺、聽覺和語言器官。

大約一億五千萬年前的二疊紀中期，修格斯似乎變得格外難以處理，居住在水下的遠古種族為此對它們發動了一場旨在重新馴服的慘烈戰爭。根據描繪這場戰爭的壁雕，修格斯殺死的遠古種族通常會變成渾身遍覆黏液的無頭屍體，雖然隔著深不可測的歲月深淵，但屍體的數量依然多得令我們恐懼。遠古種族用干擾分子結構的怪異武器攻擊反叛的修格斯，最終取得了完全的勝利。接下來的壁雕中，有一段時間修格斯在全副武裝的遠古種族面前顯得順從而馴服，就像美國西部被牛仔征服的野馬。在反叛期間，修格斯顯露出了能夠離開海洋生存的能力，但遠古種族並不青睞這個轉變，修格斯在陸地上的用途並不足以抵消管理它們的麻煩。

侏羅紀時期，遠古種族遇到了來自外太空的新一輪入侵者，這次的敵人是半真菌半甲殼類的生物，來自一顆和最近發現的冥王星同樣遙遠的星球，無疑就是北方山區傳說悄然傳述的那種怪物，也是喜馬拉雅山區居民記憶中的米-戈——可憎的雪怪。為了和這些生物作戰，遠古種族從降臨地球後第一次嘗試重新進入以太空間，但儘管它們按傳統做好了所有準備，卻發現自己再也不能離開地球大氣層了。無論它們曾經掌握過星際旅行的什麼古老祕密，這時候已經被整個種族遺忘殆盡。最後，米-戈將遠古種族趕出北方的所有陸地，但對居住在海底的遠古種族無計可施。這個古老的種族一點一點退回它們剛開始棲居的南極地區。

看著壁雕中的戰爭場面，我們發現了一個奇異的事實：構成克蘇魯眷族和米-戈身體的物質與我們所知的構成遠古種族身體的物質截然不同。前兩者能夠變形和重組軀體，但遠古種族完全做不到這些，因此克蘇魯眷族和米-戈很可能來自宇宙空間更遙遠的深淵。遠古種族的身體即使非同尋常地堅韌，擁有一些特殊的生命特性，但仍舊由普通物質構成，其發源地無疑依然在已知的時空連續體之內，而另外兩個種族的最初起源連略作猜測都會讓我難以呼吸。當然了，以上結論的前提都是入侵者的異於塵世和離奇特徵並非純粹的神話傳說。不難想像，遠古種族有可能創造出了一套宇宙架構體系來解釋它們偶爾的挫敗，因為驕傲和對歷史的興趣顯然構成了它們最重要的心理學特徵。另外還有一點值得注意，那就是它們的編年史似乎沒有提到許多高度發達的強大種族，而它們的文明和高樓林立的城市卻一再出現在某些晦澀傳說之中。

大量的壁雕地圖和場景栩栩如生地描繪了地球在漫長的地質年代中逐漸變遷的過程。在一些地方，人類現有的科學理論需要修正，但在另一些地方，大膽的推測卻得到了極為理想的證實。就像我說過的，這個異乎尋常的來源為泰勒、魏格納和喬利的理論提供了令人驚訝的有利論據。他們認為所有陸地都是一整塊南極古大陸的碎片，古大陸由於離心力而破裂，而深處地層擁有名義上的黏性，因此碎片開始漂移分離，啟發他們提出這套假說的證據是非洲和南美洲的海岸線相互吻合，還有巨大山系隆起和互相擠壓的方式。

地圖確鑿無疑地顯示，一億多年前石炭紀時期的地表出現了巨大的裂縫和溝壑，日後它們會將非洲從曾經連成一片的歐洲（當時還是可怖的原始傳奇中的瓦魯西亞）、亞洲、美洲和南極洲分離出去。其他壁雕（尤其是描繪包圍我們的這座巨大死城在五千萬年前奠基的一幅）顯示出現今的所有陸塊已經完全分離。在我們能找到的最晚近的樣本中（大約出自上新世），今日世界已經幾乎成形，但阿拉斯加和西伯利亞尚互相連接，北美洲和歐洲還透過格陵蘭相通，格雷厄姆地將南美洲和南極大陸連成一片。在石炭紀的地圖中，包括洋底和分離陸塊在內的整個地球上滿是象徵著遠古種族巨型石城的標記，但在後續的壁雕中，它們逐漸退回南極地區的趨勢變得非常明顯。在最後的上新世樣本中，陸地城市只剩下南極大陸和南美洲尖端的寥寥幾座，南緯50度圈以北沒有任何海底城市。遠古種族對北方世界的了解甚至興趣似乎降到了零點，只有一項關於海岸線的研究除外，那是它們用摺扇狀肉膜翼進行長途探索飛行時完成的。

山脈隆起、陸塊在離心力作用下分裂、陸地或洋底的地震以及其他自然因素導致城市毀滅並不是什麼稀奇事，有意思的是隨著時間的推移，遠古種族越來越少地建造新城市以取代被毀滅的舊城市。包圍著我們的巨型死亡都市似乎是這個種族的最後一個大型聚居中心，興建於白堊紀一場劇烈的地殼彎曲活動摧毀了不遠處一座更宏偉的城市之後。這個區域似乎是遠古種族觀念中最神聖的地方，據信就是降臨地球的第一批遠古種族選擇定居的原始洋底。我們在壁雕中認出了這座新城市的許多建築物，它沿著山脈朝各個方向都綿延伸展了上百英哩，遠遠超出飛行勘測的最大範圍。根據壁雕的記錄，這裡保存了一些神聖的石塊，它們曾經是第一座洋底城市的組成部分，經歷了漫長歲月中的地層擠壓與隆起，最終來到陽光之下。

8

自不必說，丹佛斯和我懷著特別的興趣和奇異的敬畏感研究了與我們所在之處相關的所有事物。這方面的材料自然多得數不勝數。我們運氣很好，在這座城市錯綜複雜的地面一層找到了一幢修建得很晚的房屋，儘管鄰近的一道裂溝對牆面造成了些許破壞，但仍舊有足夠多的壁雕保存完好，當時的技藝雖然有所衰敗，但所講述的區域歷史依然完整，年代比我們得以最後一次管窺人類前世界的那幅上新世地圖要晚近許多。這是我們詳細勘察的最後一個場所，因為我們在那裡的某些發現給了我們一個更緊迫的新任務。

我們無疑身處地球最奇特、最怪異和最駭人的一個角落。它是現存所有陸地中最古老的一塊大陸，我們越來越深信這片恐怖高原就是傳說中噩夢般的冷原，連《死靈之書》的瘋狂作者都不願談論的地方。那條巍峨山脈長得可怕，從威德爾海東岸的路德維希地開始，貫穿了整個南極大陸。它最高聳的部分猶如一道巨大的圓弧，從南緯82度東經60度綿延伸展到南緯70度東經115度，凹陷一側面對我們的營地，通向大海的末梢位於冰封的臨海區域，威爾克斯和莫森都曾在南極圈瞥見過它終端處的山丘。

然而，大自然還誕生了更光怪陸離的誇張巨物，而它離我們近得令人心悸。我說過有些山峰的高度超過了喜馬拉雅山，但壁雕不允許我說它們就是地球上的最高峰。這個恐怖的榮譽無疑應該屬於另一座山脈，但半數壁雕完全不願刻畫它的身影，剩下那些就算描繪了也帶著明顯的厭惡和驚恐情緒。遠古種族似乎刻意迴避這片古老大陸的某個部分，將其視為無可名狀、難以形容的邪惡之地，那裡早在地球甩出月球、遠古種族剛降臨後不久就從海底升出了水面。修建於此的城市早在遠古種族來臨前就已風化成沙，遠古種族發現它們是被突然遺棄的。第一次大規模地殼彎曲運動在科曼齊系震撼了這片區域，令人恐懼的高聳山峰在最可怕的喧囂和混亂中忽然拔地而起，地球孕育出了她最巍峨也是最恐怖的山脈。

假如壁雕的比例尺正確無誤，那些可憎怪物的高度肯定超過了四萬英呎，比我們飛越的那駭人聽聞的瘋狂群山還要龐大許多。它們似乎從南緯77度東經70度綿延伸展到南緯70度東經100度，離這座死城還不到300英哩。若是沒有乳白色的朦朧霧靄，我們望向西方應該能模糊窺見它們令人驚恐的頂峰。在瑪麗皇后地漫長的南極圈海岸線上應該也能見到它的北部末端。

在日益衰落的年代，有些遠古種族會面對它們進行怪異的禱告，但誰也不敢接近甚至只是猜測山脈背後隱藏著什麼。人類的視線從未觸及過那些山峰，看著壁雕中傳達的情緒，我不禁祈禱最好永遠如此。山脈外側沿威廉二世地與瑪麗皇后地海岸線分布的山丘保護著我們，感謝上帝，到現在還沒有誰能夠登上和翻越那些山丘。我已經不像過去那樣懷疑古老的傳說和前人的畏懼了，也不會嘲笑人類之前的雕刻者描繪的荒誕景象：閃電偶爾會意味深長地駐留每一座陰鬱山巒的頂點，無法解釋的輝光會在某座可怖的尖峰亮徹整個極地長夜。納克特古老絮語裡提到的冰冷荒原中的卡達斯或許有著非常真實和恐怖的含義。

附近區域的怪誕同樣不遑多讓，儘管還沒有可憎得無可名狀。這座城市奠基後不久，旁邊的巍峨山脈就建起了核心神廟，許多壁雕描繪了奇形怪狀的綺麗巨塔直插天空，但如今我們在那裡只能見到奇特的立方體和牆壘攀附於山岩之上。隨著歲月的流逝，岩洞開始出現，逐漸被改造為神廟的附屬建築。又經過許多個世紀，地下水掏空整個區域的石灰岩礦脈，群山、丘陵和高原底下成了互相連接的洞穴與廊道構成的網路。許多壁雕講述了在地底深處探險的歷程，還有它們最終的發現：潛藏於地球深處、永遠不見天日的冥府海洋。

這片暗無天日的深淵無疑是那條大河長年累月沖刷出的結果，大河發源於西方無可名狀的恐怖山脈，曾於遠古種族城市旁的群山腳下轉向，順著山勢流向威爾克斯地，在巴德地和托滕地之間的海岸線上匯入印度洋。河流在轉彎處一點一點侵蝕掉山丘的石灰岩根基，直到奔騰的水流打通溶洞，與地下水合二而一，共同挖出一個無底深淵。大河最終改道進入被掏空的群山，留下通向大海的河床逐漸乾涸。遠古種族很清楚發生了什麼，運用它們一貫敏銳的藝術感覺，在河流落入永世黑暗之處將岬地雕刻成了華美的塔門。

這條河上曾有幾十座宏偉的石橋，無疑就是我們在空中勘察時見到的那條乾涸河道。河流出現在許多描繪城市景象的壁雕中，附近區域在它的陪伴下度過了萬古前漫長歷史的多個階段，我們透過它確定我們與場景的相對位置，得以繪製出一幅簡略但細緻的地圖，標出廣場和重要建築物之類的顯眼特徵，用來指引我們繼續探險。我們很快就能在想像中勾勒出整座城市在一百萬、一千萬甚至五千萬年前的恢弘身影了，因為壁雕精確地告訴了我們建築物、群山、廣場、城郊、地貌和茂盛的第三紀植被都是什麼模樣。這座城市超乎人類想像的古老、巨大、死寂、荒涼和冰層微光扼住我的靈魂，壓在我的心頭，但它也曾經擁有一種壯觀和神祕的大美，想著它幾乎讓我忘記了凶險和不祥的冰冷感覺。然而，從一些壁雕看來，這座城市的居民也知曉這種牢牢攫住心靈的壓抑和恐懼，有一類氣氛陰沉的畫面重複出現，描繪遠古種族在驚慌地躲避某種出現在河裡的東西，壁雕從不正面描繪這種東西，只暗示它來自西方的恐怖群山，順流穿過婆娑起舞、遍覆藤蔓的蘇鐵森林，最終漂進遠古種族的城市。

只是在一座較晚建成的房屋裡，我們才透過遠古生物衰敗期的壁雕大致知曉了導致城市最終荒棄的那場災難。毫無疑問，即使緊張不安和前途未卜使得它們缺乏激情和靈感，但在其他地方肯定還有許多誕生於這段時間的壁雕；果不其然，沒多久我們就發現了能證明其他壁雕存在的確鑿證據。然而，我們親眼目睹的第一組那個時代的壁雕卻成了唯一的一組。我們本打算稍後再來進一步搜尋，但如我所說，後續的發展迫使我們不得不改變目標。另一方面，壁雕的完成時間必定存在下限：遠古種族久居於此的希望全部破滅之後，它們只能徹底停止裝飾牆壁的活動。結束一切的打擊當然是冰河時代，酷寒統治了幾乎整個地球，從此再也沒有離開過命運多舛的南北兩極；在世界的另一端，酷寒葬送了傳說中的洛瑪和終北之地。

很難準確界定變冷的趨勢究竟在何時降臨南極洲。如今我們將全球冰河期的開始時間定於五十萬年前，但駭人災禍降臨南北極的時間肯定要早得多。所有的定量估計都有一部分屬於猜測，不過幾乎可以肯定衰敗期的壁雕是在遠不足一百萬年前完成的，石城的徹底荒棄早於更新世的公認開始時間，學界根據地表的整體情況將這個時間定為五十萬年前。

在衰敗期的壁雕中，所有地方的植被都變得稀薄，遠古種族的鄉間活動逐漸減少，室內出現了取暖設施，冬季的旅行者裹著用來禦寒的織物。我們又見到了一組花飾（在晚期的壁雕中，連續排列的橫向鑲板中時常會插入花飾），講述越來越多的遠古種族向比較溫暖的鄰近避難所遷移，有一些逃往遠離海岸的深海城市，有一些鑽進被流水掏空的山脈，順著石灰岩的洞穴網路，前往緊鄰城市的黑暗深淵。

到最後，緊鄰城市的深淵似乎容納了最多的避難者。部分原因無疑是遠古種族將這片特殊的土地視為神聖之處，但更重要的似乎是這麼做能讓遠古種族有機會繼續使用蜂窩般群山上的宏偉神廟，將巨大的陸地城市用作夏季居所和連接所有地下空間的中轉站。為了更方便地來往於新舊兩個聚居地之間，遠古種族平整和修繕了連接兩者的通道，開鑿出幾條從遠古都市直通黑暗深淵的隧洞。經過深思熟慮的分析，我們在沿途繪製的地圖上標出了這些陡峭隧洞的入口。顯而易見，在我們此時位置的可勘察範圍內至少存在兩條隧洞，都位於城市靠近山脈的邊緣，一條在去往古河道的方向上，離這裡不到四分之一英哩，另一條在相反的方向上，距離大約是前一條的兩倍。

深淵的一些水岸坡地上也有乾燥的土地，但遠古種族還是將新城市修建在了水下，無疑是因為它們認為水下更有可能保持溫暖。那片幽暗海洋非常深，因此地熱能夠保證它在很長一段時間內適合居住。遠古種族似乎沒費什麼力氣就適應了部分時間（最後當然是完全）居住在水下，因為它們的鰓始終未曾退化。有許多壁雕描繪它們時常去各處的海底城市探訪親友，還有它們如何在那條大河的深處水底沐浴戲水。這個種族早已習慣了漫長的極夜，因此地球內部的黑暗也不會形成障礙。

雖然藝術風格日益頹敗，但講述遠古種族在地下海底建造新城市的晚期壁雕還是顯露出了壯麗的史詩氣概。它們科學地規劃施工，從蜂窩般群山的深處採出海水無法腐蝕的石料，從附近的海底城市聘請專業工人，運用最高超的技術建造城市。工人帶來了完成這個全新偉業所需要的一切材料，有可以塑造成磷光有機體提供照明的原生質，也有用來培育搬運石塊的負重者和供洞穴城市驅使的馱獸的修格斯組織。

終於，一座巨型都市矗立在了幽暗海洋的水底，建築風格類似於地面的那座石城，工藝水準相對而言顯得並不怎麼衰敗，但那是因為建築活動本身就蘊含著精確的數學原理。新培育出的修格斯身軀龐大，擁有非同凡響的智慧，體現在它們能夠以驚人的速度接受和執行命令。它們似乎能透過模仿主人的聲音與遠古種族交流（假如已故雷克的解剖結果無誤，那應該是一種音域寬廣的笛音），根據口頭指令完成任務，而不是像以前那樣透過催眠暗示。然而，遠古種族將它們置於牢固的掌控之中。磷光有機體以極高的效能提供照明，無疑彌補了水底所缺少的極夜世界的熟悉輝光。

它們依然沒有放棄在藝術和雕刻上的追求，但確鑿無疑地顯露出了衰敗的跡象。遠古種族似乎也意識到了自身文明的衰落，在許多地方採取了君士坦丁大帝的政策，將特別精美的古代石雕從陸地城市運到水底，那位皇帝在帝國日漸頹喪時掠奪了希臘和亞細亞最精美的藝術品，為拜占庭的新首都鍍上一層其臣民無法創造出的燦爛輝煌。轉移石雕沒有成為大規模的普遍行為，無疑是因為陸地城市剛開始並沒有徹底廢棄，而等到真正徹底廢棄的時候（肯定在極地完全進入更新世之前），遠古種族很可能已經滿足於衰敗期的藝術風格了，因此不再認為更古老的石刻擁有更高的價值。總而言之，儘管遠古種族連同其他可移動物件一起帶走了最優秀的單獨作品，但我們身邊這萬古死寂的廢墟肯定沒有經歷大規模的石雕轉移。

如我所說，講述以上經過的衰敗期花飾和鑲板就是我們在有限搜索中找到的最晚近的作品了。我們從中窺見了遠古種族當時的生活場景：它們來回遷移，夏天回到陸地城市，冬天躲進洞穴海底的城市，與南極洲附近的海底城市時有貿易往來。到了這個時候，它們肯定已經接受了陸地城市最終必將滅亡的命運，因為壁雕描繪了嚴寒侵襲的許多徵兆。植被越發減少，冬天的可怕暴雪到仲夏季節也不會完全融化。蜥蜴類的牲畜幾乎絕種，哺乳動物同樣無法很好地適應。為了讓地面城市運作下去，遠古種族不得不違背以往的原則，將出奇地耐寒的無定形修格斯改造得適合陸地活動。大河裡的生命已經滅絕，上層海水失去了除海豹和鯨魚外的絕大多數動物。鳥類已經全部飛走，只剩下外形怪誕的巨大企鵝。

後來發生了什麼，我們只能猜測。新建的洞穴海底城市存活了多久？它是否還在原處，化作了永世黑暗中的石砌屍首？地下水體最終是否同樣封凍？外部世界孕育出的海底城市又遭遇了什麼命運？有沒有遠古種族在南極冰蓋成形前逃向北方？現有的地質學證據沒有顯露出它們存在過的痕跡。駭人的米-戈在北方的外部世界是否依然構成威脅？誰能確定有沒有什麼生命直到今天依然徘徊於地球最深海域那深不可測的幽暗深淵呢？它們似乎能夠承受任何級別的巨大壓力，而漁民時常會打撈出各種怪異的東西。殺人鯨理論真能解釋上一代探險家博克格雷溫克在南極海豹身上發現的殘忍的神祕傷痕嗎？

已故雷克發現的樣本不在這些猜測的考慮範圍內，因為其所處地質環境證明它們肯定生活在石城歷史上一個非常早的時期內，根據地層可確定不會晚於三千萬年前，而我們知道當時洞穴海底城市甚至洞窟本身都還不存在呢。它們只會記得更古老的風景，茂盛的三疊紀植物隨處可見，年輕的陸地城市裡藝術蓬勃發展，一條大河順著巍峨群山朝北流向遙遠的熱帶海洋。

然而，我們還是忍不住要去思考那些樣本，尤其是從雷克遭受可怖蹂躪的營地失蹤的八個完整樣本。整個事件裡有某種異乎尋常的因素，我們盡可能將一些離奇的細節歸咎於某人發瘋，例如那些可怕的墳墓，又如失蹤物品的數量和性質，還有吉德尼、遠古怪物堅韌得驚人的軀體，還有眼前壁雕中描述的這個種族培育的畸形生命……丹佛斯和我在過去幾個小時裡見到了許多東西，我們準備選擇相信，並對原始大自然的許多駭人聽聞、難以置信的祕密保持沉默。

9

我先前說過，對衰敗期壁雕的研究改變了我們的行動目標。事情當然和通往幽深地下世界的人工隧洞有關，我們之前不知道它們的存在，但現在迫不及待地想找到它們並一探究竟。附近有兩條這樣的通道，我們根據壁雕的大致比例推測出，沿著其中任何一條向下走約0.5英哩，我們就會抵達深淵上方那高得令人暈眩的黑暗峭壁的邊緣，遠古種族在通道側面開闢出了適合行走的小徑，一直通往深藏地下的永夜海洋的岩石崖岸。一旦知道了這件事情，我們怎麼可能抵抗能夠親眼目睹那壯觀深淵的誘惑呢？但我們也明白，假如想在本次行程中完成這項冒險，那就必須立刻動身了。

當時已是晚間8點，我們沒有帶足夠多的備用電池，不可能總是亮著手電筒。我們在冰層下做了大量研究和速寫，已經至少連續使用了五小時電子照明，特別配方的乾電池還剩四小時左右的電量。除了遇到特別值得研究的東西或難以克服的障礙，我們打算只使用一個手電筒，這樣大概就能多支撐一段時間了。沒有照明就不可能在這些巨石墳墓中活動，因此為了勘察深淵，我們只能放棄繼續解讀壁雕的工作。我們自然還打算回來，因為好奇心早已戰勝恐懼，我們不但要回來，而且要停留數日甚至幾週，深入仔細地勘察和拍照，但現在必須抓緊時間了。我們用以記錄行蹤的碎紙遠遠稱不上無窮無盡，雖然不願浪費備用的筆記本或速寫紙來補充碎紙，但我們還是放棄了一個大筆記本。假如情況實在惡劣，我們還可以使出鑿岩為記的傳統手段——這麼做當然是可行的，哪怕徹底迷失方向，只要有足夠的時間來試錯，我們逐條隧道搜索下去，遲早能夠回到陽光下。完成準備工作，我們急切地走向地圖上最近的那條隧道。

根據用來編製地圖的壁雕描繪，我們想去的隧洞入口離我們所在地點頂多只有四分之一英哩，兩者之間雖然都是堅固的建築物，但在冰層下應該有可供進出的門窗。洞口位於一座巨大的五角形建築物的地下室內最靠近山脈的角落裡，那幢建築物似乎是個公共場所，或許有某種儀式性的用途。我們嘗試回憶航空勘測時的情形，卻不記得曾見過這麼一座建築物。我們得出結論：這座建築物的較高部分已經嚴重損壞，甚至有可能徹底塌陷進了我們先前注意到的一道冰隙。假如是後者，隧洞多半已被堵死，我們只能嘗試附近的另一條通道，也就是北面離我們近1英哩的那條。分開城市的河道擋住去路，我們無法在這次探險中繼續向南搜尋隧洞；另外，假如這兩條通道都被堵死，蓄電池恐怕不足以支持我們再去嘗試北面的下一條隧洞了，它離我們的第二選擇還有大約1英哩路程。

在地圖和羅盤的指引下，我們穿行於昏暗的迷宮之中。我們經過處於從殘破到完好的所有階段的房間和走廊，爬上坡道，穿過較高的樓層和石橋，再爬下坡道，我們遇到被堵死的門洞和成堆的瓦礫，時而加快步伐走過保存良好、乾淨得詭異的小段路程，我們遇到死胡同，走回頭路時撿起沿途丟下的碎紙，我們偶爾會經過直通地面的天井底部，天光或傾瀉而下或點滴滲漏——一路上的壁雕不停挑逗我們的好奇心，肯定有很多壁雕講述了極為重要的歷史事件，只有牢牢抱住還會再來探訪的信念，我們才能硬著心腸向前走。即便如此，我們依然時不時地放慢腳步，點亮備用的手電筒。假如我們帶了更多的底片，無疑會停下來拍攝某些淺浮雕，但更花費時間的手繪就不在考慮範圍內了。

說到這裡，我再次強烈地想要擱筆不寫，或者用暗示代替陳述。然而，我必須揭示接下來發生了什麼，為我阻止其他人的探險提供正當理由。我們想方設法，終於接近了預計中的隧洞入口——我們經過一座位於二層的石橋，從一道銳角石牆的尖端進入建築物，下樓後走進一條殘破的廊道，這裡的衰敗期壁雕格外豐富，畫面精細，似乎有儀式性的意義——晚間8點30分，年輕人丹佛斯敏銳的嗅覺捕捉到了第一絲不尋常的氣味。假如我們帶了狗，大概早就得到了警告。剛開始我們還無法準確地說出曾經潔淨無比的空氣出了什麼問題，但沒過幾秒鐘，我們的記憶就下了定論。請允許我嘗試毫不畏縮地直面現實吧。有一種氣味——非常模糊而微弱，但毋庸置疑，我們打開埋葬已故雷克解剖的恐怖怪物的瘋狂墓穴時，熏得我們作嘔的就是這種氣味。

當然了，如此體悟在當時並不像現在說起來這麼明確直接。存在幾種說得通的解釋，我們猶豫不決，花了很長時間竊竊私語。但最重要的是，我們不可能就此退卻，放棄進一步的探索；我們已經走到了這個關口，除非能預見到確定無疑的災難，否則就絕對不會回頭。總而言之，我們內心隱約懷疑的事情過於荒謬，誰都不會真的相信。一個正常的世界不可能允許這種事發生。大概是處於純粹非理性的本能，我們調暗了亮著的那支手電筒。衰敗期的邪惡壁雕從兩側牆上投來不懷好意的險惡視線，但已經完全失去了誘惑力。我們小心翼翼地踮起腳尖，穿過越來越遍地狼藉的走廊，翻過成堆的瓦礫碎石。

事實證明，丹佛斯不但鼻子比我好，眼神也一樣，因為在我們穿過通向底層房間和走廊的許多半阻塞的拱門時，依然是他首先注意到了地面碎石的怪異之處。它們不像是荒棄千百萬年後應有的樣子，我們謹慎地調亮手電筒，發現地面上有一道才出現不久的某種拖痕。碎石的排列太不規則，我們不可能辨認出任何清晰的痕跡，但在幾個比較平整的地方，地上似乎存在拖拉重物留下的印痕。有一次我們覺得地上的幾道痕跡似乎彼此平行，就好像跑者的腳印。讓我們停下的就是這個。

就在停頓中，我們捕捉到了（這次是兩人同時）前方飄來的另一種氣味。矛盾的是這種氣味既不恐怖但又格外恐怖，其本身毫無恐怖之處，但出現在如此環境下的這個地點就變得無比可怕了……除非那是——當然了——吉德尼……因為我們非常熟悉這種氣味，它來自最常見的化石燃料：普通汽油。

接下來我們的動機就交給心理學家分析吧。我們知道營地的恐怖事件已經悄無聲息地伸出觸手，爬進了這座黑暗籠罩、沉寂萬古的墳墓，因此再也不能懷疑前方存在著一些無可名狀的詭異境況，即便不是此刻還在，也才剛剛過去不久。然而，最終我們還是沒有放棄，鞭策我們前進的或者是熊熊燃燒的好奇心，或者是焦慮，或者是自我催眠，甚至是要為吉德尼負責的模糊想法。丹佛斯再次低聲說起他認為自己在地面廢墟的小巷拐角見到了某些印痕，還說見到印痕後不久，他似乎聽見從地下未知的深處傳來了有音樂性的微弱笛聲，那聲音雖說很像山間狂風在洞穴入口激起的回聲，但雷克的解剖結果賦予了它極為可怕的象徵意義。輪到我的時候，我低聲說起營地遭劫後的景象：哪些物品不翼而飛，一個孤獨倖存者的癲狂會驅使他做出什麼難以想像的事情，例如翻越巍峨群山，走進未知的遠古石城……

但我們都無法說服對方，甚至讓自己相信任何確實的事情。我們停下的時候關閉了所有照明，發現有一絲天光經過層層過濾來到地底深處，因此這裡並非完全黑暗。我們身不由己地繼續向前走，偶爾點亮手電筒以確定方向。碎石中的印痕變成一個無法擺脫的念頭，汽油的氣味越發濃烈。越來越多的碎石映入眼簾和妨礙腳步，很快我們就見到前路即將無法通行。我們對從空中瞥見的那條冰隙的悲觀預測竟然是正確的。腳下的隧道是個死胡同，我們甚至無法抵達深淵入口所在的地下室。

我們站在被堵死的走廊裡，用手電筒照亮裝飾著奇形怪狀的雕紋的牆壁，發現了堵塞程度各異的幾個出入口，從其中之一飄出來的汽油味格外濃烈，幾乎完全掩蓋了另一股微弱的氣味。我們更仔細地查看片刻，發現那裡的碎石之中無疑有一條不久以前才留下的模糊拖痕。無論有什麼恐怖之物隱藏於此，我們都認為通向它的直接道路已經出現在了眼前。我猜所有人都不會疑惑我們為什麼會在採取下一步行動前躊躇良久。

然而，等我們走進那條黑黝黝的拱門，首當其衝的感覺居然是失望，因為裡面只是又一個遍地碎石、有壁雕裝飾的幽深墳墓，正立方體形狀的房間各邊長約20英呎，沒有任何大得一眼就能看見的近期物體。於是我們本能地在房間裡尋找另一個出口，然而卻徒勞無功。但是，沒多久，丹佛斯的銳利視線捕捉到了一個碎石被動過的地方，我們打開兩個手電筒並調到最亮。即使我們在光線中見到的都是不值一提的簡單東西，但出於其中蘊含的意義，我實在不願說出它們都是什麼。那裡有一片粗略平整過的碎石，上面隨意地散落著幾件小東西，一個角落裡肯定在不久前潑灑了數量可觀的汽油，因為即便在如此海拔的超級高原地區，汽油依然散發出濃烈的氣味。換句話說，它只可能是某種營地，紮營者是和我們一樣有好奇心的生物，在發現通往深淵的道路被意外阻斷後折返來到此處。

請允許我直話直說吧。就本質而言，散落一地的物品全都來自雷克的營地，其中有幾個以詭異方式打開的罐頭，我們在遭難的營地也見過這種情形，有許多用過的火柴，有三本有插圖的書籍，但多多少少都沾上了奇特的汙漬，有一個空墨水瓶及其帶圖示和文字說明的紙盒，有一枝折斷的鋼筆，有幾塊從毛皮大衣和帳篷上剪下來的奇形怪狀的碎片，有一塊耗盡的電池及其說明書，有探險隊攜帶的那種帳篷暖爐的使用手冊，還有一些揉皺的紙張。這些物品本身已經足夠可怕，但等我們撫平紙張，見到繪製在紙上的東西，我們一時間只感覺情況惡劣到了極點。我們在營地也發現了一些紙張上有神祕的滴濺墨跡，按理說應該早有思想準備，但置身於噩夢石城比人類歷史還要久遠的地下室裡，見到它們的恐懼就超出了忍耐範圍。

有可能是發瘋的吉德尼模仿綠色皂石上的成組圓點繪製了這些圖案，他在瘋狂的五角形墳堆上也留下了類似的印記。有可能同樣是他粗略而匆忙地繪製了精確程度各異甚至並不準確的草圖，大致勾勒出石城中臨近此處的區域並畫出一條路線，其起點是個圓圈，代表我們先前路徑外的某個地方，我們辨認出那裡是壁雕中的一座圓柱形高塔，或者是我們在航空勘察時瞥見的一個巨大的圓形深坑，而終點就是目前這座五角形的建築物和它底下的隧洞入口。我必須重申，繪製草圖的有可能就是他，因為眼前這幅草圖和我們的地圖一樣，顯然也是根據冰封迷宮中某處的晚近壁雕編纂而成的，但無疑不是我們見過和依照的那些。然而，吉德尼是個對藝術一竅不通的門外漢，使用的技法不可能如此怪異和自信，儘管草圖繪製得相當匆忙和粗糙，但水準超過了所取材的任何一幅衰敗期壁雕，那無疑是這座死城鼎盛時期的遠古種族才擁有的典型技法。

人們會說，丹佛斯和我見到這些還沒有拔腿就跑，肯定是兩個十足的瘋子，因為我們的推測無論多麼荒謬，都已經百分之百地得到了印證，對於一路讀到這裡的讀者，我甚至都不需要向你們描述我們究竟得出了什麼結論。也許我們確實瘋了，難道我沒有說過那些恐怖尖峰簡直是瘋狂的山脈嗎？但有些人會跟蹤致命猛獸穿越非洲叢林，只為了拍攝照片或研究動物習性，我認為我能從他們身上感覺到同樣的精神，即使其存在形式不如我們這麼極端。雖然被恐懼壓得幾乎無法動彈，但熾烈燃燒的敬畏心和探索精神最終還是取得了勝利。

我們知道那個或那些東西曾經來過這兒，我們當然不想直接面對它們，但我們認為它們現在肯定已經走遠了。它們應該已經找到附近的另一個洞口，進入漆黑如夜的終極深淵，那是它們從未見過的終極深淵，裡面或許還有遠古文明的碎片在等待它們。假如那個洞口也被堵死，它們應該會向北去尋找下一個洞口。我們還記得，它們並不完全依賴光線。

回頭再看，我幾乎想不出該如何形容那一刻的情緒，行動目標的改變如何磨礪了我們的期待感。我們當然不想直接面對我們畏懼的事物，但也無法否認內心潛藏著一種無意識的願望，企圖藏在某個適合觀察的角落裡偷窺那些事物。或許我們還沒有放棄希冀親眼目睹漆黑深淵的渴望，但還是將新目標設定成了被揉皺的草圖中的那個圓圈。我們很快識別出那是極早期壁雕中的一座圓柱形巨塔，但從空中勘察時只剩下了一個圓形深坑。雖然草圖非常粗略，但描繪出的景象令人難忘，使得我們認為它在冰面下的樓層肯定還擁有特別重要的意義。它或許代表著我們尚未目睹過的建築學奇蹟。根據繪製了這座巨塔的壁雕來看，它的年代久遠得難以想像，事實上是石城中首先建起的建築物之一。假如它內部的壁雕還保存完好，那就肯定擁有極為重要的意義。更重要的是，它很可能是連接地面的一條良好通道，比我們小心翼翼用碎紙標出的線路更短，那些異物多半就是從這條路下來的。

總而言之，在仔細研究了那些可怕的草圖之後（它們印證了我繪製的地圖），我們沿著草圖示出的路線走向那個圓形地點。無可名狀的先驅者肯定已經走了兩遍這條路線，因為附近通向深淵的另一個入口位於圓形地點的對面一側。我就不詳細描述這段行程了，因為它和我們走進那個死胡同的行程毫無區別，只是更靠近地面甚至會經過地下的走廊，不過我們還是盡量節省地用碎紙標出了路線。我們不時在腳下碎石中發現特定的拖痕。走出汽油味的蔓延範圍後，我們又斷斷續續地聞到了那股更可怕也更持久的微弱氣味。走上從我們先前路線分出的岔路之後，我們偶爾轉動唯一點亮的手電筒，用光束悄悄掃過牆壁，差不多每次都見到了幾乎無處不在的壁雕，它們似乎是遠古種族用以表達審美需求的首要手段。

晚間約9點30分，我們行走在一條有拱頂的走廊裡，腳下的冰層越來越厚，地面似乎位於地表之下，天花板隨著前進也越來越低，前方出現了明亮的天光，我們可以熄滅手電筒了。我們想必正在接近那個巨大的圓形深坑，而且與地面的距離似乎並不怎麼遙遠。走廊的盡頭是一道拱門，比起周圍猶如龐然大物的廢墟，這道拱門低得出奇，但我們還沒有走出去就已經能看見外面的景象了。門外的圓形空間碩大無朋，直徑足有200英呎，遍地碎石，有許多和我們即將走出去的那道拱門一樣的出入口，但大多數已被堵死。視線範圍內的石牆都大膽地雕成比例驚人的螺旋狀鑲板，儘管由於暴露在外而遭受了風雪的破壞性摧殘，但壯麗的美感依然超越了我們在此之前見過的所有壁雕。地面上滿是殘垣斷壁，結著厚厚的冰層，我們只能想像這座建築物沉眠於地下深處的底部究竟是什麼模樣。

但最引人矚目的還是一條龐大的石砌斜坡，它以銳角轉彎避開所有拱門，延伸到空曠的場地中央。斜坡的另一頭沿筒狀牆壁螺旋上升，類似於巨型高塔外壁或古巴比倫塔廟的階梯。先前飛行時速度太快，視角也混淆了向下的坡面和建築物的內壁，因此我們沒有在空中看清此處的構造，使得我們苦苦尋覓通向冰層之下的其他道路。帕博蒂肯定能說出是什麼樣的工程原理讓這座建築物屹立至今，但丹佛斯和我只能表示讚嘆和敬佩了。我們看見四處散落著巨石枕樑和廊柱，然而僅憑它們似乎無法完成如此可觀的壯舉。這座建築物一直到現存的塔頂都保存得非常好，考慮到它暴露在外，這已經非常值得慶幸了，而主體結構的遮蔽又保護了無處不在、令人惶恐的怪異壁雕。

我們走進環形建築物被昏暗天光照亮的底部——它擁有五千萬年的歷史，無疑是我們一路見到的最古老的建築物——發現建有坡道的側牆一直延伸到令人眩暈的60英呎高度。根據記憶中的航空勘察結果，這意味著外部冰層厚達40英呎，因為我們從飛機上看見的巨型深坑位於高約20英呎的坍塌廢墟頂部，一排更高的建築物的廢墟用弧形高牆庇護了它四分之三的圓周。按照壁雕所示，這座高塔原先聳立於一個巨大的圓形廣場中央，曾經高達500至600英呎，靠近頂端的地方是層層疊疊的水平圓盤，最上層的邊緣有一圈形如針尖的尖頂。還好大部分建築結構向外而非向內塌陷，否則坡道就會被砸得粉碎，因而堵塞整個內部空間。事實上，坡道顯然還是遭受了嚴重的破壞，而底部堵死所有拱門的瓦礫似乎在不久以前得到過部分清理。

我們只花了幾分鐘就做出結論，那些異物就是沿著這條路線來到地下的，儘管我們沿途灑下了大量碎紙，但從這裡返回地面更符合邏輯。比起我們進入地下的巨型梯臺建築物，塔頂出口離山腳和停靠飛機的地點差不多，而且我們想在此次行程中完成的冰下探險工作也位於這個區域內。說來奇怪，即使見到了許多可怕的景象，有了這樣那樣的猜測，我們到現在還在考慮後續的探險行程。我們小心翼翼地在寬闊地面的廢墟中尋找道路，但就在這時，我們見到的東西讓我們忘記了其他的所有事情。

我們看見的是三架雪橇，整整齊齊地擺放在坡道底部向外轉彎的遠端角落裡，因此直到現在始終位於我們的視線之外。雷克營地丟失的三架雪橇就停在那裡，由於過度使用而嚴重損壞，它們肯定被強行拖過了大段沒有積雪的石板地面和碎石廢墟，還被蠻力搬過了一些完全不可能通行的地方。它們被有智慧的生物仔細地捆紮好，裡面放著我們非常熟悉的物品：汽油爐、燃料罐、工具箱、口糧罐頭、防水油布裹著的成堆書籍和防水油布裹著的不明物體——全都來自雷克的營地。自從在地下室發現那些東西，我們從某種程度上說已經做好了思想準備。有一塊油布的輪廓尤其令人不安，我們走上去打開包裹，巨大的驚駭頓時籠罩了我們。看起來，那些異物和雷克一樣喜愛採集標本，因為油布裡裹著的就是兩具標本，它們被凍得硬邦邦的，防腐處理做得很好，頸部的創傷位置貼著橡皮膏，油布裹得非常仔細，以免樣本遭受進一步的損毀。它們是失蹤的吉德尼和雪橇犬的屍體。

10

許多人會認為我們不但瘋狂，而且冷酷無情，因為在做出了如此陰森的發現之後，我們很快就將注意力轉向了北面的隧洞和地下的深淵，我無意為自己辯護，說若不是有特定的情況發生在我們身上，引出了一系列新的猜想，我們也不會立刻就重新動起這些念頭來。我們用防水油布蓋住可憐的吉德尼，沉默而惶惑地站在那裡，直到某種聲音終於觸碰到我們的意識；自從我們爬下石牆的那個開口，告別了從山巔險峰傳來的寒風嗚咽，這是我們聽見的第一個聲音。儘管只是為人熟知的平常聲音，但出現在這個遙遠的死亡世界就比任何怪誕或美妙的聲音都要出乎意料和令人畏懼，因為它們再一次擾亂了我們對宇宙和諧的所有認知。

根據雷克的解剖報告，我們知道異物應該能發出音域寬廣的怪異笛音，實際上，見過營地的恐怖場面以後，我們過度緊張的想像力能從每一聲寒風呼號中捕捉到這種笛音，假如我們聽見的是它，倒是會覺得和包圍我們的萬古死亡之地頗為相稱。來自其他地質時代的聲音就屬於這些地質時代的墓園。然而，我們聽見的聲音卻打碎了根深蒂固的觀念，我們理所當然地以為南極內陸就像月球表面一樣荒蕪，徹底不存在哪怕一丁點兒普通意義上的生命。不，我們聽見的聲音並非來自從遠古時代掩埋至今的瀆神怪物，它們的軀體異乎尋常地強韌，時光棄絕的極地陽光激起了一種可怕的反應。我們聽見的聲音平常得簡直可笑，早在離開維多利亞地後的航程中和在麥克默多灣紮營的日子裡就非常熟悉了，而發出聲音的東西就該待在那些地方。簡而言之，我們聽見的只是企鵝發出的嘶啞嗚叫。

發悶的聲音從冰層下的深處傳來，幾乎正對著我們來的那條廊道，而通往地下深淵的另一條隧道就在這個方向上。一隻活生生的水鳥出現在這個方向上，出現在地表萬古死寂、毫無生機的荒涼世界裡，只可能引出唯一的結論，因此我們首先想到的就是確認那聲音的客觀真實性——它確實一再出現，而且似乎來自不止一條喉嚨。為了尋找聲音的來源，我們走進一道碎石清理得很乾淨的拱門。天光消失之後，我們繼續用碎紙標記路徑。先前為了補充碎紙，我們懷著奇特的矛盾心情打開了雪橇上的一個油布包裹。

覆蓋腳下地面的從冰層逐漸變成碎石，我們清楚地辨認出了一些怪異的拖痕，丹佛斯甚至發現了一個清晰的足印，詳情我看就不必贅述了。企鵝叫聲指引的方向完全符合地圖與羅盤給出的通往北面隧洞入口的路線，我們幸運地發現有一條無需跨越石橋、位於地面和地下的通道似乎暢通無阻。根據地圖，隧洞的起點應該位於一座大型金字塔形建築物的地下室內，我們在航空勘察時見過這座建築物，依稀記得它保持得極為完好。

一路上，在使用的那支手電筒仍舊照亮了數不勝數的壁雕，但我們沒有停下細看其中任何一幅。

忽然，一個龐大的白色身影隱隱約約地在前方浮現，我們立刻點亮了另一支手電筒。說來奇怪，我們剛才還在恐懼有可能潛伏於此的那些異物，而眼前這個全新的目標卻讓我們忘記了一切。異物將補給品留在巨大的圓形場地，肯定打算在結束向前或進入深淵的偵察後返回那裡，但此刻我們捨棄了對它們的所有提防，就好像它們根本不存在一樣。這隻蹣跚而行的白色動物足有6英呎高，我們似乎立刻就意識到它不是那些異物中的一員。異物體型更大，顏色發黑，根據壁雕的描繪，即使它們擁有海洋生物怪異的觸鬚器官，但在地表活動時頗為敏捷和自信。然而，要說那個白色生物沒有嚴重地驚嚇我們也是假話。有一個瞬間，原始的恐懼感攥緊了我們的心靈，這種恐懼感甚至超過了我們對那些異物的理性恐懼。白色身影走進側面的一條甬道，它有兩隻同類在甬道裡用嘶啞的叫聲呼喚它，我們不禁覺得頗為失望。因為那不過是一隻企鵝，儘管這個亞種的個頭超過了已知最大的國王企鵝，並且由於身體白化和沒有眼睛而顯得奇形怪狀。

我們跟著牠走進那條甬道，兩人不約而同地打開手電筒，照向三隻冷漠而無動於衷的企鵝，我們發現這三隻沒有眼睛的未知白化個體屬於同一個體型龐大的亞種。牠們的個頭讓我們想起遠古種族壁雕中描繪的一些上古企鵝，我們很快就得出結論：牠們就是那些企鵝的後裔，無疑因為躲進了溫暖的地下空間而繁衍至今，但永恆的黑暗破壞了身體生成色素的能力，眼睛也退化成了毫無用處的細縫。牠們目前的棲息地正是我們正在尋覓的廣袤深淵，這一點不存在任何疑問，因此證明了深淵至今依然溫暖和宜居，這激起了我們最強烈的好奇心和略微令人不安的幻想。

另一方面，我們也想知道是什麼讓牠們冒險離開了原先的領地。從巨石死城的狀態和沉寂來看，那裡肯定不是企鵝季節性的棲息地，而三隻企鵝對我們的漠然態度說明異類經過時也不太可能驚動牠們。會不會是異類採取了什麼激烈行動或嘗試補充肉類給養？雪橇犬異常厭惡的刺鼻氣味恐怕不會在這些企鵝身上激起相同的反應，因為牠們的祖先顯然曾與遠古種族和平共處，只要還有遠古種族生活在底下的深淵裡，這種親善關係就不會泯滅。科學探索的熱情重新點燃，無法拍攝這幾隻反常的生物讓我們後悔不迭。我們很快離開吱嘎鳴叫的企鵝，繼續向深淵推進，牠們向我們確鑿無疑地證明了深淵肯定有開口，時而出現的企鵝爪印為我們指引道路。

我們走進一條低矮而漫長的廊道，兩側的石牆上沒有門，也完全沒有壁雕，爬下一段陡峭的斜坡後不久，我們確信自己終於離隧洞入口不遠了。我們又經過了兩隻企鵝，聽見正前方還有其他企鵝在活動。廊道的盡頭是一片巨大的開闊空間，我們不由自主地驚呼出聲。這是個完美的半球體內壁，顯然位於地底深處，直徑足有100英呎、高50英呎，沿圓周開著許多低矮的洞口，其中只有一個與眾不同，它在高約15英呎的黑色拱門裡張開巨口，打破了整個拱室的對稱性。這就是龐大深淵的入口。

半球形大廳的拱頂令人歎為觀止地布滿了衰退期的壁雕，裝點得像是遠古人類想像中的天球，幾隻白化企鵝蹣跚行走——雖然多了我們兩個外來者，但牠們既無動於衷也看不見。黑色隧洞經過一段陡坡後敞開通向無窮深處的裂口，拱門裝飾著光怪陸離的鑿刻門框和門楣。來到神祕莫測的洞口，我們似乎感覺到了一股稍暖的氣流，甚至有可能還夾雜著溼潤的水氣。我們不禁陷入沉思，底下那廣袤無垠的黑暗空間和高原與巍峨群山下猶如蜂窩的洞穴裡還隱藏著除企鵝外的其他活物嗎？還有，已故雷克最初懷疑是山巔煙霧的縷縷雲氣和我們在牆壘包圍的峰頂見到的怪異霧靄，會不會就是從地底無法測量的深處升騰而起的蒸氣，透過曲折的隧洞最終湧出地表。

我們走進隧洞，發現它的寬高都在15英呎左右，至少開始這段是這樣的，牆壁、地面和拱頂都是常見的巨石造物。牆壁稀稀拉拉地裝飾著衰敗晚期風格的傳統雕紋，建築物和壁雕都保存得奇蹟般地完好。地面頗為乾淨，只有少量碎石，上面能看見企鵝的爪印和那些異物向內走的拖痕。越向前走，通道裡就越是溫暖，因此我們很快就解開了厚實衣物的鈕扣。我們覺得底下或許存在尚未停頓的岩漿活動，說不定那片黑暗海洋是一池溫水。沒走多遠，石砌四壁變成了堅實的岩石，但保持著相同的寬高比例，也依然體現出相同的鑿刻規則性。隧洞的坡度時緩時急，極為陡峭之處的地面上總是刻有凹槽。我們數次注意到地圖上沒有記載的側向小廊道的入口，我們的返回路線不但不會因此變得複雜，而且萬一偶遇從深淵折返的怪異生物，這些洞口全都可以供我們躲藏。那些生物無可名狀的氣味越發明顯。在一無所知的情況下冒險深入這條隧道無疑愚蠢得形同自殺，但對某些人來說，探尋未知的誘惑要比發自肺腑的猶疑更加強烈，事實上，也正是這種誘惑帶領我們找到了這座神祕的極地死城。我們繼續向前走，數次見到企鵝，據此推測還有多少路程。壁雕曾讓我們以為沿著陡坡向下走大約1英哩就是深淵，但先前的遊歷行程告訴我們，完全依賴壁雕的比例尺並不可取。

四分之一英哩後，無可名狀的異味越來越濃烈，我們經過幾個側向洞口時仔細記住它們的位置。這裡不像洞口那樣能看見水氣，無疑是因為缺少構成溫差所必須的較冷氣流。氣溫上升得很快。我們見到一堆熟悉得令人心悸的物品，但沒有為此吃驚；這些毛皮衣物和帳篷布出自雷克營地，我們沒有停下查看織物被撕扯成的怪異形狀。向前沒走多遠，我們注意到側向甬道的尺寸和數量都有明顯的增加，得出結論認為我們現已來到較高丘陵底下猶如蜂窩的區域。無可名狀的異味裡又摻雜了一種幾乎同樣刺鼻的怪味——我們無從猜測它的真正來源，但它讓我們想到了腐爛的生物組織或未知的地下真菌。走到這裡，隧道陡然開闊，我們吃了一驚，因為壁雕裡沒有這樣的變化——地面依然平整，但寬度和高度同時增加，變成一個看似天然形成的橢球形洞穴，長約75英呎、高約50英呎，內壁上有數不清的側向甬道伸向神祕莫測的黑暗。

儘管洞穴像是天然形成的，但借助兩支手電筒的光線查看一圈後，我們認為它是修建者鑿通多個相鄰蜂窩隔室的產物。洞穴的內壁頗為粗糙，拱頂結滿了鐘乳石，但堅實的地面被仔細磨平，完全沒有碎石、岩屑甚至灰塵，乾淨得異乎尋常。除了我們來的這條通道，以這裡為起點的所有寬闊廊道的地面都是如此，這個獨特的情況讓我們百思不得其解。繼無可名狀的異味後出現的古怪惡臭在這裡特別濃烈，以至於徹底掩蓋了其他的氣味。這個洞窟，尤其是拋光得幾乎閃閃發亮的地面，其中有某種東西比先前遇到的所有離奇事物都更讓我們感到難以形容的困惑和恐懼。

正前方的通道形狀非常規則，裡面的企鵝糞便也比較多，在無數大小相同的洞口之中指出正確的線路，我們因此不至於迷路。話雖如此，但我們依然決定，一旦地形變得更加複雜，我們就繼續用碎紙標出路徑，因為靠塵土痕跡指引方向的辦法已經行不通了。我們重新踏上征程，用一支手電筒的光束掃過隧洞牆壁——這段通道的壁雕發生了極為激烈的變化，我們驚訝得立刻停下腳步。我們當然早就覺察到了，遠古種族的雕刻藝術在開鑿這條隧洞時已有巨大的衰落，也注意到我們身後通道牆壁上的花飾明顯拙劣得多。但此刻在洞窟的更深處卻出現了一種完全無法解釋的突兀轉變，這種轉變不但與藝術品質有關，更與其根本性質有關，體現出的技藝衰退異常嚴重，甚至是災難性的，先前見到的衰敗速率不可能讓我們為此做好心理準備。

新出現的衰敗作品簡陋而放肆，完全喪失了精緻的細節。這些橫向鑲板下沉得特別深，大體輪廓沿襲了早期壁雕中稀疏分布的漩渦飾線，但淺浮雕的高度沒有達到牆面。丹佛斯認為這是二次雕刻的結果，也就是抹去既有圖案後的某種重繪。就其本質而言，這是完全符合傳統的裝飾性壁雕，由粗糙的螺旋線和折角構成，大致遵循了遠古種族的五分法數學傳統，但看起來卻更像是在嘲諷戲仿而非紀念發揚傳統。我們無法從腦海中趕走一個念頭，那就是雕刻技法背後的美學感覺中似乎多了一種細微但徹底陌生的因素——按照丹佛斯的猜測，要為煞費苦心地二次雕刻負責的正是這種陌生因素。它很像我們到目前為止認識到的遠古種族藝術，但又有著令人不安的不同之處，總是讓我聯想起血統混雜的怪物，就像按羅馬風格製作的醜惡的帕邁拉雕刻。那些異物也在不久之前關注過這段壁雕，因為其中特徵最明顯的一幅壁雕前的地面上有一節用完的手電筒電池。

我們不可能耗費寶貴的時間深入研究，因此只能在匆忙一瞥後繼續前進，但沿途頻繁用光束照亮牆壁，想知道壁雕是否還有進一步的變化。這方面我們沒有更多的發現，壁雕在有些地方分布得更加稀疏，那是因為隧洞兩側有大量地面平整過的側向甬道入口。我們看見和聽見的企鵝越來越少，但似乎能隱約聽見一群企鵝在遙遠的地下深處齊聲鳴叫。後來出現的難以解釋的臭味濃烈得可怕，我們幾乎聞不到另外那種無可名狀的氣味了。前方冒出了肉眼可見的成團蒸氣，說明溫度差別正變得越來越大，而我們離深淵海洋那不見天日的崖岸也越來越近。但就在這時，出乎意料的事情發生了，我們在前方的拋光地面上看見了某些障礙物——從形狀看明顯不是企鵝。確定那些物體完全靜止後，我們點亮了第二支手電筒。

11

我的敘述再次來到了一個難以為繼的地方。講到這個階段，我應該已經變得足夠堅強，但有些經歷及其蘊含的意義會造成深得無法癒合的傷口，還會使人變得更加敏感，讓記憶喚醒當時體驗過的全部恐懼。如我所說，我們在前方的拋光地面上看見了某些障礙物。我不得不補充一句，幾乎與此同時，那股壓倒性的異臭忽然難以解釋地變得愈加濃烈，其中明顯混雜了先於我們進入隧洞的異物留下的無可名狀的怪味。第二支手電筒的光束趕走了有關障礙物究竟是什麼的最後一絲疑惑，我們之所以敢於接近它們，只是因為我們哪怕隔著一段距離也看得清清楚楚，它們和雷克營地駭人的星狀墳丘中發掘出的六個類似樣本一樣，已經喪失了所有的傷害能力。

事實上，和我們發掘出的大多數樣本一樣，它們缺乏的還有完整性——但看見包圍它們的深綠色黏稠液體就知道它們變得不完整是晚近得多的事情。這裡似乎只有四具屍體，但根據雷克的簡報，走在我們前面的那群異物應該不少於八名成員。以如此方式發現它們完全出乎意料，我們不得不思考黑暗中曾發生了什麼樣的恐怖爭鬥。

企鵝會群起圍攻，用尖喙發動凶殘的報復，而我們的耳朵能夠確定前方遠處有個企鵝的聚居地。難道是那些異物侵入了這麼一個地方，因此招致血腥的追擊？地上的屍體並不支持這個判斷，因為雷克解剖時發現異物的身體組織異常堅韌，企鵝的尖喙無法造成我們走近時看得越來越清楚的駭人傷口。另外，我們見到的盲眼的巨大水鳥似乎生性特別平和。

那麼，有可能是異物之間爆發了內訌嗎？不見蹤影的另外四隻生物就是罪魁禍首？假如真是這樣？它們去了哪裡？會不會就在附近，有可能對我們形成迫切的威脅？我們緊張地朝幾條側向甬道的光滑洞口張望，緩慢而實話實說並不情願地靠近屍體。無論那是一場什麼樣的爭鬥，都一定是驚動企鵝離開習慣活動範圍的原因。衝突爆發之處無疑靠近我們在前方深淵裡聽見的那片企鵝棲息地，因為附近一帶不存在企鵝居住的跡象。我們猜想，那或許是一場可怖的追擊戰，較弱一方想跑回存放雪橇之處，但終究沒有逃過追逐者的毒手。你不妨想像一下那地獄般的景象，無可名狀的畸形生物逃出黑暗深淵，黑壓壓的一大群企鵝瘋狂地吱嘎亂叫，緊追不捨。

如我所說，我們緩慢而不情願地走近了堆在地上的不完整障礙物。老天在上，但願我們根本沒有接近它們，而是以最快速度跑進那條瀆神的通道，踩著光滑而平坦的地面，在模仿和嘲諷其取代之物的衰退期壁雕伴隨下，在我們目睹我們即將看見的事物之前，在永遠不會允許我們再次自如呼吸的東西燒灼意識之前，一口氣逃回地面！

我們打開兩支手電筒，照亮喪失生命的異物，立刻意識到了它們殘缺不全的首要原因。儘管屍體有遭到捶打、擠壓、扭曲和撕裂的痕跡，但共同的致命傷害卻是失去頭部。它們帶有觸鬚的海星狀頭部全都不翼而飛，我們湊到近處，發現摘除頭部的手段不是普通的斬首，更像是被凶惡地扯斷或連根拔起。一大灘刺鼻的深綠色體液逐漸向外蔓延，卻被後來出現的那種更怪異的惡臭幾乎完全掩蓋，這種氣味在這裡比一路經過的任何地點都要濃烈。直到非常靠近那些喪失生命的障礙物後，我們才看清楚難以解釋的第二種惡臭究竟來自何處，而就在我們揭穿謎底的同時，丹佛斯回憶起某些栩栩如生的壁雕，它們描繪了一億五千萬年前二疊紀的遠古種族歷史，他發出精神飽受折磨的一聲尖叫，癲狂的叫聲迴蕩在裝飾著邪惡的二次雕刻的古老拱頂通道之中。

我本人也跟著他驚叫出聲，因為我同樣見過那些古老的壁雕，我顫抖著在內心讚美這位無名藝術家的精湛技藝，因為壁雕準確地畫出了覆蓋橫死遠古種族的殘缺屍體的醜惡黏液，而那正是在鎮壓大戰中被恐怖的修格斯屠殺並吸去頭部的遠古種族的典型特徵。即使這些壁雕講述的是億萬年前的往事，但它們依然猶如噩夢，不該存在於世間，因為修格斯和它們的行徑不該被人類目睹，也不該被其他生物摹繪。《死靈之書》的瘋狂作者曾經惶恐不安地企圖發誓稱這顆星球上從未繁育過這種東西，它們純粹是迷幻藥劑作用下的夢境產物。無定形的原生質，能夠模仿和反映各種生物形態、內臟器官和生理過程。15英呎高的彈性橢球體，擁有無窮無盡的可塑性和延展性；心理暗示的奴隸，巨石城市的建造者；演化得越來越陰鬱，越來越聰慧，越來越水陸兩棲，越來越會模仿主人——全能的上帝啊！到底是什麼樣的瘋狂才能讓瀆神的遠古種族願意使用和培育如此的怪物？

此時此刻，丹佛斯和我望著反射虹彩亮光的黑色黏液厚厚地包裹著那些無頭屍體，黏液散發出只有病態頭腦才有可能想像的後一種無名惡臭，它們不但黏附在屍體上，還有一些星星點點地點綴在遍布二次雕刻的牆壁上的光滑之處，形成一組簇生的點陣圖案——我們以無可比擬的深度理解了何謂無窮無盡的恐懼。恐懼的對象不是那四個失蹤的異物，因為我們從心底裡相信它們不再有可能傷害我們了。可憐的怪物！說到底，它們並不是什麼邪惡的魔鬼。它們只是來自另一個年代、另一個生物體系的人類。大自然對它們開了一個殘忍的玩笑，在我們眼前上演的是它們的返鄉悲劇。假如瘋狂、無情和殘忍驅使人類在死寂或沉睡的極地荒原繼續挖掘，同樣的命運就也會落在其他個體頭上。

它們甚至不是野蠻的物種——你可以想一想它們真正的遭遇！在寒冷的未知紀元痛苦地醒來，也許遭到了瘋狂吠叫的毛皮四腳獸的攻擊，它們昏頭轉向地奮力抵抗，還要應付同樣癲狂、裝束怪異的白皮猿猴……可憐的雷克，可憐的吉德尼……可憐的遠古種族！直到最後依然是科學家——假如換了我們是它們，反應會有所不同嗎？上帝啊，何等的智慧和堅持！它們面對的是何等不可思議的處境，與壁雕中它們的同族者和祖先面對過的事物也不遑多讓！輻射對稱，植物特徵，奇形怪狀，群星之子——無論它們是什麼，也都是和人類一樣的靈性生物！

它們翻越冰封的山巔，它們曾在山坡上的廟宇裡敬拜，在蕨類植物的叢林中漫步。它們發現死亡的石城在詛咒下沉睡，和數日後的我們一樣觀看壁雕。它們嘗試去它們從未見過的黑暗深淵尋找存活的同胞——而它們發現了什麼？丹佛斯和我望著被黏液覆蓋的無頭屍體、令人厭惡的二次壁雕和它們旁邊新鮮塗抹的可怖點陣，所有這些念頭同時閃過我們的腦海。我們望著這一切，明白了究竟是什麼怪物最終獲勝，棲息於企鵝環繞的永夜深淵中的水下巨石城市之中。就在這時，彷彿是在回應丹佛斯歇斯底里的尖叫，一團蒼白的險惡濃霧忽然噴湧而出。

意識到是什麼留下了噁心黏液和無頭屍體時，丹佛斯和我被嚇得變成了無法動彈的塑像，後來透過交談我們才徹底認清彼此當時的想法。我們像是在那裡佇立了千年萬載，但實際上頂多不過10到15秒。可憎的蒼白濃霧滾滾湧來，彷彿受到了某種龐然物體前行時的驅動——隨後傳來的聲音顛覆了我們剛確定的大多數認知，同時也打破了禁錮我們的魔咒，讓我們發瘋似的跑過吱嘎亂叫的驚惶企鵝，沿著先前的路徑返回城市，穿過沉沒冰下的巨石廊道跑向開闊的環形建築物，一口氣爬上遠古的螺旋坡道，不由自主地投向外界的理智氣氛和白晝的光線。

如我所說，新出現的聲音顛覆了我們的大多數認識，因為已故雷克的解剖讓我們相信它出自剛被我們判定死亡的那些生物。丹佛斯後來告訴我，那正是他在冰層上聽見從小巷轉角處另一側傳來的聲音，只是當時聽見的聲音無比模糊。它與我們都在山巔洞穴附近聽見的風笛聲同樣相似得驚人。我冒著被視為幼稚可笑的危險再補充一點，因為丹佛斯的印象與我驚人地一致。當然了，平日裡的讀物使得我們有可能做出如此詮釋，但丹佛斯確實曾轉彎抹角地提出過一些古怪的看法，認為愛倫·坡在一個世紀前寫《亞瑟·戈登·皮姆》時曾經接觸過某些不為人知的禁忌材料。大家或許記得，那篇離奇故事裡有個意義不明的詞語，但擁有與南極洲有關的可怖和驚人的象徵意義，那片險惡土地的核心地帶居住著猶如幽靈的巨大雪鳥，牠們永遠在尖叫這個詞語：

「Tekeli-li！Tekeli-li！」

我不得不承認，我們認為我們聽見的就是這個聲音，它在不斷前進的白色濃霧背後突然響起，正是音域格外寬廣、擁有音樂性的那個陰森笛音。

早在那三個音符或音節被完整發出前，我們就已經開始全力逃跑，但我們知道遠古種族有多麼敏捷，只要它願意，躲過屠殺卻被尖叫驚擾而追趕的倖存者很容易就能制伏我們。但我們也懷著一絲僥倖，希望我們沒有敵意的行為和展示出相近的理性能讓它在俘虜我們後饒我們一命，哪怕僅僅是出於科學研究者的好奇。說到底，假如它沒有任何需要害怕的，也就沒有動機要傷害我們了。躲藏在此時已經毫無意義，我們用手電筒匆匆照向背後，發現濃霧正在變得稀薄。我們難道終於要看見一個完整而活生生的異物樣本了嗎？陰森的笛音再次響起——「Tekeli-li！Tekeli-li！」

我們發覺我們拉開了與追逐者之間的距離，我們想到那個生物或許受了傷。但我們不能冒險，因為它無疑響應丹佛斯的尖叫而來，而非在躲避其他生物。時間緊迫，容不得半點猶豫。至於那更難以想像、更不可提及的夢魘，那散發惡臭、噴吐黏液、從未為人所見的原生質肉山，那征服了深淵、派遣陸生先鋒隊重新鑿刻壁雕、蠕動著穿越山丘洞穴的怪物種族的成員，它位於何方就不是我們能夠猜想的了。丹佛斯和我克服了發自肺腑的哀痛，拋下這位多半已受重傷的遠古種族——它很可能是唯一的倖存者——讓它單獨面對再次被捉住的危險和無可名狀的命運。

謝天謝地，我們沒有放慢逃跑的步伐。滾滾霧氣再次變得濃厚，以越來越快的速度被推向前方。在我們背後遊蕩的企鵝吱嘎尖叫，表現出恐慌的跡象，考慮到我們跑過時牠們僅僅有些不明所以，這一點嚇得我們驚恐不已。音域寬廣的陰森笛聲再次響起——「Tekeli-li！Tekeli-li！」我們錯了：那異物並沒有受傷，只是看見它倒下的同伴和屍體上方用黏液書寫的可怕銘文，暫時停下了腳步。我們永遠也不可能知道那條邪惡的消息究竟說了什麼，但雷克營地的墳墓足以說明這些生物有多麼重視死者。我們毫無顧忌地使用手電筒，此刻被照亮的前方就是許多條通道匯聚的開闊洞窟，我們慶幸自己終於甩掉了那些病態的二次雕刻——儘管幾乎沒怎麼看清楚，但依然能體會到這種感覺。

洞窟的出現還帶來了另一個念頭，那就是寬闊廊道的這個匯聚處足夠錯綜複雜，我們或許可以藉助它甩掉追逐者。這片開闊空間內有幾隻盲眼的白化企鵝，我們看得很清楚，牠們對正在迫近的怪物恐懼到了無法描述的地步。假如我們將手電筒調暗到前行所需的最低亮度，只用它指向前方，巨型水鳥在霧氣中的驚恐叫聲也許能蓋過我們的腳步聲，遮蔽我們真正的逃跑路線，甚至將追逐者引入歧途。主通道的地面遍地碎石且不反光，但在螺旋上升的湧動濃霧中，它與拋過光的其他隧洞並沒有多少區別。即使遠古種族擁有某些特殊感官，能夠在緊急時刻部分但不完全地擺脫光線的限制，但根據我們的猜想，它在這裡也同樣難以分辨出哪條才是正確的線路。事實上，我們倒是不太擔心自己會在匆忙之中迷失方向，因為我們自然早已決定要徑直向前逃回那座死城，若是在山腳下的蜂窩迷宮裡迷路，後果將是不可想像的。

我們活下來並重返世間的事實足以證明那怪物選擇了錯誤的路線，而我們在神意的護佑下跑進了正確的通道。企鵝本身不可能拯救我們，但在濃霧的共同作用下，牠們卻似乎做到了。只有最仁慈的命運轉折才會讓翻湧的水氣在正確的時刻變得足夠濃厚，因為霧氣不停地變幻飄動，隨時都有可能消散一空。就在我們從遍布令人作嘔的二次壁雕的隧洞跑進洞窟之前，霧氣確實消散了短短的一秒鐘。我們懷著絕望和恐懼，最後一次向背後投去視線，隨後便調暗手電筒，混進企鵝群以希望躲過追逐，但就是那一眼使得我們第一次瞥見了緊追不捨的怪物。假如命運隱藏我們確實出於善意，允許我們隱約瞥見那一眼就完全是善意的反面了，極昏暗的光線下一閃而過的影像僅僅勾勒出恐怖魔物的半個輪廓，但直到今天始終在折磨我們的心靈。

我們回頭張望的動機很可能不過是古老的本能，被追捕者想要觀察環境和追捕者的行進路線；也可能是不由自主的反應，身體試圖回答某個感官在潛意識裡提出的問題。我們飛奔的時候，全部精神都集中在逃跑這個任務上，我們不可能繼續觀察和分析各種細節。但即便如此，我們休眠的腦細胞也肯定在疑惑鼻子向它們送去的資訊究竟代表著什麼。事後我們想通了其中的原因：我們離無頭屍體上的惡臭黏液越來越遠，而緊追不捨的異物越來越近，但氣味並沒有像邏輯判斷的那樣改變。在失去生命的遠古種族附近，無法解釋的第二種臭味完全佔據了上風，但此刻它應該讓位於和那些異物相關的無名怪味才對。然而事實上卻並非如此，後出現也更難以容忍的惡臭已是鋪天蓋地，並且每分每秒都在變得更加濃烈。

因此我們才向後望去——似乎是兩人同時，但肯定有一個人率先回頭，另一個有樣學樣。向後張望的同時，我們將手電筒調到最亮，光束射穿了暫時變得稀薄的霧氣。這麼做有可能只是出於想盡量看清追逐者的原始欲望，也有可能是不太原始但同樣下意識的舉動：用強光迷惑追逐者，然後調暗手電筒，躲進前方迷宮中心的企鵝群。多麼不明智的行為！就連俄耳甫斯和羅德的妻子都沒有因為回頭張望而付出如此慘痛的代價。令人驚駭、音域寬廣的笛音再次響起：「Tekeli-li！Tekeli-li！」

雖然難以忍受直白的描述，但我應該坦率地說出我們的經歷，儘管當時丹佛斯和我甚至不敢向對方承認自己看見了什麼。讀者眼前的文字絕對不可能表現那幅景象的恐怖。它徹底摧毀了我們的神智，我都無法理解我們為何還有殘存的理性，能夠按計畫調暗手電筒，衝進通往死城的正確通道。帶著身體逃跑的無疑只是本能，大概比理性能夠做到的還要好，但假如就是這一點拯救了我們，那我們付出的代價也未免過於高昂。至於理性，我們只剩下了最後的一丁點。丹佛斯徹底精神崩潰，剩餘行程中我最清晰的記憶就是聽著他昏頭昏腦地吟唱歇斯底里的詞語，我作為一名普通人類，在那些詞語中只聽出了瘋狂和脫離現實。他尖利如假聲的吟唱迴蕩在企鵝的吱嘎叫聲中，迴蕩著穿過前方的拱頂通道，也迴蕩著穿過——感謝上帝——背後空蕩蕩的拱頂通道。他肯定不是從一開始就這麼做的，否則我們肯定不可能活下來和摸黑狂奔了。若是他的精神反應出現了些許偏差，那後果想一想都讓我渾身顫抖。

「南站下——華盛頓站下——公園街下——肯德爾——中央站——哈佛……」可憐的傢伙在吟唱波士頓至劍橋地鐵那熟悉的車站名稱，這條隧道穿行於幾千英哩外新英格蘭我們靜謐的故鄉地下，但對我來說，他的唱詞既不引發思鄉之情，也不脫離現實，而是只有恐怖，因為我非常清楚其中蘊含著多麼荒謬而邪惡的類比。我們扭頭張望，以為假如霧氣足夠稀薄，我們會看見一個恐怖得難以置信的移動物體，但我們對這個物體早已形成了清楚的概念。事實上我們卻看見了——由於霧氣在險惡的命運擺布下變得過於稀薄——另一個完全不同的物體，無數倍地比我們的想像更加醜惡和可憎。那是幻想小說家所謂「不該存在之物」的終極客觀化身，與其最接近的類比就是你在月臺上見到的一列飛馳而來的龐然地鐵——它巨大的黑色前端從遠處洶湧而來，閃爍著奇異的五彩光彩，像活塞填充氣缸似的塞滿了寬闊的隧道。

但我們的腳下不是月臺，而是這個塑性柱狀噩夢生物前進的軌道，它反射虹彩的黑色惡臭軀體緊貼著15英呎高的通道內壁，以駭人的高速滾滾湧動，驅使身前重新變得濃厚的蒼白深淵霧氣盤旋翻騰。這個無法用語言形容的恐怖怪物比任何地鐵都要龐大，它是原生質泡沫的無定形聚集體，身體隱約發光，塞滿隧道的前端上有許多臨時的眼睛不停生成和分解，猶如散發綠光的無數膿包，它向我們疾馳而來，碾碎了慌亂的企鵝，順著平滑得閃閃發亮的地面蠕動，它和它的同類掃盡了通道中的所有碎石。令人生畏的嘲弄叫聲繼續傳來——「Tekeli-li！Tekeli-li！」我們終於想起來了，這就是惡魔般的修格斯，遠古種族賦予它們生命、思想和可塑性的器官構造，但它們沒有語言，只能透過點陣圖案進行交流。它們也沒有自己的聲音，只能模仿早已逝去的主人。

12

丹佛斯和我記得我們跑進壁雕裝飾的半球形大廳，穿過巨石建造的房間和走廊返回死城，但那些記憶只有夢幻般的影像片段，不包括任何思想活動、詳細情況和肢體動作。就彷彿我們在星雲世界或沒有時間、因果和方向的其他次元中飄蕩。見到環形開闊空間的灰色天光，我們稍微清醒了一些，但我們沒有靠近那些雪橇，也沒有再看一眼可憐的吉德尼和雪橇犬。他們已經有了一座龐大的怪異陵墓，希望直到世界末日也不要受到打擾。

我們掙扎著爬上巨大的螺旋坡道，第一次感覺到可怕的疲憊，在高原稀薄的空氣中奔跑使得我們氣喘吁吁。在回到陽光和天空下的正常世界之前，雖然我們害怕會累得虛脫，但也沒有停下腳步休息片刻。我們從這裡逃離那些被埋葬的歲月倒是頗為適合，因為在我們喘著粗氣攀爬高達60英呎的石砌圓筒內壁時，我們在身旁看見的是連綿不斷的史詩壁雕，它們展現了這個死亡種族早期尚未衰敗的精湛技藝，猶如遠古種族在五千萬年前寫就的一封訣別信。

我們終於跌跌撞撞地爬到坡頂，發現自己站在一個傾覆巨石堆成的小丘上；更高處的弧形石牆向西鋪展，巍峨山脈的陰鬱巔峰在東方更破敗的建築物頂端露出頭來。南極午夜的紅色太陽低垂於南方的地平線上，在參差廢墟的裂口中悄然窺視。極地荒原那相對較為熟悉的地貌特徵襯托下，噩夢石城的古老和死寂顯得更加恐怖。天空中有一團翻滾攪動的乳白色纖細冰霧，刺骨寒意抓住了我們的要害器官。我們疲憊地放下逃命時出於本能抱著的裝備包，重新扣上厚實的禦寒衣物，踉踉蹌蹌地爬下小丘，穿過萬古死寂的巨石迷宮，走向停放飛機的山腳平地。我和丹佛斯一個字也沒有提起究竟是什麼讓我們逃離了黑暗的地下世界和古老的祕密深淵。

不到十五分鐘，我們就找到了通向山腳平地的那道陡峭斜坡——我們先前就是從這裡下來的——在山坡上稀稀落落的廢墟看見了大型飛機的黑色身軀。向著目的地爬到一半，我們停下來喘息片刻，轉過身再次眺望底下奇偉絕倫、超乎想像的第三紀巨石城市——未知的西方天空再次勾勒出它神祕莫測的輪廓。我們見到天空中的晨間霧靄已經消散，翻騰不息的冰霧正在飄向天頂，它們充滿嘲諷意味的線條似乎即將化作某些怪異的圖案，但又不敢變得過於確定和清晰。

就在這時，怪誕的巨石城市背後極遠處的白色地平線上，模糊浮現出了一排如夢似幻的紫色山峰，猶如針尖的峰頂在西方玫瑰色的天空中若隱若現。早已乾涸的河道彷彿一條不規則的黑暗緞帶，蜿蜒伸向遠古高原那微光閃爍的邊緣。有那麼一秒鐘，我們目瞪口呆地欣賞著這幅景象中那超越塵世的無窮壯美，但無法言喻的驚恐很快就悄悄鑽進了我們的靈魂。因為這道遙遠的紫色線條無疑正是禁忌之地的可怖群山，它們是地球上最高的山峰，也是世間邪惡的聚集處，隱匿著無可名狀的恐怖和埋藏萬古的祕密，不敢用壁雕描繪其含義的遠古種族對它們敬而遠之並頂禮膜拜，地球上沒有任何活物曾涉足此地，只有險惡的閃電頻繁造訪，在極地長夜向整個高原發射怪異的光束。毫無疑問，它們就是冰寒廢土上令人畏懼的卡達斯的未知原型，位於棄絕之地冷原的另一側，連瀆神的遠古傳說也只敢閃爍其詞地提及這個場所。我們是有史以來第一批親眼看見它們的人類，我向上帝祈禱，希望我們也是最後一批。

假如那座先於人類的城市裡的壁雕地圖和繪景沒有出錯，那麼這些神祕的紫色山峰至少距離此處300英哩，即便如此，它們模糊如妖魔的輪廓卻明顯地浮出了高原那白雪皚皚的遙遠限界，就像一顆即將升上陌生天空的怪誕異星的鋸齒狀邊緣。山峰的海拔肯定遠遠超出了所有已知的對比物，將峰頂一直送上了空氣稀薄的大氣高層，那裡只有氣態的幽魂出沒，魯莽的飛行員去了就會遭遇無法解釋的墜落，幾乎沒有誰能活下來講述究竟見到了什麼。望著它們，我不安地想起一些壁雕裡隱晦地提到那條早已乾涸的大河曾從它們受詛咒的山坡上將某些東西帶進巨石城市，如此有所保留地雕刻圖像的遠古種族的恐懼中究竟有多少理性和多少愚昧呢？我想到山脈的北側盡頭肯定離瑪麗皇后地的海岸線不遠，道格拉斯．莫森爵士的探險隊無疑正在不到一千英哩之外勘測，我衷心希望道格拉斯爵士和他的隊員不會在厄運擺布下瞥見被沿岸山巒攔在另一側的事物。這些念頭足以說明當時我的精神狀態有多麼飽受折磨，而丹佛斯的情況似乎還要更糟糕。

不過，早在我們經過巨大的星狀廢墟和抵達飛機之前，我們的恐懼就轉移了目標，回到身旁相形見絀但依然足夠巍峨的山脈上，重新翻越它們的重任就擺在面前。廢墟林立的黑色山坡在東方從丘陵區域淒涼而恐怖地拔地而起，再次讓我們想起尼古拉斯．洛里奇那些怪異的亞洲繪畫。我們想到山峰內部該受詛咒的蜂窩結構，想到散發惡臭的無定形恐怖怪物蠕動著爬向中空的最高尖峰，再想到那些引發無窮聯想的朝向天空的岩洞，狂風在洞口吹出音域寬廣、含有音樂性的邪惡笛聲，而我們即將飛過那些洞口，我們就驚恐得不能自已。更可怕的是，我們看見嫋嫋霧氣包裹著幾座頂峰，可憐的雷克早些時候曾以為它們代表著火山活動，我們顫慄著想到了我們剛剛逃離的那團類似霧氣，想到了所有這種蒸氣的來源：孕育恐怖魔物的瀆神深淵。

飛機一切正常，我們手忙腳亂地穿上厚實的飛行皮衣。丹佛斯沒費什麼工夫就發動了引擎，我們順利起飛，越過噩夢般的城池，古老的巨石建築物在腳下無邊無際地伸展，與我們第一次見到它時毫無區別——那麼短的一段時間之前，但感覺起來又那麼遙遠——我們開始爬升，調轉機頭測試風力，準備穿越隘口。高空的湍流肯定非常強烈，因為天頂的冰晶雲正在變幻出各種各樣的奇異形狀；來到兩萬四千英呎，也就是穿越隘口所需要的高度，我們卻發現飛行起來毫無障礙。靠近那些直插天空的山峰時，狂風吹出的怪異笛聲再次出現，我看見丹佛斯抓著操縱桿的雙手在顫抖。雖然我駕駛飛機的技術很業餘，但我認為自己在這個時刻恐怕比他更適合執行從山峰之間穿過的危險任務，我示意和他交換座位，代替他履行職責，他沒有表示反對。我盡量發揮出所有的技能和鎮定，盯著隘口峭壁之間的那一小片暗紅色天空，咬牙堅持不去看峰頂的團團霧氣，打心底裡希望我能用蠟封住耳道，就像尤利西斯的部下經過海妖賽蓮棲息的海岸，禁止令人不安的呼嘯笛聲進入我的意識。

丹佛斯儘管卸下了駕駛的重任，神經卻繃緊到了危險的程度，他無法保持安靜。我能感覺到他在座位上轉身和扭動，時而望向背後越來越遠的恐怖城市，時而看著前方遍布岩洞和方形建築物的山峰，時而瞥向側面白雪覆蓋、牆壘點綴的荒涼丘陵，時而仰視充滿奇形怪狀雲團的翻騰天空。就在我竭盡全力想安穩地穿過隘口時，他瘋狂地尖叫打破了我對自我的牢固控制，害得我絕望地胡亂擺弄了好幾秒鐘操縱桿，險些害得我們機毀人亡。片刻之後，我的意志重新取勝，我們安全地穿過了隘口，但丹佛斯只怕再也不會恢復原狀了。

我說過丹佛斯不肯告訴我最終究竟是什麼樣的恐怖讓他發出了如此癲狂的驚叫——

我不無悲哀地確切相信，這個恐怖之物要為他目前的精神崩潰負上首要責任。回到山脈的安全一側後，我們緩緩下降，飛向營地。丹佛斯和我在呼嘯風聲和引擎轟鳴中叫喊著交談過幾次，但和我們準備離開噩夢古城時的談話一樣，主旨都是要如何嚴守祕密。我們一致同意，有些東西不該被人類知曉和輕率地討論——若不是為了不惜一切代價地阻止史塔克懷瑟－摩爾探險隊和其他人的出發，此刻我也不可能開口。這麼做有著絕對的必要性，為了人類的和平和安全，我們不該去打擾地球的某些黑暗的死寂角落和不可思議的深淵，否則就有可能驚醒沉睡的畸形怪物，讓褻瀆神聖、存活至今的遠古噩夢蠕動著爬出黑暗巢穴，在這個新時代踏上更瘋狂的征服歷程。

丹佛斯只肯閃爍其詞地說最後嚇得他大叫的是一幅蜃景。他堅稱蜃景與我們當時正在跨越的瘋狂群山毫無關係，與方形建築物和笛音迴蕩的洞穴毫無關係，與山體內蒸氣繚繞、充滿蜿蜒通道的蜂巢結構也毫無關係，奇特而可怕的景象在天頂翻騰的雲團中一閃而逝，畫面中是隱藏在西方詭異的紫色群山背後的東西，遠古種族對那裡心懷恐懼、敬而遠之。他見到的東西極有可能僅僅是純粹的幻覺，催生幻覺的或許是我們先前承受的精神重壓，或許是前一天在雷克營地附近目睹的蜃景，蜃景中的死亡城市當然存在，只是當時我們還不知道。無論丹佛斯認為他見到了什麼，它都真實得讓他直到今天依然飽受折磨。

他偶爾會低聲訴說一些支離破碎、彷彿囈語的話語，內容有「暗黑淵藪」、「鑿刻邊緣」、「原初修格斯」、「無窗的五維實心立體」、「無可名狀的圓柱」、「遠古航標」、「猶格—索托斯」、「原始的白色膠凍」、「空間之外的色彩」、「肉翼」、「黑暗中的眼睛」、「月梯」、「本源、永恆、不滅」和其他詭祕的概念。但每次恢復清醒，他就會否認所有這些，將其歸咎於他早些年怪異而恐怖的閱讀口味——倒也沒錯，丹佛斯是膽敢完整閱讀大學圖書館鎖藏的遍布蛀洞的《死靈之書》抄本的少數人之一。

我們飛越山脈時，高處的天空確實蒸氣繚繞、攪動不息。即使我沒有望向天頂，也能想像出冰塵的漩渦有可能組合出怪異的形狀。我們知道無休止翻騰的層層雲團能夠如何栩栩如生地反射、折射和放大遙遠的景象，而一個人的想像力很容易就可以將其補充完整——丹佛斯的記憶還沒有機會從過去的閱讀中汲取材料，因此他也不可能呼喊出以上那些特定的恐怖之物。他在短短一瞥中絕對不可能看見那麼多事物。

當時他的尖叫僅限於重複一個瘋狂的詞語，它的來源實在過於明顯：

「Tekeli-li！Tekeli-li！」

蠟中之鼠

一九二三年七月十六日，最後一名工人完成他的工作，我搬進了艾克漢姆隱修院。重建隱修院堪稱一項浩大的工程，因為這座荒棄的建築物曾經只剩下了空殼般的廢墟，但它畢竟是我祖上的府邸，因此我沒有允許開支阻擋我的決心。自從詹姆斯一世在位期間，此處就一直無人居住，當時有一起極為醜惡的悲劇降臨在屋主、他的五個孩子和幾名僕人身上，事情的大部分細節始終沒有得到合理的解釋。懷疑和恐懼都落在屋主的三子頭上，他是我的直系先輩，也是那條遭人厭惡的血脈僅有的倖存者。由於唯一的繼承人被指控為殺人凶手，這片土地被收歸國有，受指控的三子也沒有嘗試為自己辯護或取回他的財產。沃爾特．德．拉．坡爾，第十一世艾克漢姆男爵，他受到某種恐怖之物的嚴重驚嚇，對他的影響遠遠超過了良知或法律，他用行為表達了一個瘋狂的願望，那就是將這座古老的建築物排除在視線和記憶之外：他逃往維吉尼亞並在那裡成家，一個世紀之後，他的新家庭發展成了德拉坡爾家族。

艾克漢姆隱修院空置至今，儘管後來它被劃歸諾里斯家族，由於其獨特的雜糅式建築而受到了大量研究：哥德式塔樓坐落於薩克遜或羅曼式的建築物上，而基座又體現出更早期乃至多個時代的風格：羅馬，甚至德魯伊或本土布立吞人——假如傳說講述的都是實情。它的基座確實獨一無二，一側與隱修院所在的石灰岩斷崖連在一起，而隱修院在斷崖上俯瞰位於安徹斯特村以西 3 英哩的一條荒蕪溪谷。建築師和文物研究者很喜歡前來勘察從被忘卻的時光殘存至今的這座怪異遺跡，但附近鄉村的居民都憎惡它。幾百年前我的祖輩居住在這裡的時候，他們就憎惡它，現在它由於年久失修而遍覆青苔和黴斑，他們依然憎惡它。得知我出身於一個受到詛咒的家族之前，我連一天都沒有在安徹斯特待過。本週，工人炸掉了艾克漢姆隱修院，忙著拆除基座的殘垣斷壁。

我對祖上的了解僅限於簡單的事實，還有我在美國的第一代祖先來到殖民地時背負著怪異的傳聞疑雲。但我完全不了解其中的細節，因為德拉坡爾一族將沉默奉為家訓。與我們經營種植園的鄰居不同，我們幾乎不吹噓參加過十字軍的祖上或中世紀和文藝復興時代的其他風雲人物，也沒有任何世代相傳的傳統，除了在內戰之前，每一代家主都會給長子留下一個密封的信封，待他死後才能打開。我們珍視的榮耀是移民後取得的成就，是一個驕傲而重視榮譽、但又有些內向和不善交際的維吉尼亞家族的榮耀。

我們在內戰期間耗盡了家產，位於詹姆斯河畔

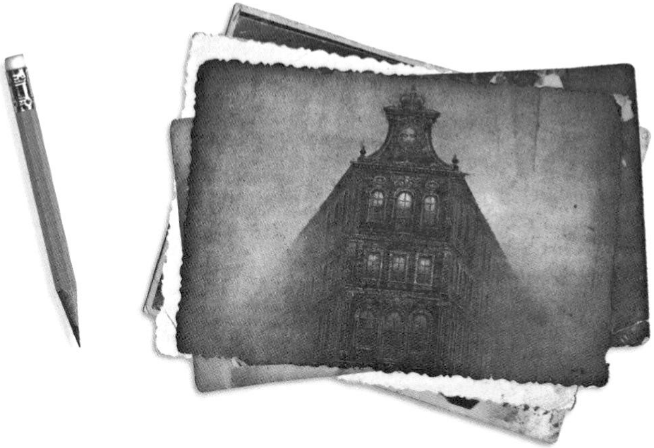

的家宅卡爾法克斯毀於大火，更是徹底改變了整個家族的生存境況。我年事已高的祖父在那場縱火暴行中過世，與他一同逝去的還有將我們與過去聯繫在一起的那個信封。直到今天，我依然清楚地記得七歲時目睹的災難，聯邦士兵呼喝不已，女人尖叫哭喊，黑人咆哮祈禱。我父親當時在軍隊裡保衛里奇蒙，經歷了許多繁瑣手續之後，我和母親穿過戰線去和他會合。戰爭結束，我們全家遷往我母親出身的北方。我長大成人，步入中年，最終變成了一個富有但木訥的北方佬。我的父親和我都不知道世代相傳的信封裡到底裝著什麼，隨著我日益融入麻薩諸塞州那乏味的商業生活，我對顯然隱藏於家族血脈深處的祕密也完全失去了興趣。真希望我仔細琢磨過它們的真相，否則我肯定會樂於將艾克漢姆隱修院留給青苔、蝙蝠和蛛網！

家父在一九〇四年過世，但沒有任何信封可以留給我或我的獨子阿爾弗雷德，阿爾弗雷德當時十歲，已經失去了母親，後來找回家族事蹟的也正是這個孩子。我能說給他聽的只有過去的趣聞軼事，一九一七年他因世界大戰以飛行員身分前往英格蘭，反而寫信告訴了我一些非常有意思的祖輩傳說。德拉坡爾家族似乎擁有多姿多彩但烏雲密布的歷史。我兒子的一位朋友，皇家飛行隊的愛德華·諾里斯上尉，他曾居住在離我們家族府邸不遠的安徹斯特，講述了許多村夫之間流傳的迷信傳說，很少有小說家能想出這麼瘋狂和荒謬的故事。諾里斯本人當然不可能認真看待它們，但我兒子覺得很有意思，認為它們是給我寫信的良好素材。正是這些傳說最終將我的注意力引向了大西洋另一側的祖產，使得我下定決心要買回和修復家族府邸，諾里斯向阿爾弗雷德栩栩如生地描述了它的荒棄現狀，答應幫他談一個合理得驚人的要價，因為那片土地目前就歸他的叔叔所有。

一九一八年，我買下了艾克漢姆隱修院，但幾乎立刻就被迫中斷了修復府邸的計畫，因為我兒子因傷致殘，退役回國。他在世的最後兩年裡，我除了照顧他再也沒有別的念頭，連生意都託付給了商業夥伴。一九二一年，我痛失愛子和人生目標，成了一個不復年輕的退休製造商，於是決心將餘生的重心轉向新購置的產業。十二月，我造訪安徹斯特，諾里斯上尉招待了我，這位討人喜歡、身材圓胖的年輕人對我兒子推崇備至，保證會幫助我搜集設計圖紙和奇聞祕史，用於指導即將開始的修復工程。我對艾克漢姆隱修院沒什麼感情，它在我眼中只是一片搖搖欲墜、滿地狼藉的中世紀廢墟，遍覆地衣和白嘴鴉的巢穴，危險地矗立在斷崖上，樓層地板和其他內部結構都已被侵蝕殆盡，只剩下與主體分離的塔樓的石牆還算完整。

隨著我逐漸復原先祖在三個世紀前離開時這座建築物的樣子，我開始為修復工程僱傭工人，但每次都不得不離開附近區域才能找到人，因為安徹斯特村民對這個地方懷有一種難以想像的恐懼和憎惡。這種情緒異常強烈，有時候甚至會感染我從外地找來的勞工，引發數不勝數的開小差事件，而情緒的發洩對象似乎包括了隱修院本身和幾百年前居住於此的整個家族。

我兒子曾告訴我，他在造訪時多多少少受到了冷遇，因為他是德・拉・坡爾家族的一員，如今我發現自己也因為相似的原因而遭受了難以形容的排斥，直到我終於說服那些農民，讓他們相信我對祖輩的事情幾乎一無所知。即便如此，他們依然不喜歡我，見到我就臉色陰沉，因此我不得不透過諾里斯這個媒介才搜集到了村子裡的大多數古老傳說。他們無法原諒的大概是我企圖復原一個他們深惡痛絕的象徵符號，因為無論是否符合理性，他們都將艾克漢姆隱修院視為食屍鬼和狼人出沒的場所。

我將諾里斯為我搜集的故事拼湊起來，再加上研究過廢墟的幾位學者的敘述，我推斷出艾克漢姆隱修院坐落在一座史前神廟的遺址上，那座神廟是德魯伊教或德魯伊教興起前的建築物，與巨石陣來自同一個年代。毋庸置疑，這裡曾經舉辦過無法用語言描述的儀式；還有一些令人不快的傳說稱這些儀式後來併入了羅馬人帶來的庫柏勒崇拜異教之中。下層地窖裡依然清晰的銘紋中還能辨認出諸如：

DIV…OPS…MAGNA MAT…

的文字，那是大母神（Magna Mater）的符號，羅馬曾徒勞地嚴禁公民參與對她的黑暗崇拜活動。許多遺跡都能證明安徹斯特曾是奧古斯都第三兵團的營地，據說庫柏勒的神廟曾經壯觀非凡，擠滿了崇拜者，在弗里吉亞祭司的主持下施行無可名狀的祭典。傳說還稱那個古老宗教的衰落並沒有終結神廟的祭祀儀式，祭司表面上轉投了新的信仰，實質並沒有真正的變化。據說那些儀式甚至沒有隨著羅馬帝國的敗亡而消失，薩克遜人的某些儀式與神廟的殘餘信仰合在一起，勾勒出後來綿延傳承的信仰的基本輪廓，以其為核心建立起一個異教，七大王國的半數臣民都對它深感畏懼。西元一千年前後，編年史中提到這個地方，稱它是一座堅固的石砌隱修院，居住著一個法力強大的怪異教團，廣闊的園林將其包圍，附近的居民早已飽受驚嚇，根本不需要城牆來阻擋他們。丹麥人始終沒有完全摧毀這個組織，但諾曼征服還是導致它大幅度地減少了活動，因為一二六一年亨利三世將這片土地賜給我的祖先艾克漢姆男爵一世吉伯特．德．拉．坡爾時，並沒有遇到任何阻礙。

在此之前，我的家族從未傳出過任何負面的消息，但那以後必定發生了一些怪異的事情。有一部編年史在一三〇七年時將德．拉．坡爾家族的一名成員稱為「被上帝詛咒的人」；而鄉野傳說提到在古老神廟和隱修院的地基上修建的城堡時永遠懷著惡意和癲狂的恐懼。爐邊故事充斥著最令人毛骨悚然的描述，而驚恐所致的緘默和雲遮霧罩的閃爍其詞讓一切變得更加駭人。故事將我的祖上描述成了一族世襲的惡魔，相比之下，連吉爾．德．萊斯和薩德侯爵都只是剛入門的小學生，故事還隱約暗示幾代村民的無端失蹤也是他們的責任。

其中最惡劣的人物似乎是諸位男爵及其直系後裔，至少絕大多數傳聞都和他們有關。據說假如某位繼承人出現了較為健康的發展傾向，那他就必定會神祕地早早死去，為另一名更符合家族典範的子嗣讓路。家族內部似乎存在一個異教團夥，首領是家主，僅限於少數幾名家族成員之間。這支異教的選擇標準似乎是脾性而非血統，因為有幾個因婚嫁進入家族的人也被納入其中。來自康沃爾的瑪格麗特·特雷弗女士，五世男爵次子戈弗雷的妻子，她成了附近村民嚇唬孩童的最佳人選，有一首以這個女魔頭為主題的古老恐怖歌謠直到今天還在靠近威爾斯邊境的地區流傳。以歌謠形式保留下來的還有瑪麗·德·拉·坡爾女士的可怕傳說，但故事的側重點有所不同，她嫁給什魯斯菲爾德伯爵後不久就被伯爵及其母親聯手殺害，聽取兩人告解的神父卻赦免並祝福了他們，但誰也不敢向世人重述他們懺悔的內容。

這些傳說和民謠無疑只是典型的粗鄙迷信故事，激起了我強烈的反感情緒。它們流傳得經久不息，牽涉到我祖上如此之多的家族成員，這兩點尤其讓我煩惱。另外，那些怪異癖好的詆毀還令人不快地讓我想到了本人親屬的一樁知名醜聞：我年輕的堂弟，卡爾法克斯的藍道夫·德拉坡爾，他喜愛和黑人廝混，從墨西哥戰爭中歸來後成了一名巫毒教祭司。

相比之下，另一些語焉不詳的傳說就不怎麼讓我煩惱了，例如石灰岩峭壁下狂風呼嘯的荒蕪山谷裡時而響起哀號和咆哮聲，例如春雨過後往往會飄來猶如墳場的惡臭，例如約翰·克雷夫爵士的馬匹某天夜裡在一片偏僻土地上踩到了一個吱吱怪叫、掙扎翻騰的白色物體，例如一名僕人大白天在隱修院見到某些東西後當場發瘋。這些只是老套的鬼故事，而我當時是一名公開承認的懷疑論者。農夫失蹤的故事不太容易斥為胡言亂語，但考慮到中世紀的習俗，也算不上有多麼值得重視。出於好奇的窺探就等於死亡，不止一次有被砍下的頭顱掛在艾克漢姆隱修院周圍現已消失的稜堡上示眾。

有幾個故事講得格外生動，我不禁希望自己年輕時多涉獵過一些比較神話學的知識。舉例來說，一些人堅信有一群蝙蝠翼的惡魔每夜在隱修院舉行巫妖狂歡祭典，這群惡魔也需要吃飯，也就解釋了隱修院的廣闊園林裡為何種植著數量遠超人口比例的粗劣蔬菜。其中最栩栩如生的莫過於一篇有關鼠群的驚人史詩了：導致府邸廢棄的悲劇發生三個月後，汙穢的害獸大軍浩浩蕩蕩地湧出城堡，這支精瘦、骯髒而貪婪的軍隊橫掃擋在前方的一切，在怒火消退前吃光了村裡的家禽、貓狗和豬羊，甚至還有兩名不幸的人類。圍繞這支令人難忘的齧齒類大軍誕生了一整套完整的傳說，因為老鼠最後分散進入村民家中，催生了數不盡的咒罵和驚恐。

類似的傳說糾纏著我，而我懷著老年人的固執堅持推進恢復祖上府邸的浩大工程。說這些故事構成了我的主要心理環境也並非不可想像之事。另一方面，諾里斯上尉和從旁協助我的文物研究者不斷地稱讚和鼓勵我。耗時兩年的修復事業終於竣工，我打量著宏偉的廳堂、鑲有護壁板的牆體、拱形的天花板、帶豎框的高窗和寬闊的樓梯，內心的自豪足以補償重建府邸的驚人開銷。中世紀的所有特徵都得到了精心複製，新建的部分與原先的牆壁和基座完美地融合一體。父輩的府邸重新變得完整，我期待能夠挽回勢將隨我而逝的這條血脈的名聲。我打算定居於此，證明德·拉·坡爾（我換回了姓氏的原先拼法）未必都是食屍鬼。更加令我愉快的是，儘管我按照中世紀風格重建了艾克漢姆隱修院，但它的內部結構煥然一新，不可能像以前那樣存在害獸和鬼魂的棲身之處。

如前所述，一九二三年七月十六日，我搬進了府邸。這個新家有七名僕人和九隻貓，我特別喜歡貓這種生物。我最老的貓叫「尼格爾曼」（注），牠今年七歲，和我一起從麻薩諸塞州波爾頓遠涉重洋而來，另外幾隻是我為重建隱修院而暫住諾里斯上尉家中時陸續收養的。搬進新家的前五天，我們的日常生活極為平靜，我把時間主要花在整理家族的舊資料上。到這時候，我已經掌握了有關最後那場悲劇和沃爾特·德·拉·坡爾逃離故國的大量間接證供，我猜葬身於卡爾法克斯火海的家傳文書大概也就是這些內容。我的祖先發現了某些令人震驚的事情，他的行為方式因此徹底改變，兩週後他在四名僕人同謀的協助下，趁家中其他成員熟睡時將他們悉數殺害，這就是他受到的指控。然而，除了拐彎抹角的一些暗示，無論是逃跑前後，他都沒有向僕役幫凶外的其他人透露他究竟發現了什麼。

這場蓄意屠殺奪走了他父親、三個兄弟和兩個姐妹的生命，卻得到了村民的一致寬恕，連執法人員都網開一面，允許凶手帶著尊嚴、未受傷害和不加偽裝地逃往維吉尼亞。民間傳聞普遍認為他清除了自古以來就施加於那片土地的詛咒。我無論如何也想像不出什麼樣的發現能夠引發那麼可怕的行為。沃爾特・德・拉・坡爾肯定在好幾年前就知道了有關家族的險惡傳聞，因此那些事情不可能讓他忽然爆發出如此衝動。那麼，他會不會是目睹了某些駭人聽聞的古老祭典，或者在隱修院或附近偶爾看見了某些揭示性的可怕象徵物呢？他在英國是個出了名的羞澀而文雅的年輕人。來到維吉尼亞，他也沒有變得冷酷或刻毒，反而顯得精神疲憊和心懷憂懼。另一位紳士冒險家，貝爾維尤的法蘭西斯・哈利在日記中提到他時說他的公正品性無與倫比，講求榮譽，舉止優雅。

第一樁事情發生在七月二十二日，當時誰也沒有把它放在心上，但聯繫起後續的事件來看，卻有著異乎尋常的重要意義。事情本身非常簡單，幾乎可以視而不見，在當時的情況下也不可能引起注意；因為你必須牢牢地記住，這幢建築物只保留了原先的牆壁，其他東西全都是重新建造和購置的，還有一群健康穩重的僕役包圍著我，雖說這個地點有著種種離奇的傳說，但想讓我感覺到恐懼和憂慮就實在太荒謬了。事後回憶起來，我只記得我的老黑貓（我非常熟悉牠的脾性）明顯異常警覺和焦躁，完全不符合牠本來的性格。牠從一個房間走到另一個房間，表現得不安而緊張，不時嗅聞府邸裡構成哥德式建築的古老牆壁。我知道這種事聽起來非常老套，就好像鬼故事裡必然有條狗，總是在主人看見披著白床單的幽魂前就咆哮不已，但事實如此，不以我的意志為轉移。

注 Nigger-man，即黑人。

第二天，一名僕人抱怨說家裡所有的貓都躁動不安。他來書房找我，書房位於二樓，是個向西的通層房間，有穹稜式的拱頂和黑橡木的鑲板，哥德風格的三重大窗俯瞰石灰岩峭壁和荒蕪的山谷。就在他說話的時候，我看見尼格爾曼那烏黑的身影正沿著府邸西牆潛行，不時抓撓覆蓋在古老石壁上的新鑲板。我對僕人說，舊石牆肯定在散發某種獨特的氣味，人類感官無法覺察到，但貓的嗅覺非常靈敏，哪怕隔著新的木鑲板也能聞到。我確實這麼認為；僕人說會不會是牆裡有耗子或老鼠，我說鼠類在這裡已經絕跡了三百年，連附近鄉野的田鼠都很少出現在這些高牆內，從來沒有人說過牠們會鑽進府邸內。當天下午我向諾里斯上尉求證，他向我保證說田鼠以如此突兀和前所未有之勢滋擾隱修院是非常難以想像的事情。

那天晚上，我照例在一名男僕的陪同下巡視了府邸，然後來到我選作臥室的西側塔樓房間，它透過一段石階和一條短走廊與書房相連，石階有一部分是古老的建築物，短走廊則完全是推倒重建的。臥室是個圓形房間，天花板

非常高，沒有鑲護牆板，掛著我親自在倫敦挑選的織錦壁毯。尼格爾曼伴著我，我關上厚重的哥德式房門，在巧妙地偽裝成蠟燭的電燈的燈光下回到床上，我熄滅電燈，深深地躺進罩蓋四柱雕紋大床，老貓橫躺在我的腳上，那是牠習慣了的休息之處。我沒有拉上窗簾，而是望著我面對的北側窄窗。天空中有一絲若有若無的極光，掩映著窗櫺上的精緻雕紋，讓我看得心曠神怡。

我肯定在某個時候睡了過去，因為我清楚地記得一種感覺：黑貓從休息之處猛然驚起，迫使我離開了怪異的夢境。藉著黯淡的極光，我看見牠繃緊身體，向前伸出頭部，前爪抓著我的腳踝，後腿向後拉直。牠目光灼灼地盯著窗戶以西牆上的一個位置，我的眼睛沒有在那個位置看見任何東西，但全部注意力還是被引向了那裡。我望著牆壁，知道尼格爾曼不會無緣無故地緊張起來。我說不清壁毯究竟是不是真的在動。我認為它動了一下，輕而又輕地動了一下。但我敢發誓作證的是我聽見從壁毯後傳來了老鼠或耗子飛跑的細微而獨特的聲響。片刻之後，老貓縱身跳上遮蔽牆壁的掛毯，用體重將牠抓住的那一條拖拉到地上，露出一面潮溼的古老石牆，牆上有不少修復時打上的補丁，卻不見任何齧齒類小獸的蹤影。尼格爾曼在那面牆壁前的地面上跑來跑去，抓撓落在地上的壁毯，甚至似乎想把爪子插進牆壁和橡木地板之間的縫隙。牠什麼都沒有找到，鬧了一陣就疲憊地趴回我的腳上。我躺在床上沒有動彈，但那天夜裡再也未能入睡。

第二天上午，我詢問了所有僕人，得知他們誰也沒有注意到有任何不尋常的事情，只有廚娘記得睡在她房間窗臺上的貓的行為有些異常。半夜不知道什麼時候，那隻貓從喉嚨深處嗚嗚低吼，廚娘被驚醒時恰好看見貓像是發現了什麼目標，衝出打開的房門，跑向樓下。中午我睡了一覺，下午再次去拜訪諾里斯上尉，他對我講述的內容極感興趣。這些瑣碎的事件雖然微不足道，但確實非常怪異，讓他回憶起了本地流傳的好幾個恐怖傳說。老鼠的存在讓我們陷入困惑，諾里斯給了我一些捕鼠夾和巴黎綠(注1)，我回到家裡，請僕人把它們放置在府邸內關鍵的位置上。

我感到非常睏倦，因此早早上床休息，卻受到了平生僅見的恐怖噩夢的滋擾。夢中我似乎在極高之處俯瞰微光映照的洞窟，洞窟裡的汙物積到齊膝深，白鬍子的惡魔豬倌(注2)用拐杖驅趕著一群肥軟如海綿的牲畜，牠們的模樣讓我從心底裡泛起難以言喻的厭惡。豬倌停下休息，打起瞌睡，數不清的老鼠像下雨似的掉進臭氣熏天的深淵，開始啃食那群牲畜和那個人。

和平時一樣趴在我腳上的尼格爾曼忽然跳了起來，將我拉出這個可怕的場景。這次我不需要琢磨牠為什麼會嗚嗚低吼和嘶嘶威脅，也不需要思考是什麼樣的恐懼會讓老貓用爪子攥緊我的腳踝，完全忘了它們有多麼鋒利，因為房間的所有牆壁都在發出那種令人作嘔的異響：貪婪巨鼠匆匆跑動的可惡聲音。今天沒有極光照亮壁毯，被尼格爾曼拖拉下來的壁毯已經掛回原處，但我還不至於害怕到不敢開燈的地步。

燈泡綻放光芒，我看見整塊壁毯都在駭人地抖動，本就頗為奇異的圖案因此跳起了獨特的死亡之舞。壁毯的抖動幾乎立刻停止，異響也隨之消失。我跳下床，抓起放在一旁的暖床器的長柄，挑起一塊壁毯看底下隱藏著什麼。除了修補過的石牆，壁毯底下什麼都沒有，貓也卸下了牠對異常事物的警惕感覺。我去查看放置在房間裡的環形捕鼠夾，發現張開的彈簧都合上了，然而被逮住卻又逃脫的害獸沒有留下任何蹤跡。

繼續睡覺是不可能的了，於是我點燃一根蠟燭，打開房門，沿著走廊朝連接書房的石階而去，尼格爾曼緊跟著我。但還沒等我們踏上石階，貓忽然超過我衝向前方，跑下古老的樓梯，消失在我的視線之外。我單獨走下石階，忽然聽見底下的大房間裡傳來了清晰可辨的聲音，你絕對不可能弄錯這些聲音的源頭。橡木鑲板下的石牆裡滿是老鼠，牠們在飛奔和亂竄，而尼格爾曼懷著受挫獵手的狂怒跑來跑去。我來到樓梯的最底下，打開電燈，但這次異響沒有因此消失。老鼠的騷動仍在繼續，極為有力和清晰的腳步聲讓我將牠們的活動和一個確切的方向聯繫在了一起。這些生物的數量似乎無窮無盡，正在進行大規模的遷徙，從難以想像的高處朝地下或者可以想見或者不可思議的深處而去。

我聽見走廊裡響起腳步聲，片刻之後，兩名僕人推開了厚重的房門。他們在府邸裡

注1 Paris Green，化學名醋酸亞砷酸銅，常溫下為鮮綠色晶體，雖有劇毒但價格便宜且天然，曾被廣泛使用在各種用品上，例如衣物、蠟燭、壁紙、繪畫顏料、殺蟲劑和殺鼠劑等。

注2 養豬的人。

搜尋未知的騷動源頭，所有的貓都陷入恐慌，嗚嗚低吼，衝下幾段樓梯，蹲在下層地窖緊閉的門口嚎叫不已。我問他們有沒有聽見老鼠的聲音，但他們都說沒有。我轉身讓他們聽護牆板裡的聲音，卻發覺那些聲音已經平息。我和他們兩人來到下層地窖的門前，看見貓群早已散去。我決定要去底下的地窖一探究竟，但此刻只是檢查了一遍捕鼠陷阱。所有彈簧都已合上，但沒有抓住任何獵物。確認除了貓和我之外誰也沒有聽見老鼠的聲音後，我在書房裡一直坐到天亮。我陷入深深的思索，回想與我棲身的這座建築物有關的每一個離奇傳說。

中午前，我躺在書房舒適的沙發椅裡睡了一會，儘管我用中世紀風格裝飾府邸，但不可能放棄這麼舒適的一把椅子。醒來後我打電話給諾里斯上尉，他過來陪我去查看下層地窖。我們沒有發現任何令人不快的東西，但得知這個地窖的建造出自羅馬人之手，我們完全抑制不住激動的心情。低矮的拱門和巨大的廊柱全都是羅馬式的，不是薩克遜蠢貨拙劣仿造的羅曼風格，而是帝國全盛期那精確而和諧的古典主義風格。是的，牆壁上隨處可見銘紋，反覆考察這座府邸的文物研究者肯定會覺得非常眼熟，其中能分辨出下列文字：

P.GETAE. PROP... TEMP...DONA...

L. PRAEC...VS...PONTIFI...ATYS...

阿提斯（Atys）這個名字使得我不寒而慄，因為我讀過卡圖盧斯的著作，知曉拜祭這個東方神祇的部分恐怖儀式，對他的崇拜與對庫柏勒的崇拜混雜得難分難捨。有一些不規則的矩形石塊似乎曾被用作祭壇，諾里斯和我藉著提燈的照明，嘗試讀解石塊上幾乎已被磨盡的怪異圖案，卻什麼都看不出來。我們記得其中一個圖案是放射光芒的太陽，學者認為它們並非源於羅馬文明，意味著這些祭壇來自同一個地點的更古老甚至屬於原住民的神廟，羅馬時代的祭司只是拿來繼續使用而已。其中一塊巨石上有一些棕色汙跡，我不由浮想聯翩。最大的石塊位於房間中央，上表面能分辨出與火接觸留下的特殊紋理，說明很可能在此焚燒過祭祀的犧牲品。

我們在地窖見到的情況就是這些，但貓確實曾蹲在地窖門口嚎叫過，因此諾里斯和我決定在地窖裡過夜。僕人將沙發抬進地窖，我吩咐他們不要干涉貓在夜間的異常活動，我把尼格爾曼留在身邊，牠既是我的幫手，也能和我作伴。我們決定關上厚實的橡木大門，這扇門是現代的仿製品，開有通風用的狹縫。關上門之後，我們坐進沙發，沒有熄滅提燈，等待有可能會發生的事情。

地窖位於隱修院基座的極深處，無疑已經深入地底，靠近俯瞰荒蕪山谷的石灰岩懸崖的峭壁。鼠群那令人費解的匆忙遷徙的目標地肯定是這裡，但個中原因我就無從猜測了。我們躺在沙發上默默等待，我發覺自己的警醒時而混入半成形的夢境，老貓趴在我的腳上，牠的不安動作每每將我喚醒。這些夢境並不完整，但與我前一晚的噩夢有著恐怖的相似性。我再次看見微光映照的洞窟，豬倌驅趕著無法形容的綿軟牲畜在汙物中打滾，我望著這些可憎的東西，覺得牠們似乎變得越來越近、越來越清晰——清晰得我幾乎能看清牠們的樣貌。我仔細打量一頭牲畜的肥軟輪廓，嚇得我發出了一聲尖叫，卻陡然被猛地驚起的尼格爾曼拉出夢境。諾里斯上尉沒有睡，他見狀笑得前仰後合。要是他知道了是什麼嚇得我發出如此驚叫，天曉得他會笑得更加開心還是再也笑不出來。不過我直到後來才回憶起我究竟夢到了什麼。極端的恐懼時常會仁慈地中斷我們的記憶。

異常現象開始時，諾里斯喚醒了我。他輕輕地搖晃我的身體，叫我聽群貓的動靜，將我拉出同一個恐怖噩夢。能聽見的響動不可謂不多，因為緊閉大門外的石階盡頭吵得可怕，幾隻貓不停嚎叫和抓撓，尼格爾曼對在門外的同類置之不理，而是激動地沿著光禿禿的石牆跑來跑去，我聽見從石牆裡傳來了嘈雜的鼠群奔跑聲響，與昨天夜裡驚擾我的聲音一模一樣。

我心中升起了一種劇烈的恐懼，因為這是正常原因不可能解釋的離奇怪事。這些老鼠，假如不是只有我和群貓共同罹患的瘋病的產物，那就肯定在羅馬人留下的石牆裡挖洞和奔跑，但我以為這些石牆是堅實的石灰岩質地……也許水流在一千七百多年裡侵蝕出了蜿蜒曲折的通道，齧齒類動物繼而啃噬和擴大……但即便如此，怪異的恐怖感覺依然沒有減退，因為假如牠們是活生生的害獸，那麼諾里斯為什麼沒有聽見牠們令人作嘔的騷動聲響呢？他為什麼只叫我看尼格爾曼的異常舉止和聽群貓在外面弄出的響動？又為什麼還在胡亂瞎猜是什麼驚擾了牠們？

我盡可能理性地組織語言向他講述我認為聽見了什麼，這時候我的耳朵告訴我鼠群飛奔的聲音正在漸漸遠去，退向地底比下層地窖最深處還要深得多的地方，到最後我覺得腳下的整個懸崖裡都裝滿了四處覓食的老鼠。諾里斯不像我預計中那樣懷疑我，而是似乎備受震撼。他提醒我注意，門口群貓的鬧騰已經停止，牠們像是放棄了早就遠去的老鼠，而尼格爾曼卻爆發出新一輪的躁動，瘋狂抓撓房間中央巨石祭壇底部的邊緣，那裡相比之下更靠近諾里斯的沙發。

此時我對未知事物的恐懼已經非常巨大。某種令人震驚的事情已經發生，我望著比我年輕、健壯也自然更不信鬼神的諾里斯上尉，他顯然和我一樣深有所感——或許是因為他從小就知道本地的各種傳說，有著身臨其境的熟悉感。我們有好一陣完全無法動彈，只能呆望老黑貓懷著逐漸衰退的熱情抓撓祭壇底部，牠偶爾抬頭對我喵喵叫，這是牠希望我幫牠做事的信號。

諾里斯拿起提燈湊近祭壇，仔細查看尼格爾曼正在抓撓的地方，他輕手輕腳地跪下，扒開幾百年來將前羅馬時代的巨石與拼花地磚連接在一起的地衣。他沒有發現任何東西，但就在他即將放棄努力的時候，我注意到了一個微小的細節，雖然它的含義沒有超出我已經猜想到的事情，但依然讓我不寒而慄。我告訴了他，我們兩人注視著它幾乎微不可察的表象，這個發現讓我們目不轉睛地看得入迷。其實非常簡單，只是放在祭壇旁的提燈的火焰在氣流吹拂下微弱但確鑿地輕輕閃動，而氣流無疑來自地板與祭壇之間被刮開地衣後露出的縫隙。

我們在燈光通明的書房度過了那個夜晚餘下的時間，緊張地討論下一步應該採取什麼行動。在這座受詛咒的府邸底下，居然還存在比已知最深的羅馬人修建的巨石祭壇還要更深的洞窟，三個世紀以來，好奇的古文物專家甚至沒有懷疑過這樣的地下室有可能存在，即便沒有那些陰森恐怖的背景故事，僅僅這個發現本身就足夠令人激動了。考慮到目前的情況，它的魅惑力又增加了一倍。我們有些猶豫，不知是該聽從迷信的告誡，放棄我們的探索，永遠離開隱修院，還是應該滿足我們對冒險的渴望，用勇氣戰勝在未知深處等待我們的所有恐怖。天亮時我們得出了折中的結論，決定去倫敦召集一組適合研究這個謎團的考古學家和科研人員。有一點需要說明一下，那就是我們在離開下層地窖前，曾徒勞地嘗試過移動房間中央的祭壇，我們認為那是通往無可名狀的恐怖深淵的大門。需要什麼樣的祕訣才能打開這扇門？這個問題就留給比我們更聰明的人去解答吧。

諾里斯上尉和我在倫敦待了許多天，向五位聲名顯赫的權威展示我們掌握的事實、推斷和民間傳說，假如在未來的探索中發現了什麼家族祕密，這些值得信賴的學者也會表示尊重。他們大多數人沒有一笑置之，反而表現出了強烈的興趣和真誠的共鳴。我沒必要列舉他們所有人的姓名，但請允許我強調威廉・布林頓爵士也在其中，他在特羅阿德主持的挖掘工作曾震驚了整個世界。我們一同搭乘火車前往安徹斯特，我感覺自己站在了某些恐怖真相的邊緣上。恰逢世界另一側美國總統意外逝世，瀰漫在許多美國人之間的哀悼氣氛似乎也是這種感覺的象徵。

八月七日傍晚，我們來到艾克漢姆隱修院，僕人向我保證最近沒有發生任何不尋常的事情。群貓始終溫和平靜，連老貓尼格爾曼都不例外，府邸內沒有任何一個捕鼠夾彈起來過。我們計畫從第二天開始探險，我請諸位客人住進布置好的房間，然後回到自己的塔樓臥室休息，尼格爾曼依然趴在我的腳上。我很快就睡著了，但駭人的噩夢糾纏著我。我夢到彷彿特力馬喬舉辦的那種羅馬盛宴，帶遮蓋的大盤裡擺放著某種恐怖之物。緊接著又是那個重複出現的該死噩夢，豬倌在微光映照的洞窟驅趕汙穢的牲畜。不過，我醒來時天色已經大亮，底下的屋子裡傳來日常生活的聲音。老鼠，無論是活物還是鬼怪，都沒有來打擾我，尼格爾曼也睡得非常香甜。下樓的時候，我發現同樣的靜謐籠罩著所有地方。但是，我們召集來的一位學者——名叫桑頓，專門研究心靈學——卻頗為荒謬地聲稱這個情形只是某些力量存心呈現給我看的。

一切準備就緒，上午11點，我們一行七人帶著大功率電子探照燈和挖掘工具走進下層地窖，然後從房間裡鎖上了地窖的大門。尼格爾曼跟著我們，因為研究人員都認為牠的應激反應不容忽視，而且我們也希望有隻貓陪在身邊，免得在黑暗中遇到成群結隊的齧齒類害獸。我們只是短暫地看了幾眼羅馬時代的銘紋和陌生的祭壇圖案，因為有三位學者已經見過它們，其他人也很熟悉它們的特徵。我們將注意力主要放在巨大的中央祭壇上，不到一個小時，威廉．布林頓爵士就找到辦法讓它向後翹起，用我不熟悉的某種配重機制保持平衡。

若不是我們早就做好準備，出現在眼前的恐怖景象足以嚇得我們手足無措。拼花地板上打開一個近乎正方的洞口，底下的石階磨損得非常厲害，中間部分已經近乎於一道坡面，駭人地堆積著人類或類人生物的骨頭。有一些骨架還沒散開，呈現出驚恐萬狀的姿勢，齧齒類動物啃噬的痕跡隨處可見。從頭骨可以推斷出，這些生物是患有嚴重呆小症（注）的低能人類或原始的半猿動物。遍布骸骨的恐怖石階之上是一條向下的拱形通道，它似乎是在山岩中開鑿出來的，有一股氣流從中徐徐送出。那不是封閉地窖突然被打開時湧出的惡臭氣流，而是帶著一絲新鮮氣息的涼爽微風。我們沒有猶豫太久，而是顫抖著開始在石階上清理道路。威廉爵士仔細研究通道的牆壁，得出一個非常怪異的結論，根據鑿痕的方向來看，通道是從下而上開鑿出來的。

現在我必須非常謹慎，再三斟酌我的用詞。

在被老鼠啃咬的骸骨中走下幾級臺階後，我們發現前方有亮光，不是捉摸不定的磷光，而是從外面透進來的陽光，只可能來自俯瞰荒谷的峭壁上不為人知的縫隙。沒有人注意到這些縫隙也不足為奇，因為山谷裡完全無人居住，懸崖高而向外突出，只有乘坐航空器才有可能看清峭壁的立面。又走了幾級臺階，我們見到的景象奪走了我們的呼吸能力。心靈學調查員桑頓當場昏厥，倒在身旁同樣頭暈目眩的夥伴的懷裡。諾里斯紅潤豐滿的面頰變得蒼白而鬆弛，口齒不清地連聲驚呼。我記得我遮住雙眼，不是猛然吸氣就是從齒間擠出嘶嘶的聲音。我背後的男人，隊伍中唯一比我年長的學者，沙啞地喊出一聲了無新意的「上帝啊！」，我從來沒聽見過這麼沙啞的聲音。在七位有教養的紳士之中，只有威廉．布林頓爵士保持住了鎮定，更加值得敬佩的是隊伍由他帶領，因此首先目睹這一幕景象的就是他。

這是一個微光映照、洞頂極高的洞窟，延伸到視線有可能容納的範圍之外，這是一個充滿了無限神祕和恐怖意味的地底世界。這裡有房屋和其他建築物的殘骸。我驚恐地掃視一眼，見到了形狀怪異的墳塚、原始的巨石陣、低穹頂羅馬神廟的廢墟、蔓生的薩克遜式建築群和英格蘭早期的木質大屋。但是，比起地面上呈現出的恐怖景象，所有這些都渺小得不值一提。從石階前幾碼的地方開始，令人瘋狂地鋪展著彼此糾結的無數骨頭，它們來自人類，或者至少和石階上那些一樣類似人類。它們綿延伸展，猶如泛著白沫的海洋，有些骨架已經散開，有些依然完整或部分關節還彼此相連。較為完整的那些無一例外地呈現出恐怖的狂亂姿態，不是正在抵抗某種威脅，就是緊抱著其他骨架，表現出啃咬同類的意圖。

人類學家特拉斯克博士蹲下為頭骨分類，這些退化生物的混雜讓他徹底陷入了困

注　即先天性甲狀腺低能症。

惑。從演化角度衡量，它們絕大多數比皮爾當人更加低級，但無疑都已經進入了人類的範疇。許多個體的演化階段較高，少數一些甚至屬於高度發達、擁有智慧的品系。所有骨頭都被啃噬過，大部分齒痕來自鼠類，但也有其他半人類留下的。這些骨骼中還有許多齧齒類動物的細小骸骨——那部古代史詩結尾時現身的致命大軍中失足跌死的成員。

真不知道我們之中有誰經歷了這一天的恐怖發現後還能神智健全地生活下去。就連霍夫曼（注1）和於斯曼（注2）也構思不出比我們七人踉蹌穿行的微光洞窟更加瘋狂和不可思議、更加癲狂和惹人厭惡、更加哥德和光怪陸離的景象。每個人的每次磕絆都會帶來新的啟示，我們盡量暫時不去思考三百年、一千年、兩千年甚至一萬年前的這裡曾發生過什麼事情。這裡就是地獄的前廳，特拉斯克說有些骨骼的主人經歷了二十甚至更多代的繁衍，已經變成了四足行走的動物，可憐的桑頓聞言再次昏厥過去。

我們嘗試分析建築物的殘骸，一層又一層的恐怖疊加在我們心頭。那些四足行走的動物和時而加入其中的兩足種類，它們曾經被關在石砌的獸欄裡，直到最後因為飢餓或對老鼠的恐懼而陷入譫妄，終於衝破獸欄逃了出來。它們曾經有幾大群，靠粗劣的蔬菜養肥，這裡有幾座比羅馬還要古老的巨型石砌料倉，在底部還能找到這種噁心飼料的殘餘物。我現在知道我的祖輩為何需要那麼大的花園了——真希望我能忘記啊！至於這些牲畜的用途，我根本不必思考。

威廉爵士手提探照燈站在羅馬建築的廢墟裡，大聲翻譯我這輩子聽過的最駭人聽聞的禱詞，講述崇拜庫柏勒的祭司發現並混入本身信仰的遠古異教的餐食習慣。諾里斯雖然上過戰場，但走出那幢英格蘭建築物時連路都走不穩了。那裡是屠宰場和廚房，即使他早有預料，但見到熟悉的英式廚具出現在這麼一個地方，見到近至一六一〇年的英語塗鴉，那種感覺實在超出了忍耐。我無法走進那幢建築物，因為正是我的祖先沃爾特・德・拉・坡爾用匕首終結了那些惡魔般的行徑。

我壯著膽子走進低矮的薩克遜建築物，它的橡木大門已經脫落，我在這裡見到了一排恐怖的石砌牢房，牢房共有十間，欄干鏽跡斑斑。三間牢房裡曾關有牲畜，骨骼全屬於演化程度較高的人類，其中之一的食指骨頭上套著一枚印章戒指，而戒指上刻著我們家族的盾徽。威廉爵士在羅馬禮拜堂的底下發現了一個地下室，裡面的牢房要古老得多，但那些牢房都空著。牢房之下是個低矮的地窖，裡面有幾箱排列整齊的骨骼，部分箱子上刻著類似的可怖銘文，文字包括拉丁語、希臘語和弗里吉亞語。與此同時，特拉

注1 恩斯特・特奧多爾・威廉・霍夫曼（Ernst Theodor Wilhelm Hoffmann，1776～1822），筆名E・T・A・霍夫曼，德國浪漫主義作家、法學家、作曲家、音樂評論人。作品多神祕怪誕，以誇張手法對現實進行諷刺和揭露，所描寫的人際關係的異化和採用的自由聯想、內心獨白、誇張荒誕、多層次結構等手法與後來的現代主義文學有很深的淵源。

注2 若利斯・卡爾・於斯曼（Joris-Karl Huysmans，1848～1907），法國頹廢派作家，藝術評論家，早期作品受到當時自然主義的影響，多傾向於個人和暴力。

斯克博士已經打開了一個史前墳塚，取出的頭骨比大猩猩稍微更像人類一點，上面刻著難以形容的象形文字。我的貓泰然自若地在所有這些恐怖物品之間漫步。我甚至看見牠駭人地蹲坐在白骨壘成的小山上，真不知道牠那雙黃色的眼睛背後隱藏著什麼祕密。

對這片微光區域（它一再以可怕的預兆形式出現在我的噩夢中）蘊含的恐怖略有認識之後，我們將注意力轉向從懸崖縫隙漏進來的亮光無法穿透的洞窟深處，那裡猶如午夜一般漆黑，似乎是沒有邊界的深淵。我們永遠也不可能了解有何等暗無天日的幽冥世界等待在我們走過的一小段距離之外，因為我們認為那種祕密不適合人類知曉。但近在咫尺的距離內已經有許多東西能夠吸引我們的視線了，因為我們還沒走多遠，探照燈就照亮了被詛咒的無數深坑，老鼠曾在其中享用盛宴，突如其來的食物短缺讓貪婪的齧齒類大軍首先撲向飢腸轆轆的牲口群，繼而從隱修院湧上地面，造成了附近村民至今依然記得的那場浩劫。

上帝啊！這些令人作嘔的黑暗深坑堆積著被鋸斷剔淨的長骨和敲破倒空的頭骨！噩夢般的裂隙歷經無數個瀆神的世紀，填充著積累的猿人、凱爾特人、羅馬人和英國人的骸骨！其中一些已被塞滿，誰也說不清它們究竟有多深；另一些連我們的探照燈都照不到底，棲息著無可名狀的幻想。我不禁心想，在黑暗中探索陰森的地域深淵時不幸跌進這種深坑的老鼠會有什麼下場呢？

我在一個恐怖深坑的坑口失足滑倒，一時間陷入了狂躁的恐懼。我肯定已經走神了很長時間，因為除了矮胖的諾里斯上尉，探險隊的其他成員都不在視線之內。就在這時，更遠處漆黑的無涯深處響起了一種似曾相識的聲音，我看見老黑貓從我身旁躥了過去，彷彿長著翅膀的埃及神祇般，徑直衝向未知的無盡深淵。我立刻跟了上去，因為第二個聲音驅走了全部的懷疑。那是食屍鬼誕下的老鼠疾跑時發出的陰森足音，牠們永遠在尋覓新的恐怖，決心將我引向地心深處咧嘴獰笑的洞窟，那裡有瘋狂的無面之神奈亞拉托提普，在兩個無定形也無智力的吹笛手伴奏下盲目號叫。

我的探照燈熄滅了，但我依然在奔跑。我聽見有人交談，聽見哀號，聽見回音，但蓋過它們的是一種越來越響的聲音：褻瀆神聖、陰森恐怖的鼠群疾跑聲，慢慢地越來越響、越來越響。浮腫的僵硬屍體緩緩浮出油膩的河流，河流穿過數不清的縞瑪瑙石橋，匯入散發腐臭的黑暗海洋。有什麼東西撞到我——柔軟而肥胖的東西。肯定是老鼠，黏膩、貪婪的凝膠狀大軍，無論屍體還是生者都一概吞噬……既然德．拉．坡爾家族的成員可以吃禁忌之物，老鼠為什麼不能吃德．拉．坡爾家族的成員？……戰爭吞噬了我的孩子，他們都該死……北方佬用火焰吞噬了卡爾法克斯，燒死德．拉．坡爾祖父，焚毀那個祕密……不，不，我告訴你，我不是微光洞窟中的惡魔豬倌！肥軟如海綿的牲畜沒有長著愛德華．諾里斯的胖臉！誰說我是德．拉．坡爾家族的後代！他活著，而我的孩子死了！……為什麼德．拉．坡爾家族的土地會落在諾里斯家族成員的手上？……那是巫毒，我告訴你……帶花斑的蛇……我詛咒你，桑頓，聽我說我的家族都幹了什麼，叫你昏厥過去！……Sblood, thou stinkard, I'll learn ye how to gust……wolde ye swynke me thilke wys? ……Magna Mater! Magna Mater! ……Atys……Dia ad aghaidh's ad aodann……agus bas dunach ort! Dhonas's dholas ort, agus leat-sa!（注）……啊……啊……唔……哧哧……

據說這就是三小時後他們在黑暗中找到我時我說的話。他們找到我時，我正趴在諾里斯上尉那被啃食了一半的肥胖身體上，我的貓跳來跳去，撕扯我的喉嚨。後來他們炸毀了艾克漢姆隱修院，從我身邊奪走尼格爾曼，將我關進漢威爾瘋人院的鐵籠房間，心懷畏懼地悄聲討論我的家族遺傳和人生經歷。桑頓就在我隔壁的房間裡，但他們禁止我和他交談。他們還盡量隱瞞了有關隱修院的絕大多數事實。每次我提起可憐的諾里斯，他們就會指責我犯下了不可饒恕的凶殘罪行，但他們肯定知道那不是我做的。他們肯定知道其實是老鼠。那些竄動疾跑的老鼠，牠們的腳步聲讓我永遠無法入睡。那些惡魔般的老鼠，在房間牆壁的軟墊背後飛奔，牠們召喚我深入比我知曉的更加巨大的恐怖。那些他們無論如何也聽不見的老鼠。老鼠，牆中之鼠。

注 這段文字使用了歷史上不同時期的語言，意思分別是：神血在上，汝這臭豬，待吾教爾等享受這滋味（十七世紀英語）……爾當如此為我獻身！（中世紀英語）……大母神！大母神！……阿提斯……神厭憎你並詛咒你……願死亡的陰霾籠罩你……邪惡和哀痛降臨在你身上！（古蓋爾語）

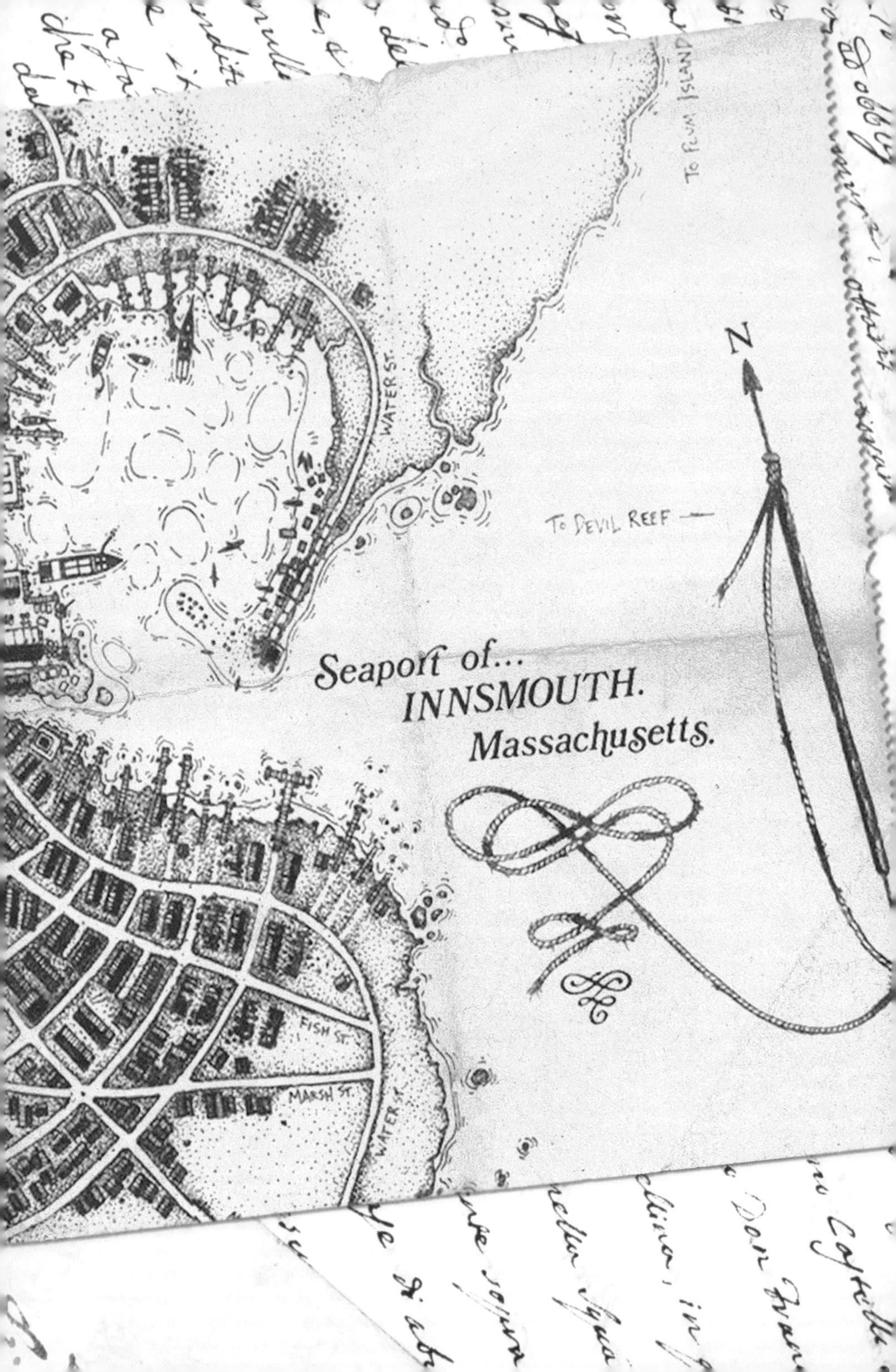
TO PLUM ISLAND
WATER ST.
TO DEVIL REEF —
N
Seaport of...
INNSMOUTH.
Massachusetts.
FISH ST.
MARSH ST.
WATER ST.

SOUTHWICK ST.
PIERCE ST
MARTIN ST.
CHURCH ST.
ROWLEY RD.
BANK
FALLS
FALLS
FALLS
PAINE
STATE
BABSON ST.

印斯茅斯小鎮的陰霾

1

一九二七年末至一九二八年初的那個冬天，針對麻薩諸塞州古老海港印斯茅斯的某些特定情況，聯邦政府的官員展開了一場奇異的祕密調查。公眾最早得知此事時已是二月。當月，政府發動了一系列大規模的搜查和逮捕，接著在採取了適當的防護措施後，有計畫地焚燒和爆破了廢棄碼頭附近的海量房屋，這些房屋本就行將坍塌、蛀痕累累，按理說應該無人居住。缺乏好奇心的普通人並沒有把這件事放在心上，認為它無非是時斷時續的禁酒戰爭中的一場重大衝突。

但心思更敏銳的報刊讀者卻有所疑慮，因為受到逮捕的人數多得出奇，投入行動的執法人員同樣多得異乎尋常，而囚犯的處理措施則嚴格保密。沒有審判的消息見報，甚至沒有提出明確的指控，也沒有人在全國上下的普通監獄中見過任何一名被捕人員。坊間有一些關於疫病和集中營的模糊報導，後來又有囚犯被分散關進海軍和陸軍監獄的說法，但沒有形成任何定論。印斯茅斯事後幾乎荒無人煙，直到最近才逐漸顯露出緩慢復甦的跡象。

多個自由主義組織發表抗議，政府還以漫長的閉門討論，並請代表前往某些集中營和監獄參觀。結果，這些團體變得異乎尋常地消極和沉默。新聞記者雖然更難對付，但最後大部分人還是與政府合作了。唯獨一家小報稱有一艘深海潛水艇朝緊鄰惡魔礁的海底深淵發射了數枚魚雷，但他們的辦報方針荒誕不經，因此向來不受重視，而這條消息又是在一個水手聚集的場所偶然收集到的，顯得似乎更加牽強附會，因為從那片黑色礁岩到印斯茅斯港足有1.5英哩的距離。

附近鄉村和城鎮的居民在私底下有諸多說法，但極少向外部世界開口。他們議論印斯茅斯的死亡和凋零荒蕪已近一個世紀，近期流傳的風言風語不可能比他們多年前轉彎抹角悄聲暗示的事情更加瘋狂和醜惡。許多例子教會了他們保守祕密，因此現在根本不需要施加額外的壓力。另外，他們知道的實際上並不多，因為印斯茅斯荒涼而人口稀少，與內陸之間又隔著寬闊的鹽沼地，擋住了附近居民的腳步。

然而，最終我還是決定要打破對此事保持緘默的禁忌。政府在印斯茅斯的行動非常徹底，假如稍微透露一下在那些駭人的掃蕩中究竟發現了什麼，我確信除了會引起公眾的震驚和厭惡之外，不可能造成任何真正的傷害。再說，發現的情況很可能擁有不止一種解釋。我自己也不知道我對整件事情到底了解多少，諸多原因打消了我深入探究的願望。我與整個事件的聯繫比其他任何一名局外人都要緊密，烙刻在我心靈上的印象直到今天依然迫使我採取種種激烈的預防措施。

一九二七年七月十六日清晨，正是本人發瘋般地逃出印斯茅斯，也正是本人驚恐地懇請政府著手調查和採取行動，從而引出了後來見諸報端的整個事件。情況剛發生、尚無定論的時候，我更願意保持沉默。但現在它已經成了陳年舊事，公眾的興趣和好奇早就消散，我有一種怪異的渴望，想要吐露我在那個被刻毒謠言和邪惡陰霾籠罩、充斥著死亡和瀆神怪物的海港度過了多麼恐怖的短短幾個小時。僅僅講述此事就足以幫助我對自己重拾信心，可以安慰我，讓我知道我並不只是第一個屈服於傳染性噩夢幻境的凡人，也能幫助我下定決心，在面臨恐怖抉擇時邁出關鍵的一步。

在那天第一次見到也是到目前為止最後一次見到印斯茅斯時，我從未聽見過這個地名。當時我在遊覽新英格蘭，觀光、訪古和追溯家族譜系，慶祝自己的成年，我計劃從古老的紐伯里波特直接前往我母親家族繁衍生息的阿卡姆。我沒有汽車，而是一路搭乘火車、電車和公共汽車，總在尋找最省錢的路線。紐伯里波特的居民告訴我，去阿卡姆必須搭乘蒸汽火車。來到火車站的售票室，高昂的價格讓我望而卻步，這時我得知了印斯茅斯的存在。售票員身材矮胖，一臉精明，聽口音不是本地人，對我力圖節省開支的做法表示感同身受，提出了我諮詢的其他人都沒有提到過的建議。

「要我說，你可以搭舊班車，」他神色中帶著某種猶豫，「但附近的居民都不會考慮它。它途經印斯茅斯——你大概聽說過這個地名——所以人們不喜歡它。經營者是個印斯茅斯人，喬．薩金特，但在這裡拉不到客人，我猜在阿卡姆也一樣。真不知道它為什麼還能經營下去。估計是因為足夠便宜吧，但我從來沒見過車上超過兩、三個人——只有印斯茅斯本鎮人才肯上車。每天上午十點和傍晚七點從廣場發車，哈蒙德藥店門口，除非最近改了時間。破車看上去能顛散骨頭，我從來沒上去過。」

這是我第一次聽說被陰霾籠罩的印斯茅斯小鎮。聽見別人提到普通地圖沒有標注或近期出版的導遊書未曾列出的小鎮總會勾起我的興趣，而售票員話裡有話的古怪暗示激起了我真正的好奇。我心想，一個小鎮能夠在附近引起這麼強烈的厭惡情緒，它肯定有什麼異乎尋常之處，值得遊客前去一探究竟。假如去阿卡姆的路上會途經它，那我就下車去看一看。於是我請售票員給我講講這個地方。他表現得似乎早有準備，言語間帶著一絲居高臨下的感覺。

「印斯茅斯？唔，那是個古怪的鎮子，位於馬努克賽特河的入海口。曾經繁華得像個城市，一八一二年戰爭前是個相當忙碌的港口，但在過去一百來年裡完全垮掉了。現在沒有火車經過，波緬鐵路根本不考慮那個方向，從羅利去的支線列車也停開好些年了。

「我猜鎮上空置的房屋比活人還要多，除了捕魚和捉龍蝦，完全沒有值得一提的產業。居民都在這兒、阿卡姆或伊普斯威奇買賣東西。他們曾經有不少工坊，但現在都歇業了，只剩下一家黃金精煉廠還在苟延殘喘。

「不過，那家精煉廠曾經是一家大公司，廠主馬許老先生肯定比克羅伊斯還有錢。

但老傢伙性格古怪，一天到晚待在家裡。他晚年好像得了什麼皮膚病，要麼據說哪兒畸形了，所以根本不出來見人。他爺爺是歐畢德．馬許船長，這家公司的創始人。他母親好像是什麼外國人，據說是個南海島民，所以五十年前他和一個伊普斯威奇姑娘結婚的時候，所有人鬧得那叫一個沸沸揚揚。大家對印斯茅斯居民總是這樣，我們鎮上和附近的居民都要努力掩飾身上的印斯茅斯血統。但我見過馬許的兒孫，看起來和其他人沒什麼不一樣。他們來這兒的時候，有人指給我看過——說到這個，似乎很久不看見他比較年長的幾個孩子了。老先生本人我一次也沒見過。

「為什麼大家這麼不喜歡印斯茅斯？唉，年輕人，你可千萬別把這附近的人說的話太當回事。他們很難接受任何觀念，但一旦接受了就會死咬住不鬆口。他們一直在傳印斯茅斯的閒話——大多數人只是在私底下說——已經傳了能有上百年吧，我覺得他們倒不是有別的什麼想法，最主要的還是害怕。有些故事你聽了肯定會發笑，說什麼馬許船長和惡魔做了交易，將小魔鬼帶出地獄，來到印斯茅斯生活，還說一八四五年前後，有人在碼頭地區撞見了什麼惡魔崇拜儀式和可怕的祭祀活動——但我來自佛蒙特州的潘頓，這種故事可嚇不倒我。

「不過呢，你還是應該聽一聽老人家怎麼說離海岸有段距離的那塊黑色礁石——他們管它叫惡魔礁。大多數時候它都露在海面上，就算被淹也不會沒得太深，但既然會被淹，那就沒法叫島了。據說有時候能在那兒看見一整群的惡魔——要麼懶洋洋地躺著，要麼跑進跑出靠近礁石頂部的一些洞穴。那塊礁石起伏不平，形狀不怎麼規則，離岸邊足有1海哩多，海運鼎盛期快結束的時候，水手寧可兜大圈繞遠路，也不願意靠近它。

「我指的是來自印斯茅斯以外的水手。他們特別討厭馬許船長，原因之一是據說有時候他會趁夜裡潮位低的時候登上那塊礁石。也許他真的去過，因為有一點我敢打包票，就是那塊礁石的構造非常有意思，說不定他在找海盜的寶藏，搞不好還真被他找著了，但別人都說他和那兒的魔鬼有來往。其實呢，要我說，壞名聲是老船長傳給那塊礁石的。

「這些都是一八四六年大瘟疫之前的事情，瘟疫帶走了印斯茅斯的一大半居民。人們一直沒搞清楚到底出了什麼事，不過多半是海船從中國或其他什麼地方帶來的陌生疾病。情況非常糟糕，爆發了不止一次騷亂，還有各種各樣恐怖的暴行，但消息沒有流傳到鎮子外面來。劫難後的印斯茅斯簡直一塌糊塗，而且再也沒有恢復過來。如今頂多只有三、四百人還住在那兒。

「但附近居民那種態度的原因其實很簡單，只是純粹的種族偏見——當然了，我也不會責怪抱著偏見的那些人。我自己同樣討厭印斯茅斯的居民，同樣不願意去他們鎮上。聽口音我猜你是西海岸人，但你應該知道以前曾有很多新英格蘭的海船去非洲、亞洲、南海等各種地方的偏僻港口做生意，他們時常會帶回來一些稀奇古怪的人種。你大概聽說過有個賽勒姆人帶了個中國老婆回家，你也許知道科德角有個什麼地方住著一群斐濟島民。

「對，印斯茅斯人肯定有類似的什麼古怪血統。沼澤和溪流把那地方完全和附近的村子隔開，我們不太確定事情的前因後果，但有一點很清楚，二〇、三〇年代的時候馬許船長有三條船跑遠洋運輸，肯定帶回來了一些亂七八糟的人種。印斯茅斯現在的居民絕對有什麼地方不對勁——我不知道該怎麼解釋，總之就是你見了保證會毛骨悚然。你去乘薩金特的公共汽車就會注意到一些特徵。他們有些人的腦袋窄得奇怪，鼻梁扁平，眼睛凸出，直勾勾盯著你，似乎永遠不會閉上，他們脖子兩側全都是褶子或者皺皮。還有啊，他們年紀輕輕就禿了，年紀越大越難看——說起來，我好像從沒見過他們那兒真正的老人。估計鏡子照著照著就把自己嚇死了！連動物都討厭他們——汽車出現之前，他們那兒經常鬧出馬匹受驚的麻煩事。

「無論是這兒還是阿卡姆或伊普斯威奇，居民都不願意和他們扯上任何關係，他們來我們鎮上或其他人去他們那兒打魚的時候，他們也總是表現得非常冷漠。說來也奇怪，印斯茅斯港的漁汛永遠那麼好，而其他地方根本什麼都打不到——但你千萬別動去那兒打魚的念頭，否則你看他們怎麼攆你！他們以前會坐火車來這兒——支線列車取消後，他們先走到羅利，然後再坐火車——但現在他們只坐公共汽車了。

「對了，印斯茅斯有一家旅館，叫吉爾曼旅店，但恐怕不是什麼好去處。我可不建議你住。你最好在這兒過夜，搭明早10點的公共汽車去印斯茅斯，然後坐晚上8點的夜班車去阿卡姆。前兩年有個工廠檢查員住過吉爾曼，他對那地方說了許多不怎麼令人愉快的話。他說那兒住著一群奇怪的人，因為他聽見其他房間裡有人說話——不過大多數房間都空著——說話的聲音嚇得他直打哆嗦。他覺得他們說的是外國話，但真正可怕的是一個偶爾開口的聲音。聽起來特別不正常，像是液體噴濺的聲音，他甚至不敢脫衣服和睡覺，而是睜著眼睛坐在那兒，天一亮就奪門而出了。他說那些人交談了一整夜。

「那傢伙叫凱西，他對印斯茅斯人如何盯著他和似乎戒心重重有很多說法。他在一個偏僻的地方找到了馬許精煉廠，是個古老的作坊，位於馬努克賽特河的下游。他說的話完全符合我聽說的情況。帳記得很糟糕，沒有任何清楚的交易明細。你要知道，馬許家精煉的那些黃金的來路一直是個謎。他們似乎不怎麼採購，但多年前發出過大量的金錠。

「以前有人說他們有一種古怪的外國珠寶，水手和精煉廠的工人偶爾會在私底下出售，別人也在馬許家女人的身上見過一、兩次。大家猜測大概是歐畢德老船長從什麼野蠻人的港口換來的，尤其因為他經常成批訂購玻璃珠和小飾品，就是遠洋船員拿去和土人交易的那種東西。也有人認為他在惡魔礁上發現了古老的海盜寶藏，到現在還有人這麼認為。但有一點很有意思。老船長過世已經六十年了，內戰結束後連一艘像樣的大船都沒從那兒出發過，但馬許家的人還是在少量地訂購和土人交易的那些東西，據說主要是玻璃和橡膠做的便宜貨。搞不好就是印斯茅斯人自己喜歡戴著玩兒呢，天曉得他們是不是已經快變成南海食人族和幾內亞野人了。

「一八四六年大瘟疫肯定消滅了那地方最像樣的血統。總而言之，他們現在成了非常可疑的一群人，馬許家還有其他有錢人也好不到哪兒去。就像我說過的，整個鎮子別看有那麼多街道，但居民頂多只有四百來號。我猜他們就是南方人所謂的『白種垃圾』吧，無法無天，奸詐狡猾，搞各種各樣的祕密勾當。他們打上來的魚和龍蝦多得要用卡車往外運。你說奇怪不奇怪，魚只往他們那兒跑，別的地方連影子都見不著。

「誰也弄不清楚他們到底都是些什麼人，州政府教育部門和普查人口的職員氣得要死。猜也猜得到，伸頭探腦的陌生人在印斯茅斯肯定不受待見。我聽說不止一次有生意人或政府人員在那兒失蹤，還有傳聞說一個人去過以後就瘋了，如今關在丹佛斯精神病院。他們肯定把那傢伙嚇得不輕。

「所以啊，假如我是你，絕對不會選晚上去印斯茅斯。我本人沒去過也不打算去，但我覺得還是白天去更好，而且這附近的人一定會勸你乾脆別去。不過呢，假如你喜歡觀光，想看點舊時代的東西，印斯茅斯倒是挺合適你。」

就這樣，我在紐伯里波特的公共圖書館度過了那個晚上，查找有關印斯茅斯的各種資料。我在商店、餐廳、修車鋪和消防站試圖向本地人打聽情況，卻發現比售票員估計的還要難以撬開他們的嘴巴，最後終於意識到我不該浪費時間去勸說他們克服出於本能的沉默。他們有一種難解的疑心，就好像一個人對印斯茅斯太感興趣就肯定不怎麼對勁。我去基督教青年會過夜，職員只是勸我不要去那麼一個陰沉衰敗的地方，圖書館的工作人員也表露出了相同的態度。很顯然，在受過教育的人士眼中，印斯茅斯僅僅是個文明過度衰落的典型實例。

圖書館書架上的埃塞克斯郡史裡沒有多少資料，只說印斯茅斯鎮建於一六四三年，獨立戰爭前因造船業而聞名，十九世紀初曾是個繁榮的海港，後來以馬努克賽特河為動力，形成了一個小型工業中心。郡史對一八四六年的瘟疫和騷亂一筆帶過，就好像它們使得全郡蒙羞似的。

郡史對小鎮衰敗的前因後果同樣鮮有提及，但較晚時期一些檔案的重要性卻毋庸置疑。內戰結束後，印斯茅斯的工業只剩下了馬許精煉廠，除了自古以來從事的捕魚業，金錠銷售成了全鎮唯一的貿易活動。隨著食品價格降低和大企業涉入競爭，捕魚業的收益變得越來越少，但印斯茅斯港附近從來不缺乏漁汛。極少有外國人在印斯茅斯定居，但某些經過精心掩飾的證據表明，曾有相當數量的波蘭人和葡萄牙人做過嘗試，最終卻以異常激烈的方式落荒而逃。

最值得玩味的是一條簡略的附注，說的是與印斯茅斯有著隱約聯繫的那種怪異珠寶。它們顯然給整個新英格蘭留下了深刻的印象，因為紀錄提到阿卡姆的米斯卡托尼克大學博物館和紐伯里波特歷史協會的陳列室都收藏了樣本。有關這些東西的零星描述枯燥無味，卻讓我感覺到了一種揮之不去的潛在怪異感覺。它們的某些特性似乎格外怪異，撩起我的好奇心，我無法將它們趕出腦海，儘管時間已經頗晚，但我下定決心，只要還有可能安排，我就要看一眼本地收藏的樣本。據稱那是一件大型珠寶，比例古怪，應該是一頂冕飾。

圖書管理員為我寫了張字條給歷史協會的物品管理人安娜・提爾頓小姐，她就住在附近，經過一番簡單的解釋，由於時間還不算晚得失禮，這位年長而和藹的女士就領我走進了已經閉館的陳列室。藏品本身確實值得一看，但當時的情緒使得我無心欣賞其他物品，眼裡只容得下角落立櫃裡在燈光下熠熠生輝的那件怪異珠寶。

來自異域的華麗珠寶如夢似幻，擱在紫色天鵝絨襯墊上，我不需要有特別敏感的知覺也能領會到其中蘊含著超凡脫俗的怪異美感。即便到了今天，我依然難以描述我究竟見到了什麼，只能說它和記載中的一樣，確實是一頂冕飾。它前部較高，周圍寬闊但形狀奇特，像是為橢圓形輪廓的畸形頭部而設計。它的材質似乎以黃金為主，但又散發著不尋常的較淺光澤，似乎用某種同樣美麗但難以識別的金屬混成了奇特的合金。它保存得近乎完美，你可以一連幾個小時欣賞那令人驚嘆、不遵循傳統得令人困惑的花紋：有些純粹是幾何圖案，有些明顯與海洋有關。這些高浮雕花紋經雕鏤或鑄造而成，工藝精湛和優雅得難以置信。

我越是欣賞這件珠寶，就越是因其魅力而沉醉，然而這份魅力中有一種令人不安但難以界定或描述的奇特因素。剛開始我認為令我心生不安的是冕飾那超越塵世的怪異藝術特質。我見過的其他藝術品或者屬於某個已知種族或國家的流派，或者來自有意挑戰為公眾認可的所有藝術流派的現代主義，但這個冕飾與兩者都截然不同。打造它的技法早已定型，極為成熟，堪稱完美，但這種技法徹底區別於我聽說過或見識過其範例的一切流派——無論是東方還是西方、古典還是現代。這種工藝就好像來自另一顆星球。

然而，我很快就發現我的不安還有第二個很可能同樣重要的源頭，它存在於奇異花紋的圖案和數學手法蘊含的意義之中。所有圖案都隱然指向時空中遙遠的祕密和我們無法想像的深淵，浮雕那無處不在的海洋意象變得近乎險惡。這些浮雕刻畫了畸形怪狀、飽含惡意的駭人怪物——似乎是半魚半蛙的混合體——令人難以擺脫某種虛假記憶帶來的不安感覺，就彷彿它們從保持著遺傳而來的原始功能的深眠細胞與組織中喚醒了某些影像。我時而陷入幻想，覺得這些瀆神魚蛙的每一條身體輪廓都滿溢著非人類的未知邪惡的終極精粹。

提爾頓小姐講述了這個冕飾的來歷，故事簡短而無趣，與其外表相去甚遠。一八七三年，一名醉醺醺的印斯茅斯人以可笑的價錢將它抵押給斯泰特街的一家當舖，隨即在街頭爭吵中被殺。協會直接從當舖老闆手中買下它，立刻以相稱的隆重態度舉辦展覽。它被標為有可能來自東印度或印度支那，但僅僅是嘗試性的推測而已。

提爾頓小姐比較了有關其來源和現身新英格蘭的緣由的種種假說，傾向於認為這件異國珍寶來自歐畢德・馬許船長發現的海盜贓物。馬許家族得知它在協會手中後就頻繁許以高價購買，即使協會始終堅稱絕不出售，但他們直到今天依然未曾放棄努力。如此情形無疑使得提爾頓更加確信她的看法。

這位和藹的女士領我出門，表示馬許家財富來自海盜寶藏的推測在附近地區的受教人士之間頗為流行。至於她對陰霾籠罩的印斯茅斯（她從未親自去過）持有的看法，無疑是深惡痛絕於一個社群竟能在文明層面上墮落到如此地步。她還向我保證，印斯茅斯的惡魔崇拜傳聞並非完全無中生有，有一個祕密異教曾在那裡興起，吞噬了所有的正統教會。

她說那個異教名叫「大袞密教」，是一個世紀前印斯茅斯捕魚業瀕臨衰竭時自東方舶來的低劣邪教。考慮到優質魚群突然回歸且經久不衰，它能在頭腦簡單的鎮民心中扎根也實屬正常，很快就變成印斯茅斯鎮上最強大的影響力量，完全取代了共濟會，將新堂綠地的舊共濟會禮堂占作總部。

對虔誠的提爾頓小姐來說，這些就足以讓她對那個破落荒涼的古老小鎮敬而遠之了，但在我眼裡反而是又一層新的誘惑。在我對建築和歷史的興趣之外，現在又多了一份人類學方面的熱忱，我回到青年會狹小的房間裡，興奮得輾轉反側，消磨著夜晚的時光。

2

第二天上午將近10點，我拎著小提箱來到舊貿易廣場的哈蒙德藥店門口，等待前往印斯茅斯的班車。隨著班車抵達時間的臨近，我注意到左近的閒人不是沿街走向其他地方，就是鑽進了廣場另一側的理想餐廳。售票員所言非虛，當地人確實非常厭惡印斯茅斯及其鎮民。沒多久，一輛極為破舊骯髒的灰色小公共汽車沿著斯泰特街「叮叮噹噹」地駛來，拐彎後在我身旁的路邊停下。我立刻感覺到這就是我在等的班車，擋風玻璃上的模糊標牌——阿卡姆至印斯茅斯至紐伯里波特——很快證實了我的猜想。

車上只有三名乘客，都是膚色黝黑、衣冠不整的男人，他們表情陰鬱，能看出一絲年輕人的影子。汽車停穩，他們笨拙地蹣跚下車，沿著斯泰特街走遠，沉默的神態中透著一絲鬼祟。司機跟著下車，我望著他走進藥房買東西。我心想，他肯定就是售票員說的喬·薩金特，但還沒等我注意到任何細節，一波厭惡的情緒就油然而起，完全不受控制，也沒有原因。我忽然明白了，當地人不願乘坐這個男人擁有和駕駛的汽車，盡可能不造訪這麼一個人及其同胞的棲息之處，這都是自然而然的反應。

司機走出藥店，我更仔細地打量他，想搞清楚我心中厭惡感的來源。他體型瘦削，拱著肩膀，身高接近6英呎，穿破舊的藍色便服，戴一頂磨得開線的灰色高爾夫帽。他年約三十五歲，頸部兩側生著很深的古怪皺紋，不看他毫無表情的遲鈍面容，你會覺得他比實際年齡老得多。他頭部狹長，水汪汪的藍眼睛向外突出，彷彿從不眨眼，他鼻梁扁平，前額和下巴向後縮，耳朵的發育特別滯後。他長而厚的嘴唇和毛孔粗糙的暗灰色面頰上幾乎沒有鬍鬚，只有幾撮零碎的黃色稀疏捲毛；這張臉有些地方似乎不規則得離奇，像是由於皮膚病而脫落了表皮。他的雙手很大，遍布青筋，膚色呈非常不自然的灰藍色。與手臂相比，他的手指短得驚人，似乎總是彎曲緊貼巨大的手掌。他走向公共汽車，我觀察著他特殊的蹣跚步態，發現他的雙腳大得不成比例。我越是端詳他的雙腳，就越是難以想像他怎麼能買到合腳的鞋子。

讓我越發不喜歡他的是一種特別的油膩感。他顯然常在捕魚碼頭工作或閒逛，因此渾身散發著碼頭的標誌性氣味。他有什麼外國血統就是我無從猜測的了。他的怪異相貌肯定不像亞洲、波利尼西亞、地中海或黑人血統，我也看得出大家為什麼覺得他是異類。在我眼中，與其說他有異邦血統，不如說他是生物學上的退化樣本。

發現車上沒有其他乘客，我內心有些惶恐。不知為何，我不怎麼願意和這位司機單獨相處。然而，隨著發車時間的臨近，我克服了胸中的不安，跟著他上車，遞給他一張一塊錢的鈔票，嘴裡只嘟囔了四個字：「印斯茅斯。」他好奇地盯著我看了一秒鐘，然後一聲不響地找給我四十美分的零錢。我坐在離他很遠的座位上，但選擇了與他相同的一側，因為我想在行程中欣賞海岸風光。

隨著猛地一抖，破舊的汽車終於啟動，它拖著一團尾氣，「叮叮噹噹」地駛過斯泰特街古老的紅磚建築物。我望向人行道，覺察到眾人都奇怪地不願注視這輛車，至少是不願明顯地注視它。我們左轉拐上高街，車開得比剛才平穩了一些，駛過共和國早期莊嚴的古老宅邸和更古老的殖民地時期農莊，經過低谷綠地和公園河，最後開上了景色單調的漫長路程，車窗外是開闊的海岸鄉村。

陽光很好，天氣溫暖，汽車一路前行，沙地、莎草和矮小灌木叢構成的風景變得越來越荒涼。我們離開通往羅利和伊普斯威奇的公路，駛上一條狹窄的小路，這時我們離海灘已經非常近了，我隔著車窗能看清藍色的大海和普蘭姆島的沙灘。視線內沒有房屋，從道路的狀態看得出，這條路很少有車輛經過。飽經風霜的小電線桿上只有兩條電纜。我們偶爾駛過橫跨潮溝的粗糙木橋，溝壑蜿蜒深入內陸，使得這片地區更加與世隔絕。

流沙中偶爾能見到枯死的樹樁和風化坍塌的基牆，我想起我讀過的古老史料，據說這裡曾經是一片土地肥沃、居民眾多的鄉村，劇烈的變化與一八四六年的印斯茅斯瘟疫同時發生，頭腦簡單的鄉民認為它與某種邪惡的隱祕力量有著陰暗的聯繫。事實上，導致劇變的是人們大肆砍伐近海森林，這種愚蠢的行徑奪去了土壤的最佳保護，狂風吹來的黃沙得以長驅直入。

從車上漸漸看不見普蘭姆島了，我們左側只剩下一望無際的大西洋。狹窄的小路爬上陡峭的山坡，我望著前方孤寂的坡頂，車轍累累的路面在那裡與天空相接，一種怪異的不安感覺爬上心頭。就好像公共汽車將會一直向上爬升，離開正常的世界，融化在未知的上層大氣和神祕的天空裡。大海的氣味帶來了不祥的預兆，司機一言不發，他彎曲僵硬的脊背和狹窄的頭部越來越讓我厭惡。我發現他的後腦杓和面具一樣缺少毛髮，灰色的粗糙頭皮上只有幾撮零散的黃色捲毛。

公共汽車爬到坡頂，我看見了底下向外伸展的河谷，漫長的峭壁在金斯波特角達到頂點，然後轉彎拐向安妮角，馬努克賽特河在這段峭壁的北方匯入大海。遙遠的地平線上霧氣瀰漫，我只能勉強分辨出金斯波特角的模糊輪廓，海角頂端的奇異古屋是許多民間傳說的主角，但此刻更吸引我注意力的是腳下離我們比較近的景象。我意識到，我終於面對面地見到了籠罩在傳言陰霾中的印斯茅斯。

這個鎮子占地廣闊，建築密集，但透著缺少生命跡象的怪異氣氛。煙囪林立，卻連一絲煙火氣都看不見，三座油漆剝落殆盡的尖塔在海平面的映襯下孤獨聳立。一座尖塔的頂部已經開始崩塌，這座和另一座尖塔原本安裝鐘面的地方只剩下了敞開的黑色窟窿。層層疊疊的複斜屋頂和山牆沉陷下去，清晰地散發著蟲蛀和朽爛那令人不快的氣息。汽車開始下坡，我看見許多屋頂已經完全垮塌。鎮上還有一些方方正正的喬治王朝式大宅，帶有坡形屋頂、小塔樓和欄干圍築的所謂「望夫臺」。它們大都遠離海濱，其中一、兩幢似乎還保養得不錯。鏽跡斑斑、雜草叢生的廢棄鐵路從房屋之間穿過，朝著內陸方向延伸，歪斜的電線桿上不再掛著線纜，通往羅利和伊普斯威奇的舊馬車道隱約可見。

濱海之處最為衰敗，但就在那一片的正中央，我看見了一座白色的鐘樓，它屬於一幢狀況良好的紅磚房屋，看起來像是一家小型工廠。港口早已被泥沙堵塞，古老的亂石防波堤環繞著它。我逐漸辨認出幾個坐在那裡的漁民的微小身影，防波堤盡頭似乎是已經消失的燈塔的基座。河流在屏障內側沖出了一道沙嘴，我看見上面有幾個破舊的棚屋、泊岸的平底小船和零星的龍蝦簍。馬努克賽特河經過帶鐘樓的房屋，向南在防波堤盡頭匯入大海，那裡似乎是附近唯一的深水區。

到處能看見殘破的碼頭，它們從岸邊伸進大海，末端往往朽爛成難以看清的一團，最南邊的碼頭似乎衰敗得最嚴重。潮位很高，我在遙遠的海面上看見了一道長長的黑線，它幾乎沒有浮出水面，隱約透著怪異的險惡氣息。我知道那肯定就是惡魔礁。我注視著它，微妙而奇特的悸動感覺似乎在厭憎之外油然而生。說來奇怪，比起它帶給我的第一印象，這種感覺似乎更加令人不安。

我們在路上沒有遇到任何人，汽車開始經過破敗程度各自不同的荒棄農莊。我注意到有幾幢房屋尚有人居住，破布擋著損壞的窗戶，貝殼和死魚扔在凌亂的院子裡。我有一、兩次看見沒精打采的人們在貧瘠的田地上勞作或在散發腥味的灘塗上挖蛤蜊，面目似猿的骯髒孩童在雜草叢生的家門口嬉鬧。這些人比陰森的建築物更加讓我不安，因為幾乎每個人的樣貌和舉止都有幾分古怪，雖然我說不清也參不透這種感覺，但本能地心生厭惡之情。有一瞬間，這種典型體態讓我聯想起了我在某種驚恐或憂傷的情形下見過的一些圖畫，很可能是在一本書裡，但虛假記憶來得快去得也快。

汽車來到地勢較低之處，我在反常的寂靜中聽見了持續不斷的水瀑聲。油漆完全剝落的歪斜房屋變得越來越密集，林立於道路兩側，顯得比背後那片區域更像城市。前方只剩下了街景，我在一些地方看見了曾經存在的鵝卵石路面和青磚人行道。房屋顯然都已荒棄，房屋之間偶有間隙，從翻覆的煙囪和地窖的斷壁看得出那裡的建築物早已坍塌。你能想像出的最讓人反胃的魚腥味籠罩著一切。

沒多久，交叉的道路和十字路口開始出現，左側的道路通往海邊毫無掩飾的貧窮和破敗之處，而右側的道路還能看出幾分往昔的繁華。我到現在還沒有在鎮上見到任何人，但能從各種跡象看出這裡還居住著稀少的人口，時而有窗戶掛著簾幕，偶爾有破舊的汽車停在路邊。馬路和人行道的界限越來越分明，雖然大多數房屋非常古老，以十九世紀初的磚木結構為主，但顯然都修繕得適合居住。我的業餘愛好是研究古物，置身於從過去留存至今的豐富遺跡之中，我幾乎忘記了嗅覺上的不適和險惡與厭棄的感覺。

但在抵達目的地之前，一個地方給我留下了異常強烈的可憎印象。公共汽車來到一處開闊的廣場或道路交匯中心，兩側建有教堂，中央是一片環形綠地的殘破遺跡，我望著前方右手邊十字路口的巨型柱飾會堂。曾經覆蓋建築物的白漆已變成灰色，剝落的痕跡處處可見，山牆上黑色與金色的徽標嚴重褪色，我好不容易才辨認出「大袞密教」這幾個字。原來那就是被墮落異教佔領的共濟會禮堂。就在我努力讀解銘文

的時候，街道對面忽然響起了喑啞的鐘聲，我立刻扭頭望向身旁的車窗。

鐘聲來自一座石砌的低伏教堂，它的落成比大多數房屋都要晚近，卻拙劣地模仿了哥德式的建築風格，基座高得不成比例，百葉窗將窗戶遮得嚴嚴實實。教堂側面的大鐘缺少指針，不過聽得出喑啞的鐘聲正在敲響11點。忽然，一幅極有衝擊力的景象將我對時間的念頭一掃而空，在我看清那究竟是什麼之前，難以描述的恐懼攥緊了我的心靈。教堂地下室的大門突然打開，顯露出一片長方形的黑暗。就在我的注視下，一個物體穿過或似乎穿過了那片黑暗；它在我的腦海裡烙刻下了噩夢般的剎那印象，而更加瘋狂的是理性分析無法從中找出任何接近噩夢的特質。

那是一個活生生的物體。自從汽車開進鎮上建築密集的區域，那是我見到的除司機外的第一個活物，假如我的情緒更加穩定，我根本不會覺得這個物體有任何恐怖之處。片刻後，我醒悟過來，那顯然就是教堂的祭司，他裹著某種古怪的袍服，肯定是大袞密教更改當地教會的儀式後引入的裝束。我下意識的第一眼捕捉到了一件東西，大概正是它催生了那種怪異的恐怖感覺，這件東西是他戴在頭上的冕飾，它和提爾頓小姐昨晚向我展示的冕飾幾乎完全相同。在想像力的幫助下，冕飾為它底下那張模糊不清的面容和裹著長袍的蹣跚人影增添了無可名狀的險惡氣質。但我很快斷定，這並不是我被邪異的虛假記憶嚇得不寒而慄的原因。一個扎根於窮鄉僻壤的神祕異教會讓教團成員戴上樣式獨特的頭飾，而這種頭飾本來就以某些奇特的方式為當地民眾所熟悉（比方說海盜的寶藏），這難道不是自然而然的事情嗎？

人行道上逐漸出現了非常稀少的行人，他們年紀很輕，面目可憎，有的形單影隻，有的三三兩兩，但都沉默不語。有些岌岌可危的房屋的底層開著小店，門口的招牌骯髒破舊。公共汽車「叮叮噹噹」地駛過街道，我看見了一、兩輛停著的卡車。水瀑的聲音越來越清晰，一道頗為陡峭的河谷出現在前方，鑲有鐵欄干的公路橋橫跨其上，對面是個開闊的廣場。汽車隆隆駛過公路橋，我望出兩側車窗，看見綠草茵茵的斷崖和沿路而下的地方有幾幢廠房建築。深谷中的水流相當充沛，我在右手邊的上游方向看見了兩條奔騰的瀑布，右手邊的下游方向也至少有一條。來到這裡，水瀑的聲音響得震耳欲聾。過河後，我們駛進半圓形的開闊廣場，在右手邊一幢高大的建築物前停車，這幢建築物的頂上建有塔樓，黃色的油漆尚未完全剝落，幾乎被歲月磨平的標牌宣稱它就是吉爾曼旅店。

我很高興能夠離開那輛公共汽車，下車後立刻走進旅館，將手提箱存放在大堂裡。視線所及的範圍內只有一個人，他上了年紀，沒有我在心中稱之為「印斯茅斯臉」的那種相貌。想起其他人在這家旅館裡的怪異經歷，我決定不向他詢問困擾著我的那些問題。我走出旅館，來到廣場上，公共汽車已經開走，我仔細打量眼前的景象，試圖做出自己的判斷。

鋪著鵝卵石的開闊場地一側是筆直的河流，另一側是圍成半圓形的幾幢斜屋頂紅磚房屋，它們大約修建於十九世紀初；幾條街道以廣場為中心向東南、南和西南伸展出去。路燈稀少，而且都很小，全是低瓦數的白熾燈，顯得非常壓抑，儘管我知道今晚的月光會很亮，但還是很高興我計劃在天黑前就離開這裡。附近的建築物狀況不錯，有十來家店舖正在營業，其中有一家「第一國民」連鎖百貨店、有一家慘兮兮的餐廳、一家藥店和一家魚類批發商的辦公室，廣場最東頭靠近河邊的地方是鎮上唯一一家工廠的辦公室：馬許精煉公司。我看見十來個人以及四、五輛轎車和卡車零散地停在附近。不需要別人告訴我，我知道這裡就是印斯茅斯的鎮中心。向東望去，我看見一線藍色的海港映襯著三座喬治王朝風格的尖塔，它們曾經富麗堂皇，現在只剩下了朽敗的殘骸。望向河流對岸，我看見了那座白色的鐘樓，底下應該就是馬許精煉公司的廠房。

出於種種原因，我決定先去連鎖百貨店打聽一下情況，那裡的工作人員多半不是印斯茅斯本地人。店裡只有一個十七歲左右的小伙子在照看生意，我很愉快地發現他為人開朗而友善，因此應該能提供一些有用的消息。他似乎格外渴望與人攀談，我很快就看出了他不喜歡這個鎮子，尤其是無處不在的魚腥味和鬼祟詭祕的居民。能和外來者聊天對他來說是一種放鬆。他是阿卡姆人，寄住在一戶伊普斯威奇人家裡，只要有假期就會回家。他父母不希望他在印斯茅斯工作，但連鎖店非要派他來，而他又不願放棄這份工作。

按照他的說法，印斯茅斯沒有公共圖書館和商會，想認路就只能靠自己了。我剛走過來的那條街叫聯邦大道。它的西側是優雅的老居民區：寬街、華盛頓街、拉法耶街和亞當斯街，東側向海邊去則是貧民窟。沿著主大道走，我能在貧民住宅之間找到幾座喬治王朝時代的古老教堂，但它們早已荒棄。去了這種地方，尤其是河流的北邊，你最好別太招搖，因為那裡的居民往往性格陰沉，充滿敵意。甚至出過外地人一去不返的事情。

鎮上的某些地點幾乎算是禁地，他付出了不小的代價才弄清楚這一點。比方說，你絕對不能在馬許精煉廠附近無所事事地逗留太久，類似的地點還有尚在使用的那些教堂和新堂綠地的大袞密教會堂。那些教堂非常古怪，其他地區的同宗教派全都言辭激烈地與它們斷絕關係，它們的儀式和袍服極為怪異，教義神祕而背離正統，宣稱凡人能透過奇異的變形在塵世得到某種形式的肉體不朽。小伙子自己的牧師，阿卡姆的亞斯伯里衛理公會的華萊士博士，曾鄭重其事地告誡他，千萬不要加入印斯茅斯的任何教會。

至於印斯茅斯的居民，小伙子幾乎不知道該怎麼評價他們。他們舉止鬼祟，很少露面，就像生活在地洞裡的動物。除了隔三差五出港打魚，天曉得他們靠什麼消磨時間。從他們消耗的私釀烈酒的數量來看，他們多半在酩酊大醉中度過幾乎整個白天。這些陰沉的人似乎聯合在一起，結成某種夥伴關係或達成了某種共識：憎惡這個世界，就好像他們有辦法投身於另一個更美好的現實。他們的外表無疑相當駭人，特別是從不眨動也從未有人見過他們閉上的瞪視雙眼，而他們的聲音簡直令人作嘔。夜裡聽他們在教堂吟唱完全是一種折磨，到了他們的年節或奮興日尤其可怕，這種日子一年有兩次，分別是四月三十日和十月三十一日。

他們格外喜愛水，時常在河裡和港口游泳。游到惡魔礁的比賽彷彿家常便飯，你見到的每一個人都能完成這項耗時費力的運動。說到這個，你在公眾場合見到的基本上只有年輕人，而上了年紀的老人往往模樣最為醜惡。例外當然也有，有些人完全沒有反常的跡象，例如旅館櫃檯的那位老先生。你不得不思考大部分老年居民究竟發生了什麼，還有所謂的「印斯茅斯臉」會不會是一種潛伏性的古怪疾病，隨著年齡的增長變得越來越嚴重。

只有一種非常罕見的病症才有可能給成年個體帶來如此巨大而劇烈的身體結構變化，甚至連頭骨形狀之類的基本骨骼特徵都會受到影響，但即便如此，也還是不如他們所患疾病的外在特徵更加令人困惑和聞所未聞。小伙子含蓄地說，這件事恐怕不可能形成任何定論，因為無論你在印斯茅斯住上多久，都不可能真正地了解當地的居民。

小伙子很確定鎮上還有比拋頭露面者更加可怕的病例被關在某些地方的室內。人們有時候會聽見極為怪異的聲音。據說河流以北那些臨近海濱的破爛棚屋連接著隱祕的隧道，因此就成了人們見所未見的畸形怪物的祕密巢穴。假如這些造物確實有外族人的血統，你也不可能說清楚那究竟是一種什麼血統。每次有政府職員和其他外部世界的訪客來到鎮上，他們就會阻止最容易激起反感的那些人進入視線之內。

為我提供資訊的小伙子說，向當地人打聽有關這裡的事情只會是白費力氣。唯一願意開口的是一位年紀很大但相貌正常的老人，他住在鎮子北部邊緣的貧民區，靠四處閒逛和在消防站附近轉悠消磨時間。這位老先生叫札多克·艾倫，已有九十六歲，不但和全鎮人一樣愛喝酒，腦子也有點毛病。此人性格古怪，舉止鬼祟，時不時扭頭張望，像是在提防什麼，清醒的時候無論怎麼勸都不肯和陌生人交談，但無論誰請他喝酒，他都來者不拒，兩杯黃湯下肚，他就會開始低聲吐露記憶中最令人驚詫的支離片段。

但另一方面，你也很難從他嘴裡得到多少有用的情報，因為他講述的故事都是不完整的痴人夢話，暗示著不可能存在的奇蹟和恐怖事物，源頭只會是他自己的凌亂狂想。從來沒有人相信過他，但本地人不喜歡見到他喝醉了和外地人交談，而且被看見向他問東問西對你也未必安全。有些流行一時的離奇傳聞和妄念多半就是從他嘴裡傳出來的。

幾位非本地出身的居民時不時會聲稱見到了恐怖的東西，但考慮到老札多克說的故事和奇形怪狀的鎮民，見到這樣的幻覺似乎也不足為奇。這些非本地出身的居民會在外面待到深夜，坊間普遍認為這麼做不太明智。再說鎮上的街道也陰暗得令人厭惡。

至於生意，雖然漁汛豐富到了幾近荒謬的地步，但靠此為生的當地人越來越少。更有甚者，水產的價格連年下跌，競爭越發激烈。印斯茅斯鎮的真正產業無疑是精煉廠，它的商務辦公室也在廣場上，從我們所在之處向東幾個門牌號就到。馬許老先生從不露面，但偶爾會乘一輛車門緊閉、拉著窗簾的轎車去公司。

關於老馬許如今的相貌有著各種各樣的傳聞。他曾經是個花花公子，據說他現在依然愛穿愛德華七世時代精緻的禮服大衣，為了適應某些特定的畸形，衣物也做了相應的怪異修改。他的兒子們已經正式接管了廣場上的辦公室，但最近也很少拋頭露面，將繁重的工作託付給了更年輕的下一代。他的兒子和他們的姐妹的相貌已經變得非常怪異，尤其是年紀較大的那幾位，據說他們的健康狀況也每況愈下。

馬許的女兒之一面容彷彿爬蟲動物，性格令人厭惡，她喜歡佩戴大量的怪異珠寶，它們與那個奇特的冕飾顯然出自同一種異域文化。為我提供資訊的小伙子曾多次注意到那種冕飾，聽說它們來源於一批祕密寶藏，原先的主人不是海盜就是魔鬼。這裡的修士（或者神父，天曉得他們現在如何稱呼自己）總是將它們戴作頭飾，但你很少會見到他們。小伙子沒有見過其他種類的珠寶，但據說在印斯茅斯附近多有存在。

鎮上除馬許外還有三個顯赫的家族，分別是韋特、吉爾曼和艾略特，同樣極少拋頭露面。他們住在華盛頓街上的豪宅裡，據說有一些已經上報和登記了死亡的家族成員還藏匿在家中，他們的面貌實在不適合出現在公眾眼前。

小伙子提醒我，鎮上的大多數路牌已經遺失，他煞費苦心為我畫了一張簡略但足夠細緻的示意圖，指明了鎮上的主要地標。端詳片刻之後，我確定這張示意圖能派上很大的用場，我將它裝進衣袋，發自肺腑地感謝小伙子的好意。

我已經看見過了鎮上唯一的餐廳，那裡骯髒得讓我心生反感，我買了一大堆起司脆餅和薑汁格子鬆餅充當隨後的午餐。我計劃好了接下來的行程：沿著主要街道走一圈，遇到外地人就搭訕攀談，最後搭8點鐘的公共汽車去阿卡姆。在我眼中，印斯茅斯鎮是一個被放大了的社群衰敗的典型範例，但我畢竟不是社會學家，因此我的考察將僅限於建築學領域。

就這樣，我踏上印斯茅斯那狹窄而陰暗的街道，開始了系統但多少有些不辨方向的觀光旅程。我穿過公路橋，聽著河流下游瀑布的隆隆聲響走向前方，緊貼著建築物經過馬許精煉廠，裡面很奇怪地沒有發出任何生產的喧囂聲。工廠坐落於陡峭的河岸懸崖上，附近有一座橋和街道匯聚的開闊場地，我猜那裡是印斯茅斯最早的市民中心，獨立戰爭後被如今的鎮廣場取而代之。

我沿著主大道橋再次過河，走進一片徹底荒棄的區域，這裡不知為何讓我毛骨悚然。行將坍塌的複斜屋頂鱗次櫛比，構成了參差不齊、光怪陸離的天際線，在此之上升起一座古老教堂的尖塔，尖塔的頂端早已折斷，顯得陰森恐怖。主大道兩旁的一些房屋有人居住，但絕大多數的門窗都被木板釘死。順著沒有鋪砌的小巷望去，我看見許多黑洞洞的窗戶，由於部分地基沉降，不少廢棄的簡陋小屋已經歪斜到了不可思議的危險角度。那些窗戶像幽靈一般盯著我，我必須鼓起勇氣才能向東朝海濱走去。廢棄房屋的數量足以構成一座荒蕪的城市，帶來的驚駭以幾何級數放大，而不是簡單的算術疊加。看不到盡頭的街道兩旁，空虛和死亡茫然瞪視，數不清的黑暗房間彼此連接，已經臣服於蜘蛛網、記憶和征服者爬蟲(注)，發自本能的恐懼和厭惡油然而生，最剛勇的哲學思想也無法驅散它們。

魚街和主大道一樣荒涼，區別在於這條路上有許多磚石結構的倉庫依然保存完好。水街幾乎是魚街的翻版，不同之處是靠海一側有些寬大的缺口，那些地方曾經建有碼頭。除了遠處防波堤上零零星星的幾個捕魚人，視線內見不到任何活物，除了海港的浪花拍岸聲和瀑布的咆哮聲，耳朵裡聽不見任何聲音。這個鎮子讓我越來越惶恐不安，我走向年久失修的水街橋，不時偷偷地扭頭張望。根據小伙子畫的示意圖，魚街橋已經化作廢墟。

來到河流的北側，我看見了一些慘澹生活的痕跡：水街上有幾家魚類包裝作坊還在營業，偶爾能看見幾根正在冒煙的煙囪和經過修補的屋頂，時而有來自難以判斷的源頭的聲音飄進耳朵，蕭條的街道上和沒有鋪砌的小巷裡偶爾能看見一、兩個蹣跚的人影，但我覺得這比河流南側的荒蕪更加讓人心情壓抑。不說別的，這裡的居民比鎮中心的居民還要醜惡和畸形，因此我不止一次地聯想到某些極為怪異、難以形容的邪惡之物。印斯茅斯人身上的外來血統無疑比內陸人口的血統更為強大，假如所謂的「印斯茅斯臉」並非血統，而是一種疾病，那麼生活在這裡的晚期病患就顯然多於濱海地區。

有一個細節讓我心煩意亂，那就是我聽見的一些微弱聲響的分布情況。按理說，它們應該完全來自明顯有人居住的房屋，實際上在被木板封死的牆面內反而更加響亮。有吱吱嘎嘎的行走聲，有咚咚咚的疾跑聲，有刺耳的可疑怪聲，我不安地想到了百貨店小伙子所說的隱祕隧道。忽然間，我不禁開始琢磨這些居民的說話聲會是什麼樣子。自從來到這片區域，我還沒有聽見過任何人的說話聲，也難以解釋地不願聽見。

我只在主大道和教堂街稍作停留，觀賞了兩座精美但已淪為廢墟的古老教堂，然後就匆忙離開了濱海的貧民窟。下一個目的地應該是新堂綠地，但不知為何，我無法驅使自己再次走過來時見到的那座教堂，當時我瞥見一名頭戴奇異冕飾的神父或牧師走出地下室，他的身影莫名其妙地讓我感到驚恐。另外，百貨店小伙子也提醒過我，外來者最好不要靠近鎮上的教堂和大袞密教的禮堂。因此，我沿著主大道繼續向北走，來到馬丁街後朝內陸方向轉彎，遠遠地從綠地以北穿過聯邦街，走進北面的富豪區。寬街、華盛頓街、拉法耶街和亞當斯街圍成的上等區域已經破落，華美的古老街道變得坑窪不平、骯髒淩亂，但榆樹掩映下的貴族氣概還沒有徹底消亡。一幢又一幢高宅大院吸引著我的視線，大多數年久失修，四周的園地無人照管，木板封死了府邸的門窗；但每條街上都有一、兩座建築物顯露出有人居住的跡象。華盛頓街上有一排四、五幢房屋保養得很好，草坪和花園修剪得整整齊齊。其中最華麗的一幢建有梯級式的花壇，向後一直延伸到了拉法耶街，我猜那就是精煉廠主人老馬許的住宅。

注 典出埃德加・愛倫・坡的同名詩作。

所有這些街道上都見不到任何活物，說來奇怪，貓狗在印斯茅斯居然徹底絕跡。還有一件事情同樣讓我感到困惑和不安，那就是許多房屋的三樓和閣樓的窗戶都遮得密不透光，連保養得最好的幾幢豪宅也不例外。鬼祟和隱祕在這座充滿了異類和死亡的寂靜小城中似乎無處不在，左右兩側似乎都有永不閉合的狡詐眼睛正在監視我，我無法擺脫這種感覺。

左手邊的鐘樓敲響三聲，暗啞的聲響讓我不寒而慄。我太記得響起鐘聲的那座低伏教堂了。我順著華盛頓街走向河流，往日的工業和商業區迎面而來。我看見前方有一家工廠的殘骸，類似的廢墟相繼出現，舊火車站的存在痕跡依稀可辨，鐵路廊橋在我右手邊跨過河谷。

前方的這座橋看起來不太牢靠，立著一塊警示牌，但我還是冒險從橋上過河，回到了生命跡象再次出現的河流南岸。蹣跚的鬼祟身影偷偷摸摸地望著我，相對正常的面孔投來或冷淡或好奇的視線。印斯茅斯就變成了我不堪忍受的地方，我轉身順著佩因街走向廣場，氣氛凶險的公共汽車還有很久才發車，我希望能搭上一輛開往阿卡姆的順風車。

就在這時，我看見了左手邊行將倒塌的消防站，看見一個老人坐在消防站前的長椅上，正在和兩位衣冠不整但相貌正常的消防員聊天，他臉膛通紅，鬍鬚蓬亂，兩隻眼睛水汪汪的，無疑就是札多克·艾倫，一個半瘋的九旬老酒鬼，他口中關於老印斯茅斯和籠罩它的陰霾的故事是那麼醜惡和令人難以置信。

肯定有什麼邪異的鬼魅作祟，或者是某種隱祕的黑暗力量不懷好意地推了我一把，否則我絕對不可能改變我原本的計畫。我從一開始就決定將考察範圍限制在建築領域內，此刻甚至已經在快步走向廣場，希望能搭上更早出發的交通工具，離開這個被死亡和衰敗佔領的潰爛市鎮。可是，看見札多克·艾倫卻在我心中掀起波瀾，讓我猶豫著放慢了腳步。

百貨店的小伙子向我保證過，這位老先生只會轉彎抹角地講些支離破碎、瘋狂離奇的傳說故事，他也警告過我，被當地人看見我在和他交談，對我來說未必安全。可是，想到這位老人見證了這個鎮子的衰敗，他的記憶可以回溯到航運和工業興旺發達的時代，其中的誘惑就不是任何級別的理性能夠抵抗的了。說到底，最怪異和癲狂的神話也無非是基於現實的象徵和影射，而老札多克目睹了過去九十年間印斯茅斯發生的所有事情。好奇心熊熊燃燒，勝過了理性和謹慎，我畢竟年少輕狂，幻想或許能在純威士忌的幫助下，從他滔滔不絕的混亂話語中找出埋藏其中的真實歷史。

我知道我不能在這個時間和這個地點向他搭話，因為消防員無疑會注意到並插手干涉。考慮之後，我覺得我應該做好準備，先去百貨店小伙子告訴我的地方買些私釀烈酒，然後在消防站附近看似漫不經心地晃來晃去，等老札多克習慣性地起身亂逛後上去和他套近乎。小伙子說老札多克是個坐不住的人，很少在消防站附近一待就是一兩個小時。

緊靠廣場的艾略特街上有一家破破爛爛的雜貨店，我很容易就在這家店的後門買到了一品脫威士忌，不過價錢可不便宜。賣酒給我的是個髒兮兮的傢伙，稍微有點雙眼圓瞪的「印斯茅斯臉」，但待人接物還算客氣，大概是因為招待慣了喜歡縱情狂歡的外來者——偶爾會有卡車司機或黃金買家之類的人來到鎮上。

等我回到廣場上，我發現運氣站在我這一邊。我從吉爾曼旅店的拐角處慢吞吞地走上佩因街，第一眼看見的就是老札多克·艾倫身穿破衣爛衫的瘦高身影。我按照計畫行事，炫耀剛買到的烈酒，藉此吸引他的注意力。我拐上韋特街，走向我能想到的最荒涼的地方，立刻發現他滿懷希望地跟了上來。

我根據百貨店小伙子畫給我的示意圖制定路線，走向南面我先前去過的荒棄濱海區域。那裡唯一能看見的活人是遠處防波堤上的漁民，向南再走幾條馬路，我就能避開他們的視線，找個廢棄的碼頭坐下來，無人打擾地好好盤問一番老札多克。快要走上主大道的時候，我聽見背後傳來氣喘吁吁的輕聲呼喊：「喂，先生！」我放慢腳步，讓老先生趕上來，然後請他灌了幾大口威士忌。

我們一起走到水街，向南轉彎，道路兩邊盡是歪斜傾覆的廢墟。我開始試探他的口風，卻發現老人的話匣子不像我想像中那樣容易打開。走著走著，我看見崩裂的磚牆之間有一塊面向大海、雜草叢生的空地，空地前方伸進大海的土石碼頭上爬滿野草。水邊有幾堆遍覆青苔的石塊，勉強可以充當座位，北面有個廢棄的倉庫，遮蔽了有可能存在的一切視線。我心想，若是想長時間地私下交談，這裡是個頗為理想的地點，於是我領著我的同伴拐下小徑，在石塊中找到地方坐下。死亡和荒棄的氣氛令人畏懼，魚腥味幾乎無法忍耐，但我決心不讓任何事情阻擋我。

假如我想搭8點的公共汽車去阿卡姆，那就還有四個小時可供交談，於是我一邊繼續灌老酒鬼喝威士忌，一邊吃我的廉價午餐。但勸酒歸勸酒，我很小心地不讓他喝過量，因為我只希望札多克變得酒後話多，而不是酩酊大醉不省人事。一小時後，他的鬼祟和沉默顯示出要消失的跡象，但讓我失望的是，他依然在迴避我的問題，不肯談及印斯茅斯和它被陰霾籠罩的過去。他東拉西扯地談論實事，證明他廣泛閱讀各種報紙，喜歡用簡明扼要的村夫口吻品頭論足。

第二個小時行將結束，我心想我那一品脫威士忌只怕還不足以問出個所以然來，考慮要不要把老札多克留在這兒，自己再去買些烈酒。但就在這時，運氣創造了我的問題沒能打開的突破口，氣喘吁吁的老先生踱來踱去，他忽然轉了個方向，我俯下身子，警覺地仔細傾聽。我背對散發魚腥味的大海，他面對大海，出於某種原因，他散漫的視線落在了遠處惡魔礁貼近水平面的輪廓上，此刻的惡魔礁清楚而幾近魅惑地顯露在波濤之上。這個景象似乎令他不悅，因為他無力地發出一連串咒罵，最後結束於詭祕的低語和心照不宣的睨視。他向我彎下腰，揪住我的大衣領口，咬牙切齒地吐出一些不可能有其他意思的隻言片語。

「一切都是從那裡開始的——深海的起點，受詛咒的地方，充滿邪惡。地獄的大門——陡峭地徑直而下，任何探深繩都碰不到底。怪只怪歐畢德老船長——他在南海群島發現了太多對他有好處的東西。

「那時候大家都過得不好。貿易一落千丈，作坊沒生意可做——新建的廠子也一樣——鎮上最優秀的漢子不是在一八一二年戰爭中死在私掠船上，就是跟雙桅船『伊莉莎白號』和輕駁船『漫遊者號』一起沉到底了——後面這兩艘都是吉爾曼家的。歐畢德．馬許有三艘船——雙桅帆船『哥倫布號』、雙桅船『海蒂號』和三桅帆船『蘇門答臘女王號』。當時只有他還在堅持跑東印度和太平洋貿易航線，不過埃斯德拉斯．馬丁的三桅船『馬來驕傲號』直到一九二七年還出過一次海。

「從來就沒有人喜歡過歐畢德船長——撒旦的老走狗！咳，咳！我還記得他怎麼說那些遙遠的地方，說大家都是蠢蛋，因為他們去參加基督教集會，默默承受各自的重負。說他們應該像印度人那樣，崇拜一些更好的神靈——能用好漁汛報答獻祭的神靈，真的會回應人們祈禱的神靈。

「馬特．艾略特，他的大副，也說了很多胡話，但他反對人們做異教徒的事情。他說奧大赫地東面有個島，島上的巨石廢墟比任何人知道的都要古老，有點像波納佩和加羅林群島的那些東西，但雕像的面孔更像復活節島的巨型石像。那附近還有個小火山島，島上也有遺跡，但雕刻的內容完全不同——廢墟被腐蝕得很厲害，就像曾經泡在海裡，上面刻滿了恐怖怪物的圖像。

「哎呀，先生，馬特說那附近的土人有捕不完的魚，喜歡戴手鐲、臂環、頭飾，它們用一種怪異的黃金打造，上面雕著怪物，和刻在小島廢墟上的怪物一模一樣——像魚的蛙類或者像蛙的魚類，什麼樣的姿勢都有，就好像它們是人類。誰也問不出他們是從哪兒搞到這些東西的，其他土人也不清楚他們怎麼有那麼多的魚，而緊挨著的其他小島幾乎沒魚可打。馬特很疑惑，歐畢德船長也是。但歐畢德注意到了一點，那就是每年都有英俊的年輕人消失得無影無蹤，而且島上也沒多少老人。另外，他覺得有些當地人的長相變得很怪異，哪怕對南海島民來說也是這樣。

「最後正是歐畢德從異教徒嘴裡問到了真相。不知道他是怎麼辦到的，但剛開始無非是拿東西換他們身上那些像是黃金的飾物。他問它們是從哪兒來的，問能不能搞到更多的，最後一點一點從老酋長嘴裡掏出了整個故事——瓦拉幾亞，老酋長叫這個名字。只有歐畢德敢相信那個黃皮老魔鬼，但船長他看人比讀書還準。咳，咳！現在我說這些，誰也不相信我，年輕人啊，我看你也不會──說起來我越是看你，就越是覺得你有一雙和歐畢德一樣的犀利眼睛。」

老人的低語聲變得越來越輕，雖然我知道他講述的只可能是酒後囈語，但語氣中那種駭人而險惡的不祥意味還是讓我不寒而慄。

「唉，先生，歐畢德知道了這個世界上存在一些東西，絕大多數人從來沒有聽說過它們，就算聽說了也不會相信。那些島民似乎將族內的年輕男女獻祭給住在海底的某種神靈，得到的回報是各種各樣的恩惠。他們在那個滿是怪異廢墟的小島上遇見這些東西，半蛙半魚怪物的可怕圖像描繪的正是牠們。搞不好就是這種生物引出了美人魚的故事。海底有各種各樣的城市，這個小島正是從海底升起來的。小島突然浮出水面的時候，牠們還有一些住在石砌的房屋裡，所以島民才會知道牠們活在海底下。克服恐懼之後，土人開始寫寫畫畫和牠們溝通，沒多久就談成了交易的條件。

「牠們喜愛活人祭品。很久以前牠們曾經得到過，但後來和地面世界失去了聯繫。至於牠們對犧牲品做了什麼，那就輪不到我來說了，我猜歐畢德也不太想問清楚。但那些異教徒不覺得有什麼問題，因為他們過得很艱苦，渴望能夠得到一切幫助。他們盡可能有規律地把一定數量的年輕人奉獻給海底怪物，一年兩次，分別在五朔節和萬聖節。怪物答應的回報是大量的魚群──從海裡的四面八方驅趕過來──偶爾還有幾件像是黃金的首飾。

「哎呀，就像我說的，土人去那個小火山島見這些怪物，乘著獨木舟送活人祭品去，帶著得到的黃金飾品回來。剛開始這些怪物從不登上人類居住的大島，但過了一段時間，牠們就隨心所欲、想來就來了。牠們似乎很喜歡和當地人混在一起，在五朔節和萬聖節這兩個大日子舉行祭祀儀式。你要明白，牠們有沒有水都能生活——這就是所謂的兩棲類吧。島民告訴牠們，要是其他島的居民聽說牠們在這兒，多半會想要消滅牠們，但牠們說牠們才不在乎，因為假如牠們願意，牠們能夠抹殺掉整個人類——除非有人類掌握了失落的舊日支配者曾經使用過的某些符號。但牠們懶得費勁，所以每次外人到訪，牠們就會躲藏起來。

「癩蛤蟆似的魚類怪物提出要交配，島民有點畏縮，但他們得知了一些情況，於是整件事就完全不一樣了。似乎人類本來就和那種海生怪物有些什麼關係——所有活物都從水裡來，只需要一點變化就能回去。那些怪物告訴土人說假如雙方混血，孩子剛開始更像人類，但以後會越來越像怪物，直到最終回到水裡，加入海底深處牠們的大家庭。還有一點最重要的，年輕人，等他們變成魚類怪物回歸大海，就永遠也不會死亡了。只要不被暴力殺害，那些怪物就是永生不死的。

「哎呀，先生，歐畢德遇到那些島民的時候，他們就已經有了深海怪物的魚類血統。隨著年紀越來越大，這種血統逐漸顯露出來，他們會藏起來不見外人，直到最終回歸大海、離開陸地。有些人受到的影響比其他人更大，有些人始終無法完成變化、進入水中生活；不過大部分人就像那些怪物說的一樣。有些人生下來就更像那些怪物，他們會早早發生變化，更像人類的會待在島上，直到七十歲以後，但往往會在入海前先下去試游幾趟。進入大海的島民經常會回來看看，因此一個人可以和幾百年前離開陸地的五代祖交談。

「除了和其他島嶼的居民開戰時的死者和獻祭給水底海神的犧牲品，還有在回歸大海前被毒蛇咬傷、患上瘟疫或急病而死的島民，他們根本不知道死亡為何物，而是急切地盼望著身體出現變化——時間長了，這種變化也就不可怕了。他們認為自己得到的好處完全配得上失去的東西——歐畢德仔細琢磨老瓦拉幾亞的故事時大概也是這麼想的。不過，瓦拉幾亞恰好是沒有魚類血統的極少數人之一，因為他屬於皇族，只和其他島嶼的皇族通婚。

「瓦拉幾亞向歐畢德展示了與海底怪物有關的諸多祭祀儀式和吟誦咒文，讓他見了村莊裡幾個已經改變得失去人類形態的島民。不知道為什麼，他沒有允許歐畢德面見來自海底的怪物。最後，他給了歐畢德一個很有意思的小東西，那東西是用鉛還是什麼金屬鑄造的，說它能從水裡的地方召喚那種魚類怪物，只要附近有牠們的巢穴就行。用法是將它扔進大海，配合以正確的禱詞等等。瓦拉幾亞向他透露說那種怪物遍布全世界，因此只要你願意，就一定能找到牠們的巢穴並召喚牠們。

「馬特對這種事情深惡痛絕，勸告歐畢德遠離這個島嶼，但船長急著想發財，發覺他不需要付出什麼代價就能搞到那些像是黃金的首飾，可以只靠這一門生意過日子。歐畢德就這麼過了好幾年，積累了足夠多的那種像是黃金的金屬，於是他收購了韋特家倒閉的洗滌作坊，開設了他的精煉廠。他不敢按原樣出售那些飾品，因為人們看見了肯定會問東問西。他的船員即使發誓要保持沉默，但還是時不時能弄到一、兩件拿出來賣掉。另外，他也會挑出一些比較符合人類習慣的飾品，讓他家的女人穿戴。

「哎呀，時間來到一八三八年，那年我七歲，歐畢德發現在他的兩次航行之間，那個島上的居民被屠殺了個乾淨。其他島嶼的居民聽說了這個島上的事情，決定親手解決問題。猜想他們肯定懂得那種古老的魔法符文，就像海底怪物說的，那是牠們唯一害怕的東西。等海底下次再拋出一個小島，上面的遺跡比大洪水還要古老，到時候天曉得那些島民願意為了上去看一眼而付出什麼代價。那真是一群虔誠的傢伙，他們將大島和小火山島上的東西砸得稀爛，只留下一部分實在大得沒法毀壞的廢墟。他們在一些地方留下了小塊的石頭——有點像符咒——上面刻著如今被稱為『萬字』的標記。說不定那就是舊日支配者的符號。島民被殺了個乾淨，找不到半點那種像是黃金的首飾，附近的土人也連一個字都不肯透露。甚至矢口否認那個島上曾經有人居住。

「歐畢德自然大受打擊，因為他的正經生意非常不景氣。事情對印斯茅斯鎮的打擊也很大，因為在航海年代，船主和船員是按一定比例分配利潤的。絕大多數鎮民面對苦難都像綿羊一般聽天由命，但他們真的活得很慘，因為魚群越來越稀少，工廠也同樣每況愈下。

「就在這時候，歐畢德開始罵這些人是愚鈍的羔羊，只會向基督教的上帝祈禱，而上帝根本不理睬他們。他說他知道有些人向某些神靈祈禱，得到的回報非常豐厚，他說假如有足夠多的人支持他，他說不定能夠掌握某種力量，召喚來大量的魚群和相當多的黃金。『蘇門答臘女王號』的船員去過那個島嶼，當然明白他在說什麼，但不明白他在說什麼的人有點被說服了，問他需要怎麼做才能讓他們皈依那種能夠帶來結果的信仰。」

說到這裡，老人支支吾吾地嘟囔起來，悶悶不樂地陷入憂慮和沉默。他緊張地扭頭張望，然後轉回來，著迷地望著遠處的黑色礁石。我對他說話，他沒有回答，因此我知道我必須讓他喝完那瓶酒。我聽到的這通瘋狂胡話極大地吸引了我，我猜測其中包含著某種粗糙的象徵，它源自印斯茅斯的怪異，經過富有創造性的想像力的加工，充滿了異域傳說的零散細節。我連一瞬間也沒有相信過這個故事存在任何現實性的基礎，雖說他的敘述蘊含著一絲真正的恐怖，但只是因為其中提到的奇特珠寶類似我在紐伯里波特見過的詭異冕飾。或許那些飾品確實來自某個怪誕的海島，而這些稀奇古怪的故事是已故歐畢德本人的謊言，不是眼前這位老酒鬼的杜撰。

我把酒瓶遞給札多克，他喝光了最後一滴烈酒。說來奇怪，他居然能承受這麼多威士忌，氣喘吁吁的尖細嗓音裡沒有一絲口齒不清。他舔淨瓶口，把酒瓶塞進衣袋，一下一下地點著頭，壓低聲音自言自語。我彎下腰，希望能聽到一、兩個清晰的單詞，我覺得我在髒兮兮的蓬亂鬍鬚裡看見了諷刺的笑容。對，他確實在傾吐字詞，我能聽清其中很大一部分。

「可憐的馬特——馬特他一直反對這件事——想說服鎮民支持他，找牧師長談——完全沒用——他們趕走了公理會的人，衛理公會的人主動離開——浸信會的『堅毅者』巴布科克一去不返——耶和華的烈怒——我是個微不足道的小人物，但我有耳朵能聽，有眼睛能看——大袞和亞斯她錄——彼列和別西卜——金牛，迦南人和非利士人的偶像——巴比倫的可憎邪物——彌尼，彌尼，提客勒，烏法珥新（注）——」

他再次停下，看著他水汪汪的藍眼睛，我擔心他醉得已經接近不省人事了。我輕輕搖晃他的肩膀，他轉身瞪著我，警覺得令人詫異，吐出一連串更加晦澀的話語。

「你不相信我，是不是？咳，咳，咳——那麼年輕人，請你告訴我，為什麼歐畢德船長會帶著二十幾個人半夜三更划船去惡魔礁大聲吟唱，只要風向正確，整個鎮子都能聽得清清楚楚？請你告訴我，嗯？還有，你告訴我，為什麼歐畢德時常將沉重的東西扔進礁石另一側的深水，那裡的岩壁陡峭得像是懸崖，深得超過你能測量的限度？告訴我，瓦拉幾亞給了他一個形狀古怪的鉛製玩意兒，他拿那東西做了什麼？你說啊，小

注《聖經．舊約》〈但以理書〉，伯沙撒王宴會時出現在牆壁上的預言。

子？還有，他們在五朔節和萬聖節都在折騰什麼？還有新教堂的那些人——他們就是以前的水手——身穿怪異的長袍，頭戴歐畢德帶回來的像是黃金的首飾？你說啊？」

水汪汪的藍眼睛透出幾近凶蠻和癲狂的深情，髒兮兮的白鬍子像觸電似的根根豎起。老札多克大概看到了我的驚恐，因為他開始邪惡地咯咯怪笑。

「咳，咳，咳，咳！開始明白了嗎？也許你變成那時候的我，半夜三更站在屋頂上望著大海。哎，告訴你吧，小孩子的耳朵最厲害了，我從來不會漏掉歐畢德帶著那群人去惡魔礁的任何一句傳言！咳，咳，咳！比方說有天夜裡我帶著老爸的船用望遠鏡上屋頂，看見惡魔礁上擠滿了各種黑影，月亮才爬出來就紛紛跳進了大海。歐畢德和那幫人划著一艘平底小船，但那些黑影從惡魔礁的另一側跳進深水，再也沒有浮上來……你想變成那個渾身顫抖的小孩嗎？他一個人半夜站在屋頂上看著一群不像人類的黑影？……聽懂了嗎？……咳，咳，咳，咳……」

老人越來越歇斯底里，無可名狀的驚恐讓我開始顫抖。他用骨節嶙峋的手爪按住我的肩膀，我覺得這隻手的顫抖並非完全因為狂笑。

「假如一天夜裡你看見歐畢德的小漁船划到惡魔礁的另一頭，扔下什麼沉重的東西，然後第二天聽說一個年輕人從家裡失蹤了？你說說看？有人見過海勒姆．吉爾曼的哪怕一根頭髮嗎？見過嗎？還有尼克．皮爾斯，還有盧艾利．韋特，還有阿多尼拉姆．索斯維克，還有亨利．蓋瑞森？你說說看？咳，咳，咳，咳……黑影用手語交談……它們有真正的手……

「哎呀，先生，就是在這個時候，歐畢德的生意又興旺起來了。鎮民看見他的三個女兒戴著像是黃金的首飾，以前從來沒人看見她們戴過，而且精煉廠的煙囪裡又冒出了黑煙。其他人的日子也越來越好過，魚群湧到港口等著被打上船，天曉得我們向紐伯里波特、阿卡姆和波士頓運出了多少海貨。然後歐畢德想辦法讓鎮上通了支線鐵路。有些金斯堡的漁民聽說漁汛，成群結隊地開船趕來，結果全都失蹤了，再也沒有人見過他們。這時候我們的鎮民組織起了大袞密教，向各各他管理會購買了共濟會禮堂……咳，咳，咳！馬特．艾略特是共濟會成員，他反對出售禮堂，但很快就消失得無影無蹤了。

「記住，我可沒說歐畢德打算照搬南海小島那些人做的事情。我不認為他從一開始就想混血，也不想養育長大了會回歸大海、永生不死的孩子。他只想要牠們的黃金，願意付出沉重的代價，我猜其他人有段時間也挺滿意的……

「來到一八四六年，鎮上的人見過了不少，也思考了很多。失蹤人口實在太多，星期日集會的狂亂宣教有些過分，惡魔礁的流言傳得沸沸揚揚。這裡面大概也有我的一份功勞，因為我把我在屋頂上看見的事情告訴了市政委員莫雷。一天夜裡，有一幫人跟著歐畢德的人去了惡魔礁，我聽見兩艘漁船之間響起了槍聲。第二天，歐畢德和另外三十二個人被關進監獄，所有人都在討論鎮上打算用什麼罪名控告他們。天哪……真希望有人的眼光能長遠一點……兩個星期以後，足足兩個星期，沒有任何祭品被扔進大海……」

札多克顯露出驚恐和疲憊的跡象，我讓他沉默片刻稍作休息，自己擔心地看了一眼手錶。潮水已經調轉方向，此刻正越漲越高，波浪的聲音似乎驚醒了他。漲潮讓我頗為高興，因為在高水位之下，魚腥味或許就沒這麼濃烈了。我再次湊近老人，聆聽他的低聲述說。

「那個可怕的夜晚……我看見了牠們……我在屋頂上……牠們成群結隊……蜂擁而至……爬上惡魔礁，順著海港湧入馬努克賽特河……上帝啊！那天夜裡在印斯茅斯的街道上都發生了什麼……牠們敲我們家的門，但老爸不肯開門……他帶著火槍從廚房窗戶爬出去，找莫雷委員看看他能做什麼……屍體和垂死的人堆積成山……槍聲和尖叫聲……老廣場、鎮廣場和新堂綠地，到處都是喊叫聲……監獄的大門被撞開……公告……叛亂……外地人來發現我們少了很多人，宣稱是一場瘟疫……除了歐畢德和那些怪物的支持者，剩下的人若是不保持沉默就被消滅……再也沒聽見過我老爸的消息……」

老人大口喘息，汗出如漿。他抓住我肩膀的手抓得更緊了。

「第二天早晨，鎮子清掃一空——但還是留下了痕跡……歐畢德開始掌權，說一切都會改變……異類將在集會時間和我們一起禮拜，我們要騰出一些房屋供客人使用……牠們想和我們混血，就像以前和南海島民那樣，他根本不想阻攔牠們。太出格了，歐畢德……他在這件事上完全是個瘋子。他說牠們帶給我們漁汛和財寶，因此有權得到牠們渴求的東西……

「表面上情況沒有任何變化，但假如我們知道好歹，就應該遠離外地來的陌生人。我們被迫立下『大袞之誓』，後來有些人還立了第二誓和第三誓。特別願意幫忙的人會得到特別的獎賞——黃金之類的東西——反抗毫無意義，因為水底下有牠們數以百萬計的同族。牠們並不想離開深海和抹煞掉全人類，但假如迫不得已，牠們會為此做出許多事情。我們不像南海島民那樣擁有能消滅牠們的古老符文，而南海島民絕對不會公開牠們的祕密。

「假如牠們需要，我們必須提供足量的祭品、血腥的玩物和鎮內的居所，這樣牠們就不會來滋擾我們了。不能和外來者搭話，免得走漏風聲——當然了，前提是外來者別問東問西。所有人都必須皈依大袞密教，新出生的孩童將永生不死，而是回歸我們的起源：母神許德拉和父神大袞——咿呀！咿呀！Cthulhu fhtagn！Ph'nglui mglw'nafh Cthulhu R'lyeh wgah-nagl fhtagn——」

老札多克陷入了徹底的胡言亂語，聽得我屏住了呼吸。可憐的老傢伙——烈酒，還有他對圍繞身邊的朽敗、異化和疾病的憎惡，將他那顆富有想像力的大腦送進了何等令人憐憫的妄境！他又開始呻吟，淚水沿著面頰上的溝壑流進濃密的鬍鬚。

「上帝啊！從十五歲到現在，我都目睹了什麼啊——彌尼，彌尼，提客勒，烏法珥新！——鎮民陸續失蹤，還有人自殺——他們把事情告訴了阿卡姆和伊普斯威奇還有其他地方的人，但都被罵作瘋子，就像你現在對我這樣——但是啊上帝，我都目睹了什麼——我知道得太多，他們早該殺死我了，但我向歐畢德立下了大袞的第一和第二誓言，因此我受到保護，除非他們的評議會證明我蓄意透露了我知道的事情……但我不會立第三誓言——我寧可死，也不會立——

「南光戰爭期間，情況愈加惡化，一八四六年以後出生的孩子開始長大——不，其中的一些孩子。我非常害怕——自從那個恐怖夜晚之後，我再也不敢問東問西，這輩子直到現在都再也沒見過——牠們中的一員。不，我說的是再也沒見過純種的牠們。我參軍去打仗，假如我有足夠的勇氣或理智，就應該一去不返，換個地方定居。但本地人寫信說情況沒那麼糟糕了。我猜那是因為政府的徵兵人員從一八六三年開始入駐鎮上。戰爭結束，情況重新惡化。人們開始離開——工廠和商店紛紛關門——船運停止，港口淤塞——鐵路廢棄——但牠們……牠們依然從該死的魔鬼礁游進游出河口——越來越多的人家用木板釘死閣樓窗戶，應該無人居住的房屋裡響起了越來越多的奇怪聲音……

「外面的人對我們有各種各樣的說法——從你提的問題來看，你肯定聽過了不少——有些說的是他們偶然間見到的東西，有些說的是沒有被熔成金錠的來路不明的怪異首飾——但沒有任何定論。誰也不會相信真實的情況。他們說像是黃金的首飾是海盜寶藏，認為印斯茅斯鎮民有異域血統或脾氣乖戾或別的什麼。另外，居住在鎮上的人會盡可能趕走外來者，澆滅剩下那些人的好奇心，尤其是到了晚上。牲畜也害怕牠們——馬匹比騾子更容易受驚——但後來有了汽車，也就很少出事故了。

「一八四六年，歐畢德船長娶了第二任妻子，鎮上沒人見過她——有人說他並不情願，是那些異類強迫他娶的——她生了三個孩子，兩個很小就失蹤了，只剩下一個女孩，看起來和普通人一樣，去歐洲接受教育。歐畢德後來哄騙一個毫無戒心的阿卡姆男人娶了她。但如今外面的人都不肯和印斯茅斯扯上任何關係了。現在管理精煉廠的是巴拿巴·馬許，他是歐畢德的孫子，他父親阿尼色弗是歐畢德與第一任妻子生的長子，但母親是另一個從不拋頭露面的女人。

「巴拿巴即將徹底變化。眼睛已經閉不上了，身體也快要變形了。據說他還穿衣服，但用不了多久就會下水。也許他已經試過了——他們有時候會先下水待一陣，然後才永遠離開。他已經有九年還是十年沒在公眾場合露面了。天曉得他可憐的老婆有什麼想法——她是伊普斯威奇人，五十多年前巴拿巴追求她的時候，她家裡人險些私刑處死他。歐畢德死於一八七八年，他的兒女都不在了——第一任妻子的孩子死了，至於其他的……天曉得……」

漲潮的聲音越來越響，老人的情緒逐漸從傷感和悲痛變成了警惕和恐懼。他時常暫停片刻，緊張兮兮地扭頭張望或抬頭眺望礁石，儘管他的故事是那麼瘋狂和荒謬，但他的隱約憂慮也還是感染了我。札多克的嗓門變得越來越尖利，似乎想用更響亮的聲音激發自己的勇氣。

「喂，你，為什麼不說話？你願意住在這麼一個鎮子上嗎？所有東西都在腐爛和死去，無論你走近哪一幢木板釘死窗戶的房屋，都有怪物在黑黝黝的地下室和閣樓裡爬行、哀鳴、吠叫、蹦跳？喂？你希望每天夜裡都能聽見教堂和大袞密教禮堂響起的號叫，而且還心知肚明那些號叫意味著什麼嗎？你想聽一聽每年五朔節和萬聖節從那恐怖的礁石上傳來的聲音嗎？喂？你以為我是個瘋老頭，對吧？哎呀，先生，讓我告訴你吧，這些都還不是最可怕的！」

札多克已經在尖叫了，聲音裡的癲狂和憤怒讓我深深地感到不安。

「該死，你別用他們那樣的眼睛瞪著我──我說過歐畢德．馬許會下地獄，他會永遠待在地獄裡！咳，咳……地獄裡，我說！抓不住我──我什麼都沒做過，也沒對任何人說過──

「哦，你，年輕人？哎呀，就算我以前沒告訴過任何人，今天我也非說不可了！小伙子，你給我坐好了仔細聽著──我絕對沒對任何人說過……我說過天黑以後我從不到處亂看──但我還是發現了不該發現的事情！

「你想知道真正的恐怖是什麼嗎，想知道嗎？好，聽我說──不是那些蛙魚魔鬼做了什麼，而是牠們打算做什麼！牠們將各種東西從原先居住的海底搬進鎮子──已經持續了十幾年，直到最近才慢下來。牠們住在河流以北，水街和主大道之間住滿了牠們——水底魔鬼和牠們帶來的東西——等牠們做好準備……聽我說，等牠們做好準備……你聽說過修格斯嗎？……

「喂，你聽見我說話嗎？我說我知道那些是什麼東西——有天夜裡我看見了，那次……呃——啊啊啊啊啊——啊！啊啊啊啊啊——」

老人的可怕尖叫聲突然響起，充斥著非人類的驚恐，嚇得我幾乎暈厥。他的視線越過我，望著散發惡臭的海面，眼睛都快從眼眶裡彈出來了。他的面容刻滿了畏懼，足以放進希臘悲劇。他瘦骨嶙峋的手爪掐住我的肩膀，他愣在那裡一動不動，我扭頭去看他究竟見到了什麼。

但我沒有看見任何東西。只有越漲越高的潮水，不過有一道漣漪比漫長的防波堤更靠近我們。札多克使勁晃動我的身體，我轉過身，見到被恐懼凝固的面容正在融化，他眼皮抽搐，牙齦顫抖。他的聲音重新出現——但已經變成了顫慄的耳語。

「快離開這兒！快離開！牠們看見我們了——為了你的小命，快跑吧！什麼都別等了——牠們已經知道了——跑——快跑——逃出這個鎮子——」

又一陣大浪打在廢棄碼頭業已鬆動的基石上，瘋癲老人的耳語聲再次變成讓我血液凝固的非人類嚎叫。

「呃——啊啊啊啊啊！……啊啊啊啊啊！……」

沒等我收拾起我混亂的頭腦，他已經鬆開我的肩膀，發瘋般地跑向街道，繞過倉庫的斷壁向北而去。

我扭頭望向大海，但海面上什麼都沒有。我走到水街向北望去，札多克．艾倫早已無影無蹤。

4

經歷了這件令人心煩意亂的事情，我很難形容自己的情緒，這次談話既瘋狂又可悲，既怪異又恐怖。百貨店小伙子的話讓我做好了心理準備，但現實中的遭遇依然給我留下了惶惑和不安。老札多克的故事即使幼稚可笑，但他瘋狂的真誠和恐懼還是讓我越發不安，與我先前對這個鎮子及其難言陰霾籠罩下的荒蕪產生的憎惡交織在一起。

以後我可以慢慢梳理這整個故事，從中提取出歷史事實，但現在我只想將它拋諸腦後。時間已經晚得危險，我的手錶顯示7點15分，去阿卡姆的公共汽車8點從鎮廣場出發，因此我盡量讓思緒恢復平靜和切合實際，同時快步穿過空無一人的街道，在漏空的房頂和傾斜的屋舍之間走向我寄存手提箱的旅館，取出行李後就去尋找我要乘坐的公共汽車。

傍晚的金色陽光為古老的屋頂和破敗的煙囪添加了一份神祕而平和的迷人魅力，但我還是忍不住時常回頭張望。我很高興我能夠離開被惡臭和恐懼籠罩的印斯茅斯，希望除了面相險惡的薩金特駕駛的那輛車之外還有其他車輛可供乘坐。不過，我並沒有落荒而逃，因為每個死寂的街角都有值得一看的建築學細節。按照我的估算，半小時內我肯定能走完這段路。

我打開百貨店小伙子畫的地圖，找到一條先前未曾走過的路線，我走馬許街而不是聯邦街前往鎮廣場。來到瀑布街的路口，我看見三三兩兩的人群在鬼祟地竊竊私語。等我終於來到鎮廣場，我發現幾乎所有閒人都聚集在吉爾曼旅店的門口附近。領取行李的時候，似乎有許多雙水汪汪從不眨動的突出眼睛奇怪地盯著我，希望我的同車旅伴裡沒有這種令人不快的生靈。

公共汽車來得挺早，不到8點就「叮叮噹噹」地載著三名乘客到站了，人行道上有個相貌邪惡的男人對司機說了幾個含混不清的單字。薩金特扔下一個郵袋和一摞報紙，自己走進旅館。乘客就是當天上午我看見在紐伯里波特下車的那幾個人，他們蹣跚著踏上人行道，用含混的喉音和一名閒逛者交談了幾句，我敢發誓他們使用的絕對不是英語。我登上空無一人的公共汽車，坐進先前坐過的同一個座位，但還沒坐定，薩金特就再次出現，用格外令人厭惡的喉音嘟嘟囔囔地說了起來。

看起來，我的運氣非常不好。汽車發動機出了問題，儘管從紐伯里波特來得很準時，但無法完成前往阿卡姆的行程了。不行，今晚肯定修不好，也沒有其他交通工具可以帶我離開印斯茅斯去阿卡姆或其他地方。薩金特說他很抱歉，但我只能在吉爾曼旅店過夜了。店員或許能給我安排一個比較好的價錢，但除此之外他也無能為力了。突如其來的變化驚得我頭暈目眩，我強烈地恐懼黑夜降臨在這個光線昏暗的衰敗小鎮。我下車重新走進旅館大堂，夜班服務員是個相貌古怪的陰沉男人，他說我可以住離頂樓差一層的428房間，房間很大，但沒有自來水，房費只要一塊錢。

即使在紐伯里波特聽過這家旅館的不好傳聞，但我還是在登記表上簽字並付了一塊錢，我讓服務員幫我拎包，跟著這個孤僻而陰鬱的傢伙爬上三層吱吱嘎嘎的樓梯，穿過積著灰塵、全無生氣的走廊。房間位於旅館後側，氣氛陰森，有幾件毫無裝飾的廉價家具，兩扇窗戶俯瞰被低矮磚牆包圍的骯髒庭院，成片破敗的屋頂向西延伸，再過去則是沼澤鄉野。浴室位於走廊盡頭，破舊得令人生畏，有古老的大理石水槽和鐵皮浴缸，電燈的燈光黯淡，包裹水管的木鑲板已經霉爛。

天還沒黑，我下樓走進廣場，尋找能夠吃飯的地方。畸形的閒逛者向我投來詭異的視線。百貨店已經打烊，我只能光顧先前不願走進的那家餐廳。店員有兩個，一個是窄腦袋的佝僂男人，從不眨動的眼睛直盯著我，另一個是扁鼻梁的女人，兩隻手厚重笨拙得難以想像。服務在櫃檯完成，看見他們的餐點來自罐頭和包裝食品，我不禁鬆了一口氣。一碗蔬菜湯和幾塊脆餅就足以果腹，我很快回到了吉爾曼旅店裡那個壓抑的房間。

旅館櫃檯旁有個搖搖欲墜的報刊架，我向相貌邪惡的服務員要了一份晚報和一本沾著蒼蠅糞便的雜誌。

暮色漸深，我打開電燈，廉價鐵床上方只有一顆光線微弱的燈泡，我盡我所能地繼續閱讀報刊。我認為我必須讓大腦忙得不可開交，否則它就會在我依然身處被陰霾籠罩的古老鎮子之內時去思索這裡的各種不尋常之處。聽老酒鬼講完他瘋狂離奇的故事，我不指望今晚能做什麼美夢，我覺得我必須盡量讓他那雙水汪汪的癲狂眼睛離開我的腦海。

另外，我絕對不能細想工廠檢查員向紐伯里波特火車站售票員講述的事情，他聲稱他在吉爾曼旅店聽見了夜間住客的怪異交談聲——不，絕對不能想這個，也不能想黑色教堂大門裡冕飾下的面孔。那張臉為什麼會激起我的恐懼，我的意識無法解釋這個難題。假如這個房間不是散發著難聞的霉味，我大概也會更容易讓思緒遠離那些令人不安的事情吧。但房間裡嗆人的霉味和鎮上無處不在的魚腥味可怕地混合在一起，迫使我時時刻刻想到死亡和衰敗。

還有一件事情也讓我心生不安，那就是房門沒有插銷。從門板上的痕跡看得出曾經也裝著插銷，但最近被人為卸掉了。插銷無疑也壞了，和這幢衰老的建築物裡的許多其他東西一樣。我緊張地東張西望，發現衣櫃上有個插銷，與門板上的痕跡看起來似乎是同一個尺寸。為了暫時排解緊張的情緒，我花了些時間將這個插銷移到門上，使用的是我拴在鑰匙環上的三合一便攜工具裡的螺絲刀。新裝上的插銷很好用，我稍微鬆了一口氣，因為我知道我可以在睡覺前鎖緊房門了。倒不是說我真的需要它，但身處這麼一個環境，任何象徵著安全的東西都有備無患。通往兩側房間的門上也有插銷，我同樣插緊了它們。

我沒有脫衣服，決定閱讀報刊直到睡意降臨再躺下，而且只脫掉大衣、硬領和皮鞋。我從手提箱裡取出可攜式手電筒放進褲袋，半夜在黑暗中醒來時可以看錶。但睡意遲遲不來，待到我停止分析自己的思緒時，我不安地發現我實際上在無意識地側耳傾聽——等待某種我恐懼但無法言喻的聲音。檢查員的故事對我的影響肯定比我想像中更大。我再次嘗試閱讀，卻發現怎麼都讀不進去。

過了一段時間，我似乎聽見樓梯上和走廊裡響起了像是腳步踩出的有節奏的吱嘎聲，我心想或許其他房間也陸續有客人入住。但我沒有聽見說話聲，我不禁覺得那吱嘎聲裡隱約有某種鬼祟的氣息。我不喜歡這種感覺，開始考慮我究竟該不該睡覺。這個鎮子住著一些古怪的人，無疑曾經發生過不少失蹤事件。這家旅館是不是會謀財害命的那種黑店？當然了，我並不像什麼有錢人。或者鎮民對好奇的外來者真的深惡痛絕到了極點？我不加掩飾地東瞅西望，時不時低頭查看地圖，會不會引來了對我不利的關注？我忽然想到，我的精神肯定極為緊張，幾聲不相干的吱嘎聲也會讓我疑神疑鬼——但我還是很希望自己帶著武器。

後來，與睡意毫無關係的疲憊感逐漸襲來，我插上插銷鎖緊通往走廊的門，關燈躺在高低不平的硬板床上，連大衣、硬領和皮鞋都沒有脫。在黑暗中，夜間的所有微弱聲響似乎都會被放大，令人不快的念頭加倍湧來，淹沒了我。我後悔剛才關掉了電燈，但又過於疲憊，懶得起床打開。過了很長一段沉悶的時間，我首先聽見了樓梯上和走廊裡響起的微弱吱嘎聲，然後輕輕地響起了一種絕對不會聽錯的可怕聲音，就彷彿我所有的憂慮都化作了險惡的現實。不存在哪怕一絲疑問，有人在試著鑰匙打開我的門鎖，小心翼翼，鬼祟隱祕。

由於先前經受過模糊的恐懼感的洗禮，此刻意識到真正的危險正在降臨，我反而不怎麼慌張了。雖然不知道具體的原因，但我早已本能地提高了警惕——無論新發生的危機究竟是什麼，這樣的反應都幫助我佔據了先機。話雖這麼說，但威脅從隱約兆頭變成迫在眉睫的現實，如此變化依然強烈地震撼了我，彷彿是有形的一擊般落在我身上。我根本沒考慮過門外的摸索會不會僅僅是弄錯了房間。我能想到的只有險惡的用心，我像屍體似的保持安靜，等待企圖闖入者的下一步行動。

過了一會兒，小心翼翼的摸索聲停止了，我聽見向北的房間被萬能鑰匙打開。緊接著，有人在輕輕撥弄連接我房間的側門上的鎖。插銷插得很牢，對方未能得逞，我聽見地板吱嘎作響，鬼祟人物走出房間。沒多久，又是一下輕微的咔噠聲響，我知道那人進了向南的房間。對方再次撥弄連接門上的鎖，然後又是那人走出房間的吱嘎腳步聲。這次，吱嘎聲順著走廊前行並下樓，我知道鬼祟人物發覺我房間的三扇門都鎖得很緊，因此暫時放棄了努力，至於他究竟是長時間放棄還是去去就來，那就只有之後才能見分曉了。

我立刻開始行動，彷彿早已做好準備，證明我的潛意識肯定從幾小時前就在畏懼某種威脅，甚至考慮過了有可能的逃生途徑。從一開始我就感覺到那個未曾露面的闖入者意味著一種危險，我無法直面也不可能應付它，只能盡可能迅速地逃之夭夭。現在我要做的只有一件事，那就是以最快速度活著逃出這家旅館，但不能走前樓梯和穿過大堂，而是必須透過其他的什麼途徑。

我輕輕起身，用手電筒照亮開關，我想打開床頭的電燈，挑選幾件個人物品裝在身上，將手提箱留在房間裡，然後立刻離開。但燈沒有亮，我明白電源肯定被切斷了。顯然，某種神祕而邪惡的行動正在大規模展開，但具體是什麼我就不知道了。我站在那裡冥思苦想，一隻手還按著已經毫無用處的電燈開關，這時我聽見從樓下隱約傳來腳踏地板的吱嘎聲響，似乎還聽見難以分辨的多個說話聲正在交談。聽了一會兒，我不敢確定那種更低沉的聲音是說話聲了，因為那種沙啞的吠叫聲和音節鬆散的呱呱聲與我知曉的人類語言幾乎沒有相似之處。我忽然想到工廠檢查員在這幢朽敗大樓裡過夜時聽見的聲音，頓時悚然心驚。

我藉著手電筒的亮光挑了幾件必要物品塞進衣袋，戴上帽子後躡手躡腳地走到窗口，研究能不能從窗戶爬到地面。儘管本州有安全規定，但旅館的這一側並沒有防火樓梯，我發現從房間窗口到鋪著鵝卵石的庭院是徑直的三層樓高度。旅館左右兩側都是古舊的紅磚商業大樓，從我所在的四樓或許能夠跳到它們的斜屋頂上。但無論想跳到哪一側的屋頂上，我都必須先去離我這裡兩扇門以外的房間——向北或向南都行——我的大腦立刻開始計算成功的可能性。

我得出結論：我不能冒險進入走廊，否則他們肯定會聽見我的腳步聲，趕到我想去的房間將難比登天。假如我真想去那裡，就必須穿過客房之間不怎麼牢靠的連接門，我必須以蠻力克服門鎖和插銷的阻礙，用肩膀像攻城槌似的撞開。這幢房屋及其內部構件都已破舊不堪，因此做到這件事應該並不困難，但不可能不發出任何聲音。我必須依靠敏捷的動作，在敵對力量用萬能鑰匙打開正確的那扇門抓住我之前跳出窗戶。我用衣櫥加固了自己房間的正門，我一點一點挪動衣櫥，盡量少發出聲音。

我自知逃脫的機會微乎其微，準備好了迎接一切災難性的結果。即便我能跳上另一幢大樓的屋頂，問題也依然沒有完全解決，因為我還需要回到地面上和逃出印斯茅斯鎮。有一點對我有利，那就是鄰近的建築物均已廢棄和無人居住，每個屋頂上都有為數眾多的天窗露出黑漆漆的洞口。

按照百貨店小伙子繪製的地圖，逃出印斯茅斯鎮的最佳路線是向南走，因此我首先望向了我房間南側的連接門。房門的設計是朝我這一側打開，但拉開插銷後，我發現房門的另一側還有某種鎖具，而使用蠻力撞門恐怕對我不利。我放棄了這條路線，小心翼翼地將床架搬過來頂住門，抵擋稍後或許會從隔壁房間發動的攻擊。房間北側的門是從我這一側向外打開的，嘗試之下我發現它的另一側被鎖住或上了插銷，但我知道我的逃跑路線必然是這一條。假如我能跳上佩因街那些建築物的屋頂，成功地回到地面上，就有可能飛奔穿過庭院和隔壁的建築物跑上華盛頓街，或者穿過馬路對面的建築物跑上貝茨街，或者從佩因街向南繞到華盛頓街。總而言之，我的目標是以某種手段跑上華盛頓街，然後以最快速度離開鎮廣場所在的區域。我希望能避開佩因街，因為消防站或可能徹夜有人駐守。

我考慮著這些事情，眺望朽敗屋頂構成的襤褸海洋，滿月後不久的月光照亮了底下的情形。右手邊，黑色的幽深河谷劃破眼前的景象，廢棄廠房和火車站像藤壺似的附著在河谷兩側。再過去，鏽跡斑斑的鐵軌和羅利路穿過沼澤平原而去，平原上點綴著一些長有灌木叢的乾燥高島。左手邊，溪流蜿蜒穿過的鄉野離我更近，通往伊普斯威奇的狹窄道路在月色下閃著白光。從旅館我所在的一側看不見向南的道路，那條路通往我本來想去的阿卡姆。

我猶豫不決地思考著應該在什麼時候去撞開北側的連接門和如何能夠最大限度地降低響動，但就在這時，我發覺樓下模糊的交談聲消失了，取而代之的是又一陣更沉重的樓梯吱嘎聲。搖曳的光線從氣窗照進房間，巨大的負荷壓得走廊地板吱嘎呻吟。有可能是說話聲的發悶聲音逐漸接近，最後，我的房門上響起了重重的敲門聲。

有那麼一瞬間，我只是屏息等待。漫長如永恆的時間悄然過去，周圍空氣中令人反胃的魚腥味似乎突然加重了無數倍。敲門聲再次響起——持續不斷，堅持不懈。我知道我必須採取行動了，於是撥開北側連接門上的插銷，鼓足力量準備開始撞門。敲門聲越來越響，我希望它的音量足以蓋住我撞門的響動。我終於開始撞門，一次又一次地用左肩撞擊並不厚實的門板，對驚恐和疼痛置之不理。連接門比想像中堅固，但我也沒有放棄。與此同時，門外變得越來越喧鬧。

連接門終於被撞開了，但我知道外面不可能沒有聽見那一聲巨響。敲門聲立刻變成了猛烈的撞擊聲，左右兩側房間面向走廊的門上同時不祥地響起了鑰匙插進鎖眼的聲音。我跑過剛撞開的連接門，成功地在門鎖被打開前插好了北側房間走廊門上的插銷，但我隨即聽見有人在用萬能鑰匙開第三個房間的走廊門，而我正打算從這個房間的窗戶跳向底下的屋頂。

那一刻我感覺到了徹底的絕望，因為我被困在了一個不可能通過窗戶逃脫的房間裡。手電筒照亮了企圖從這裡闖進我房間的入侵者在灰塵中留下的可怖而難以解釋的獨特印痕，異乎尋常的恐懼如波濤般吞沒了我。雖然已經喪失了希望，但我在恍惚中不由自主地衝向了下一扇連接門，盲目地試著推了一把，希望能穿過這扇門，在走廊門從外面被打開前插上插銷——當然了，前提是門上的鎖具和此刻所在這個房間的鎖具一樣結實。

運氣給我的死刑判了緩期執行，因為這扇連接門不但沒有上鎖，事實上只是虛掩著。片刻之後，我穿過這扇門，用右膝和肩膀抵住正在向內徐徐打開的走廊門。我顯然打了對方一個猝不及防，因為這一推就把門關上了，我就像在隔壁房間裡那樣插上了依然完好的插銷。我贏得了片刻喘息之機，聽見另外兩扇門上的砸門聲逐漸停止，而我用床架頂住的連接門上響起了不明所以的撥弄聲。大部分追逐者顯然已經進入了南側的房間，正在準備發動下一波攻擊。但與此同時，北側隔壁房間的門上響起了萬能鑰匙開鎖的聲音，我知道更近的危險就在身邊。

向北的連接門已經打開，但我沒有時間去考慮走廊門上正在被打開的門鎖。我能做的只有關上並插好這扇和對面那扇連接門，用床架頂住一扇，用衣櫥頂住另一扇，再用臉盆架頂住走廊門。我只能寄希望於這些臨時的堡壘能夠保護我，直到我跳出窗戶，站上佩因街那些大樓的屋頂。然而，儘管身處這個生死攸關的時刻，最讓我害怕的卻不是薄弱的防禦措施。我之所以渾身顫抖，是因為我的追逐者只以不規律的間隔可怕地喘息、咕噥和隱約吠叫，沒有從嘴裡發出任何清晰或我能理解的聲音。

搬動家具和跑向窗戶的時候，我聽見走廊裡傳來了奔向北側房間的恐怖腳步聲，意識到南側房間的撞門聲已經停止。很顯然，敵人打算集合優勢力量，對薄弱的連接門發動攻擊，因為他們知道，打開這扇門就能直接抓住我。月光照亮底下那些房屋的房樑，窗戶下的落腳點位於陡峭的斜屋頂上，跳下去將極為危險。

權衡情況之後，我選擇從兩扇窗戶中靠南的一扇逃生。我計劃落在底下屋頂向內的坡面上，然後徑直奔向最近的天窗。進入那幢古老的紅磚大樓後，我就必須應對敵人的追趕。回到地面後，我希望能靠陰霾下庭院裡的那些門洞躲過追逐者，最終跑上華盛頓街，向南一路逃出印斯茅斯。

北側連接門上的咔噠聲響得令我膽寒，我看見薄弱的門板已經開裂。攻擊者顯然搬起了某種沉重的物體，將其當作攻城槌使用。但床架卡得很牢，因此我還有一絲微弱的機會能夠安全逃脫。打開窗戶時，我發現窗戶兩側各有一條厚實的天鵝絨帷簾用銅環掛在窗簾桿上，窗外還有個用於固定百葉窗的大號掛鉤。我想到了一個辦法，這麼做就不需要冒著危險直接跳下去了。我使勁將帷簾和窗簾桿一起拖拉了下來，把兩個銅環卡在掛鉤上，將帷簾扔出窗戶。厚實的帷簾一直垂到旁邊一幢大樓的屋頂上，我覺得銅環和掛鉤應該能承受我的體重，於是爬出窗戶，順著臨時繩梯爬了下去，將充滿病態恐怖的吉爾曼旅店永遠拋在身後。

我安全地踏上陡峭屋頂的鬆脫瓦片，成功地跑到黑漆漆的天窗前，腳下一次也沒有打滑。我抬頭望向剛才逃出的那扇窗戶，發現房間裡依然一片漆黑，但沿著風化崩裂的諸多煙囪望向北方，我看見大袞密教禮堂、浸信會教堂和記憶中令我不寒而慄的公理會教堂都射出了不祥的光線。底下的庭院似乎空無一人，我希望我能在引起大規模的警覺前逃出鎮子。我點亮手電筒，照進天窗，發現裡面沒有通向下方的樓梯。還好屋頂並不高，我爬進天窗，跳了下去，落在滿是破紙箱和木桶的積灰地板上。

這裡看上去陰森恐怖，但我早已不在乎這種觀感了，拔腿跑向被手電筒照亮的樓梯——匆忙間我看了一眼手錶，發現此刻是凌晨2點。樓梯吱嘎作響，但似乎還算結實，我跑過似乎是倉房的二樓來到底層。大樓裡空無一人，只有回音在響應我的腳步聲。我終於跑到了門廳，另一頭是個微微發光的矩形，那就是通往佩因街的大門。我選擇了另一個方向，發現後門同樣敞開著，我衝出後門，跑下五級石階，踏上了野草叢生的鵝卵石庭院。

月光沒有照進庭院，但我不需要手電筒也能大致看見我的逃生之路。吉爾曼旅店那一側有幾扇窗戶照出了微弱的光線，我覺得我聽見旅館裡傳出了紛亂的聲響。我躡手躡腳地走向庭院靠近華盛頓街的一側，看見幾扇敞開的門，我選擇了離我最近的一扇門。裡面的走廊漆黑一片，走到盡頭我發現通往街道的大門被封死了。我決定換一幢建築物試試運氣，摸索著按原路返回庭院，但在接近門洞時停下了腳步。

吉爾曼旅店的一扇側門中湧出了一大群可疑的黑影，提燈在黑暗中上下躍動，可怕的嘶啞嗓音用低沉的吼聲彼此交談，使用的語言絕非英語。那些黑影猶豫不決地左右移動，我意識到他們不知道我的去向，不禁鬆了一口氣；但即便如此，我依然被嚇得渾身顫抖。我看不清他們的面容，但佝僂的身形和蹣跚的步態都無比令人厭惡。最可怕的是，我看見其中一個黑影身穿怪異的罩袍，頭上無疑戴著我非常熟悉的高聳冕飾。那些黑影在庭院裡散開，我的恐懼開始變得強烈。要是我在這幢建築物裡找不到通往街道的出口怎麼辦？魚腥味讓我反胃，我害怕我會被它嗆得暈厥過去。我再次摸索著走向街道，推開走廊上的一道房門，走進一個空蕩蕩的房間，房間裡的窗戶沒有窗框，百葉窗拉得嚴嚴實實。我用手電筒照亮，撥弄片刻後發現我能打開百葉窗，沒幾秒鐘，我就爬出了窗戶，小心翼翼地按原樣重新拉好百葉窗。

我來到了華盛頓街，暫時沒有看見任何活物和除月光外的任何光線。但遠處從好幾個方向傳來了嘶啞嗓音、腳步聲和一種不太像腳步聲的怪異足音。顯然沒有時間可以讓我浪費。我很清楚東西南北的方位，還好所有路燈都關閉了，這算是不太富裕的鄉村地區的習俗，每逢月光強烈的夜晚就關閉路燈。南方傳來一些聲音，但我沒有放棄從那個方向逃跑的計畫。我知道路邊有足夠多的廢棄房屋，萬一遇到疑似追逐者的個人或群體，我可以藉助門洞遮蔽身形。

我貼著廢棄的房屋盡量輕手輕腳地快步前進。我沒戴帽子，爬高摸低害得我衣冠不整，因此我看上去並不特別惹眼，就算遇到夜間的行路人，應該也能自然而然地蒙混過關。來到貝茨街，我躲進一幢房屋陰暗的門廊，等兩條人影在我前方蹣跚而過後繼續前進，很快來到了艾略特街斜向穿過華盛頓街和南大街交匯點的開闊路口。我沒來過這裡，但從百貨店小伙子的地圖來看，這是個危險的場所，因為月光將此處照得一覽無餘。我不可能避開這個路口，因為其他路徑都必須繞道，不但有可能被敵人發現，還會浪費我寶貴的時間。唯一的辦法就是鼓起勇氣，堂而皇之地走過去，盡量模仿印斯茅斯人典型的蹣跚步態，寄希望於沒有其他人在場，或者至少別被沒有追趕我的人看見。

追擊有多大的規模和出於何種目的都是我無從了解的謎題。這個鎮子裡似乎有什麼不尋常的行為，但我猜我已經逃出吉爾曼旅店的消息還沒有傳開。我必須盡快從華盛頓街躲到通向南方的其他街道上，因為旅館裡的那幫人無疑正在追趕我。我肯定在最後進入的那幢舊建築物裡的積灰地面上留下了腳印，他們會知道我是如何逃到街道上的。

不出所料，月光完全照亮了這片開闊空間，我看見它的中央是鐵欄干圍繞的綠地，似乎是個公園的遺跡。還好附近沒有其他人，但鎮廣場方向傳來了某種怪異的嗡嗡聲或呼嘯聲。南大街非常寬，平緩的下坡路徑直通向水濱，能夠望到海面上很遠的地方。我在明亮的月光下穿過南大街，希望不會有人恰好抬頭望向這個路口。

我沒有遇到任何阻礙，也沒有聽見意味著有人瞅見我的其他聲音。我四下裡張望了一圈，不由自主地暫時放慢腳步，看著街道盡頭熠熠月光下的大海。防波堤外的遠處能隱約望見惡魔礁的黑色線條，看到惡魔礁的那個瞬間，我忍不住想到了我在過去三十四個小時內聽見的種種恐怖傳說，這些故事將那道參差礁石描述成了一道真實存在的大門，通向無法言喻的恐怖和難以想像的反常。

就在這時，遙遠的礁石上毫無預兆地亮起了明滅的閃光。閃光確實存在，我不可能看錯，盲目的恐懼充滿我的腦海，超越了一切理性的思維。驚恐之下，我的肌肉自行繃緊，企圖拔腿就跑，只是因為潛意識中還存在謹慎，同時近乎被閃光催眠，我才留在了原處。更糟糕的是，我身後東北方向吉爾曼旅店的屋頂上也亮起了閃光，它與礁石上的閃光頗為相似，但間隔步調有所不同，無疑是一種應答信號。

我控制住身體的肌肉，再一次意識到自己多麼容易被發現，於是加快步伐，繼續假裝蹣跚地向前走去，但只要我還在南大街的這片開闊空間上，眼睛就始終盯著那不祥的駭人礁石。我無從想像這個情形究竟意味著什麼，莫非它和惡魔礁上的某種怪異儀式有關？抑或是有人乘船登上了那道險惡的岩礁？我繞著廢棄的綠地向左轉，眼睛望著大海；夏日宛若幽魂的月光下，海面閃著點點波光；無可名狀、難以解釋的信號仍在神祕地明滅閃爍。

也就是在這個時刻，最恐怖的景象映入我的眼底，這個景象摧毀了我最後一絲控制自我的能力，我發瘋般地向南狂奔，經過噩夢般的荒棄街道上一個又一個黑壓壓的門洞和瞪著死魚眼的窗戶。我仔細查看礁石和海岸間被月光照亮的海面，發現那裡遠非空無一物。海面上有一大群黑影正朝鎮子的方向游來，即使距離遙遠，我也只瞥見了短短一瞬間，但我看得出那些起起落落的頭部和揮舞划水的手臂都怪異和畸形得難以用語言表達，甚至無法在意識中形成概念。

沒有跑完一個街區，我就停下了發狂般逃竄的步伐，因為左邊響起了彷彿有組織追逐的喧鬧和叫喊聲。我聽見腳步聲、從喉嚨深處發出的吼叫聲和通通的汽車馬達聲沿著南面的聯邦街傳來。半秒鐘後，我放棄了先前的全盤計畫，因為向南的公路在前方被截斷了，我必須另想辦法離開印斯茅斯。我停下腳步，鑽進一個漆黑的門洞，心想我真是運氣不錯，能夠在追逐者沿著平行街道趕上來前離開月光下的那片開闊空間。

轉念再一想，我就沒那麼鎮定了，因為追逐者是順著另一條街道跑來的，他們顯然並沒有直接跟著我。他們沒有看見我，只是按照某個大致計畫在切斷我的逃跑路徑。這意味著離開印斯茅斯的所有道路都有類似的隊伍巡邏，因為鎮民不可能知道我打算走哪條路離開。假如確實如此，我就必須避開所有道路，穿過鄉野逃跑，但印斯茅斯附近遍布沼澤地和錯綜複雜的溪流，我該怎麼做到這一點呢？我的大腦有一瞬間停止了工作，不但因為徹底絕望，也因為無處不在的魚腥味突然變得異常濃烈。

這時我想到了通往羅利的廢棄鐵軌，鋪著道碴的堅實路基雜草叢生，從河谷旁年久失修的火車站朝西北方向延伸。鎮民或許沒有想到這條路，因為那裡荒棄多年，遍地荊棘，幾乎無法通過，一個急於逃跑的人最不可能選擇的途徑就是它。我曾在旅館窗口清楚地看見過它，記得鐵軌的走向。有一點不利因素是從羅利路和鎮子的高處能看見鐵軌剛開始的一段長度，但我似乎可以不為人知地在灌木叢中爬完那段路程。總而言之，那是我逃命的唯一機會，除了嘗試之外也別無他法。

我退回藏身之處的荒棄門廳，在手電筒的幫助下再次查看百貨店小伙子的地圖。擺在眼前的難題是該如何前往那條舊鐵軌，我發現最安全的途徑是向前到巴布森街，然後向西到拉法耶街，沿著邊緣繞過類似先前穿越的那個路口的一片開闊空間，接著向北和向西以之字形穿過拉法耶街、貝茨街、亞當斯街和緊貼河谷的河岸街，來到我在旅館窗口看見過的行將坍塌的火車站。之所以要向前去巴布森街，是因為我既不想再次穿過先前那片開闊空間，也不想沿著像南大街那樣寬闊的交叉街道向西走。

我重新出發，過街來到馬路右側，想儘量不為人知地繞上巴布森街。聯邦街依然鬧哄哄的，向後望去，我看見我所離開的那座建築物附近有一道亮光。我急於離開華盛頓街，因此悄無聲息地小跑起來，希望靠運氣躲過追逐者的視線。來到巴布森街的路口，我驚慌地發現有一幢房屋依然有人居住，這是憑藉窗口掛著帷簾推測出的結論，但室內沒有燈光，因此我無災無難地跑了過去。

巴布森街與聯邦街交叉，有可能會讓我暴露在追逐者的視線下，因此我盡可能地貼著不平整的破敗牆面行走。有兩次我聽見背後的響動忽然變得更加喧鬧，因此鑽進門洞暫時躲藏。前方月光下的開闊空間空無一人，但我選擇的路線並不需要穿過它。第二次停下的時候，我覺察到模糊響動的分布有了變化，我小心翼翼地從暗處向外張望，看見一輛汽車穿過開闊空間，沿著艾略特街疾馳而去，艾略特街在這裡與巴布森街和拉法耶街交匯。

魚腥味在短暫消退後又突然濃烈得嗆人，就在我的注視下，幾條彎腰駝背的笨拙黑影從同一個方向蹣跚而來，我知道他們肯定在把守通往伊普斯威奇的道路，因為艾略特街就是那條公路的延伸段。我看見兩條黑影身穿寬大的長袍，其中之一頭戴高聳的冕飾，在月光下閃著白色輝光。這條黑影的步態過於怪異，看得我寒毛直豎，因為我覺得它幾乎在蹦跳而行。

等這群人的最後一個離開視線，我繼續踏上征程。我拐彎跑上拉法耶街，以最快速度穿過艾略特街，以免沿著大路向前走的那群傢伙裡還有人落在後面。我確實聽見從鎮廣場方向遠遠地傳來一些嘶啞叫聲和咔噠怪聲，但還是平安無事地跑完了這段路。我最害怕的事情是再次穿過月光照耀下的南大街，同時被迫看見海上的情形，我必須鼓足勇氣才能完成這項考驗。經過這裡很容易被人瞥見，艾略特街上的蹣跚行者無論從街頭還是街尾都能一眼看見我。最後一刻，我決定應該放慢步伐，學著印斯茅斯本地人的蹣跚步態穿過路口。

海面再次展現在眼前，這次位於我的右手邊，我半心半意地決定絕不望向那裡。但我實在無法抵抗誘惑，一邊小心翼翼地模仿蹣跚步態走向前方能夠隱蔽身形的暗處，一邊偷偷地扭頭看了一眼。我本以為會看見較大的船隻，實際上卻沒有。首先吸引住視線的卻是一艘小舟，它載著用油布遮得嚴嚴實實的某種沉重東西駛向廢棄的碼頭。儘管隔了很遠，我也看不太清，但槳手的樣子特別令人厭惡。海裡還能分辨出幾個游水者，遠處礁石上有一團微弱但穩定的輝光，它與先前閃爍的信號毫無相似之處，我無法清楚分辨它怪異的顏色。前方和右側的斜屋頂之上，吉爾曼旅店的屋頂陰森聳立，但此刻整幢大樓都漆黑一片。剛才被微風吹散的魚腥味再次聚攏過來，濃烈得幾乎令人發瘋。

我還沒來得及穿過街道，就聽見一群人嘀嘀咕咕地沿著華盛頓街從北面走來。他們來到開闊的路口，也就是我第一次藉著月光看見海面上那恐怖景象的地方，和我僅有一個街區的距離，我驚恐地看見他們的面孔畸形得彷彿獸類，彎腰駝背的步態更像低於人類的犬科動物。一個男人的動作完全屬於猿猴，長長的手臂時常碰到地面；另一個男人身穿長袍，頭戴冕飾，似乎完全在蹦跳前行。我猜我在吉爾曼旅店的庭院裡見到的就是他們，他們就是追我追得最緊的那群人。他們中有幾條黑影望向我，我嚇得幾乎無法動彈，但還是勉強保持住了漫不經心的蹣跚步態。直到今天，我還是不知道他們到底有沒有看見我。假如看見了，那我的計謀肯定成功地騙過了他們，因為他們沒有改變路線，而是徑直穿過了月光下的開闊空間，邊走邊用某種可憎的沙啞喉音說著我聽不懂的某種語言。

重新回到暗處，我繼續彎腰小跑，將一排茫然瞪視夜色的歪斜衰老房屋甩在身後。我穿到向西的人行道上，繞過最近的街角，來到貝茨街上，貼著南側的建築物向前走。我經過兩幢顯示出有人居住的跡象的房屋，其中一幢的樓上隱約亮著燈光，但沒有遇到任何障礙。拐上亞當斯街，我感覺安全得多了，但一個男人忽然從前方漆黑的門洞走出來，嚇得我魂不附體。但事實證明他醉得太厲害，無法構成任何威脅；我終於安全地來到了河岸街的廢棄倉庫區。

河谷旁的這條街道一片死寂，沒有人攪擾它的安寧，瀑布的咆哮聲吞沒了我的腳步聲。到廢棄的火車站還需要彎著腰跑很長一段路，身旁倉庫的磚砌高牆似乎比私人住宅的門臉更加讓我害怕。我總算看見了火車站（更確切地說，火車站的殘骸）古老的拱廊建築，我徑直跑向從火車站另一頭向外延伸的鐵軌。

鐵軌鏽跡斑斑，但大體上完好無損，徹底朽爛的枕木還不到一半。在這樣的地面上無論跑還是走都非常困難，但我依然盡力前行，總的來說走得不算太慢。鐵軌貼著河谷走了一段，最終我來到那座長長的廊橋前，它從令人暈眩的高度跨越深溝。廊橋的完好程度將決定我的下一步行動，假如它能承受一個人的重量，那我就從橋上過去，假如不行，那我就必須冒險穿過街道，從離這裡最近的公路橋過河。

古老的橋樑寬闊如谷倉，在月光下閃著詭異的銀光，我看見枕木至少在裡面幾英呎之內還很完整。我走進廊橋，打開手電筒，受驚的成群蝙蝠險些撞倒我。走到一半，我看見枕木上有個危險的缺口，我有一瞬間害怕它會擋住我，但最後我冒險一躍，成功地越過了那個缺口。

從恐怖隧道的另一頭鑽出來，再次見到月光讓我欣喜。舊鐵軌與河流街在地面交叉而過後就進入了越來越鄉野的地區，印斯茅斯那噁心的魚腥味漸漸變淡。野草和荊棘蓬勃生長，阻擋我的腳步，無情地撕扯我的衣衫，但我反而很喜歡它們，因為萬一遇到危險，我可以靠它們遮蔽身形。我知道從羅利路能看清這條逃生路徑的很長一段。

沼澤地很快出現在前方，單條鐵軌建在低矮的路基上，路基上的雜草比剛才要稀疏一些。接下來我經過了一片地勢較高的土地，鐵軌穿過一道很淺的明溝，溝裡長滿灌木和荊棘。我很高興能遇到這段遮掩物，因為根據我先前從旅館窗口看見的，羅利路在這附近與鐵軌近得令人心驚，到明溝的盡頭與鐵軌交叉而過後轉向，間距變得相對而言較為安全，但目前我必須極為謹慎才行。走到這裡，我已經能夠確定鐵軌確實無人看守了。

即將進入明溝的時候，我扭頭向後張望，但沒有發現追逐者。有魔力的黃色月光下，衰敗的印斯茅斯的古老尖塔和屋頂美麗而虛幻地閃閃發亮，我不禁想著它們在陰霾降臨前的舊時代裡會是什麼樣子。我的視線從鎮區轉向內陸，一些不那麼平靜的景象虜獲了我的注意力，頓時嚇得無法動彈。

我看見的（或者是我幻想自己看見的）是南方遠處隱隱約約的某種起伏騷動。這種隱約感覺讓我得出結論：有非常大的一群人湧出了印斯茅斯，正沿著伊普斯威奇路向前走。距離太遠，我分辨不出任何細節，但我非常厭惡那夥人移動的樣子，那些身影起伏得過於厲害，逐漸西沉的月亮照耀下，它們反射的光線也過於強烈。雖然風向恰好相反，但我似乎還聽見了一些聲音，那是野獸的抓撓和嘶吼聲，比我不久前偷聽到的喃喃交談聲更加恐怖。

各種各樣令人不快的猜測掠過腦海。我想到傳聞中身體極度變形的印斯茅斯鎮民，據說他們躲藏在海邊已有上百年歷史、搖搖欲墜的貧民窟裡。我還想到了我見到的那些無可名狀的游水者。我心算著到現在為止見過的搜尋者，加上按理說封鎖了其他道路的那些人，對印斯茅斯這麼一個人煙稀少的鎮子來說，追逐者的數量未免多得有些奇怪。

此刻我見到的為數眾多的這群人，他們究竟從何而來？無人探訪的古老貧民窟裡難道確實擠滿了身體畸形、未曾登記、不為人知的生命？抑或是有一艘大船偷偷摸摸地將未知的外來者成群結隊地送上了那片恐怖的礁石？他們是誰？為什麼會出現在這裡？假如有這麼大的一群人在掃蕩伊普斯威奇路，那麼其他道路上的盤查力量是否也會相應增加？

我鑽進灌木叢生的明溝，艱難而緩慢地向前跋涉而行，該死的魚腥味再次變得濃烈嗆人。是風忽然轉向東方，變得從海面吹過鎮區了嗎？我得出結論，情況肯定是這樣，因為我聽見那個先前一片沉寂的方向飄來了令人驚駭的咯咯喉音，其中還夾雜著另一種響亮的聲音，那是一種大規模的撲打或拍擊聲，能夠喚起最令人厭惡的怪異想像，讓我毫無邏輯地想到了遠在伊普斯威奇路的那一大群搜尋者。

臭味和怪聲變得越來越強烈和響亮，我顫抖著停下腳步，慶幸明溝遮掩了我的身體。這時我想到，羅利路到這裡與舊鐵軌挨得很近，在不遠處交叉而過後向西延伸。有什麼東西沿著羅利路走近了，我必須趴在地上，等他們過去並消失在遠處後再起來。謝天謝地，這些怪物沒有帶狗來追蹤我，不過話也說回來，魚腥味籠罩了整個地區，狗恐怕聞不到其他的氣味。我趴在沙質溝壑裡的灌木叢中，覺得自己頗為安全，但我知道那些搜索者就在前方一百碼開外穿過鐵路。我能夠看見他們，但他們看不見我，除非命運對我開個惡意的玩笑。

但與此同時，我幾乎害怕看見他們穿過鐵軌。我盯著月光照耀下的明溝開口，他們即將從那裡蜂擁而過，奇怪地想到這片空間會遭到無可逆轉的汙染。他們是印斯茅斯怪人裡最恐怖的一群，是人們甚至不願記住的一些魔物。

惡臭強烈得不堪忍受，怪聲變成了獸類的嘈雜合奏，那些嘎嘎叫囂和嗚嗚嘶吼與人類語言毫無形似之處。難道真是追逐者的交談聲？追逐者真的沒有帶狗嗎？直到此刻，我沒有在印斯茅斯見過任何低等動物。那種撲打或拍擊聲簡直醜惡莫名，我無法認為發出聲音的是那些退化的生靈。我情願緊閉雙眼，直到聲音徹底在西面消失。那群人非常近了，空氣中瀰漫著惡臭和嘶啞的吼聲，節奏怪異的步點踩得大地都在微微顫動。我幾乎無法呼吸，凝聚起所有的意志力，迫使自己合上眼皮。

我甚至不願評論接下來發生的事情究竟是醜惡的現實還是噩夢的幻象。在我瘋狂的呼籲後，政府最近採取的行動傾向於證明那是恐怖的事實，但被陰霾籠罩的古老鎮子擁有一種近乎催眠的魔力，在它的作用下，怪異的幻象難道不會重複出現嗎？這種地方往往有著怪異的特質，置身於惡臭瀰漫的死寂街道之上，被朽爛的屋頂和崩塌的尖塔重重包圍，流傳已久的荒誕奇談會影響不止一個人的想像力。會傳染的某種瘋病的病菌潛藏在籠罩印斯茅斯的陰霾深處，這種可能性難道不存在嗎？聽過老札多克・艾倫講述的那些故事後，誰敢保證他耳聞目睹的就是現實呢？政府人員始終沒能找到可憐的札多克，也無從推測他遭遇了什麼樣的命運。誰知道瘋狂在何處結束，現實又從哪裡開始？我最後體驗到的恐怖難道不可能也只是幻覺嗎？

但我必須說出那晚我認為我在嘲弄現實的黃色月光下見到了什麼：我趴在廢棄鐵軌所在明溝的野生灌木叢中，望著正前方的羅利路，清清楚楚地看見了怪物的湧動和跳躍。儘管我下定決心要閉緊雙眼，但終究沒有成功。那是命中注定的失敗：一群吱嘎怪叫的未知怪物鬧哄哄地撲騰著在頂多一百碼開外的前方經過，誰能真的緊閉雙眼趴在地上？

我以為我為最駭人的情形做好了準備，考慮到我已經見過的東西，我實在也應該準備好了迎接這一切。先前那些追逐者已經畸形得該遭天譴，因此我難道不該準備好面對更加畸形的一群怪物嗎？難道不該看見完全沒有摻雜半分正常的一些形體嗎？我等到正前方的喧囂變得非常響亮了才睜開眼睛。鐵軌與道路交叉的地方，明溝的兩側向外鋪平伸展，因此我知道我肯定能看見隊伍中很長的一部分，這時候我已經克制不住自己，想看一眼斜射的黃色月光為我展示了什麼樣的恐怖景象。

無論我在大地表面還要存在多久，這一眼都結束了我所有的內心平靜，還有我對大自然和人類心智的完整性的信心。就算我從字面意義相信了老札多克的癲狂故事，我的一切想像也絕對不可能比得上我親眼看見或自認目睹的地獄般的瀆神現實。先前我試圖轉彎抹角地暗示那些究竟是什麼東西，只是為了推遲用文字描述它們所帶來的恐懼。這顆星球難道真有可能孕育出如此可怕的邪魔？這些怪物迄今為止都只存在於熱病幻想和縹緲傳說之中，人類的眼睛難道真有可能見到以客觀肉體存在的它們？

然而，我卻看見它們川流不息地在前方經過——撲騰，跳躍，吱嘎嘶吼，啞聲怪叫——非人類的身影向前湧動，在幽魂般的月光下彷彿跳著噩夢般光怪陸離的邪惡舞步。其中一些頭戴由無可名狀的白色金質金屬打造的高聳冕飾，一些身穿怪異的罩袍，走在最前面的一個裹著黑色大衣和條紋長褲，像食屍鬼似的拱起後背，一頂男式氈帽扣在應該是頭部的奇形怪狀的物體上。

我覺得它們身體的主色調是灰綠色，腹部發白。它們的身體黏糊糊的，閃閃發亮，但背脊中央長有鱗片。它們的體型說明它們可能是兩棲動物，但頭部更像魚類，突出的眼睛從不閉上。它們頸部兩側有顫抖不已的鰓片，長長的腳爪之間生有蹼片。它們跳躍的動作不甚規則，有時兩腿著地，有時四足發力——還好它們的肢體不多於四條。它們嘶啞的吠叫聲顯然是一種語言，能夠傳遞茫然瞪視的面部無法表達的陰暗情緒。

可是，這些恐怖特徵對我來說卻並不陌生。我很清楚它們究竟是什麼，因為我依然清楚地記得我在紐伯里波特見到的那頂邪惡冕飾。冕飾上無可名狀的圖案裡有一些瀆神的魚蛙魔怪——活生生的恐怖邪物——此刻看見它們，我終於想到教堂地下室裡那個頭戴冕飾的駝背教士激起了什麼樣的駭人回憶。它們多得數不勝數。我覺得那個湧動的隊伍彷彿沒有盡頭，我那短暫的一瞥當然只見到了其中的一小部分。下一個瞬間，上帝仁慈地讓我昏厥過去，湮滅了我眼中的一切，這是我生平第一次暈倒。

5

我暈倒在灌木叢生的鐵軌明溝裡，濛濛細雨喚醒我時已是白晝，我踉蹌著走上鐵軌，卻沒有在已成泥濘的地面上發現任何腳印。魚腥味同樣蕩然無存。印斯茅斯的廢棄屋頂和坍塌尖塔在東南方向灰濛濛地悄然聳立，但無論朝哪個方向張望，這片孤寂的鹽沼裡都沒有任何活物。我的錶還在走，告訴我時間已經過了正午。

先前那段經歷的真實性在我心中高度可疑，但我能感覺到某種醜惡之物在幕後悄然隱藏。我必須逃出被邪惡陰霾籠罩的印斯茅斯——有了這個念頭，我開始嘗試活動我那些僵硬而疲憊的肌肉。雖然我虛弱無力、飢腸轆轆、驚恐困惑，但休息良久之後，我發現自己可以行走了。我沿著泥濘的道路慢慢地走向羅利，在傍晚前來到一個村莊，飽餐一頓後弄了身能夠見人的衣物。我搭夜班列車前往阿卡姆，第二天，我找到阿卡姆的政府官員，做了一番長時間的懇談，後來我在波士頓也重複了同樣的流程。我那幾次交涉的主要結果如今已經為公眾所知。為了能夠恢復正常的生活，我希望不需要再多說什麼了。或許是瘋狂正在逐漸侵蝕我，但也可能是更大的恐怖（或奇蹟）正在降臨。

不難想像，我放棄了剩餘行程中計劃好的大部分活動——欣賞風景、建築物和古物，我曾對這些活動寄予厚望。我也不敢去米斯卡托尼克大學博物館，觀看據說收藏在博物館的怪異珠寶。然而，我沒有浪費逗留阿卡姆的這段日子，我收集了一些族譜資料，這是我早就想做的一件事情。這些資料收集得倉促而粗糙，但等我找到時間對比核實和編撰成文，肯定能派上很大的用場。阿卡姆歷史協會的館長是E．拉普漢姆．皮博迪先生，他慷慨地提供了大量幫助，聽我說我是阿卡姆人士艾麗莎．奧尼的孫子，他表現出了不尋常的興趣。她出生於一八六七年，十七歲時嫁給了俄亥俄人士詹姆斯．威廉姆遜。

許多年前，我的一個舅舅似乎也做過類似的調查，我外祖母的家族曾經是當地人的熱議話題。皮博迪先生說，我外祖母的父親本傑明．奧尼在內戰結束後不久成婚，引來了頗為可觀的議論，這是因為新娘的族系非常可疑。新娘據稱是新罕布夏州馬許家族的孤女，這個家族是埃塞克斯郡馬許家族的表親，但她在法國接受教育，對家族的情況幾乎一無所知。一名監護人在波士頓的一家銀行存入資金，供她和她的法國家庭女教師維持生活，但阿卡姆人從沒聽見過那位監護人的名字，而且很快就消失得無影無蹤，家庭女教師經法院指派後接替了這個角色。這位法國女士早已去世，在世時也非常沉默寡言，據說她知道得很多，只是不喜歡多嘴多舌。

但最令人困惑的是，這位年輕女士記錄在案的父母是伊諾克・馬許和萊迪亞・馬許（婚前姓麥澤夫），但在新罕布夏的已知家族中卻找不到這兩個人。很多人認為，她恐怕是馬許家族某位顯赫人物的私生女兒，因為她確實長著一雙馬許家族特有的眼睛。她在生下我祖母時早早去世——我祖母是她唯一的孩子——這些疑惑也就隨之煙消雲散了。馬許這個姓氏給我留下了許多不愉快的記憶，得知它也在我本人的族譜之中，我當然不會高興，更加讓我不悅的是皮博迪先生暗示我同樣長著一雙馬許家族特有的眼睛。不過，能夠得到這些資料，我依然心懷感激，因為我知道它們遲早會派上用場。奧尼家族的檔案非常齊全，我做了大量的筆記並抄錄了參考書籍的清單。

我從波士頓直接返回托萊多的家中，又在毛密休養了一個月。九月，我回到奧柏林完成最後一年的學業，忙於研究和其他有益的活動，直到來年六月，只在政府官員偶爾造訪時才會想起那段恐怖的經歷，他們找我是因為我的呼籲和證據已經讓政府啟動了調查行動。七月中旬，印斯茅斯歷險過去了整整一年，我前往克利夫蘭，與我已故母親的家族過了一週。我帶著我新發掘出的族譜資料，對比他們保存的各種筆記、口述故事和家傳物品，看看我能建立起什麼樣的譜系圖。

我並不怎麼喜歡這項工作，因為威廉姆遜家族的氣氛總是讓我覺得抑鬱。那裡有一種病態的緊張壓力，我小時候我母親從不鼓勵我去探望她的父母，但她總是歡迎她父親來托萊多做客。我出生於阿卡姆的外祖母總是讓我有怪異甚至可怕的感覺，她的失蹤似乎沒有給我帶來哀痛。當時我八歲，據說她是在我舅舅道格拉斯也就是她的長子自殺後離家出走的。他在遊歷新英格蘭後飲彈自盡，毫無疑問，阿卡姆歷史協會正是因為他的這趟旅程記住了他。

我這位舅舅的相貌酷似我外祖母，我也同樣一向不喜歡他。他們兩人都有一種從不眨眼的瞪視表情，讓我內心隱約有些說不出的惶惑不安。我母親和沃爾特舅舅不是這種長相，他們更像他們的父親，但可憐的勞倫斯表弟——沃爾特的兒子——卻活脫脫是他外祖母的翻版，他後來出了一些問題，永久性地在坎頓的一家精神病院隔離療養。我有四年沒見過他了，但我舅舅曾說他的精神和身體狀態都很糟糕。對他的擔憂是他母親兩年前去世的主要原因。

克利夫蘭那幢屋子裡現在只住著我外祖父和鰥居的沃爾特舅舅，但舊日時光的回憶沉重地籠罩著它。我依然不喜歡這個地方，盡量以最快速度完成我的調查。外祖父向我提供了威廉姆遜家族的大量記錄和口述故事，至於奧尼家族的材料，我就只能依賴沃爾特舅舅了，他允許我隨意處理他擁有的所有資料，包括筆記、信件、簡報、家傳物品、照片和縮微底片。

正是在查看奧尼家族的信件和照片時，我對自己的出身產生了一種恐懼感。如前所述，我的外祖母和道格拉斯舅舅一向讓我心生不安。他們過世多年後的今天，我望著照片中他們的面容，厭惡和陌生的情緒越發高漲。剛開始我還不理解這樣的變化從何而來，但即使我的意識堅決否認哪怕最細微的可能性，恐怖的對照還是逐漸侵入了我的潛意識。兩張面孔的典型表情顯然多了先前沒有的一層意味，我越是深入思考，就越是會陷入無法抵抗的驚恐惶惑。

沃爾特舅舅帶我去市區的一個保管庫，向我展示奧尼家族的祖傳珠寶，給我帶來了最可怕的驚駭。大多數首飾非常精緻和漂亮，但另外還有一盒怪異的古老珠寶，它們是我神祕的曾外祖母傳下來的，沃爾特舅舅甚至不太願意拿給我看。他說這些珠寶奇形怪狀，幾乎令人厭惡，他不記得曾經有人公開佩戴過它們，但我外祖母很喜歡欣賞這盒首飾。圍繞著它們似乎有一些關於厄運的故事，我曾外祖母的法國家庭女教師說不該在新英格蘭佩戴它們，但在歐洲佩戴它們就足夠安全了。

我舅舅不情願地慢慢拆開盒子的包裝，告訴我不要被它們怪異甚至醜惡的形狀嚇住。見過這些珠寶的藝術家和考古學家都說它們的做工無比精細和極具異域風情，但誰也無法確定它們究竟是什麼材質和歸類於某種特定的藝術風格。盒子裡有兩個臂飾、一頂冕飾和一枚胸針，胸針上用浮雕刻畫了某些幾乎令人無法忍受的怪異身影。

聽著他的描述，我努力控制住自己的情緒，但表情肯定洩露了我逐漸積累的恐懼。我舅舅面露關切之色，停下拆開包裝的動作，打量我的神情。我示意他繼續，他非常勉強地打開了盒子。出現在我眼前的第一件首飾是那頂冕飾，他大概料到我會有所反應，但我估計他沒有想到我的反應竟會那麼劇烈。實際上我也沒有想到，因為以為我已經有了足夠的心理準備，能夠接受即將揭曉的答案。我的反應是一聲不響地昏厥過去，就像一年前我在荊棘密布的鐵軌明溝裡失去知覺那樣。

從那天開始，我的生活就變成了一場陰森恐怖的噩夢，我不知道其中有多少是醜惡的現實，又有多少是瘋狂的幻覺。我的曾外祖母是來歷不明的馬許家族成員，她嫁給了一位阿卡姆人士。老札多克難道沒有說過，歐畢德・馬許和一個畸形女人生下一個女兒，他哄騙一個阿卡姆男人娶了她？阿卡姆歷史協會的館長也說我有一雙馬許家族特有的眼睛。歐畢德・馬許難道就是我的曾曾外祖父？那麼，我的曾曾外祖母又是什麼人——或者，什麼東西？不過，這些也許都是瘋狂的想像。顏色發白的金質首飾也許只是我曾外祖母的父親從某個印斯茅斯水手那裡買來的。我曾外祖母和自殺的舅舅的瞪視表情也許僅僅出自我的幻想——純粹的幻想，而印斯茅斯的陰霾嚴重地汙染了我的想像力。但是，我的舅舅為什麼會在新英格蘭的尋根之旅後結束自己的生命呢？

接下來的兩年多時間，我努力不去思索這些問題，但並不怎麼成功。我父親幫我在一家保險公司安排了一個職位，我盡量將自己沉浸在瑣碎的日常工作之中。然而，一九三〇到一九三一年的那個冬季，我開始做夢了。剛開始這些夢稀少而隱晦，但隨著時間一週一週過去，它們變得越來越頻繁和清晰。寬闊的水域在我面前展開，我徜徉於沉沒水底的巨型柱廊和水草漂揚的石牆迷宮之間，奇形怪狀的魚類陪伴著我。另一種身影隨即開始浮現，我驚醒時內心總是充斥著無可名狀的恐怖。可是，在夢中，它們並不讓我覺得害怕，我是它們中的一員。我身穿它們非人類的服飾，走在它們水下的道路上，在它們邪惡的海底神廟中怪異莫名地膜拜祈禱。

夢中的細節太多，我無法記住所有內容，但即便如此，假若我將自己每天清晨醒來時還記得的東西寫在紙上，肯定會被鑑定為一個瘋子或者一名天才。我感覺到，有些可怕的力量正在逐漸將我拖離理智的世界和健全的生活，進入黑暗和陌生的無名深淵；這個過程在我身上產生了強烈的效果。我的健康和外表穩步惡化，最後不得不放棄工作，過上了殘疾者那種滯澀的避世生活。我落入某種怪異的神經性疾病的魔掌，我發現自己有時候甚至無法閉上雙眼。

也就在這段時間，我開始越來越驚恐地審視鏡子裡的自己。疾病緩慢侵蝕的結果本就不堪入目，但對我這個病例而言，變化背後還潛藏著一些更微妙而令人困惑的因素。我父親似乎也注意到了，因為他注視我的眼神變得古怪，甚至稱得上畏懼。我身上究竟在發生什麼？我難道越來越像我的外祖母和道格拉斯舅舅了嗎？

一天夜裡，我做了個可怕的噩夢，我在海底遇到了我的外祖母。她居住在磷光閃爍的宮殿裡，宮殿有許多柱廊，花園生長著散鱗狀的怪異珊瑚和奇形怪狀的腕狀開花植物，她歡迎我的熱忱態度中似乎含有一絲嘲諷。她已經轉變了，和進入水中轉變的其他人一樣，她說她將長生不死。她去了她死去的兒子曾經知曉的一個地方，躍入了一個充滿奇蹟的國度；那裡本來也是他命中註定要去的地方，他卻用冒煙的手槍將自己關在了門外。那也將是我要去的國度，我無法逃避這個命運。我將永生不死，我將與之為伍的生物早在人類行走於地面上以前就活在了世間。

我還見到了她的祖母。忒特雅莉（Pth'thya-l'yi）已經在伊哈恩斯列（Y'ha-nthlei）生活了八萬年，歐畢德．馬許去世後，她返回了自己的家園。地表人類向深海發射死亡時，伊哈恩斯列並沒有被摧毀。它確實受到了傷害，但沒有被摧毀。深潛者（Deep One）永遠不可能被摧毀，就連早被遺忘的舊日支配者的太古魔法也只是偶爾能夠鎮壓它們。它們目前在休養生息，但遲早有一天，只要它們沒有喪失記憶，就會再次浮出水面，獲取偉大的克蘇魯渴求的祭品。下一次將是比印斯茅斯大得多的一座城市。它們曾經計畫繁衍後代，養育能夠幫助它們的力量，但現在它們必須再次等待。我給地表人類帶來了死亡，我必須為此悔過，但我的罪孽並不深重。正是在這個夢中，我第一次見到了修格斯，那一眼讓我在瘋狂尖叫中驚醒。這天早晨，鏡子確鑿無疑地告訴我，我已經擁有了印斯茅斯人的相貌。

我沒有像道格拉斯舅舅那樣自我了斷。我買了一柄自動手槍，幾乎走上那條道路，但某些特定的夢境攔住了我。極端緊張的恐慌心情在漸漸放鬆，我奇異地不再畏懼那未知的深海，而是受到它的吸引。我在夢中聽見怪異的聲音，做怪異的事情，醒來時內心不再驚恐，而是充滿喜樂。我不認為我需要像大多數人那樣等待徹底的變化。假如我繼續等待，我父親多半會將我關進精神病院，領受我可憐的表弟那樣的下場。聞所未聞的驚人奇蹟在水下等著我，我很快就將前去尋找它們。咿呀，拉萊耶！Cthulhu fhtagn！咿呀！咿呀！不，我不會自殺——絕對不會因為這些而自殺！

我要策劃協助我表弟逃出坎頓的瘋人院，我們將一起前往被奇蹟籠罩的印斯茅斯。我們將游向海中那片陰森的礁石，潛入幽暗的深淵，抵達充滿巨石和柱廊的伊哈恩斯列，我們將回歸深潛者的巢穴，永遠地生活在奇蹟和榮光之中。

超越時間之影

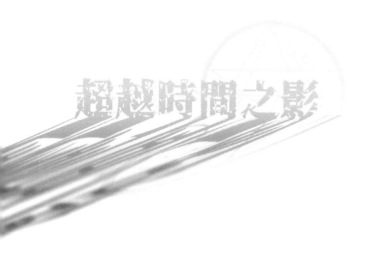

1

二十二年來，我生活在噩夢和驚恐之中，只有一個絕望的念頭勉強支撐著我，那就是某些特定的印象完全源自虛構的神話。時至今天，我已經不敢保證一九三五年七月十七至十八日我在西澳大利亞發現的事物都真實存在了。我有理由希望我的經歷完全或部分是一場幻覺——是的，我能找出不計其數的原因。然而，這段經歷的真實性又過於恐怖，我時常覺得那份希望如此虛無縹緲。假如那件事情確實發生過，那麼人類就必須做好準備接受宇宙的真相和人類在沸騰的時間漩渦中所處的真正位置了，而僅僅提到這些就足以嚇得你我無法動彈。人類還必須提高警惕，抵抗某種潛伏的危險，儘管它不可能吞噬整個物種，但足以對其中那些熱愛冒險的成員構成恐怖得無法想像的威脅。正是出於這個原因，我必須以我的全部力量告誡世人，請放棄發掘那些不為人知的遠古巨石遺跡的全部努力，我的探險隊就曾前往這樣的一個地方進行勘察。

假如我確實精神正常、頭腦清醒，那麼那晚我的經歷就從未在其他人類身上發生過。更有甚者，它可怖地證明了我企圖歸結為神話和夢境的事物確實存在。幸運的是我沒有證據，因為我在逃跑時遺失了那件恐怖的東西，假如它是真的，也確實來自那個邪惡的深淵，就將構成無可辯駁的鐵證了。我獨自遭遇了那段恐怖的經歷，迄今為止也沒有向任何人透露過。我無法阻止其他人朝這個方向挖掘，但直到今天，運氣和變動的流沙還沒有讓他們發現它。現在我必須毫不含糊地做出一個聲明，不但為了我本人的精神健康，也為了懇請文章的讀者能夠嚴肅對待此事。

我在帶我回家的船艙裡寫下這些手稿，其中前半部分的大多數內容早已為大眾和科學報刊的讀者所熟知。我打算將手稿託付給我的兒子，米斯卡托尼克大學的溫蓋特．皮斯利教授。多年前我罹患怪異的遺忘症後，我家中只有他對我不離不棄，他同時也是最了解我的病症內情的人。假如我吐露那個命定夜晚所發生的一切，他是全世界所有活人裡最不可能嘲笑我的。出海前我沒有告訴他任何事情，因為我認為最好讓他透過文字得知真相。比起聽取我混亂的口頭敘述，在閒暇時間閱讀和重讀我的文字應能產生更有說服力的印象。他可以用他最合適的辦法處理我的文稿——添加合適的評論，向任何有可能得到良好結果的人員展示它們。為了幫助不熟悉我早期遭遇的那些讀者了解情況，我在揭開事實真相前撰寫了頗為詳盡的背景綜述。

我叫納旦尼爾．溫蓋特．皮斯利，假如你還記得十幾年前的新聞或六、七年前心理學雜誌刊發的信件和文章，那就肯定知道我的身分和職業。報刊詳細描述了我一九〇八年至一九一三年罹患的怪異遺忘症，大部分內容都是潛藏於我當時和現在居住的麻薩諸塞州古老小鎮背後的恐怖、瘋狂與巫術傳統。但我必須聲明，我的家系和早年生活中都毫無那些瘋狂險惡之事的影子。有鑑於來自外部源頭的陰霾如此突兀地降臨在我身上，這就更是一件極為重要的事情了。或許是幾百年來的黑暗陰鬱氣氛給被流言所困的破敗城鎮阿卡姆在面對這些陰霾時增加了一種特別的脆弱性，但考慮到我後來研究過的另外一些事例，就連這一點也變得非常值得懷疑。不過，我想說的重點是我的祖輩和背景都完全正常。我遭遇的事物來自另一個地方，具體是哪裡，我到現在也不願用文字直接描述。

我的父親是喬納森·皮斯利，母親是漢娜·皮斯利（原姓溫蓋特），雙方都來自黑弗里爾地方血統優良的古老家族。我在黑弗里爾出生和成長，古老的家宅位於黃金山附近的鮑德曼街上，十八歲進入米斯卡托尼克大學後才第一次前往阿卡姆。那是一八八九年的事情。畢業後我在哈佛研究經濟學，於一八九五年以政治經濟學講師身分返回米斯卡托尼克大學。接下來的十三年，我過著風平浪靜的快樂生活。一八九六年，我與黑弗里爾人士愛麗絲·凱澤成婚，我的三個孩子羅伯特·K、溫蓋特和漢娜分別出生於一八九八、一九〇〇和一九〇三年。一八九八年，我當上副教授，一九〇二年成為全職教授。我對神祕主義和變態心理學從未產生過任何興趣。

一九〇八年五月十四日星期四，那場奇特的遺忘症降臨在我身上。事情來得非常突然，但後來回憶起發病前幾小時，我曾短暫地見到過一些模糊的幻象——幻象混亂無序，讓我深感不安，因為這是前所未有的事情：這大概就是發病的前驅症狀吧。我的頭抽痛不已，有一種對我來說完全陌生的獨特感覺，那就是有什麼人企圖侵佔我的思想。

上午10點20分，我正在向一年級和少數二年級學生教授政治經濟學的第六講，經濟學的歷史和當前趨勢，這時我的病症徹底發作了。我看見眼前出現了怪異的形狀，覺得我置身於一個奇特的房間中，而非現實中的教室。我的思緒和講話偏離了上課的內容，學生們注意到我出了什麼嚴重的問題。緊接著，我癱坐在椅子裡失去了知覺，誰也無法將我從昏迷中喚醒。等我的感官再次望見這個正常世界的陽光，時間已經過去了五年四個月又十三天。

接下來發生的事情當然都是其他人告訴我的。我被送回克雷恩街27號的家中，接受了最好的醫療看護，但在長達十六個半小時的時間內始終不省人事。五月十五日凌晨3點，我睜開眼睛，開始說話，但沒過多久，我的表情和語言的變化就徹底嚇住了醫生和我的家人。我明顯無法回憶起我的身分和過往，但出於某些原因，我似乎急於掩蓋這種記憶缺失。我的眼睛怪異地注視著我身邊的眾人，面部肌肉的反射動作也變得全然陌生。

就連我說話也變得笨拙而怪異。我笨拙地嘗試著使用我的發聲器官，用詞有一種奇特的矯飾特質，就好像我正在費力地按照書本學習英語。我的發音變得粗鄙而陌生，遣詞造句似乎既包括奇異的古語，也包括極其難以理解的表達方式。後者尤其給眾人留下了強烈甚至恐怖的印象，最年輕的一位外科醫生直到二十年後還記得清清楚楚。過去這十年間，一個特定的短語逐漸流行起來，首先是在英格蘭，後來是在美國，雖然這個短語非常複雜，而且無可辯駁地是個新詞，但早在一九〇八年，阿卡姆的一名奇特病人就使用過了這個神祕的詞語。

我立刻恢復了身體力量，但奇怪地花了大量時間重新學習使用手腳和身體的其他器官。因為這個，也因為失憶導致的另一些功能障礙，我不得不接受了一段時間嚴格的醫學監護。企圖掩飾症狀的嘗試失敗後，我公開承認了自己的問題，如飢似渴地汲取各種各樣的資訊。事實上，在醫生看來，我接受失憶症，將其視為一件自然而然的事情後，就對找回原先的人格喪失了興趣。他們發現我將精力主要放在歷史、科學、藝術、語言和民間傳說的某些特定題目上，其中有一些極為深奧難懂，也有一些簡單得彷彿兒戲。說來奇怪，許多孩童都知道的事實卻不在我的意識之內。

另一方面，他們發現我難以解釋地掌握了許多幾乎不為人所知的知識，但我似乎更希望隱藏而不是展示我對這些知識的通曉。我會在不經意間提到信史範圍外的混沌紀元中的特定事件，見到人們臉上的驚訝表情後，我又會推說那只是我在開玩笑。而我談論未來的時候，有兩、三次使得聽眾惶恐不已。這些離奇的不得體表現很快就消失了，但認真觀察的人覺得那是因為我學會了小心翼翼地加以掩飾，而不是我忘卻了它們背後的怪異知識。事實上，我似乎異乎尋常地急於吸收這個時代的語言、風俗和思潮，就彷彿我是一名來自遙遠異國的勤勉旅者。

得到允許後，我每時每刻都泡在大學圖書館裡，很快就開始安排前往怪異地點的行程，並且在美國和歐洲的多所大學參加一些特別的課程，這在接下來的幾年間引來了諸多非議。我從來不需要為了缺乏學術交流而苦惱，因為我的病例在當時的心理學圈子裡已經小有名氣。我被當作第二人格的典型病例接受課堂研究，但偶爾表露出的怪異症狀和小心掩飾的嘲諷神情卻時常讓演講者困惑不已。

但我幾乎沒有結交真正的朋友。我的外表和言辭中似乎有某種東西會在我遇到的每個人身上激起模糊的恐懼和厭惡感覺，就彷彿我已被徹底排除在健康的正常人群之外。這個黑暗潛藏的恐怖念頭與某種難以衡量的距離感聯繫在一起，無處不在且難以改變。我的家人也不例外。自從怪異地醒來以後，我妻子看我的眼神中就充滿了極端的驚恐和厭惡，發誓說我是個徹頭徹尾的陌生人，強行佔據了她丈夫的身體。一九一〇年，她向法院申請離婚成功，哪怕在一九一三年我恢復正常後，她依然不願見我。我的長子和小女兒持有同樣的看法，我從此再也沒有見過他們。

只有我的次子溫蓋特似乎能夠克服我的變化引起的恐懼和厭惡。他確實覺得我是個陌生人，但即便如此，八年間依然堅信我能夠恢復原先的自我。待我確實恢復之後，他找到我，法庭將他的監護權給了我。在接下來的這些年裡，他協助我完成我受到驅使進行的研究，年僅三十五歲的他如今已是米斯卡托尼克大學的一位心理學教授了。我對我引起的恐慌並不覺得奇怪，因為我非常確定，於一九〇八年五月十五日醒來的那個生物的意識、聲音和面部表情都不屬於納旦尼爾．溫蓋特．皮斯利。

至於本人從一九〇八到一九一三年的生活細節我就不多贅述了，讀者很容易能夠從舊報紙和科學期刊上讀到所有的外在情況——我基本上也是這麼做的。我得到許可使用自己名下的資金，我花得很慢，而且大體而言用得頗為明智，主要用於旅行和在多個研究中心學習。但是，我的行程卻非常獨特，其中有前往偏僻遙遠之處的長時間探訪。一九〇九年，我在喜馬拉雅待了一個月，一九一一年我騎駱駝前往阿拉伯的未知沙漠時引來了大量關注。這些行程中究竟發生了什麼，我永遠也無法知曉。一九一二年夏季，我包下一艘船，航行至斯匹次貝根以北的北冰洋，事後表露出失望的種種情緒。當年晚些時候，我花了幾個星期，獨自在西維吉尼亞的巨型石灰石岩洞系統中進行了一次前無古人後無來者的探險，那片黑色迷宮無比錯綜複雜，想追溯我的路線都是超乎想像的事情。

在各所大學的逗留期間，我異乎尋常的學習速度給人們留下了深刻印象，第二人格似乎擁有遠超我本人的智力。我自己也發現我的閱讀和自學的速度堪稱奇蹟。我隨意翻閱一本書就能掌握其中的全部細節，而我在瞬息之內分析複雜圖表的能力更是無人能及。偶爾甚至傳出了一些惡意醜化的流言，說我擁有影響他人思想和行為的力量，但我似乎非常謹慎地盡量不展露這種能力。

還有一些惡意醜化的流言稱與我過從甚密的人士中有多名神祕主義組織的領導者，還有據信與可憎而無可名狀的遠古世界祭司團體有關聯的一些學者。這些傳聞在當時從未得到證實，無疑源於我眾所周知的閱讀取向，一個人查閱各地圖書館的珍本書籍很難不引起其他人的注意。切實的證據也以頁邊筆記的形式存在，能夠證明我仔細研讀了一些書籍，其中包括迪爾雷德的《屍食教典儀》、路德維希·普林的《蠕蟲之祕密》、馮·容茲的《無名祭祀書》、《伊波恩之書》那令人困惑的殘篇和阿拉伯瘋人阿卜杜·阿爾哈茲萊德的恐怖著作《死靈之書》。另外，無可否認的是，在我發生奇異變化的那段時間裡，確實有一波前所未有的邪惡地下異教活動在悄然展開。

一九一三年夏，我開始顯現出倦怠和興趣衰退的跡象，向多名關聯人士暗示說我身上即將發生變化。我提到我早年生活的記憶正在逐漸恢復，但大多數聽眾認為我沒有說實話，因為我提供的所有記憶都是瑣碎小事，諸如此類的內容更有可能來自我以前的私人文件。八月中旬，我返回阿卡姆，重新住進克雷恩街上關閉已久的家宅。我在這裡裝配了一臺最為古怪的機器，所用零件來自歐洲和美國的數家科學儀器生產商，我小心翼翼地保守這個祕密，不讓它出現在任何聰明得足以分析它的人面前。有幾個人親眼見過這臺機器，包括一名工人、一名僕人和新來的管家，他們說機器奇特地混合了傳動桿、飛輪和鏡子，僅有2英呎高、1英呎寬、1英呎長。鑲嵌在機器中央的是一塊圓形凸面鏡。能找到出處的零件生產商也證實了這件事情。

九月二十六日星期五傍晚，我打發管家和女僕離開，請他們明天中午再回來。屋子裡的燈光直到很晚才熄滅，一名男子乘轎車登門拜訪，他身材瘦削，皮膚黝黑，相貌古怪，像是個外國人。最後一次有人見到屋內的燈光是凌晨1點。凌晨2點15分，一名員警注意到陌生人的轎車還停在路邊，但屋內已是一片黑暗。凌晨4點，那輛轎車已經開走。清晨6點，一個猶疑的外國人的聲音打電話給威爾遜醫生，請他前往我的住處，將我從某種特別的昏迷中喚醒。這是一個長途電話，後來追查到了波士頓市北車站的公共電話亭，那位瘦削的外國人再也沒有露面。

醫生來到我的住處，發現我不省人事地躺在客廳的安樂椅裡，椅子前方支著一張桌子。拋光的桌面上有一些擦痕，說明曾經承載過某種沉重的物體。怪異的機器不見了，後來也沒有聽到過它的任何消息。毫無疑問，那個瘦削黝黑的外國人帶走了它。圖書館的壁爐裡有大量灰燼，證明自從罹患失憶症以後我寫下的所有材料都被付之一炬。威爾遜醫生發現我的呼吸很不正常，但打了一針後就恢復了規律。

九月二十七日上午11點15分，我劇烈地扭動身體，曾經呆板如面具的臉上開始出現表情。威爾遜醫生判斷這種表情不屬於我的第二人格，更像來自我的原本自我。11點30分，我嘟囔著說出一些非常怪異的音節，這些音節似乎與所有的人類語言都毫無關聯。我好像在和某種事物搏鬥。剛過中午，管家和女僕已經回來了，我開始用英語喃喃自語：「……作為所處時代的正統派經濟學家，傑文茲代表了運用科學方法建立聯繫的流行思潮。他嘗試將繁榮與衰落的經濟迴圈與太陽黑子的活動週期聯繫在一起，活動高峰期或許……」

納日尼爾．溫蓋特．皮斯利回來了，這個靈魂在時間跨度上依然停留於一九〇八年的那個星期四上午，經濟學課程的學生們還在抬頭仰望講臺上的那張破舊書桌。

2

回歸正常生活的過程痛苦而艱難。超過五年的時間斷層帶來的麻煩多得超乎想像，對我來說，需要適應的事情不計其數。聽聞我自己一九〇八年以後的行為，我深感震驚和不安，但盡量以客觀的眼光看待整件事情。後來，我重新得到了次子溫蓋特的監護權，和他一起住進克雷恩街的老宅，嘗試繼續從事教學工作——大學好心地向我提供了原先的教授職位。

我從一九一四年二月的那個學期返回教學崗位，但只堅持了一年。一年後我終於意識到我的經歷給我帶來了多麼嚴重的衝擊。雖說我依然神智健全（希望如此），原先的人格也沒有任何紕漏，但我不再擁有當年的精神能量了。隱晦的夢境和怪異的念頭持續折磨著我，世界大戰爆發將我的心靈引向歷史，我發覺自己在以最不可能的怪異方法思考時間與事件。我對時間的概念，我區分連續性和同時性的能力，似乎出現了微妙的失調症狀，因此我形成了一些離奇的念頭：一個人可以在一個時代生活，但能夠將意識投射在亙古流淌的時間長河之中，獲取有關過去和未來的知識。

戰爭使我產生了怪異的印象，我似乎記得它給遙遠未來帶去的一些後果，就好像我知道戰爭將在何時結束，能夠藉助未來的資訊回顧目前的局勢。所有這些虛假記憶出現時都伴隨著劇烈的疼痛，還感覺彷彿存在阻擋它們出現的某種人造心理屏障。我吞吞吐吐地向其他人說到這些印象，得到的反應各有不同。一些人很不自在地望著我，數學系的友人則提起所謂相對論的最新進展——這個話題在當時只是學術圈內的議論話題，後來卻變得那麼著名。他們說，阿爾伯特·愛因斯坦博士將時間縮減為一個普通次元的觀點正在迅速得到承認。

但怪夢和不安的感覺對我的影響越來越大，一九一五年我不得不辭去固定工作。有一部分印象以異常惱人的形式存在，導致我總是覺得失憶症導致了某種邪惡的意識交換，那個第二人格實際上是來自未知區域的入侵力量，置換了我自己的人格。於是我陷入朦朧而恐怖的猜測無法自拔，我想知道那個異物佔據我身體的數年時間內，我真正的自我究竟去了什麼地方。我越是透過旁人和報刊了解我身體的侵佔者的怪異知識和離奇行為，我就感覺越來越不安。令其他人困惑的奇異之處似乎與盤踞在我潛意識深處的某些邪惡知識產生了恐怖的共鳴。我開始發狂般地搜尋各種資訊，希望能了解另外那個我在這幾年內的研究題目和詳細行程。

糾纏我的煩惱並非全是這種半抽象的概念。我做夢，夢境的清晰性和現實感似乎都在變得越來越強烈。我知道絕大多數人會如何看待夢境，因此極少向其他人提起，只有我的兒子和我信任的幾位心理學家除外，但後來我終於開始對其他人的病例展開科學研究，希望能確定這樣的幻象是不是失憶症患者的典型情況。在心理學家、歷史學家、人類學家和經驗豐富的精神科專家的幫助下，我研究了人格分裂病例的全部記錄，時間涵蓋了從惡魔附體傳說流傳的古代到醫療科學佔據上風的現代，得到的結果不但沒有安慰我，反而讓我更加憂心忡忡。

我很快就發現，儘管確診為遺忘症的病例浩若煙海，但我的夢境卻找不到完全相同的類似物。然而，也存在為數極少的記敘與我本人的經歷頗有相似之處，這一點多年來時常令我感到困惑和震驚。其中有些是古老民間傳說的片段，有些是醫學時代的病案，有一、兩則是埋藏在正史中的軼事。根據這些記敘，雖說我的病症罕見得難以想像，但從人類時代的起點開始就在以極長的間隔重複出現了。一個世紀或許會有一、兩個甚至三個病例，但也存在完全沒有的時候——至少沒有記錄流傳至今。

敘事的核心永遠相同：一個博學多識的人突然過上了怪異的第二人生，在或長或短的一段時間內完全變成一個陌生人，剛開始他的說話和行動顯得頗為笨拙，後來會如飢似渴地汲取科學、歷史、藝術和人類學知識，這個學習過程總是伴隨著狂熱的態度和非同尋常的領悟能力。某一天，患者原先的意識會突然恢復，隨後會斷斷續續地遭受難以描述的模糊夢境的折磨，這些夢境往往代表著某些被精心抹除的恐怖記憶的片段。那些噩夢與我的夢境極為相似，連一些最微妙的細節都幾乎相同，因此我認為它們無疑擁有某種特定的典型意義。有一、兩個案例更是讓我隱約有一些可惡的熟悉感，就彷彿我曾透過某個非俗世的管道聽說過它們，但那個管道過於病態和恐怖，我不敢深入思考。有三個案例特別提到了一種未知的機器，它在我第二次轉變前曾出現在我家裡。

在調查過程中，還有一點讓我感到惴惴不安，那就是未曾確診失憶症的人群也會受到典型噩夢的短暫侵襲，這種事例的發生頻率要高得多。這些人大體而言只是凡夫俗子，其中一些甚至頭腦簡單，不可能被認為是非凡學識和超卓智力的載體。異常的力量點亮他們片刻，但隨即就會恢復原狀，只剩下非人恐怖的模糊記憶稍縱即逝。

過去五十年期間至少有三起這種事例，其中一起發生在僅僅十五年前。莫非我們無法想像的深淵中有某種存在，正在盲目地跨越時間茫然摸索？這些語焉不詳的事例難道是什麼恐怖而險惡的實驗，幕後的力量完全超越了正常神智的想像？這些只是我在心靈虛弱時的一些無序推測，研究時讀到的神話也助長了我的胡思亂想。毫無疑問，有某些流傳已久、極為古老的傳說能夠令人驚駭地解釋我這種記憶缺失的病症，但與近期那些失憶症事例相關的患者和醫生對它們似乎都一無所知。

我那些夢境和印象逐漸變得越來越清晰和強烈，但我依然不敢向其他人詳細描述。它們似乎飽含瘋狂的味道，有時候我不得不認為我確實要發瘋了。記憶缺失的患者難道會被某種特別的妄想症折磨？潛意識或許會用虛假記憶填補令它困惑的空白斷層，因而衍生出怪異的離奇想像。雖然到了最後，我還是覺得綜合民間傳說得出的理論更加有說服力，即使我研究類似病例時幫助過我的許多精神病學家確實抱有這樣的看法，但病例之間強烈的相似性也同樣讓他們感到大惑不解。他們不認為我的症狀是真正的瘋病，而是將其歸類為一種神經官能症。我沒有選擇視而不見或拋諸腦後，而是嘗試記錄並分析病情，醫生們對此表示由衷的贊同，這麼做是符合心理學最佳實踐的正確做法。有幾位醫生在另一個人格控制我的身體時研究過我的病例，我尤其珍視他們的意見。

最初侵擾我的並不是視覺上的幻象，而是我提到過的更加抽象的感覺。除此之外，還有一種與我本人相關的難以理解的深刻恐懼。我越來越奇怪地害怕看見自己的身體，就彷彿我的眼睛會在其中發現某些完全陌生和徹底格格不入的東西。偶爾垂下視線，看見淡雅的灰色或藍色衣衫包裹著一個熟悉的人類身體，我總會產生一種古怪的釋然感覺，但想要得到這種感覺，我必須先克服無比強烈的恐懼才行。我盡可能避開鏡子，連刮鬍子都在理髮店解決。

過了很長時間，我才將這些令人沮喪的感覺和逐漸開始出現的短暫幻象聯繫在一起。第一個聯繫似乎與我的記憶受到了外來的人為限制的怪異感覺有關。我感覺我體驗到的幻視片段擁有恐怖的深刻意義，與我本人有著可怕的聯繫，但某種力量在蓄意阻止我領悟其中的意義和聯繫。隨之而來的是我對時間這個概念的奇異領悟，我絕望地試圖將我在夢境中瞥見的片段按時間和空間的順序排列起來。

剛開始，那些片段本身只是怪異，並不恐怖。我似乎置身於雄偉的拱頂廳堂之中，巨石穹稜幾乎消失在頭頂上的陰霾裡。天曉得這一幕發生在什麼時間和地點，但建築者和羅馬人一樣完全理解和熱愛應用拱形結構。我看見了龐大的圓形窗戶和高闊的拱形大門，還有高度堪比普通房間的臺座和桌子。牆邊擺著黑色木頭製作的寬大書架，上面放著尺寸巨大的精裝本書籍，書脊上印著奇異的象形文字。外露的磐石製品上雕著怪異的圖案，以符合數學原理的曲線花紋為主，也有刻印的銘文，使用的就是巨型書本上的那種象形文字。暗色花崗岩石塊壘砌的建築物巨大得堪稱畸形，底部凹陷的石塊嚴絲合縫地放在頂部凸起的石塊之上。廳堂內沒有座椅，巨型臺座上散放著書籍、紙張和似乎是書寫工具的東西，有形狀奇特的紫色金屬罐和尖端染上雜色的桿狀物。這些臺座很高，但我偶爾似乎能從上方俯瞰它們。一些臺座上擺著巨大的發光水晶球充當照明燈，另一些臺座上是由玻璃管和金屬桿構成的用途不明的機器。窗戶上裝有玻璃，鑲著似乎非常結實的柵格欄干。儘管我不敢走近窗戶和向外張望，但從我站立的地方能看見怪異的類蕨植物的搖曳頂端。腳下是巨大的八角形石板，房間裡完全沒有地毯和窗簾。

後來我在幻覺中穿過宏偉的石砌走廊，沿著同樣巨大得畸形的巨石坡面上上下下。到處都沒有樓梯，也沒有寬度小於30英呎的通道。我飄浮穿過的一些建築物似乎以數千英呎的高度直插天空。底下有好幾層幽暗的拱頂，從不打開的暗門用金屬條封死，暗示著存在某種特殊的危險。我似乎是一名囚徒，恐怖的感覺陰森地籠罩著我見到的每一樣東西。我覺得牆上那些彎彎曲曲的象形文字像是在嘲笑我，假如沒有慈悲的無知保護著我，其中蘊含的資訊足以毀滅我的靈魂。

我後來的夢境中出現了從巨大的圓窗和寬闊的平屋頂見到的景象，有怪異的花園、廣袤的貧瘠土地和高聳的鋸齒胸牆，建築物最頂端的斜坡就通向石牆。龐然大物般的建築物綿延到無數里格（注）之外，每一幢建築物都有自己的花園，排列在足有200英呎寬的鋪砌道路兩側。它們形狀各異，但占地幾乎都在五百平方英呎以上，高度很少低於一千英呎。許多建築物似乎龐大得無邊無際，正面的寬度甚至有數千英呎，還有一些建築物高得離奇，如山峰般插進雲霧繚繞的灰色天空。建築物的主要材質似乎是石塊或混凝土，絕大多數都體現出我在禁錮我的這座建築物內部注意到的怪異的曲線石雕風格。屋頂平坦，由花園覆蓋，往往建有鋸齒胸牆。有些地方建有梯臺和更高的平臺，花園中闢出了寬闊的成片空地。開闊的道路上隱約能看見一些活動，但在較早期的幻覺中，我無法在這個印象中解析出細節。

我在一些地方看見了大得驚人的黑色圓柱形高塔，它們比其他建築物都要高得多，似乎是某種截然不同之物，彷彿來自某個難以想像的古老時代，因為年久失修而風化坍塌。它們由怪異的方形玄武岩石塊搭成，向著圓形的塔頂略微收攏成錐狀。除了巨大的

注　長度單位，里格約為3.45英哩，約為5.56公里。

正門，塔身上找不到任何窗戶或其他開口。我還看見了一些比較低矮的建築物，建築風格與黑色圓柱形高塔基本相同，經歷了億萬年的風雨侵蝕，已經顯得搖搖欲墜。巨型石方壘砌的怪異建築物周圍籠罩著一種難以解釋的險惡氣氛，像被封死的暗門一樣讓我感覺到強烈的恐懼。

隨處可見的花園怪異得幾乎令人害怕，奇特而陌生的植物遮蔽了花園中寬闊的徑路，徑路兩側林立著古怪的巨石雕像。闊大得不尋常的類蕨植物佔據了優勢地位，有些是綠色，有些是彷彿真菌的詭異慘白。它們之中還有一些似是蘆木的奇特植物，猶如竹子的枝幹生長到了不可思議的高度。花園裡還有彷彿畸形蘇鐵的簇生植物、奇形怪狀的深綠色灌木叢和針葉樹木。陌生的無色小花綻放於幾何形狀的花圃內和綠色植被之間。幾個梯臺和屋頂花園上有尺寸更大、顏色更鮮豔的花朵，但形狀實在令人厭惡，似乎是人工培育的產物。尺寸、輪廓和顏色都難以想像的真菌拼成圖案，象徵著某種未知但高度發達的園藝風格。地面上那些比較大的花園似乎在盡量保存大自然的無序風貌，屋頂花園則更多地體現出人為選擇和園藝造型的特徵。

天空幾乎永遠充滿潮氣和烏雲，有時候我似乎目睹了可怕的豪雨。但偶爾我也能瞥見幾眼太陽和月亮，太陽似乎大得離奇，而月面圖案與平時的月亮似乎有所不同，但我說不清究竟不同在哪兒。在非常罕見的某些時候，夜空會徹底放晴，我見到的星座陌生得無法辨認。偶爾也有一些輪廓類似於我熟悉的星座，但幾乎不會完全相同，就我能認出來的少數幾個星群的位置來看，我估計我應該在南半球靠近南回歸線的某處。遙遠的地平線永遠霧氣瀰漫和難以分辨，但我能看見城市外是遼闊的大森林，其中生長著未知的類蕨植物、蘆木、鱗木和封印木，奇異的枝葉在變幻的蒸氣中搖曳著嘲笑我。天空中時而有活動的跡象，但在較早期的幻象中我始終看不清楚。

一九一四年秋，我開始偶爾做奇特的飄浮夢，我在夢境中飄過城市及其周圍的地域。我看見無始無終的道路穿過恐怖的森林，樹幹上帶有斑點、凹槽和條紋，道路還經過其他城市，它們與持續折磨我的這座城市一樣怪異。我看見永遠昏暗無光的林間空地，其中矗立著黑色或雜色石塊搭建的龐然建築，我穿過跨越沼澤的漫長堤道，那裡陰暗得讓我無法辨認周圍高聳的潮溼植物。有一次我來到一片綿延無數英哩的土地，看見久經時光摧殘的玄武岩廢墟，建築風格類似於噩夢城市中那些沒有窗戶的圓頂高塔。還有一次我見到了海洋，蒸氣繚繞的無邊水體出現在有著無數穹頂和拱門的宏偉城市的巨石碼頭之外。沒有固定形狀的幢幢黑影在大海之上移動，異乎尋常的激流從海面上的各個地方噴湧而出。

3

如前所述，這些狂野的幻象剛開始並沒有展現出它們令人恐懼的實質。是啊，許多人夢到過怪異的東西，這些東西由日常生活中毫無關聯的片段、見過的圖像和讀到的材料構成，在睡眠中被不受束縛的想像力以離奇的方式重新排列而成。有一段時間，我將這些幻象視為自然而然的事情，即使我以前從不做怪誕誇張的噩夢。我認為，許多模糊異象無疑來自各種瑣碎的源頭，但數量太多，無法一一追溯；而另一些異象似乎反映了我對一億五千萬年前（也即二疊紀或三疊紀）原始世界的植物和其他自然條件方面的書本知識。但是，在幾個月的時間裡，恐怖的因素逐漸累積，變得越來越明顯。也正是在這段時間裡，夢境越來越堅定地擁有了記憶的特徵，而我的意識開始將夢境和我與日俱增的抽象煩惱聯繫在一起：記憶受到限制的感覺、對於時間的怪異印象、一九〇八至一九一三年之間與第二人格交換了身體的可怖感覺，還有較晚出現的對我自身的難以解釋的厭惡感。

隨著某些明確的細節進入夢境，它們帶來的恐怖增長了千百倍，直到一九一五年十月，我認為我必須做些什麼了。這時我開始廣泛研究其他的失憶症和幻象病例，覺得透過這個辦法，我應該能克服自己的問題，擺脫它對我的情緒的束縛。然而，如前所述，得到的結果剛開始甚至恰好適得其反。得知我的怪夢存在近乎完全相同的類似案例，這個結果給我帶來了極大的煩惱；尤其是有些敘述的年代非常久遠，患者不可能擁有相應的地理學知識，更不用說對遠古世界自然環境的任何了解了。更有甚者，許多同類敘述對巨大的建築物、叢林花園和其他東西提供了異常可怖的細節和解釋。視覺所見和模糊印象已經足夠糟糕了，但另外一些做夢者或暗示或斷言的事物卻透著瘋狂和瀆神的氣息。最可怕的是它們喚醒了我本人的虛假記憶，讓我的夢境變得更加狂亂，使我感覺真相即將揭曉。不過，絕大多數醫生都認為我的行為大體而言有益無害。

於是我系統地學習了心理學，耳濡目染之下，我的兒子溫蓋特也開始這麼做，而他的學習最終幫助他得到了現在的教授職位。一九一七和一九一八年，我在米斯卡托尼克大學念了幾門特別課程。與此同時，我不知疲倦地研究醫學、歷史學和人類學記錄的文獻資料，為此我專程前往遠在異國他鄉的多家圖書館，最後甚至閱讀起了講述禁忌的遠古傳說的邪惡書籍，因為第二人格曾對它們表現出令人不安的強烈興趣。後者中有一些正是我在異常狀態下查閱過的書籍，第二人格對可怖的文本做了不少頁邊標注和訂正，所用的字體和文法不知為何都給人以怪異的非人類感覺。

各種書籍上的注解幾乎都使用了與原書相同的語言，撰寫者似乎能夠同樣流暢但明顯學院派地使用所有那些語言。但馮・容茲《無名祭祀書》裡的一條筆記是個令人驚恐的例外。這條筆記使用的墨水與德語書寫的注腳相同，但文字是某種曲線式的象形符號，不符合任何已知的人類語言。這些象形符號與時常出現在我夢中的文字有著毋庸置疑的相似性，有時候我會在恍惚之間覺得我知道或即將回憶起它們的含義。圖書館員在翻看這些書籍以前的檢查結果和借閱記錄之後，信誓旦旦地向我保證，所有注解都是我本人的第二人格留下的，這就更加增添了我心頭的陰暗疑雲。另外值得一提的是，我過去和現在都不懂這些書籍所使用的三種語言。

拼湊起古代與現代、人類學與醫學的零散記錄，我發現存在一個頗為一致的神話與幻覺的混合體，它的廣闊和瘋狂讓我陷入了徹底的迷亂。能夠安慰我的只有一點，那就是這些神話在極為古老的時代就已經存在。什麼樣的失落知識能夠將古生代或中生代的風景放進這些遠古傳說，那就是我無從猜測的了，但這些景象確實就在故事之中。因此，這種固定類型的幻象確實有供其形成的基礎。失憶症的病例無疑創造了一般性的神話模式，但後來幻想在神話增添的部分又反過來影響了失憶症的患者，渲染了他們的虛假記憶。我本人在失憶期間讀過和聽說過這些遠古傳說，我的調查完全能夠證明這一點。既然是這樣，第二人格留在我記憶中的微末片段最終渲染和造就了我後來的夢境和情感印象，這難道不是自然而然的事情嗎？一些神話與史前世界的晦澀奇談有著明顯的聯繫，尤其是提到了令人驚愕的時間深淵的那些印度傳說，它們是現代神智學家必須掌握的基礎知識。

遠古的傳奇和現代的幻象有一點共同之處，那就是都認為在這顆星球漫長而幾乎不為人知的歷史上，人類並非唯一一個高度進化的優勢種族，很可能只是目前的最後一個。這些故事聲稱，早在三億年前人類的兩棲動物祖先爬出灼熱的海洋以前，外形怪異得難以想像的生物就已經建造了直插天空的高塔，研究了大自然的所有祕密。它們有一些來自群星，有少數一些和宇宙本身一樣古老，剩下那些則由地球細菌飛速演化而來，它們與我們這個生命週期的第一批細菌之間隔著遙遠的時間，從我們這批細菌演化成人類也只花了那麼多時間。其中牽涉到的時間跨度以十億年計算，與其他星系和宇宙都有所關聯。事實上，這裡的時間超越了人類能夠接受的範疇。

大多數傳奇和幻象都提到了一個相對晚近的種族，它們生活在距離人類出現僅僅五千萬年前的地球上，怪異而複雜的外形與現代科學所知的一切生命形式都毫無相似之處。按照傳奇和幻象所說，它們是全部種族中最偉大的一個，因為只有它們征服了時間的祕密。它們能夠將極為敏銳的意識投射進入過去和未來，跨越數以百萬年計的時間鴻溝，學習每一個時代的智力成功，因而掌握了地球上曾被知曉和將被知曉的所有知識。從這個種族的成就中衍生出了所有關於先知的傳說，包括人類神話體系中的那些先知故事。

它們建立起宏偉的圖書館，用文本和圖片記錄了地球的整體編年史，來過和將會降臨地球的所有種族的歷史和描述都被囊括其中，各個種族的藝術、成就、語言和心理學都有極為詳盡的檔案。有了這個貫穿萬古的知識庫，偉大種族從每一個年代的每一種生命形式中選擇在思想、藝術和技術上最適合它們本性和情境的對象進行研究。獲取有關過去的知識需要已知感官之外的一種意識塑造方法，比獲取有關未來的知識要困難一些。

獲取有關未來的知識比較容易也更加重要。在適當的機械裝置幫助下，個體意識能夠將自身沿著時間向前投射，以超越感官的模糊方式摸索去往意欲抵達的年代。抵達之後，它會進行數次初步試驗，從這個年代最高級的生命形式中找到一個最突出的目標，進入這個有機體的大腦，構建它自己的感應頻率，而被取代的意識則送往取代者所處的年代，留在取代者的軀體內，直到逆轉過程完成為止。投射到未來生物體內的意識將偽裝成這個種族的一名成員，以最快速度了解它選擇的時代和這個時代的重要資訊與科學技術。

與此同時，被取代的意識送回取代者所處的年代和軀體內之後，將會得到細心的照顧和看護，防止它傷害它所佔據的那具軀體，並由訓練有素的盤問者榨取它擁有的全部知識。假如先前去往未來的旅程已經帶回了意識所用母語的記錄，那麼盤問者通常會這種語言盤問意識。假如意識來自偉大種族無法用身體器官重現意識的母語，那麼它們就會製造出精妙的機器，像演奏樂器似的用異族語言說話。偉大種族個體的外形猶如10英呎高、遍布褶皺的巨大錐體，頂部伸出四條1英呎粗的可伸縮肢體，頭部和其他器官附著在這些肢體上。四條肢體中有兩條的盡頭是巨大的手爪或鉤爪，彼此碰撞或刮擦的聲音就是它們的語言。它們10英呎寬的身體底部有一層黏性物質，它們透過這層黏性物質的收縮和舒張行走。

等囚徒意識的驚愕和反感逐漸消退，也不再恐懼它陌生的臨時身體（假如它原本的身體與偉大種族的身體有著天壤之別），就會被允許研究自己所處的新環境，體驗類似於取代者正在體驗的好奇和智性活動的生活。作為提供了適當服務的交換條件，在適當的防護措施之下，意識會被允許登上巨型飛船，俯瞰偉大種族居住的整個世界，或者坐進原子能驅動的船形交通工具，馳騁穿過寬闊的道路，或者不受限制地出入圖書館，查閱這顆星球的過去和未來的全部記錄。這種做法安撫了許多受到囚禁的意識，因為它們每一個都那麼聰慧，對這樣的意識來說，儘管同時往往也會揭開充滿恐怖的無底深淵，但生命中最超卓的體驗永遠是揭開地球的隱藏祕密：遙遠得不可思議的過去的神祕篇章，如漩渦般令人頭暈目眩的未來，甚至遠遠地超過了意識原先所在的年代。

偉大種族偶爾會允許囚徒意識與來自未來的其他囚徒意識會面，讓它們和生活在自己年代之前或之後一百年、一千年甚至一百萬年的意識交流思想。偉大種族會敦促它們用各自時代的母語詳盡地記錄下會面的過程，這些記錄會被送往中央檔案館歸檔存放。

必須補充一點，囚徒中存在一個可憐的特殊類型，它們擁有的許可權比大多數囚徒要高得多。這些囚徒是在等死的永久流放者，偉大種族的睿智個體強佔了它們在未來的軀體，這些偉大種族個體的肉身即將死亡，透過這種辦法逃脫精神的湮滅。這種令人抑鬱的流放並不像你想像中那麼常見，因為偉大種族的壽命極為漫長，降低了它們對生命的熱愛，有能力進行投射的超卓意識更是如此。衰老意識的永久性投射創造出了後世歷史（包括人類歷史）中的諸多人格轉換事例。

至於更常見的探索歷程，取代者的意識在未來掌握了它想了解的情況後，就會建造一臺機械裝置，它類似於開始投射的那臺裝置，其功能是逆轉整個過程。取代者的意識將重新進入它所在年代的軀體，囚徒意識則返回未來它原本的軀體內。假如在交換期間，兩具軀體之一不幸死亡，那麼逆轉就不可能實現了。若是遇到這種情況，探索者意識將不得不在未來的異類軀體內度過餘生，就像逃避死亡的那些意識一樣；或者，囚徒意識將不得不在偉大種族的時代和軀體內等待生命的終結，就像那些等死的永久流放者。

假如囚徒意識湊巧也是偉大種族的一員，這樣的命運就沒那麼可怕了，這種事情並不罕見，因為在所有的時代之中，偉大種族最關注的正是它們自身的未來。同樣來自偉大種族的永久流放者的數量非常稀少，主要因為垂死者替換未來偉大種族成員的意識將遭到極為嚴厲的懲罰。行刑者透過投射前往未來，懲罰佔據了新軀體的強佔者意識，有時候會動用非常手段，讓兩者的意識重新交換回來。探索者或囚徒意識偶爾也會被過去不同區域的意識所取代，這種複雜事例會被記錄在案和仔細矯正。發明意識投射以後每一個年代的偉大種族群體中，都有一小批眾所周知來自過去的意識或長或短地停留。

來自異族的囚徒意識返回未來原本的軀體時，機械裝置會透過精細複雜的催眠手段清洗它在偉大種族時代得知的一切，這是因為向未來大量輸送知識會產生非常麻煩的後果。完整傳送的少數幾次事例導致了（或將在已知未來導致）災難性的後果。按照古老神話的記載，正是因為兩次這樣的事例，人類才得知了偉大種族的存在。從萬古之前的世界殘留至今的事物只剩下了位於偏遠地區和海底的巨石遺跡和令人恐懼的《納克特抄本》的殘篇斷章。

意識在返回原本時代時，因禁期間的全部經歷只會遺留最模糊和支離破碎的一些印象。能夠被抹除的記憶會被悉數抹除，因此在絕大多數情況下，從第一次交換到返回的那段時間只會是一段被夢境遮蔽的空白。有些意識會比其他意識記得更多的事情，記憶的偶爾融合在極為罕見的事例中會將禁忌過去的祕密帶往未來。歷史上或許始終有團體或異教在不為人知地守護這種祕密。《死靈之書》就暗示人類中存在一個這樣的異教，這個異教有時會為從偉大種族時代跨越萬古而來的意識提供幫助。

另一方面，偉大種族逐漸成為幾乎無所不知的存在，著手攻克與其他星球的意識交換軀體的難題，探索它們的過去和未來。它還開始研究一顆已經死寂萬古的黑暗行星，這顆星球位於遙遠的深度空間，是偉大種族的精神起源地——偉大種族的意識比肉身更加古老。這顆垂死的古老星球的睿智居民掌握了宇宙的終極祕密，它們四處尋找另一顆有生物存在的星球，希望能夠在那裡享有漫長的生命。它們集體將意識投向最適合容納它們意識的未來種族，也就是十億年前在地球上繁衍生息的錐形生物。偉大種族於是誕生，而無數錐形生物的意識則被送回過去，在陌生的軀體內驚恐地等待死亡。這個種族以後將會再次面臨滅絕，它們會將群體內最優秀的意識送往未來，在更加長壽的異類軀體內繼續生存下去。

這就是傳奇和幻象相互交織而成的背景故事。一九二〇年前後，隨著研究結果逐漸成形，我覺得先前越來越緊繃的神經有了略微放鬆的跡象。說到底，儘管它們只是盲目情緒催生的奇思妙想，難道不是恰到好處地解釋了我的大多數症狀嗎？失憶症期間，有無數種可能性會讓我的意識開始研究一些晦暗的課題，因此讀到了禁忌的傳奇，會見了惡名在外的古老異教的成員。它們無疑就是我重拾記憶後的噩夢和不安感覺的原始材料。至於用夢中見到的象形文字和我不通曉的語言書寫的頁邊筆記，即使圖書館員說是我的所作所為，但更有可能我只是在第二人格的狀態下學到了一點其他語言，而象形文字僅僅是我讀過古老傳奇後的胡編亂造，後來被編織進了我的夢境。我嘗試向幾位聲名在外的異教首腦印證一些要點，但始終未能建立起正確的聯繫。

有時候，彼此間隔極為漫長的諸多事例之間的相似性依然像起初那樣讓我憂心忡忡，但另一方面我又想到，稀奇古怪的民間傳說在過去無疑比如今更加廣為人知。與我類似的其他患者很可能早已熟知我在第二人格狀態下才讀到的那些傳說。這些患者失去記憶之後，將自己與那些家喻戶曉的神話中的生物（據說能夠取代人們意識的入侵者）聯繫在了一起，於是開始如飢似渴地汲取知識，因為他們認為自己必須帶著這些知識返回幻想中人類出現之前的過去。記憶恢復之後，他們又逆轉了這個想像中的過程，認為自己不再是取代者，而是曾經遭到囚禁的意識。因此，他們的夢境和虛假記憶才會總是遵循神話的慣有模式。

這樣的解釋看似過於累贅，但最後還是戰勝了我腦海裡的其他念頭，主要因為其他的推論都實在禁不起推敲。許多傑出的心理學家和人類學家都逐漸認可了我的觀點。我越是思索，就越是認為我的理論站得住腳，直到最後我築起了一道切實有效的堤防，將依然折磨著我的幻覺和印象拒之門外。就算我在夜裡見到了奇異的景象，那又怎樣呢？它們只是我聽過和讀過的材料而已。就算我確實有一些古怪的厭惡感、異常的視角和虛假記憶，那又怎樣呢？它們只是我在第二人格狀態下沉迷的神話故事的微弱回聲。無論我夢見什麼，無論我感覺到什麼，都不可能有任何真正的意義。

在這種哲學的護佑下，我極大地改善了我的精神平衡狀態，即使幻覺（而不是抽象的印象）逐漸變得越來越頻繁和令人不安地充滿細節。一九二二年，我認為我能夠從事穩定的工作了，於是接受了大學的心理學講師職位，讓我學到的知識派上了用場。我的政治經濟學職位早由其他有資格的人士接手了，另外，比起我執教的時代，經濟學的教學方法也發生了巨大的變化。我兒子此時已是一位研究生，最終成為心理學教授，我和他聯手做了大量的工作。

4

然而，我依然保留了原先的習慣，繼續記錄那些離奇的夢境，它們出現得越來越頻繁和栩栩如生。我堅信這樣一份記錄以心理學檔案而言擁有巨大的價值。那些稍縱即逝的幻象仍舊可惡地像是記憶，但我總算頗為成功地克服了這種感覺。只有在記錄時，我才將幻象視為真實目睹的事物，但在其他時候，我將它們摒棄出腦海，就彷彿它們僅僅是夜晚的縹緲夢境。我從不在日常談話中提到這些事情，但我撰寫的報告還是在所難免地洩露了出去，引發了有關本人精神健康的各種流言。說來有趣，熱衷於傳播流言的只有門外漢，沒有哪位醫生和心理學家會認真地看待它們。

至於本人一九一四年以後的夢境，我在此只會略微提及，完整的敘述和記錄都已經交給了嚴肅的學者。它們能夠證明我意識中的奇異屏障有所鬆動，因為幻象中我的活動範圍擴大了許多。但幻象仍舊只是支離破碎的片段，似乎沒有明確的行為動機。在夢中，我似乎逐漸得到了越來越大的行動自由，我飄浮穿過許多怪異的巨石建築物，沿著似乎構成了日常交談網路的寬闊地下通洞在建築物之間往來。有時候我會經過最底層被封死的巨型暗門，它們周圍籠罩著恐懼和禁忌的氣氛。我看見巨大的棋盤方格狀水池，看見裝滿各種匪夷所思的怪異器具的房間。我還看見龐大如洞穴的廳堂，安裝著精細複雜的機械，其外形和用途對我來說都完全陌生，它們發出的聲響直到多年後才在夢境中顯現。需要說明一點，我在夢境世界中能夠使用的感官僅限於視覺和聽覺。

真正的噩夢開始於一九一五年五月，彼時第一次見到了活物。當時我對神話和歷史病例的研究還不夠充分，不知道我有可能在夢中見到什麼。隨著精神屏障逐漸瓦解，我看見建築物的各個部分和底下的街道上有大團大團的稀薄霧氣。這些霧氣漸漸變得越來越緻密和清晰，直到最後我能夠不安地輕易分辨出它們怪異的輪廓為止。它們似乎是色彩繽紛的巨大錐體，高約10英呎，基部直徑同樣約為10英呎，由某種有稜紋和鱗片的半彈性物質構成，從頂部伸出四條可伸縮的圓柱形肢體，每條約粗1英呎，和錐體本身一樣遍布稜紋。這些肢體有時候收縮得幾乎看不見，有時候伸展為從極短到10英呎的各種長度。兩條肢體的盡頭是碩大的鉤爪或螯足。第三條肢體的盡頭是四條喇叭形的紅色附肢。第四條的盡頭是個不規則的黃色圓球。圓球直徑約為2英呎，中央圓周上排列著三隻巨大的黑色眼睛。這個類似於頭部的器官頂上是四條細長的桿狀物，帶有花朵狀的附肢，而底下則懸著八條綠色的觸角或觸手。中央錐體基部的邊緣是一圈灰色的彈性物質，錐體透過它的伸展和收縮而行動。

它們的動作雖然沒有惡意，但比它們的外表更加讓我驚恐，因為見到畸形怪物在做我們心目中只有人類才會做的事情實在對身心無益。這些物體在巨大的房間裡有意識地前後移動，從書架上取出書籍，帶著書籍走向巨大的桌子，或者反過來將書籍放回書架上，有時候還會用綠色的頭部觸鬚抓著一根桿狀物孜孜不倦地書寫。它們用巨大的螯足拿著書本，用螯足彼此交談，螯足的碰撞和刮擦聲就是它們的語言。這些物體不穿衣服，用錐形身體的頂部掛著挎包和背囊。它們的頭部和支撐頭部的肢體通常與錐體頂部保持齊平，但也會頻繁地抬高或降低。另外三條粗壯的肢體不使用時一般收在錐體側面，縮回到每條5英呎長。從它們閱讀、寫字和操作機器（桌面上的機器似乎直接與思想相連接）的速度來看，我估計它們的智慧要遠遠高於人類。

後來我在所有地方都看見了它們；它們擠滿了巨大的廳堂和走廊，在拱頂地下室裡操作怪異的機器，駕著巨大的船形車輛疾馳於寬闊的道路上。我不再害怕它們，因為它們似乎是所處環境中極為自然的組成部分。它們個體之間的差異逐漸顯現，其中一些似乎處於某種束縛之下。後者即使在外表上看不出有什麼區別，但舉止和習性方面的異常不但讓它們有別於大多數個體，彼此之間也存在極大的差異。在我朦朧的夢境中，它們大量書寫各種不同的字，但從來不是大多數個體使用的曲線象形文字。我覺得其中一些使用的就是我熟悉的母語。大體而言，這種個體的工作速度要遠遠慢於其他個體。

我本人在這些夢中似乎是個沒有肉體的意識，視野比平常時候要寬廣得多。我自由自在地飄來飄去，但被限制在普通的道路上以巡航速度行動。直到一九一五年八月，有形軀體存在的點滴跡象開始滋擾我。之所以說「滋擾」，是因為在最初的階段中，那只是一種完全抽象的感覺，但與我先前提到的我對自身影像的無端厭惡有著極為恐怖的關係。有一段時間，我在夢中最不願去做的事情就是低頭看我自己，我記得我在怪異房間裡沒有見到大塊的鏡子曾讓我感到何等的慶幸。有一點事實讓我極為惶恐不安，那就是當我看到高度不低於10英呎的巨型桌臺時，視線從來都不低於它們的表面。

低頭看自己的病態誘惑變得越來越強烈，直到一天夜裡我再也無法忍受。我向下的視線剛開始沒有見到任何東西，但片刻之後我意識到這是因為我的頭部之下有一條可彎曲的極長頸部。我收回頸部，猛地向下望去，見到了一個遍布鱗片和皺紋的五彩錐體，它高10英呎，基部直徑也有10英呎。我瘋狂地逃出睡夢的深淵，尖叫聲驚醒了阿卡姆的半數居民。

如此噩夢持續幾週後，我算是勉強接受了幻覺中自己可怕的形象。夢境中的我開始用肉身在其他陌生個體之間行動，閱讀望不見盡頭的書架上的恐怖書籍，一連幾個小時伏在巨型桌臺上，用垂在頭部底下的綠色觸手抓著鐵筆不停書寫。書架上有其他星球和其他宇宙的歷代記，有所有宇宙之外的無形生命的活動記錄，有曾在被遺忘的遠古佔領地球的怪異團體的檔案，有將在人類滅亡後幾百萬年佔領這個世界的畸形智慧生物的編年史。我讀到了人類歷史中從未有當代學者考慮過其存在的遺落篇章。絕大多數文本使用的都是那種象形文字，我在嗡嗡作響的機器幫助下以一種怪異的方式學會了這門語言，它是一種黏著語，其詞根體系與任何一種人類語言都毫無相似之處。還有一些典籍使用的是其他一些語言，我透過同樣的怪異方式學會了它們。另有很少一部分卷宗使用的是我本來就懂的語言。極有說服力的圖像給予我巨大的幫助，它們有些插在記錄之中，有些單獨裝訂成冊。我的任務似乎是用英語書寫我所在時代的歷史。清醒時，對於夢中我掌握的那些未知語言，我只記得極小一部分毫無意義的瑣碎片段，它們描述的整段歷史卻留在了夢中。

早在我醒來後開始研究類似病例和無疑構成夢境源頭的古老神話前，我就知道了夢中圍繞著我的那些個體屬於這顆星球歷史上最偉大的種族，它們征服了時間，將熱愛探索的意識投射向每一個時代。我也知道它們將我從我所在的年代虜獲而來，另一個意識正在那個年代使用我的軀體，還有另外幾個怪異軀體同樣是囚徒意識的容器。我似乎能用鉤爪碰撞的怪異語言與來自太陽系每一個角落的流放意識交談。

有一個意識來自我們稱之為金星的星球，它生活在不計其數個世代之後的未來；還有一個意識來自六百萬年前木星的一顆外層衛星。在地球的原生意識中，有一些來自第三紀生活在南極大陸的星狀頭部半植物膜翼生命體；有一個來自傳說中伐魯希亞的智慧爬蟲；有三個來自人類出現前的極北之地，是渾身長毛的撒托古亞崇拜者；有一個來自極端可憎的丘丘種族；有兩個來自地球終結前最後那個時代的蛛形生物；有五個來自緊隨人類統治地球的鞘翅目昆蟲，牠們能夠耐受極端環境，偉大種族日後面臨可怖危機時會將最睿智的意識大規模投射進牠們的軀體；還有幾個來自人類的不同分支。

我與許多意識交談過，其中有哲學家黎陽，他來自西元五千年殘暴的韃靼帝國；有西元前五萬年佔據非洲南部的棕膚巨頭族的一名將軍；有十二世紀的佛羅倫斯僧侶巴托羅繆．科齊；有一位洛瑪的國王，他曾經統治恐怖的極地世界，去世十萬年後，矮壯的黃膚因紐特族才從西方來佔領那片土地；有努格—索斯，他是西元一萬六千年那些暗黑征服者的魔法師；有羅馬人泰特斯．塞普羅尼烏斯．布雷蘇斯，他是蘇拉時代的一位財務官；有埃及十四王朝的克弗尼斯，他向我講述了奈亞拉托提普的駭人祕密；有亞特蘭提斯中部王國的一位僧侶；有克隆威爾時代的薩福克郡紳士詹姆斯．伍德維爾；有祕魯前印加帝國的一位宮廷天文學家；有澳大利亞物理學家內維爾．金斯頓—布朗，他將在西元二五一八年去世；有太平洋上業已消失的耶和大陸的一位大魔法師；有泰奧多蒂德斯，他是西元前兩百年希臘—巴克特里亞王國的一名官員；有路易十三時代的一位法國長者，名叫皮埃爾—路易．蒙特馬尼；有西元前一萬五千年的西米里酋長克羅姆—亞；還有不計其數的其他許多意識，我的大腦無法容納他們吐露的所有令人震驚的祕密和令人眩暈的奇事。

每天早晨我都在狂熱中醒來，有時候瘋狂地想要核實或證偽恰好落在現代人類知識範疇內的要點。習以為常的事實顯露出不為人知的可疑一面，夢境中的幻覺有時竟能令人驚異地彌補歷史與科學的不足。過往或許隱藏的祕密讓我顫慄，未來可能到來的威脅使我顫抖。我甚至不願寫下人類之後的個體描述的人類命運對我造成的影響。緊接著人類統治地球的將是巨型甲蟲締造的文明，偉大種族的精英成員將在恐怖厄運侵襲古老世界時強佔牠們的軀體。隨著地球的生存週期宣告結束，多次轉移肉身的意識將再次跨越時空，進駐水星上球莖狀植物生命的軀殼。但它們離開後，地球上仍將有物種存在，它們可悲地攀附著這顆冰冷的星球，向充滿恐怖的地核挖掘，直到最終的毀滅降臨。

與此同時，我在夢中無休止地為偉大種族的中央檔案館撰寫我所在時代的歷史，半是出於自願，半是因為它們承諾我能夠以越來越大的自由度訪問圖書館和外出旅行。這些檔案存放於城市中心附近巨大的地下建築物裡，我時常在那裡奮筆疾書和查詢資料，因此我很熟悉這個地方。檔案館的設計師希望它能存在到種族消亡的那一天，能承受住地球最劇烈的災變，這個巨型儲存庫猶如山嶽的堅固結構勝過了其他所有的建築物。

記錄或者手寫或者印刷在纖維堅韌得出奇的大開本紙張上，裝訂成從頂部打開的書冊，各自存放在用永不生鏽、極為輕盈的灰色金屬打造的盒子裡，盒子上裝飾著符合數學規律的花紋，還刻著偉大種族的曲線象形文字書寫的標題。這些盒子儲藏在層層疊疊的矩形櫃子裡，儲存櫃形如封閉的上鎖書架，同樣由那種永不生鏽的金屬打造，用複雜的球鎖鎖緊。我撰寫的歷史分配得到了最底下那層的一個位置，這塊儲存空間屬於脊椎動物，也就是人類與在人類之前統治地球的長毛種族和爬蟲類種族。

但這些夢境從未展示過偉大種族完整的日常生活。我夢見的全都是毫無關聯的朦朧片段，而且這些片段肯定不是按照正確時序排列的。舉例來說，我對自己在夢境世界中的生活環境只有非常籠統的概念，只知道我似乎有一個極為寬敞的石砌房間。我作為囚徒受到的限制逐漸消失，因此有些夢境栩栩如生地講述了跨越林中道路的行程、在怪異城市中的逗留和前往某些龐大而黑暗的無窗廢墟的探險，偉大種族似乎對那些廢墟懷著怪異的恐懼。夢中我還乘著有許多層甲板的巨船以難以想像的速度在海上做長途旅行，還坐著由電子推進系統驅動的封閉式拋射飛船越過蠻荒地帶。跨過寬闊而溫暖的海洋，我來到了偉大種族的其他城市，在一塊遙遠的陸地上，我見到了一種黑色嘴鼻有翅生物的粗陋村落，偉大種族為了逃避逐漸蔓延的巨大恐怖而將精英意識投往未來後，這種生物將演化成統治地球的優勢物種。平坦的地勢和蓬勃的綠色植被永遠是所有場景的基調，山丘稀少而低矮，往往顯露出火成力量的跡象。

至於我見到的動物，我能寫出好幾本書。所有動物都是野生的，因為偉大種族的機械文明早已不需要豢養牲畜了，食物完全是植物或合成的。笨拙的巨型爬蟲類生物在蒸氣升騰的泥沼裡蹣跚行走，在沉鬱的空氣中撲騰飛翔，在海洋和湖畔裡噴水戲耍。我覺得我在其中大致認出了許多生物體型較小的古老祖先，例如恐龍、翼手龍、魚龍、迷齒動物、喙嘴翼龍和蛇頸龍等我透過古生物學知曉的動物。我沒有分辨出任何鳥類或哺乳類。

陸地和沼澤時常能見到蛇類、蜥蜴和鱷魚的身影，昆蟲不停地在茂密的植被中嗡嗡穿梭。遙遠的大海裡，不為人知的陌生巨獸向蒸氣瀰漫的天空噴吐彷彿山峰的水沫。有一次我乘坐帶有探照燈的巨型潛艇來到水下，見到了龐大得無法形容的恐怖活物。我還看見難以想像的沉沒城市的廢墟，海百合、腕足動物、珊瑚和魚類比比皆是。

至於偉大種族的生理學、心理學、社會習俗和詳盡歷史，我的夢境只保留了極少的內容，我在此寫下的零散要點更多地來自我對古老傳說和其他病例的研究，而非我本人的夢境。隨著時間的推移，我的閱讀和研究在諸多方面趕上並超過了夢境，因此某些夢境片段提前得到解釋，證實了我了解到的情況。這樣的結果讓我頗為欣慰，使得我堅定了我的信念：虛假記憶那整個可怕脈絡的源頭正是我的第二人格完成的類似閱讀和研究。

我的夢境所處的時代似乎在一億五千萬年前左右，也就是古生代向中生代過渡的時候。偉大種族佔據的軀體沒有在陸地生物演化史上留下後裔，甚至不為現代科學所了解。這是一種個體間差異極小、高度特化的奇異有機體，介於植物和動物之間。它獨一無二的細胞活動機制使得它幾乎永不疲勞，完全不需要睡眠。它透過一條粗壯肢體盡頭的紅色喇叭狀附肢汲取養分，食物永遠是半流質，許多方面與現代生物的食物不無相似之處。它只擁有兩種我們知道的感官：視覺和聽覺，後者透過頭部頂端灰色桿狀物上的花朵狀附肢實現；但它還擁有多個我們不能理解的其他感官，但棲息在它們軀體裡的異類囚徒意識無法良好地使用它們。它們擁有三隻眼睛，所在位置使得它們擁有超乎尋常的寬闊視野。它們的血液是一種極為黏稠的深綠色濃漿。它們沒有性別之分，透過簇生於基部、只能在水下發育的種子或孢子繁殖。它們的幼體用很淺的大水箱培育幼體；然而，由於偉大種族的個體極為長壽，整個生命週期長達四、五千年，因此幼體的數量永遠很少。

明顯有缺陷的個體一經發現就會被悄然除掉。偉大種族沒有觸覺和痛覺，因此只能靠視覺觀察到的跡象辨識疾病和死亡的到來。死者會在隆重的儀式上被火化。如前所述，偶爾也會有格外敏銳的個體向未來投射意識，藉此逃脫死亡，但這種情況並不多見。若是真的發生，從未來流放而來的意識就會得到最悉心的照顧，直到它陌生的肉身最終死亡。

偉大種族似乎結成了一個組織鬆散的國家或聯盟，在相同的政府機構管理下劃分為四個政區。所有政區都施行類似於法西斯社會主義的政治和經濟制度，主要資源按比例分配，透過了教育和心理學測試的全體社會成員選出一個統治委員會，由這個小團體掌握權力。它們並不特別看重家庭的意義，但依然承認血統相同的成員之間有著感情紐帶，年輕一代通常由父母撫養長大。

它們當然也擁有一些與人類相似的觀念和制度，主要來自兩個領域：一是高度抽象的哲學思想，二是全體有機生命共有的非特異化的基礎需要。偉大種族探索未來時複製了它們喜歡的觀念和制度，從而增加了這樣的相似性。高度機械化的工業只要求每個公民付出極少的時間，大量的閒置時間則由各種各樣的智力和美學活動填補。科學已經發達到了難以想像的高度，藝術是生活中不可或缺的組成部分，但在我夢境所處的那個年代，巔峰的全盛時期已經過去了。由於需要持續不斷地掙扎求生，應對遠古時期駭人的地質劇變，確保宏偉城市的建築結構不受損壞，它們的技術在刺激下也得到了長足的發展。

犯罪稀少得驚人，高效的警務系統負責維持治安。懲罰從剝奪權利和監禁到死刑和精神折磨不一而足，施行前總是會仔細研究犯罪者的動機。戰爭很少發生，但一旦發生就會帶來毀滅性的後果，過去幾千年內的戰爭以內戰為主，偶爾也有對抗爬蟲類與頭足綱入侵者的保衛戰，敵人還包括生著星狀頭部和肉膜翼的南極洲遠古種族。它們擁有龐大的軍隊，使用形如照相機的武器，這種武器能產生強大的電場效應，軍隊永遠處於備戰狀態，原因很少有人提起，但顯然與偉大種族對無窗的黑色古老廢墟和建築物底層被封死的巨大暗門的無盡恐懼有關。

對玄武岩廢墟和暗門的恐懼大體上是一種不可言說的感覺，頂多也只會在私下裡偷偷地交換傳聞。公用書架上的典籍裡沒有任何與此有關的具體描述。這是偉大種族的一個禁忌話題，似乎與往昔的某些恐怖爭鬥有關，也和未來將逼著偉大種族向未來集體輸送精英意識的危機有關。雖然夢境和傳說展現出的內容都不甚完整和支離破碎，但這件事被隱瞞得尤其令人氣餒。語焉不詳的古老神話刻意迴避它，也可能出於某些原因剔除了全部的明說暗指。在我本人和其他人的夢境中，這方面的資訊極為稀少。偉大種族的成員從不有意提起這個話題，我只能從觀察力更加敏銳的囚徒意識那裡收集二手材料。

根據這些殘缺不全的資訊，恐懼的根源是一個更加古老的可怕種族，這些徹底的異類形如水螅(注)，來自遙遠得無法測量的其他宇宙，在六億年前統治著地球和太陽系內的另外三顆行星。它們是半物質（我們理解意義上的物質）的生物，意識的類型和感知的媒介與地球生物迥然不同。舉例來說，它們的感官中沒有視覺，精神世界由非視覺的怪異印象構成。但它們又足夠物質，在蘊藏普通物質的宇宙區域內能夠使用普通物質的器具。它們需要容身之處，然而是非常特殊的一種容身之處。儘管它們的感官能夠穿透所有物質屏障，但身體卻做不到，某些形式的電子能量可以徹底摧毀它們。它們沒有翅膀，也不依靠任何有形的浮空手段，但依然擁有飛行的能力。它們的意識結構非常特殊，偉大種族無法和它們交換身體。

這些生物來到地球後，用玄武岩建造了無窗高塔組成的宏偉城市，恐怖地捕獵它們能找到的所有生物。也就在這段時間，偉大種族的意識跨越虛空而來，它們的上一個家園位於銀河系的另一側，那顆晦暗的星球在令人不安且充滿爭議的埃爾特頓陶片中被稱為伊斯。偉大種族藉助它們發明的設備輕而易舉地擊敗了捕獵者個體，將它們趕進地球內部的洞穴，這些洞穴本來就和捕獵者的居所相連，它們已經開始在那裡居住。偉大種族隨後封死了洞穴的出入口，讓捕獵者去面對自己的命運，然後佔領了捕獵者的宏偉城市，保留了一些重要的建築物，更多地是出於迷信，而不是漠視、勇敢或對科學和歷史的熱情。

注 盲目者（Flying Polyp）亦被譯為飛天水螅、飛水螅，又稱作「原住種族（Elder Race）」，是一種半隱形的具有水螅形態特徵的異星生物。在地球上，它們建築了巨大的玄武岩都市，都市中有著許多無窗的高塔。

但億萬年之後，這些遠古種族在地下世界變得越來越強大和眾多的邪惡徵兆開始隱約浮現。格外醜惡的零星事件陸續爆發，既在偉大種族偏遠的小城市裡，也在沒有偉大種族居住的荒棄古城裡，這些城市通往地下深淵的路徑沒有被完全封死或有人看守。偉大種族於是採取了更嚴格的預防措施，徹底堵死了許多路徑，但為了防止遠古種族在出乎意料之處突破封鎖，偉大種族還是保留了一些通道供戰略部署使用，但加裝了封閉的堅固暗門；地質變動堵塞了一些路徑，也製造出新的深淵，征服者未曾摧毀的地面建築物和廢墟的數量隨之逐漸減少。

遠古種族的侵襲無疑帶來了難以用文字形容的震驚，永久性地給偉大種族的心靈蒙上了陰霾。根深蒂固的恐懼情緒使得偉大種族絕口不提那些生物的外形，我從未找到過對它們的形象的清晰描述。有一些遮遮掩掩的說法稱它們擁有怪誕的可塑性，能夠短暫地切換可見性，還有一些支離破碎的傳聞稱它們駕馭了風力，能夠將狂風應用於戰爭。與它們相關的其他特徵還包括特殊的呼哨怪聲和有五個圓形足趾的巨大腳印。

偉大種族顯然絕望地恐懼著未來那場無可逃避的劫難，造成這場劫難的必定是遠古種族最終成功脫困，幾百萬敏銳的意識被迫跨越時間的深淵，前往更安全的未來，估據另一批怪異的軀殼。前往未來的精神投射明確地預言了這樁恐怖禍事，偉大種族已經做出決定，凡是能夠逃脫的個體都不必留下來面對災難。根據這顆星球的未來歷史，它們知道那將是一場復仇的血洗，遠古種族並不會重新佔領地表世界，因為偉大種族透過意識投射了解到那些恐怖的生物沒有滋擾日後將會統治地球的其他種族。比起暴風肆虐、環境多變的地表世界，那些生物或許更喜愛地球內部的深淵，因為光線對它們來說毫無意義。或許它們也隨著時間的推移而逐漸變得軟弱了。逃跑的意識將佔據人類之後的甲蟲種族的身體，到這個種族興旺發達的時候，那些古老生物早已徹底滅絕。儘管恐懼使得偉大種族禁止在日常談話和可查檔案中提到這個話題，但它們依然保持著謹慎和戒備，時刻準備使用那些強大的武器。無可名狀的恐懼陰霾永遠籠罩著被封死的暗門和古老的黑色無窗巨塔。

5

我每晚的夢境用零散而晦暗的回音向我勾畫出這個世界的面貌。我不可能真正地描述出這些回音所蘊含的恐怖和驚懼，因為這些情緒主要依賴於一種難以用語言形容的特質，也就是虛假記憶的強烈感覺。如我所說，科學研究讓我用理性和心理學的解釋逐漸築起了抵擋這些情緒的堤防，隨著時間的推移，我慢慢地熟悉了夢境中見到的一切，愈加增強了這股挽救心智的力量。但即使令人毛骨悚然的模糊恐懼感依然會偶爾殺個回馬槍，但不再像以前那樣能夠吞噬我的心靈了，一九二二年後，我過著工作和娛樂兼顧的平淡生活。

在接下來的年月裡，我開始覺得我應該完整地總結一下我的經歷，加上類似的病例和相關的傳說，出版文章供嚴謹的學者研究。因此我撰寫了一系列文章講述整件事情的前因後果，配上粗糙的速寫，描繪我在夢中見到的怪物、風景、裝飾圖案和象形文字。這些文章分幾次刊載在一九二八至一九二九年的《美國心理學協會雜誌》上，但沒有引來多少關注。與此同時，儘管越來越多的成堆報告佔據了大量空間，但我依然在盡可能詳細地記錄我的夢境。

一九三四年七月十日，心理學協會將一封信轉給我，開啟了這場瘋狂苦難最終也是最恐怖的一幕。郵戳說明這封信從西澳大利亞州的皮爾布拉寄出，我打聽後得知，署名者是一位頗為著名的採礦工程師。隨信附上的還有幾張非常怪異的照片。我將全文引用這封信，所有讀者都會明白這些文字和照片給我帶來了何等巨大的震撼。

起初我驚詫得不敢相信信中的內容，即使我向來認為影響了我夢境的傳說必定擁有一定的現實基礎，但我還是沒有準備好面對從遙遠得超乎想像的失落世界遺留至今的確鑿證據。破壞性最強的無疑是那些照片，因為冰冷而無可懷疑的現實就擺在我的眼前，黃沙背景前矗立著久經風霜雨雪侵蝕的幾塊巨石，它們略微凹陷的底部和略微凸起的頂部講述著自己的故事。我拿起放大鏡仔細查看照片，清清楚楚地在坑洞疤痕之間看見了那些曲線花紋和象形文字的痕跡，它們在我眼裡擁有無比恐怖的意義。以下就是這封信，它是它自己最好的佐證：

丹皮爾街49號
西澳大利亞州皮爾布拉市
一九三四年五月十八日

N．W．皮斯利教授
美國心理學協會轉呈
東41街30號
美國，紐約

敬愛的皮斯利先生——

我最近和珀斯的E．M．波義耳博士有過一次談話，他剛剛將登載了先生文章的幾份雜誌寄給我，因此我認為我有必要向您講述本人在我司大沙漠金礦以東見到的一些事物。根據您的描述，某些傳說故事中提到了有著巨型石砌建築物和怪異圖案及象形文字的古老城市，據此來看，我大概發現了一些非常重要的東西。

澳洲土人經常會談起「刻有符號的巨型石塊」，似乎對它們懷著極為巨大的恐懼。他們將這些東西與種族傳說中的菩達以某種方式聯繫在一起，菩達是個體型龐大的老人，用手臂枕著頭部在地下沉睡了千百萬年，待他日後某天醒來，就將吞噬整個世界。當地還有一些幾乎被遺忘的古老傳說稱地下有用石塊壘砌的巨型屋舍，屋內的通道向地底永無止境地延伸，恐怖的事情就在那裡發生。土人說曾有一些勇士戰敗逃跑，一頭鑽進這麼一個深淵，再也沒有回來，他們下去沒多久，從那條地縫裡就吹出了可怕的狂風。不過，土著說的話裡通常沒多少靠得住的內容。

但是，我想告訴你的事情遠遠不止這些。兩年前，我在採礦點以東500英哩的沙漠中勘探時，偶然發現了一大批怪異的琢石殘骸，它們約長3英呎、寬2英呎、高2英呎，已經遭受了非常嚴重的風化和磨蝕。剛開始我沒有發現土著提到的所謂刻痕，但仔細研究之後，我發現雖然石塊遭受了嚴重的風化，但我依然能辨認出一些人工雕鑿的較深線條。這些特異的曲線完全符合土著的描述。我估計那裡有三、四十塊石頭，有些幾乎完全被黃沙掩埋，全都在直徑約四分之一英哩的圓圈範圍內。

我發現幾塊樣本後，就在附近用心搜尋更多的石塊，並用儀器仔細測量了整片區域。我還拍攝了十到十二塊最典型的石頭，隨信附上供您參考。我將勘察結果和照片交給珀斯市政府，但他們沒有採取任何行動。後來我遇見了波義耳博士，他讀過您發表在《美國心理學協會雜誌》上的文章，文章裡恰好提到了類似的石塊。他產生了極大的興趣，我向他展示我拍攝的照片，他變得頗為興奮，稱石塊和刻痕完全符合你在夢境中見到和古老傳說中描述的那些巨石的特徵。他本來想寫信給您，但被另外一些事情耽擱了。他將登載了先生文章的大多數雜誌寄給我，根據您的素描和描述，我發現的無疑就是您提到的那種石塊。請參考隨信附上的照片。以後您將直接從波義耳博士那裡聽到他的看法。

我明白我的發現對您來說會有多麼重要。毫無疑問，我們面對的是一個古老得超乎想像的未知文明的遺跡，它們就是您提到的那些傳說的現實基礎。身為一名採礦工程師，本人對地質學略有所知，我可以向您保證，這些石塊古老得讓我害怕。它們主要是砂岩和花崗岩，但我幾乎可以確定其中一塊的材質是某種怪異的水泥或混凝土。石塊上有水流活動的痕跡，就好像自從這些石塊被製造出來和使用之後，地球的這個角落曾經沒入水下，經歷了漫長的許多世代後重新浮出水面。我說的是數以百萬年計的時間，上帝才知道究竟有多久。我不喜歡思考這個問題。

考慮到您曾經認真搜集那些古老傳說和與其相關的所有情況，我不懷疑您有興趣帶領一支探險隊深入沙漠進行考古發掘。假如您或您熟悉的哪個組織願意負責費用，波義耳博士和我都準備好了配合您完成這樣的工作。若是繁重的挖掘任務需要人手，我可以召集十幾名礦工。土著在這方面將派不上用場，因為我發現他們對這片區域懷著近乎癲狂的恐懼。波義耳和我沒有向其他人提起這件事，因為您顯然有權優先探索此處並享受讚譽。

駕駛重型拖拉機（用於牽引設備）從皮爾布拉到發現地點大約是四天的行程。它在沃伯頓一八七三年探險路徑的西南方向，位於瓊安娜泉東南100英哩的地方。我們也可以沿德格雷河逆流運送物資，而不是從皮爾布拉出發——具體細節可以再作商量。石塊大約位於南緯22°3-14、東經125°0-39之處。當地氣候屬於熱帶氣候，沙漠裡的條件相當艱苦，探險最好選擇六月到八月的冬天進行。我願意與您進一步聯絡探討，樂於為您制定的計畫提供協助。研讀您的文章後，這件事蘊含的深刻意義令我激動不已。波義耳博士隨後也將寫信給您。假如需要更快速地進行溝通，可透過無線電發送電報到珀斯。

熱切盼望您早日回信，

您最忠實的朋友，

羅伯特．B．F．麥肯齊

真誠手書

媒體詳細報導了這封信引起的直接後果。我的運氣不錯，米斯卡托尼克大學慷慨地贊助了探險計畫，麥肯齊先生和波義耳博士在澳大利亞完成了無可比擬的前期安排工作。我們沒有向大眾詳細闡述我們的目標，因為廉價小報肯定會用聳動或嬉鬧的手法令人不快地渲染此事。因此，成文的報導並不多見，但足以宣布我們將前往澳大利亞研究此前報導過的古老遺跡，同時也按時間順序列出了我們的前期準備步驟。

與我同行的有大學地質系的威廉·戴爾教授（米斯卡托尼克大學一九三〇至一九三一年南極探險隊的領隊）(注)、古代歷史系的費迪南·C·阿什利教授、人類學系的泰勒·M·佛雷伯恩教授和我的兒子溫蓋特。與我通信的麥肯齊於一九三五年初來到阿卡姆，協助我們完成了最後的準備工作。事實證明，這位年屆五旬的紳士極為能幹，性格和藹，博學得令人敬佩，非常熟悉在澳大利亞旅行的各方面情況。他安排了重型拖拉機在皮爾布拉待命，我們包租了一艘小型貨船，它的噸位較輕，能夠逆流而上到達我們想去的地點。我們準備以最細緻和科學的方式進行挖掘，篩查每一粒黃沙，讓所有物品以原狀或盡可能近似原狀地重見天日。

一九三五年三月二十八日，我們從波士頓乘坐蒸汽輪船「萊克星敦號」出發，從容不迫地跨越大西洋和地中海，穿過蘇伊士運河後向南經紅海跨印度洋抵達目的地。我不

注 威廉·戴爾，米斯卡托尼克大學地質學教授，見〈瘋狂山脈〉。

想細說西澳大利亞那低矮的沙質海岸讓我感到多麼壓抑，也無意描述我有多麼厭惡粗陋的採礦小鎮和沉悶的金礦，重型拖拉機在礦場裝上了最後一批物資。接待我們的是波義耳博士，他是一位令人愉快的睿智長者，擁有淵博的心理學知識，因此和我們父子展開了多次長談。

我們一行十八人終於顛簸著駛上遍地黃沙和岩石的貧瘠土地，不安和期待的感覺怪異地混雜於大多數人的胸中。五月三十一日星期五，我們涉水渡過德格雷河的一條支流，進入那片荒涼的不毛之地。隨著逐漸接近傳說背後那遠古世界的埋藏地點，明確的恐懼感變得越來越強烈，這種恐懼感無疑源自一個事實，那就是令人惶恐的夢境和虛假記憶依然在侵擾我，而且毫無消退的勢頭。

六月三日星期一，我們見到了第一塊半埋在黃沙中的石塊。這塊碎片來自遠古的巨石建築物，無論從哪個方面看都酷似夢境中構成建築物牆壁的石塊，我無法用語言形容我在客觀真實的世界中觸摸到它時的紛雜感受。石塊上有清晰的刻痕；我認出了一種曲線裝飾圖案的一部分，多年折磨我的噩夢和令人沮喪的研究使得它在我眼中顯得無比恐怖，我的雙手不由顫抖起來。

經過一個月的挖掘，我們共找到近一千二百五十塊石頭，它們遭到了不同程度的風化和磨蝕。大多數是有雕紋的建築石材，頂部和底部呈現出弧形。少數石塊較小也較薄，表面平坦，切割成四邊或八邊形（就像我夢中鋪砌地板和步道的石板）。還有最少的一些石塊極為巨大，曲面和斜角說明它們很可能曾經用於穹頂或拱稜，也可能是拱門或圓窗的一部分。越是偏向東北，挖掘地越深，我們發現的石塊就越多，但沒有發現它們存在排列規律的跡象。石塊古老得難以估量，戴爾教授為此深深著迷。佛雷伯恩發現了一些符號的痕跡，它們可怕地符合巴布亞和波利尼西亞某些極其古老的民間傳說。石塊的保存狀態和散落情況無聲地訴說著令人眩暈的時光流逝和兇蠻無情的地質變動。

我們運來了一架飛機，我的兒子溫蓋特時常會飛到不同的高度，在黃沙和礫石的荒原上搜尋大規模建築物的模糊輪廓——或者是高度的起伏差異，或者是石塊的規則分布。但沒得到任何有價值的結果；因為就算今天他認為自己瞥見了什麼有意義的線條，下次飛行時卻只會發現同樣似有似無的另一個圖案已經將其取代：這是沙漠在風力作用下的必然結果。不過，這些短暫印象中還是有一、兩個對我造成了怪異而不愉快的影響。它們似乎以某種方式恐怖地呼應著我夢見或讀到的一些東西，但我不記得具體究竟是什麼。它們有一種恐怖的似曾相識感覺，不知為何會讓我偷偷摸摸而擔憂地望向北方和東北方那可憎的貧瘠荒原。

七月的第一週，我對大致位於東北方的那片區域產生了一種難以描述的混合情緒。其中有恐懼，也有好奇，但另外還有一種頑固而令人困惑的錯覺：我似乎記得那個地方。我嘗試用各種各樣的心理學手段將這些感覺驅逐出腦海，但無一例外地遭遇慘敗。失眠也開始糾纏我，但我甚至更願意失眠，因為它能夠縮短我的夢境。我養成了深夜在沙漠裡長時間獨自散步的習慣，我通常朝北方或東北方走，總之就是新產生的怪異衝動潛移默化地拖著我前行的方向。

散步時，我有時候會被幾乎完全為黃沙掩埋的遠古建築物碎片絆倒。這裡與我們發掘的起點不同，沒有多少石塊裸露在外，但我確定地表下肯定埋藏著不計其數的石塊。這裡的地勢不如我們營地那麼平整，狂風時常將沙粒堆成轉瞬即逝的怪異丘陵，讓一些古老石塊的線條重見天日，同時又掩埋了另外一些線條。我奇怪地急於將發掘的範圍延伸到這片區域來，但另一方面又對我們有可能挖出的東西充滿恐懼。我顯然陷入了一種極為糟糕的精神狀態，而更可怕的是我無法解釋個中緣由。

我在夜間漫步時發現了一處古怪的地方，從我對它的反應就能看出我的精神健康已經惡化到了什麼程度。七月十一日晚間，一輪凸月將詭異的慘白色光華灑在神祕的沙丘上。我走出我通常散步的範圍，發現了一塊巨石，它和我們到目前為止發現的所有石塊都有著顯著的區別。這塊巨石幾乎完全被黃沙掩埋，我彎下腰用雙手清開黃沙，用手電筒補充月光的不足，仔細研究這個物體。與其他大塊石料不同，這塊石頭切割成正四方形，表面沒有凸起或凹陷。它似乎是玄武岩質地，和我們見慣了的花崗岩、砂岩和偶爾有之的水泥都截然不同。

我突然站起身，轉身以最快速度奔向營地。我的逃跑完全是下意識和非理性的行為，直到離帳篷很近了，我才意識到我究竟為什麼要跑。我想到了原因。我在夢境中見過那塊怪異的黑色岩石，也讀到過關於它的文字，它與流傳萬古的傳說中的終極恐怖之物有關係。這塊巨石來自故事中偉大種族無比恐懼的玄武岩高塔，陰森恐怖的半物質異類生物留下了那些高聳入雲的無窗遺跡，這種生物後來在地底深淵裡繁衍，不眠衛士看守的暗門封鎖著它們猶如狂風的無形力量。

那晚我徹夜不眠，到黎明時才幡然醒悟：我太愚蠢了，竟然讓神話故事的陰霾攪擾自己的安寧。我不該害怕，而是應該表現出探索者的狂熱情緒。第二天中午前，我向其他人講述了我的發現，戴爾、佛雷伯恩、波義耳、我的兒子和我出發去尋找那塊不尋常的石頭，結果卻失望而歸。我不記得那塊石頭的具體所在，夜間的狂風徹底改變了沙丘的形狀。

6

接下來將是我的陳述中最至關重要也是最難以啟齒的部分，之所以難以啟齒，是因為我對這段經歷的真實性有所懷疑。我有時會不安地確信自己沒有做夢和出現幻覺，促使我寫下這份記錄的正是這種感覺，還有假如我的經歷都是客觀現實，那麼其中將蘊含著何等恐怖的意義。我的兒子是一位訓練有素的心理學家，完全了解我的整個病例，也對我充滿同情，他將對我的敘述做出最終的判斷。

首先，請讓我大致描述這件事的表面情況，也就是營地裡其他人眼中的事情經過。七月十七到十八日的那個夜晚，經過了狂風肆虐的一天之後，我早早躺下休息，但就是睡不著。快到11點，我爬了起來，與東北方有關的那種怪異感覺照例折磨著我，於是我像平時一樣外出散步；在我離開營地的時候，只有澳大利亞礦工塔珀看見我出去並和我打了招呼。略虧的滿月高掛晴朗夜空，古老的沙漠沐浴在痲瘋斑塊般的白色月光下，在我眼中顯得無比邪惡。狂風暫時停歇，直到近五小時後才重新起風，塔珀和另外幾位沒有一覺睡到天亮的探險隊成員能夠證明這一點。塔珀目送我踏著把守祕密的蒼白沙丘，快步走向東北方。

大約3點30分，一陣猛烈的狂風突然颳來，吵醒了營地裡的所有人，吹倒了三頂帳篷。天空萬里無雲，痲瘋斑塊般的慘白月光依然照亮著沙丘。探險隊檢查帳篷時發現我不見蹤影，但考慮到我經常深更半夜外出散步，因此並沒有引起大家的警覺。即使如此，三位隊員（全都是澳大利亞人）似乎感覺到空氣中瀰漫著某種險惡的氣息。麥肯齊向佛雷伯恩教授解釋稱這是土著居民傳染給他們的一種恐懼，當地人圍繞著長時間間隔下晴天颳過沙丘的狂風編造了一整套稀奇古怪的邪惡神話。按照他們所說，這種狂風來自發生過恐怖壞事的地下巨石屋舍，而且僅在散落著刻痕巨石的地點附近才能感覺到。

接近凌晨4點，狂風陡然停歇，和開始時一樣毫無徵兆，只留下形狀陌生的一座座新生沙丘。

時間剛過5點，慘白如真菌的腫脹月亮漸漸西沉，我踉踉蹌蹌地衝進營地——沒戴帽子，衣衫襤褸，臉上帶著擦傷，渾身血跡斑斑，手電筒也不知道去哪兒了。大部分隊員已經回去休息，只有戴爾教授在他的帳篷前抽菸斗。他看見我氣喘吁吁、近乎癲狂的模樣，連忙叫醒了波義耳博士，兩人攙扶著我回到自己的床上，讓我盡量舒服地休息。騷動吵醒了我兒子，他很快也來到我的帳篷裡，三個人努力勸我躺著別動，先睡一覺再說。

但我怎麼都睡不著。我陷入一種非常特別的心理狀態，不同於曾經折磨過我的任何一種情況。休息了一段時間，我堅持要開口說話——緊張而詳細地解釋我究竟遇到了什麼事情。我告訴他們說我走累了，在沙地裡躺下打瞌睡，然後做了一些比平時還要恐怖的噩夢，突然颳起的狂風吵醒了我，我本已疲勞過度的神經終於徹底崩潰。我在驚恐中逃跑，半埋於地下的石塊多次將我絆倒，摔得我衣衫襤褸和血跡斑斑。我那一覺肯定睡了很久，所以才會有好幾個小時不見蹤影。

我完全沒有提到我看見或經歷了什麼怪事，我盡最大的努力克制住自己。但我敦請他們重新考慮這次探險的整體目標，並迫切地勸告他們暫停東北方向的挖掘工作。我提出的理由非常牽強，因為我宣稱那個方向沒有石塊，說我們不該冒犯迷信的採礦者，說大學贊助的資金有可能短缺，還有一大堆或者子虛烏有或者毫無關係的所謂原因。當然了，所有人都沒有理睬我的新願望，連我的兒子也一樣，儘管他對我健康的關注是眾所周知的。

第二天，我起床後在營地裡走來走去，但沒有參與挖掘。我發現我無法阻止他們繼續挖掘下去，於是決定盡快回家，以免我的神經再受到刺激。我向我兒子提出請求，他答應等他勘察完我希望能避而遠之的那片區域，就駕機送我去西南方一千英哩外的珀斯。然而轉念一想，假如我見到的那塊石頭依然裸露在外，那麼即使有可能遭受嘲諷，我也必須明確地警告他們。熟悉當地民間傳說的礦工很可能會支持我。我的兒子遷就我，當天下午駕機外出勘察了我的足跡有可能到達的所有區域，卻沒有看見我發現的任何東西。那塊異乎尋常的玄武岩的事情再次上演，變動的沙丘抹掉了一切蹤跡。有一瞬間我頗為後悔，我極度的驚恐使得探險隊失去了一件能夠引起轟動的物品，但現在我知道那反而是上帝的慈悲了。我依然能夠相信我的整個經歷只是一場幻覺，尤其是假如那個噩夢深淵永遠不會被其他人發現——這是我由衷的願望。

七月二十日，溫蓋特送我去珀斯，但他不肯放棄探險和跟我回家。他陪我到二十五日，送我登上前往利物浦的輪船。此刻我坐在「女帝號」的船艙裡，長久而癲狂地回想整件事情，決定至少必須將前因後果告訴我的兒子，是否要公之於眾就交給他決定吧。為了防止種種不測，以上我寫下了本人背景情況的概述（人們透過其他零星途徑對此已經有所了解），現在我想盡可能簡略地講述那個恐怖夜晚我認為我在離開營地後究竟發生了什麼。

難以解釋、混合著恐懼的虛假記憶化為一種反常的渴望，逼迫著神經緊繃的我走向東北方，我在邪惡的灼灼月光下拖著沉重的腳步緩慢前行，時而看見從無可名狀的失落時代遺留至今的遠古巨石半埋在黃沙中。怪異的荒原古老得無法估量，沉鬱的恐怖氣氛前所未有地壓迫我的心靈，我不由自主地想到我那些令人發狂的夢境和夢境背後駭人的傳說故事，還有土著和礦工對這片沙漠和刻紋石塊表現出的恐懼。

但我就是停不下腳步，就好像要去參加什麼怪誕的集會──離奇的幻想、無法抗拒的衝動和虛假的記憶越來越強烈地影響著我。我想起我兒子在空中見過一些或許存在的石塊排列線條，思考它們為什麼讓我覺得既不祥又熟悉。有什麼東西在撥弄我的記憶之鎖，而另一股未知力量卻想牢牢地關上這扇門。

深夜裡沒有一絲風，慘白的沙丘上下起伏，彷彿被凍住的海浪。我不知道要去哪兒，但依然勉力前行，就像被命運操縱的木偶。夢境湧入清醒的世界，黃沙掩埋的每一塊石頭都彷彿來自遠古建築物的無盡走廊和萬千房間，雕刻的花紋和象形文字全是我被偉大種族囚禁時逐漸熟悉的符號。有時候我覺得我見到了那些無所不知的錐形恐怖生物，它們四處移動，完成各種日常工作，我不敢低頭看身體，害怕發現自己也是它們中的一員。黃沙覆蓋的石塊和房間與走廊、灼灼照耀的邪惡月亮和發光水晶的照明燈、無邊無際的沙漠和窗外搖曳生姿的類蕨植物與蘇鐵，不同的景象一起出現在我眼中。我醒著，但同時也在做夢。

不知道朝什麼方向走了多久和多遠，我忽然看見一堆巨石，白天的狂風吹開了黃沙，這些巨石裸露在外。我從未在一個地點見過這麼多的石塊，它們給我帶來了強烈的衝擊，億萬年前的幻象因此陡然消失。我眼前頓時只剩下了沙漠和邪惡的月亮，還有從難以估量的遠古遺留至今的殘片。我走到近處停下，用手電筒照亮那堆傾覆的石塊。狂風吹走了一個沙丘，巨石和較小的碎塊圍成不規則的低矮圓環，圓環直徑約為40英呎，石塊高度在2到8英呎之間。

站在圓環的最周邊，我已經意識到這些石塊有著空前重要的意義。不但因為石塊的數量多得無可比擬，更是因為當我藉著月亮和手電筒的光線掃視它們時，被黃沙磨蝕的紋路中有某種東西使得我難以自拔。它們與我們已經發現的那些樣本並沒有本質上的區別，我體驗到的是一種更加微妙的感覺。這種感覺不會在我盯著單獨一塊巨石看時出現，而是會在眼睛幾乎同時掃過幾塊時悄然浮現。片刻之後，我終於領悟到了真相。許多石塊上的曲線花紋有著密切的聯繫，都屬於同一個龐大的裝飾性圖案。在這片萬古荒寂的沙漠中，我第一次遇到了一座保存在原始位置上的建築物，它傾覆倒塌、支離破碎，但依然確鑿無疑地存在著。

我從最底下開始，費勁地爬向廢墟的頂端；我時而停下，用手指清理沙粒，想方設法理解圖案的尺寸、形狀及風格的區別和彼此之間的關係。過了一會兒，我大致能夠猜到這座早已成為歷史的建築物是什麼了，也對曾經遍布這座遠古石砌房屋外表面的圖案有了一定的概念。它完全符合我在夢境中瞥見的一些景象，這件事情讓我倍感驚駭和惶恐。它曾經是一條巨石壘砌的廊道，高達30英呎，腳下鋪著八邊形的石板，上方是堅實的拱頂。廊道右側應該有一些房間，盡頭是一道怪異的斜坡，盤旋向下通往地底更深處的樓層。

這些念頭湧上心頭，我震驚得幾乎跳了起來，因為這些內容遠遠超出了石塊本身提供的資訊。我怎麼可能知道這層樓面位於地下深處？我怎麼可能知道我背後的斜坡通向上方？我怎麼可能知道連接石柱廣場的漫長地下通道位於上方左側的那個樓層？我怎麼可能知道機械室和通往中央檔案館的右側通道位於下方兩層的那個樓面？我怎麼可能知道向下四層也就是最底層有一個用金屬條封死的恐怖暗門？夢境世界的事物忽然闖進現實，我驚愕得渾身顫抖，冷汗淋漓。

我感到一股陰森而冰冷的微弱氣流從廢墟中央附近的低窪之處滲透出來，像是最後一根稻草似的終於壓垮了我。和先前一樣，我的幻覺陡然消失，我眼前又只剩下了邪異的月光、陰鬱的沙漠和遠古建築物的廢墟。此刻我不得不面對的是真實存在之物，但充斥著有關黑暗祕密的無數線索。因為從那股氣流只能推出一個結論：地表的凌亂石堆下隱藏著一個巨大的深淵。

我首先想到的是土著傳說中埋藏於巨石之間的地下屋舍，恐怖的壞事在狂風誕生之處發生。我腳下究竟是個什麼樣的地方？我即將揭開流傳億萬年的神話和陰魂不散的噩夢的何等難以想像的遠古源頭？我只猶豫了幾秒鐘，因為比好奇心和科研精神更狂熱的某種力量驅使著我，壓倒了我胸中越來越強烈的恐懼。

我不由自主地邁開腳步，像是被我無法反抗的命運攥在了掌心裡。我收起手電筒，以我自己都難以想像的力量搬開一塊又一塊巨大的石塊，直到一股強烈的氣流湧了上來，這股氣流頗為溼潤，與乾燥的沙漠空氣形成怪異的對比。黑色的洞口漸漸顯露，等我搬開所有我能推動的較小石塊，癲瘋斑塊似的白色月光照亮了一個足以容納我出入的洞口。

我掏出手電筒，將明亮的光束投入洞口。我腳下是建築物傾覆後的紛亂石堆，大致形成一道以四十五度通向北方的斜坡，顯然是無數年前由上而下坍塌造成的結果。斜坡和地面之間是光線無法穿透的黑暗深坑，深坑的上表面還能看見巨型應力穹頂的些許痕跡。這片沙漠似乎坐落於從地球幼年就已存在的巍峨建築基礎之上，它們如何歷經億萬年的地質活動而保存至今，這個問題無論當時還是現在我都不願思考。

回想起來，在任何人都不知道本人去向的情況下，突然單獨走進這麼一個充滿疑點的深淵，這個念頭完全等同於徹底的精神錯亂。或許事實就是我瘋了，但那晚我毫不猶豫地就走了下去。一路上引導著我的誘惑感和宿命的推動力似乎再次出現。為了節省電池，我每隔一段時間才打開一會兒手電筒，就這樣踏上了瘋狂的征途，我鑽進洞口，沿著險惡的巨石坡道向下爬——能找到搭手落腳的地方時面對上方，其他時候則轉身面對巨石，晃晃悠悠地摸索著前行。在手電筒的光束下，左右兩側遠遠地隱約浮現出刻有雕紋的崩裂牆壁。但前方只有一成不變的黑暗。

摸索著向下爬行的時候，我忘記了時間的存在。無法理解的線索與圖像在我腦海中沸騰，一切客觀事物似乎都退避到了無法衡量的遠方，生理感覺同時失控，連恐懼都變成了幽魂般的懶散怪獸，沒精打采地睨視著我。最後，我來到了水平的一層，這裡遍地是塌落的石板、不規則的石塊和各種各樣的沙粒與岩屑。左右兩側相距約30英呎，高聳的石牆匯聚成巨大的穹稜，上面雕刻著我能夠勉強分辨的紋路，但其意義就超出了我的理解範圍。最吸引我的是上方的穹頂。手電筒的光束照不到屋頂，但怪異拱頂較為低矮的部分已經清晰可見。它們與我在無數夢境中見過的遠古建築物完全相同，我第一次從心底裡感覺到了震撼。

我背後極高的地方有一團微弱的光芒，模糊地象徵著月光下遙遠的外部世界。殘存的一絲謹慎提醒我，絕對不要讓這團光芒離開視線，否則我就會失去返回地表的路標。我走向左手邊的石牆，那裡的雕刻紋路最為明顯。地面布滿碎石，幾乎和下來的亂石堆一樣難以行走，但我還是勉強走到了牆邊。在一個地方，我搬開幾塊碎石，踢開剩下的岩屑，只是想看看地面的樣子，八邊形的大塊石板儘管已經彎曲變形，但依然大致拼接在一起，宿命般的熟悉感覺使得我不寒而慄。

我站在離牆壁不遠的地方，緩慢地轉動手電筒的光束，仔細打量飽經磨蝕的雕紋。曾經存在的流水侵蝕了砂岩石塊的表面，另外還存在一種我無法解釋的怪異積垢。建築結構在某些地方已經鬆垮和變形，真不知道這座埋藏萬古的建築物的留存痕跡在地殼變動中還能再堅持多少個地質年代。

不過最讓我發狂的還是雕紋本身。儘管經歷了歲月的侵蝕，但湊到近處仔細看，我依然很容易就能看清它們的走向。雕紋的每一個細節都讓我體驗到了發自內心的熟悉感，幾乎震撼了我的整個頭腦。假如我只是很熟悉這座古老建築物的主要特徵，那倒是並沒有超出常理的範疇。建築物的特徵給某些神話的編造者留下了強烈的印象，因而扎根在了傳奇故事的血肉之中，在我失憶的那段時間內進入我的視野，在我的潛意識裡刻印了清晰的畫面。但是，我該怎麼解釋這些怪異圖案連每一條直線和螺旋的最細緻微妙之處都完全符合我這二十多年在夢境中見到的雕紋呢？有什麼不為人知的繪圖方法能夠複製出夜復一夜持續不斷、毫無變化地在幻夢中包圍我的圖案的全部明暗對比和細微筆觸呢？

我見到的絕不僅僅是偶然或略微的相似性。腳下這條走廊修建於千萬年前又埋藏了幾個地質時代，但無疑就是我在夢境中逐漸熟悉的某個場所的原型，我對此處和我對克雷恩街住宅一樣瞭若指掌。在我的夢境中，這個場所還是它未曾凋零前的全盛模樣，但即便如此，兩者的相同依然是不容質疑的事實。可怕的是我完全知道自己的方位。我了解此刻我所在的這座建築物，也清楚它在夢中的恐怖古城內的位置。我驚恐而發自本能地意識到，我可以毫無差錯地找到這座建築物甚至這座城市裡的任何一個地方，只要它躲過了漫長歲月的變遷和蹂躪。上帝的聖名啊，這一切到底意味著什麼？我怎麼會知道我知道的這些事情？棲息在這座史前巨石迷宮中的生物的古老傳說背後又隱藏著什麼真相？

恐懼和困惑糾纏在一起蠶食著我的靈魂，文字只能膚淺地描述這種天旋地轉的感覺。我認識這個地方。我知道前方等待我的是什麼，知道在無數高塔崩塌成灰塵、碎石和沙漠前，上一層曾經存在什麼。我顫慄著心想，現在我不需要把那團模糊的月光留在視野內了。兩種渴望折磨著我，一方面是逃跑，另一方面是熊熊燃燒的好奇心和迫使我前行的宿命感混合而成的狂熱情緒。從夢境的時代到現在的幾百萬年之間，這座怪誕的遠古都市究竟遭遇了什麼樣的命運？城市底下勾連所有巨塔的地下迷宮有多少逃過了地殼的翻騰變動？

我難道走進了一個深埋地底、古老得褻瀆神聖的完整世界嗎？我依然能找到書寫大師的屋舍嗎？還有斯格哈——一個囚徒意識，來自南極洲的星狀頭部半植物食肉種族——在牆壁空白處刻下壁雕的那座高塔嗎？地下二層通往異類意識大廳的通道會不會沒有被堵死，仍舊能夠使用呢？那個大廳裡曾經放著一個囚徒意識用黏土製作的一尊塑像，這個意識來自一個不可思議的種族，這種半塑膠的個體於一千八百萬年以後生活在某顆冥王星外未知行星的中空內部。

我閉上眼睛，用手按住頭部，徒勞而可悲地企圖將這些瘋狂的夢境片段趕出腦海。就在這時，我第一次切實地感覺到周圍冰冷而潮溼的空氣在悄然流動。我顫抖著意識到前方和腳下肯定隱藏著一連串萬古死寂的黑色深淵。我想到我曾在夢境中造訪的廳堂、走廊和斜坡。通往中央檔案館的廊道還能使用嗎？我想到有無數令人驚嘆的紀錄存放在不鏽金屬打造的方形庫房裡，迫使我前進的宿命感又一次執拗地催促我邁開腳步。

按照夢境和神話的說法，那裡存放著宇宙時空連續體從過去到未來的整個歷史，由來自太陽系每一顆星球和每一個時代的囚徒意識書寫。對，太瘋狂了，但我能夠偶然闖進這麼一個永夜世界難道不也同樣瘋狂嗎？我想到上鎖的金屬架，想到需要單獨擰開的怪異球鎖。我自己那個盒子栩栩如生地出現在我的腦海裡。我曾經多少次以錯綜複雜的手法透過旋轉按壓打開最底層陸生脊椎動物區的那個盒子啊！所有的細節都那麼鮮活和熟悉。假如夢境中的庫房確實存在，我只需要幾秒鐘就能打開球鎖。瘋狂徹底佔據了我的心靈。片刻之後，我跌跌撞撞地跑過遍地的碎石和岩屑，奔向我記憶中通往最底層的那道斜坡。

7

從那以後，我的記憶就不怎麼靠得住了。事實上，我到現在依然抱著最後一絲絕望的期盼，希望它們都是某個恐怖噩夢的一部分或者我譫妄時的幻覺。狂熱的情緒在我腦海裡肆虐，全部感官都像是蒙著一層霧靄，有時候甚至斷斷續續的。手電筒的光束無力地照進吞噬一切的黑暗，熟悉得可怕的牆壁和雕紋如幽魂般稍現即逝，歲月的侵蝕磨滅了所有光彩。有一段巨大的拱頂已經坍塌，我不得不爬過彷彿小山的亂石堆，幾乎碰到了結滿奇形怪狀的鐘乳石的參差屋頂。這完全是最高級別的噩夢，可憎的虛假記憶不時刺激著我，情況因此變得更加糟糕。只有一個細節顯得陌生，那就是我與巍峨建築的相對比例。一種不尋常的渺小感壓迫著我，就彷彿在區區凡人的身體裡見到的高聳石牆是一件不尋常的陌生事物。我一次又一次緊張地低頭看自己，我擁有的人類軀體使我隱約感到不安。

我躍起跳下、磕磕碰碰前行穿過黑暗的深淵，屢次跌倒，摔得遍體鱗傷，有一次險些撞碎手電筒。我認識這個恐怖地洞裡的每一塊石頭和每一個轉角，我在許多地方停下腳步，用光束照亮已經堵塞和崩裂但依然熟悉的拱門。有些房間已經徹底坍塌，還有一些空空蕩蕩或遍地碎石。我在幾個房間裡見到了成堆的金屬物品，有些幾乎完好，有些從中折斷，有些被壓爛或變形了，我認出它們就是我夢中的臺座和桌子。至於它們真正的用途，我甚至不敢猜測。

我找到向下的斜坡，沿著它朝下走，但沒多久就停下了，因為面前是一條深不見底、邊緣犬牙交錯的溝壑，最窄處也不少於4英呎。此處的石板已被砸穿，袒露出無法丈量的漆黑深淵。我知道這底下還有兩層建築物，想到最底層被金屬條扣死的暗門，又一陣驚恐讓我渾身顫抖。守衛不復存在，曾經潛伏地底的生物早已完成它們醜惡的復仇，隨後進入了漫長的衰亡期。待到甲蟲種族在人類之後統治地球時，它們已經徹底滅絕。然而，當我想到土著的那些傳說，我再次不寒而慄。

我費了很大的力氣，好不容易才越過這條深溝，遍地碎石使得我無法助跑，但在瘋狂的驅動下，我選中了靠近左邊牆壁的一個地方，深溝在那裡最為狹窄，落地的位置也沒有多少危險的碎石。一個瘋狂的瞬間過後，我安全地抵達了深溝的另一側。我終於來到最底下一層，跌跌撞撞地經過機械室的拱門，奇形怪狀的損毀器具半埋在坍塌的拱頂之下。所有東西都在我記憶中它們應該在的地方，我信心十足地爬過擋住了一條橫向廊道的亂石堆。我記得很清楚，這條路能帶我從城市底下走向中央檔案館。

我跌跌撞撞、跳上爬下地順著滿地碎石的廊道前行，無窮無盡的歲月彷彿在我眼前展開。我偶爾能在被時間侵蝕的牆壁上分辨出雕紋的線條，有些很熟悉，有些似乎在我的夢境時代以後添加。這條廊道是在地下連接不同建築物的快速通道，因此只在通往其他建築物較低樓層的路口修建了拱門。來到一個這種交叉路口，我轉向側面，長時間地注視我記得清清楚楚的通道和房間。我只發現了兩點現實與夢境大相徑庭之處，其中有一處我還能分辨出記憶中的拱門被封死後的輪廓。

我不情願地快步穿過一座無窗巨塔的地下室，異乎尋常的玄武岩石料講述著傳說中它們恐怖的起源，我的身體劇烈地顫抖，讓我抬不起腳的虛弱感怪異地洶湧而來。這個古老的地下室呈圓形，直徑足有200英呎，暗色石牆上沒有任何雕紋。地上也只有灰塵與沙粒，我能看見通往上方和下方的兩個孔洞。高塔裡沒有樓梯或坡道；在我的夢境裡，偉大種族絕不會觸碰這些古老的高塔，而建造高塔的生物也不需要樓梯和坡道。在夢境中，向下的孔道被緊緊封閉和密切看守，現在卻敞開著漆黑的洞口，從中吹出一股陰冷潮溼的氣流。那底下暗藏著何等漫無邊際的永夜洞窟，我甚至不允許自己思考這個問題。

隨後我爬過一段嚴重堵塞的廊道，來到一個屋頂徹底塌陷的地方。碎石堆積如山，我好不容易才翻過去，然後穿過一個空曠的巨大房間，手電筒的光束甚至照不到拱頂和兩側的牆壁。我心想，這裡肯定就是金屬物品供應者所在大樓的地下室，這座建築物面對第三廣場，離檔案館不遠。它遇到了什麼變故，這就是我無從猜測的了。

越過如山的岩屑和碎石，我回到正確的廊道裡，但沒走多久，通道就徹底被堵死了，坍塌的拱頂幾乎碰到了岌岌可危的下陷天花板。天曉得我怎麼搬動和推開足夠多的石塊，從中挖出了一條隧道，天曉得我怎麼敢移動那些緊密堆積的碎石，因為哪怕最輕微的平衡變化也有可能讓無數噸石料砸下來，將我碾成塵埃。假如這趟地下歷險並不像我希望的那樣，只是可怕的幻覺或迷離的夢境，那麼驅策和引導我的就必定是純粹的瘋狂。但我確實挖出或夢見我挖出了一條能讓我蠕動著穿過的隧道。我打開手電筒咬在嘴裡，蜿蜒著爬過堆積如山的碎石，頭頂上奇形怪狀的鐘乳石撕破了我的肌膚。

現在我離巨大的地下檔案館不遠了，那裡似乎就是我的目的地。我半滑半爬地從屏障的另一側溜下去，拿著時開時關的手電筒，走完最後那段廊道，來到一個四面都有出入口、保存狀況極為完好的低矮圓形地下室。牆壁，至少是手電筒光束籠罩範圍內的牆壁，上面密密麻麻地刻著象形文字和曲線符號，有些是我夢境所處時代以後添加的。

我意識到，這裡就是命運指引我前來的終點了，我轉身穿過左邊一道熟悉的拱門。說來奇怪，我毫不懷疑我能找到一條暢通的廊道，沿著斜坡上下保存完好的所有樓層。這座雄偉的建築物受到大地的庇護，存放著整個太陽系的編年史，偉大種族用神蹟般的技術和偉力修建它，它能夠巍然矗立到太陽系毀滅的那一天。巨大得令人瞠目結舌的石塊按照天才的數學設計層層疊放，用堅固得難以想像的水泥黏合成形，造就的建築物和地球的岩石核心一樣堅實。它經歷的漫長歲月超過了我能用神智理解的範圍，深埋地下的龐然身軀依然保持著原始的全部輪廓，開闊的地面上積滿浮塵，但幾乎沒有在其他地方隨處可見的碎石。

從此處開始，道路變得頗為通暢，給我的頭腦帶來了古怪的影響。先前被障礙物重重阻擋的瘋癲渴望以狂熱之勢噴湧而出，我沿著拱門裡記憶清晰得可怕的低矮通道向前奔跑。眼見之物的熟悉感覺不再令我震驚。刻著象形文字的金屬櫃門在左右兩側陰森浮現；有些完好無損，有些已經崩開，有些在不足以震碎龐然建築物的地質壓力下扭曲變形。洞開的櫃門比比皆是，底下往往是一堆積滿灰塵的金屬盒，顯然在地震中被晃了出來。間或出現的立柱上刻著偌大的符號或字母，代表著卷宗的門類與子類。

我在一個打開的儲存櫃前駐足良久，因為無處不在的砂礫之中有幾個金屬盒還放在原處。我抬起手臂，費了點周折取出其中較薄的一個，放在地上仔細查看。盒面上刻著隨處可見的曲線象形文字，但字的排列有些微妙的不同尋常之處。鎖住盒子的古怪鉤形扣件對我來說根本不是問題，我掀開活動自如、依然毫無鏽斑的盒蓋，拿出裡面的書冊。和我的記憶中一樣，書冊長寬約為20和15英吋，厚約2英吋，薄薄的金屬封面從上方打開。億萬年歲月似乎沒有給堅韌的纖維質紙張留下任何痕跡，我打量著用筆刷書寫的色澤奇特的文字，這些符號與隨處可見的曲線象形文字或人類學者知曉的任何一種字母都毫無相似之處，似有似無、縈繞不去的熟悉感折磨著我。我想了起來，這是夢境中一個囚徒意識使用的語言，我與它稍微有些交情，這個意識來自一顆較大的小行星，這顆小行星是一顆遠古行星的碎片，保留了原始行星的大量生命和知識。另一方面我也想了起來，檔案館的這一層專門存放外星球生命的卷宗。

我從這份不可思議的檔案上收回視線，發現手電筒的燈光開始變暗，於是飛快地換上永遠帶在身邊的備用電池。藉著重新變得強烈的光線，我繼續沿著錯綜複雜、永無止境的通道和走廊狂熱地奔跑，我不時認出一些熟悉的架子，腳步聲在萬古死寂的地下墳墓裡迴蕩，刺耳的聲音使得我隱約有些著惱。我在億萬年無人涉足的積塵上留下的腳印讓我不寒而慄。假如我的夢境含有哪怕一星半點的事實，那麼人類就從來沒有踏上過這些古老的道路。我究竟在瘋狂地跑向什麼地方，我的意識沒有任何概念，但某種邪惡的力量拉扯著我茫然的意志和深藏的記憶，因此我大致知道我並不是在漫無目標地亂跑。

我來到一條向下的坡道前，順著它跑向更深的地下。許多個樓層在我身邊一閃而過，但我沒有停下來仔細探索。我混亂的腦海裡浮現出某種節奏，我的右手跟著這個節奏不停抽動。我想打開一個鎖，我覺得我知道該如何用錯綜複雜的手法扭轉按壓打開它。它就像裝有組合鎖的現代保險箱。無論是不是做夢，我都曾經知道，現在也依然知道。夢境（或無意識間吸收的傳說片段）為何會讓我通曉如此細緻、精密和複雜的知識，我甚至都不想找出一個能自圓其說的解釋。我已經喪失了前後連貫的思考能力。我為何會令人震驚地熟悉這個未知遺跡，眼前的一切事物為何都完全符合只在夢境和神話片段裡出現過的場景，這整個經歷難道不是打破所有邏輯的一場噩夢嗎？或許這就是我當時（還有現在我比較清醒的時刻）堅持的信念：我根本不是清醒的，深埋地下的古城只是癲狂幻覺的一個片段。

我終於來到最底下的一層，跑向坡道的右側。出於某些不為人知的原因，我盡量放輕了腳步，不過也因此降低了速度。深埋地底的最後這個樓層有一片區域是我不敢貿然穿越的，逐漸靠近那裡的時候，我回想起我害怕的究竟是什麼東西。只是一道用金屬條封死、受到嚴密看守的暗門。現在不會有守衛了，因此我顫抖著躡手躡腳地走向黑色玄武岩拱頂下同樣質地的黑色暗門。和從前一樣，我感覺到一股陰冷潮濕的氣流，真希望我要走的路線位於另一個方向。我也不知道自己為什麼必須要走現在這條路線。

來到我的目的地，我發現暗門敞開著。裡面擺放的依然是儲物架，我看見堆在一個架子底下的金屬盒上只積了很薄的灰塵，顯然那些盒子是最近才掉下來的。這時候，又一陣驚恐襲擊了我，剛開始我還不明白到底是為什麼。金屬盒落在地上並不稀奇，因為這座迷宮在黑暗中度過了千百萬年，地殼起伏不止一次蹂躪過它，時常迴蕩著物體傾覆那震耳欲聾的巨響。穿過那片區域，我才意識到我的驚駭為何如此強烈。

讓我恐懼的不是那堆金屬盒，而是地面上的積塵。在手電筒的光束下，灰塵似乎不是它們應有的樣子——有些地方的積塵似乎比較薄，像是在僅僅數以月計的時間前被擾動過。我不敢確定，因為即便是看似較薄的地方也積著頗厚的灰塵，但疑似不平整之處有著某種可疑的規律性，令我深深地感到不安。我將手電筒的光束對準這樣的一個古怪地方，我非常不喜歡我見到的東西，因為原本只是想像的規律性變得非常明顯。那是幾行有規律的複合印痕，印痕三個一組，每個約1英呎見方，其中有五個近乎正圓的印跡，每個印跡約長3英吋，一個位於另外四個的前方。

這些疑似印痕每個約有1英呎見方，似乎朝兩個方向延伸，像是有什麼東西去了某個地方，然後又原路返回。這些印痕無疑非常淺，有可能只是幻覺或偶然的結果，但它們在我心目中的走向有著某種模糊而難以言喻的恐怖感覺。因為印痕的一頭是不久前掉落在地的那堆金屬盒，而另一頭就是那個險惡不祥的暗門，陰冷潮溼的氣流從中湧出，無人看守的洞口通往超乎想像的深淵。

8

驅策我來到這裡的強迫性力量深入內心，不可阻擋，乃至於戰勝了我的恐懼。可怖的疑似腳印撩動了讓我毛骨悚然的夢境記憶，沒有任何符合邏輯的動機能夠帶著我繼續前進。但我的右手儘管因為害怕而顫抖不已，卻依然有節奏地抽搐著，急不可耐地想找到並打開一把鎖。不知不覺之間，我已經走過那堆最近掉落的金屬盒，踩著沒有任何印痕的積塵，躡手躡腳地穿過一條又一條走廊，跑向某個我似乎熟悉得可怕甚至恐怖的地點。我的大腦向它自己提出各種各樣的問題，我完全無法想像這些問題從何而來和彼此有什麼聯繫。人類的軀體能摸到那個架子嗎？人類的手能做出那億萬年前的記憶中的開鎖動作嗎？鎖應該完好無損，仍舊能打開吧？我該怎麼處理我既希望又害怕（這是我逐漸意識到的感覺）發現的東西，或者說我敢怎麼處理？它能證明什麼？是遠遠超出正常概念、足以粉碎大腦的真相，還是這僅僅是我的一場幻夢？

等我回過神來，我已經停下了躡手躡腳的奔跑，一動不動地站在走廊裡，望著一排刻著象形文字、熟悉得讓人發瘋的架子。它們保存得近乎完美無缺，這附近只有三扇櫃門被崩開了。文字不可能描述出我對這些架子的感覺——那是一種多麼強烈和不可動搖的熟識感啊！我抬頭望向最頂上我無論如何也摸不到的一排架子，琢磨著該怎麼爬上去。從底向上第四排有一扇被崩開的櫃門供我借力，緊閉櫃門的球鎖能夠支撐我的手腳。用雙手攀爬的時候，我可以把手電筒咬在嘴裡。最重要的一點，我絕對不能弄出任何響動。該如何把我想取出來的金屬盒搬到地面上是個難題，不過我似乎可以將盒子的活動扣件掛在外套衣領上，然後就當它是個背囊。我依然很擔心球鎖會不會受到了損壞，但毫不懷疑我能否重複那每一個熟悉的動作。我希望櫃門沒有變形或破碎，能夠讓我的手順利完成任務。

但就在我前思後想的當口，我已經用牙齒咬住手電筒，開始向高處攀爬了。突出的球鎖難以借力，但被崩開的櫃門不出所料地幫了我很大一個忙。我藉助很難打開的櫃門和櫃子隔板的邊緣向上爬，盡量不發出響亮的吱嘎聲。我站在櫃門上保持平衡，向右手邊探出身體，遠遠地恰好摸到了我想找的那把球鎖。我的手指因為攀爬而變得麻木，剛開始還非常笨拙，但沒多久我就發現人類手指的解剖結構完全勝任這項工作。另外一方面，手指對節奏的記憶非常清晰。精細複雜的神祕動作跨越時間的未知深淵，將所有細節不差分毫地送進我的腦海。我才嘗試不到五分鐘就響起了咔噠一聲，我的意識沒有做好聽見這個熟悉聲音的準備，因此更加強烈地震撼了我的心靈。半秒鐘過後，金屬櫃門緩緩打開，只發出了最微弱的一絲碾磨聲。

我頭暈目眩地望著櫃子裡的一排灰色金屬盒，難以解釋的某種情緒勢不可擋地湧上心頭。就在我用右手剛好能摸到的地方，一個盒子上的曲線象形文字讓我渾身顫抖，那一刻感到的衝擊要比單純的恐懼複雜無數倍。我伸出依然顫抖的手，勉強抽出這個盒子，灰塵像雪花似的紛紛落下，我將盒子拉向身體，沒有發出任何劇烈的聲響。和我見過的其他盒子一樣，這個盒子的長約20英吋、寬約15英吋，厚度剛好超過3英吋，盒面上用淺浮雕手法刻著精細的曲線圖案。我將盒子夾在身體和我攀爬的表面之間，擺弄了一會兒扣件，最後終於解開了掛鉤。我掀開盒蓋，將沉重的盒子放在背上，用扣件鉤住我的衣領。我的雙手恢復自由，我笨拙地爬向積灰的地面，準備仔細查看我的戰利品。

我跪在砂礫和灰塵之中，將盒子拿回胸前，放在面前的地上。我的雙手在顫抖，我既不敢取出裡面的書冊，同時又渴望這麼做，甚至覺得我必須這麼做。我已經逐漸明白了我應該在盒子裡發現什麼，這樣的醒悟幾乎讓我的肢體喪失機能。假如盒子裡確實就是那件東西，假如我沒有在做夢，其中蘊含的意味就遠遠超出了人類靈魂的承載能力。最讓我痛苦的是此刻我不再覺得我身邊的一切僅僅是夢境。現實的感覺強烈得恐怖——回想這一幕的時候，情況依然如此。

我終於顫抖著從容器裡取出那本書冊，著魔似的盯著封面上熟悉的象形文字。書冊保存得極為完好，組成標題的曲線字幾乎催眠了我，讓我覺得我似乎能夠讀懂它們。實話實說，我根本不敢發誓說我絕對沒有讀懂它們，通往反常記憶的恐怖大門或許短暫地打開了一瞬間。我不知道隔了多久我才有膽量掀開金屬薄板做成的封面。我向自我妥協，尋找藉口欺騙自己。我取出嘴裡的手電筒，熄滅它以節省電池。我在黑暗中積累勇氣，總算摸著黑掀開了封面。最後，我打開手電筒，照亮掀開封面後露出的紙頁；我下定決心，無論看見什麼都絕對不發出任何聲音。

我只看了一眼，然後幾乎癱軟下去，但我咬緊牙關，保持了沉默。我在吞噬一切的黑暗中坐倒在地，抬起手按住額頭。我害怕和期待見到的東西就在眼前。假如我不是在做夢，那麼時空區隔就成了一個笑話。我肯定是在做夢，但我願意挑戰內心的恐懼，因為假如這確實是現實，那我就應該能把它帶回去，展示給我兒子看。我覺得天旋地轉，儘管一片漆黑中沒有任何可見的物體在圍繞我旋轉。我那一眼激發了記憶中的無數景象，最恐怖的念頭和畫面洶湧而來，蒙蔽了我的感官。

我想到積灰中疑似腳印的痕跡，連我喘息的聲音都嚇得自己心驚膽顫。我再次打開手電筒，絕望地盯著紙頁，就像毒蛇的獵物望著捕食者的眼睛和毒牙。我在黑暗中用笨拙的手指合上書冊，放回容器裡，關緊盒蓋，扣好那古怪的掛鉤扣件。假如它確實存在，假如這個深淵確實存在，假如我和世界本身都確實存在，那麼這就是我必須帶回外部世界的證據。

我不知道自己什麼時候爬了起來，踉踉蹌蹌地開始向回走。我忽然想到一件奇怪的事情，我在地下度過了可怕的幾個小時，卻連一次也沒有看手錶，這一點足以證明我與正常世界之間的分離感。我拿著手電筒，用另一條胳膊夾著那個不祥的盒子，不由自主地踮起腳尖，在寂靜而驚恐的氣氛中走過湧出寒氣的深淵和那些疑似腳印的痕跡。我沿著永無盡頭的坡道向上爬，終於逐漸放鬆了警惕，但還是擺脫不了心頭憂懼的陰霾，下來的時候我並沒有這種感覺。

想到不得不再次經過比城市更加古老的黑色玄武岩地窖，陰冷潮溼的氣流從無人看守的深淵噴湧而出，我就感到心驚膽顫。我想到偉大種族畏懼的異族，想到或許還潛伏在底下的怪物——即便它們已經非常虛弱，瀕臨滅絕。我想到疑似存在的五環印痕，想到夢境告訴我那些印痕意味著什麼，想到與它們聯繫緊密的怪異狂風和呼嘯哨音。我想到澳洲土著的傳說，想到故事裡的恐怖狂風和無可名狀、怪物盤踞的地下廢墟。

我按照牆壁上雕刻的符號拐上正確的樓層，經過我先前查看的另一本書冊後，我回到了有多條拱頂岔道的那個巨大圓形廳堂。我立刻在右手邊認出了我來時穿過的那道拱門。我走進那道拱門，意識到剩下的那段路會相當艱難，因為檔案館外的建築物都早已分崩離析。金屬盒沉甸甸地壓在身上，我跌跌撞撞地走在各種各樣的碎石和岩屑之間，發現保持安靜變得越來越困難了。

我來到幾乎頂到天花板的亂石堆前，早些時候我好不容易才從中挖出了一條狹窄的通道。想到要再次爬過這條通道，我害怕得無以復加，因為先前我鑽過通道時製造出了不少噪音，此刻見過那些疑似腳印的痕跡後，我最畏懼的莫過於再弄出什麼響動來了。金屬盒讓這個任務更是變得難上加難。我盡可能悄無聲息地爬上亂石堆，先將盒子塞進逼仄的洞口，然後咬著手電筒也鑽了進去——和來時一樣，鐘乳石劃破了我的背部。我想再次抓住金屬盒，但它沿著碎石斜坡向下滑了一段距離，叮噹碰撞聲和隨之而來的回音嚇得我直冒冷汗。我立刻撲向盒子，一把抱住它，沒有讓它製造出更多的噪音來，但片刻之後，我腳下幾塊石頭忽然鬆動，弄出了前所未有的巨大響動。

這一陣響動是我的厄運之始。不知道是不是幻覺，但我覺得從背後遙遠的地方似乎傳來了對它的回應。我覺得我聽見了某種尖利的哨聲，塵世間沒有與它類似的聲音，也不可能找到合適的字詞加以描述。或許只是我的想像。假如確實如此，那麼隨後發生的就是個殘酷的笑話了：要是我沒有因此而驚慌失措，那麼接踵而來的事情就不可能發生。

但事實上我被嚇得發狂，無可救藥地徹底喪失了理智。我一隻手抓著手電筒，另一隻手無力地抱著金屬盒，瘋狂地向前蹦跳奔跑，腦子裡沒有任何念頭，只剩下一種瘋狂的欲望，那就是逃出噩夢般的廢墟，返回遙不可及的清醒世界，投入月光和沙漠的懷抱。不知不覺之間，我跑進那個屋頂塌陷的房間，開始翻越伸向無邊黑暗的碎石小山，沿著陡峭的斜坡向上爬的時候，我被犬牙交錯的石塊撞傷和磕破了好幾次。更大的災難隨後降臨。我莽撞地越過坡頂，沒想到前方突然變成了下坡，我踩了個空，整個人被捲進一場碎石滑落引起的山崩之中，那響聲猶如開炮，震耳欲聾、驚天動地的回聲撕裂了漆黑洞穴裡的空氣。

我不記得我是怎麼從這場混亂中脫身的了，記憶中有個片段是我在不絕於耳的隆隆巨響中沿著走廊奔跑、跌倒和爬行，金屬盒和手電筒依然在我身邊。緊接著，就在我接近我無比恐懼的玄武岩地窖時，最瘋狂的事情發生了。隨著山崩的回聲逐漸平息，我聽見了一種令人恐懼的陌生哨音在不斷重複；先前我只是覺得我聽見了這個聲音，而此刻就絕對不可能弄錯了。更可怕的是它並非來自背後，而是我的正前方。

這時我很可能尖叫了起來。我腦海裡有一幅非常模糊的畫面，畫面裡的我飛奔穿過遠古種族那恐怖的玄武岩地下室，耳朵裡灌滿了可怖詛咒的詭異怪聲，這聲音來自通往無底暗淵那缺少守衛的敞開門戶。此外還有風，不是陰冷潮溼的氣流，而是充滿惡意的猛烈暴風，從發出汙穢哨音的可憎深淵而來，狂暴而無情地吹向我。

在記憶中，我奔跑越過各種各樣的障礙，狂風和呼嘯哨音變得越來越強烈，充滿惡意地湧出我背後和腳下的縫隙，似乎存心繞著我盤旋捲曲。風從我背後吹來，卻很奇怪地沒有形成助力，而是束縛著我的腳步，就彷彿它是拴住我的套索或繩結。我顧不上保持安靜，奮力爬過石塊壘成的高大屏障，弄出許多劈劈啪啪的聲音，終於回到了通往地表的那座建築物。我記得我望向機械室的拱門，看見坡道時我幾乎驚聲尖叫，因為兩層樓以下無疑有一道瀆神的暗門張開著漆黑的洞口。但我沒有真的叫出聲來，而是一遍又一遍地喃喃自語：我只是在做夢，很快就會醒來。也許我在營地裡睡覺，甚至有可能還在阿卡姆的家中。我憑藉這些希望勉強維持理智，沿著斜坡走向更接近地表的樓層。

我當然知道我還必須重新跨越那條4英呎寬的裂隙，但其他的恐懼佔據了我的意識，因此直至走到裂隙前我才完全意識到這件事有多麼可怕。下來的時候，跳過這條裂隙還算輕鬆，但此刻我在上坡，恐懼、疲憊和金屬盒的沉重分量折磨著我，再加上怪異的狂風拉扯著我的腳步，我該怎麼越過這道天塹？我直到最後一刻才想到這些問題，無可名狀的恐怖生物或許就潛伏在溝壑下的黑暗深淵裡。

手電筒的顫抖光束變得越來越微弱，但走近裂隙時，模糊的記憶提醒了我。背後冰冷的狂風和令人作嘔的尖嘯哨音成了暫時的麻醉劑，仁慈地遏制住我的想像力，讓我忘記了黑暗溝壑蘊藏的恐怖。這時我忽然發覺前方也出現了可憎的狂風和哨音，它們如潮水般從無法想像也不能想像的深淵湧出裂隙。

純粹噩夢的本質之物降臨在我身上。理智拋棄了我，我的大腦一片空白，只剩下生物的逃跑本能控制著我，我掙扎著跑上斜坡，就好像那條溝壑根本不存在。我看見裂隙的邊緣，使出我身體裡的每一分力氣，發狂般地一躍而起，可憎的怪異聲音和彷彿實質的徹底黑暗匯集成的喧雜漩渦頓時吞沒了我。

在我的記憶中，這段經歷到此為止。接下來的印象片段完全屬於幻覺的範疇。夢境、狂想和記憶發瘋般地融合成一連串怪異莫名、支離破碎的幻象，與現實中的任何事物都毫無關係。有一段恐怖的墜落，我穿過無數里格有黏性、可感知的黑暗，耳畔的嘈雜聲響對我們所知的地球和地球上的有機生命來說都徹底陌生。休眠的退化感官似乎變得活躍，描繪出浮游的恐怖怪物棲息的深淵和虛空，將我引向不見天日的危崖和海洋、從未被光線照亮過的密集城市和無窗的玄武岩巨塔。

這顆星球的遠古祕密和古老歷史在我腦海裡閃現，既不是畫面也沒有聲音，以前最狂野的夢境也從未向我吐露過這些事情。溼氣彷彿冰冷的手指，自始至終攥緊我、拉扯我，怪異而可憎的哨音惡魔般地厲聲尖嘯，壓過了黑暗漩渦中交替而來的喧囂和寂靜。

隨後的幻覺是我夢裡的那座巨石城市，但不是現在的廢墟，而是它在我夢中的樣子。我回到非人類的錐形軀體裡，混在偉大種族和囚徒意識的行列之中，像它們一樣拿著書冊，沿著寬闊的走廊和坡道上上下下。疊加在這些畫面上的是令人恐懼的閃現片段，這是一種非視覺的意識感知，其中有絕望的搏鬥、扭動著掙脫尖嘯狂風那攥緊我的觸手、蝙蝠般瘋狂飛過半凝固的空氣、在暴風肆虐的黑暗中發狂地挖掘和癲狂地踉踉蹌蹌、跌跌撞撞跑過倒塌的建築物。

一段怪異的半視覺幻象陡然插入：一團瀰散的模糊藍光懸在頭頂上的高處。接下來的夢境裡，狂風追逐著攀爬奔逃的我，我蠕動著鑽過橫七豎八的碎石，回到睥睨世間的月光下，而亂石堆在我背後的恐怖狂風中滑動坍塌。令人發狂的月光邪惡而單調照在身上，我曾經熟悉的客觀存在的清醒世界終於回來了。

我匍匐爬過澳大利亞的沙漠，喧囂的狂風在我四周咆哮，我從不知道這顆星球的表面竟能颳起如此暴虐的狂風。我的衣服已經變成破布，全身上下都是瘀青和擦傷。完整的意識恢復得非常緩慢，沒多久我就忘記了真正的記憶在何處結束，譫妄的夢境又在哪裡開始。我隱約記得有巨大石塊壘成的小丘，有亂石堆底下的深淵，有來自過去的駭人啟示，還有一個夢魘般的結局——但這些事情有多少是真實的呢？手電筒不見了，或許存在的金屬盒也不見了。這個盒子真的存在嗎？地下真有什麼深淵或亂石堆成的小丘嗎？我抬起頭，向背後張望，卻只看見貧瘠的荒漠綿延起伏。

惡魔般的狂風已經停歇，浮腫如真菌的月亮泛著紅光沉向西方。我跳起來，蹣跚著走向西南方的營地。先前究竟發生了什麼事情？我會不會只是在沙漠裡精神崩潰，拖著被夢境折磨的軀體走過了幾英哩的黃沙和半掩埋的石塊？假如事實並非如此，那我該怎麼苟活下去？我曾經堅信我的夢境全是神話催生的虛幻妄想，但面對新的疑慮，早先的可怖猜想再次瓦解了我的信念。假如那個深淵真實存在，那麼偉大種族也必定是真實的，而它們穿越時空佔據其他生物軀體的能力也不是傳說或噩夢，而是足以粉碎靈魂的恐怖事實。

而我，在那段罹患所謂失憶症的陰鬱日子裡，實際上難道是被帶回了一億五千萬年前尚無人類的遠古世界？難道真有一個恐怖的異類意識從第三紀來到現代，佔據過我的這具身軀？我難道真的曾是蹣跚行走的恐怖怪物的俘虜，知道該詛咒的遠古石城原先的樣子？難道我真的曾蠕動著可憎的異類身體，穿過那些熟悉的走廊？折磨了我二十多年的噩夢難道完全是駭人記憶的產物？難道我真的和來自時空中遙不可及的角落的其他意識交談過，知曉宇宙過去和未來的祕密，難道我真的曾經寫下我所在世界的編年史，放進巨型檔案館的某個金屬盒子？難道真有伴隨著狂風和邪惡哨音的遠古怪物潛伏於黑暗的深淵之中，在等待中變得越來越虛弱，而形形色色的生命形態在這顆星球被時間摧殘的地表完成各自綿延千萬年的演化歷程？

我不知道。假如深淵和潛伏之物確實存在，那麼希望就將蕩然無存；那麼在人類棲息的現實世界之上就籠罩著我們難以想像的超越時間之影。但仁慈的是，除了神話催生的夢境又多了幾個新篇章，我沒有任何證據。我丟失了或許會成為證據的金屬盒，深埋地下的走廊直到今天也沒有被找到。假如宇宙的法則還有一絲善良，那它們就永遠也不會被找到。然而，我必須把我目睹或我認為自己目睹的事情告訴我兒子，讓他從心理學家的角度判斷我的經歷是否真實並將我的敘述公之於眾。

先前我說過，折磨我多年的夢境背後的可怖真相完全取決於我認為我在深埋地底的巨石廢墟裡所見之物的真實性。對我來說，寫下這個至關重要的啟示極為困難，但讀者肯定會猜到我究竟想說什麼。它就藏在金屬盒裡的那本書冊裡。被我取出來之前，這個金屬盒在積累了百萬世紀的灰塵中靜靜地安歇於它被遺忘的巢穴中。自從人類出現在這顆星球上以來，沒有一雙眼睛見過它，沒有一根手指摸過它。但是，當我在那恐怖的巨石深淵裡用手電筒照亮書冊時，我看清了用顏色怪異的墨水寫在被歲月染成棕色的纖維質紙頁上的字，它們不是地球早期任何一種無可名狀的象形文字……

……而是我親手用我們熟悉的字母書寫的字詞。

我所有的故事，都建立在這樣一個基本前提上：在浩瀚的宇宙中，人類的法律、利益和情感毫無意義……若要了解世界以外那未知的真相，你必須忘記時間、空間、次元、生命機制、善與惡、愛與恨。這些不過是只有微不足道的人類才會拘泥的渺小概念。

——H・P・洛夫克萊夫特

幻想藏書閣

克蘇魯神話 II：瘋狂

作　　者／霍華・菲力普・洛夫克萊夫特
譯　　者／姚向輝
企畫選書人／張世國
責任編輯／張世國

版權行政暨數位業務專員／陳玉鈴
資深版權專員／許儀盈
行銷企劃／陳姿億
行銷業務經理／李振東
總 編 輯／王雪莉
發 行 人／何飛鵬
法律顧問／元禾法律事務所 王子文律師
出版／奇幻基地出版
城邦文化事業股份有限公司
臺北市 104 民生東路二段 141 號 8 樓
電話：(02)25007008　傳真：(02)25027676
網址：www.ffoundation.com.tw
e-mail：ffoundation@cite.com.tw
發行／英屬蓋曼群島商家庭傳媒股份有限公司城邦分公司
臺北市 104 民生東路二段 141 號 11 樓
書虫客服服務專線：(02)25007718・(02)25007719
24 小時傳真服務：(02)25170999・(02)25001991
服務時間：週一至週五 09:30-12:00・13:30-17:00
郵撥帳號：19863813　戶名：書虫股份有限公司
讀者服務信箱 E-mail：service@readingclub.com.tw
歡迎光臨城邦讀書花園　網址：www.cite.com.tw
香港發行所／城邦（香港）出版集團有限公司
香港灣仔駱克道 193 號東超商業中心 1 樓
電話：(852)25086231　傳真：(852)25789337
e-mail : hkcite@biznetvigator.com
馬新發行所／城邦（馬新）出版集團
【Cite(M)Sdn. Bhd】
41, Jalan Radin Anum, Bandar Baru Sri Petaling,
57000 Kuala Lumpur, Malaysia.
Tel: (603) 90578822　Fax:(603) 90576622
email:cite@cite.com.my

書衣插畫／果樹 breathing（郭建）
書衣封面版型設計／Snow Vega
排　　版／極翔企業有限公司
印　　刷／高典印刷有限公司
■ 2021 年（民 110）7 月 1 日初版一刷
■ 2023 年（民 112）8 月 21 日初版 3.8 刷
售價／ 499 元

國家圖書館出版品預行編目資料

克蘇魯神話 II：瘋狂 / 霍華・菲力普・洛夫克萊夫特著，姚向輝譯—初版—臺北市：奇幻基地出版；家庭傳媒城邦分公司發行；2021.7（民110.7）

面：公分. –（幻想藏書閣：117）

ISBN 978-986-06450-7-1（精裝）

874.57　　110008368

ISBN　978-986-06450-7-1

廣 告 回 函
北區郵政管理登記證
台北廣字第000791號
郵資已付，免貼郵票

104台北市民生東路二段141號11樓

英屬蓋曼群島商家庭傳媒股份有限公司城邦分公司 收

請沿虛線對摺，謝謝

奇幻基地

每個人都有一本奇幻文學的啓蒙書

奇幻基地粉絲團：http://www.facebook.com/ffoundation

書號：1HI117C　　書名：克蘇魯神話II：瘋狂

奇幻基地 20 週年 · 幻魂不滅，淬鍊傳奇

集點好禮瘋狂送，開書即有獎！購書禮金、6 個月免費新書大放送！

活動期間，購買奇幻基地作品，剪下回函卡右下角點數，
集滿兩點以上，寄回本公司即可兌換獎品&參加抽獎！
參加辦法與集點兌換說明：
活動時間：2021 年 3 月起至 2021 年 12 月 1 日（以郵戳為憑）
抽獎日：2021 年 5 月 31 日、2021 年 12 月 31 日，共抽兩次
奇幻基地 2021 年 3 月至 2021 年 12 月出版之新書，每本書回函卡右下角都有一點活動點數，剪下新書點數集滿兩點，黏貼並寄回活動回函，即可參加抽獎！單張回函集滿五點，還可以另外免費兌換「奇幻龍」書檔乙個！

【集點處】（點數與回函卡皆影印無效）

1	2	3	4	5
6	7	8	9	10

活動獎項說明：

★ **「基地締造者獎 · 給未來的讀者」抽獎禮**：中獎後 6 個月每月提供免費當月新書一本。（共 6 個名額，兩次抽獎日各抽 3 名）

★ **「無垠書城 · 戰隊嚴選」抽獎禮**：中獎後獲得戰隊嚴選覆面書一本，隨書附贈編輯手寫信一份。（共 10 個名額，兩次抽獎日各抽 5 名）

★ **「燦軍之魂 · 資深山迷獎」抽獎禮**：布蘭登 · 山德森「無垠祕典限量精裝布紋燙金筆記本」。
抽獎資格：集滿兩點，並挑戰「山迷究極問答」活動，全對者即有抽獎資格（共 10 個名額，兩次抽獎日各抽 5 名），若有公開或抄襲答案者視同放棄抽獎資格，活動詳情請見奇幻基地 FB 及 IG 公告！

特別說明：

1. 請以正楷書寫回函卡資料，若字跡潦草無法辨識，視同棄權。
2. 活動贈品限寄臺澎金馬。

當您同意報名本活動時，您同意【奇幻基地】（城邦文化事業股份有限公司）及城邦媒體出版集團（包括英屬蓋曼群島商家庭傳媒股份有限公司城邦分公司、書虫股份有限公司、墨刻出版股份有限公司、城邦原創股份有限公司），於營運期間及地區內，為提供訂購、行銷、客戶管理或其他合於營業登記項目或章程所定業務需要之目的，以電郵、傳真、電話、簡訊或其他通知公告方式利用您所提供之資料（資料類別 C001、C011 等各項類別相關資料）。利用對象亦可能包括相關服務的協力機構。如您有依個資法第三條或其他需要協助之處，得致電本公司（(02) 2500-7718）。

個人資料：

姓名：______________ 性別：□男 □女

地址：______________________ Email：______________

想對奇幻基地說的話或是建議：______________________________

____

FB 粉絲團　　戰隊 IG 日常

奇幻基地 20 週年慶，城邦讀書花園 2021/12/31 前樂享獨家獻禮！
立即掃描 QRCODE 可享 50 元購書金、250 元折價券、6 折購書優惠！
注意事項與活動詳情請見：https://www.cite.com.tw/z/L2U48/

讀書花園

請剪下右側點數，貼於集點處，集滿兩點即可參加抽獎

1p 2021

al Nov. 15,1896.
March 31 Days
10
TUESDAY
1931
Fairy stones are rare and much valued as good luck charms.
SINCE 1832, ARKHAM'S FINEST N
Arkham Ad
THOUGHT OF THE DAY:
A penny saved,
A penny earned
THURSDAY, SEPTEMB
MURDER MOST FOUL AT AR
ARKHAM COUNTY, SEPT 30 - Local authorities are working diligently to piece together events that led to the alleged murder of six people, one positivly identified as Benjamin Monroe of Arkham County, at an abandoned farm on the outskirts of Arkham in the early hours of September 29th.
Five of the victims remain unidentified, as their charred remains were pulled from a burning farmhouse. The lone survivor, a deformed and raving drifter from parts unknown, is being questioned in connection with the deaths, which County police are treating as murder.
A County Sheriff came across the scene as he was assessing damage from the torrential thunderstorms of the previous
BENJAMIN MONROE,
ONE OF SIX DEAD AT SCENE
ANTARCTIC
1923 EXPEDITION TO AUSTRA
Top row (L to R): Dr. Peavy, Dr. St
Bottom row (L to R): D
Providence
he New State House.